滚尘

亲爱的桂花树——著

浙江文艺出版社
Zhejiang Literature & Art Publishing House

目录

第一章 001 青蘋之末

第二章 017 关于嫁妆

第三章 029 欲取姑予

第四章 041 你坐过过山车吗?

第五章 062 如登春台

第六章 084 见亲

第七章 091 高人指路

第八章 112 耳光响亮

第九章 124 我们都一样

第十章 135 华恩

第十一章 153 I am Your Man

第十二章 163 杜蘅雪
第十三章 176 新线索
第十四章 196 中国人的生意经
第十五章 221 钱不重要吗？
第十六章 228 你怕疼吗？
第十七章 244 如何打击一个女人
第十八章 266 变数
第十九章 281 败象
第二十章 304 急转直下的命运
第二十一章 333 促膝之谈
第二十二章 342 你敢不敢？
第二十三章 368 滚滚红尘
第二十四章 378 故人来

第一章
青蘋之末

万通商贸，这间不大的民营公司，近日来因为新设分公司的调职名单人心惶惶。人事主任方红敏每次路过公告牌都会引发微妙的静音效果，所有人都盯着她，那惊恐的眼神，仿佛她每一步都踩在人家的心上。

今天方红敏去过洗手间气哼哼地回到办公室，对坐在自己对面的李凤玉抱怨："你是不知道，我刚刚在公告牌前面停了停，一群人就把我围住了。我的妈呀，没人信我就是去看停水通知的，都问我到底什么时候出结果，什么时候出结果。"

李凤玉敲着键盘的手指停了停，也抬起头来看着方红敏。

方红敏喝了口水又继续抱怨："我怎么知道什么时候出结果？于总什么时候给我我什么时候出结果啊，这事儿还是我能定的不成？结果呢，好赖话说尽就是没人信！再这么下去，都别过去了，我去！"

凤玉笑了笑："主任要是去那边了，这边就乱套了。要是没有你坐镇，于总哪能这么清闲？"

方红敏原本生气的脸色缓和起来，她打量了一番李凤玉，道："你倒是不用愁啦，咱们公司能用的会计也就你，怎么样也不会把你调去凤池那个四六不着地的工业园的。"

凤玉笑了笑。

方红敏又问："你跟那个富二代差不多快结婚了吧？"

凤玉点点头。

方红敏语重心长道："我说你啊，千万别以为嫁给有钱人就一劳永逸，能赚大钱的还不都是人精？结婚这种拿自己当本钱的买卖，他们还能吃亏？趁我没退休，公司里头有自己人顶着，快生孩子。产假、岗位、福利这些都好办。生了孩子就赶紧回来工作，反正可以请保姆，一个不行请俩，千万别等别人养，尤其，别等男人养！隔壁公司那个出纳看见没，觉得自己嫁得好不是吗，眼睛长到头顶去了，结果生了孩子，夫妻俩就打得天翻地覆，到底离了婚。一分钱没捞着，又得出来工作。可五六年没上过班了，谁稀罕她呀，还不如雇大学生划算，最后就只能去库房，一个月到手两千八，绩效没有，还不够来回交通费，但能不干吗？不干谁交劳保？真去干着又有什么劲？天天守在地下室门口，跟办公楼门前那俩石狮子还有啥差别？不对，没有人家石狮子劳动环境好，人家还能看风景呢，她跟兵马俑似的。"

凤玉敲着键盘的手指彻底停下来，端正地放在自己腿上，一言不发地低下了头。

方红敏的发言没得到回应，抻着腰越过两块电脑屏幕试图找到凤玉的脸，但她的头实在垂得太低，方红敏只能看到一个漂亮而温柔的头顶，黑发如缎般闪着光，叫人忍不住想要伸手触摸，她看了一会儿，见凤玉没什么抬起头的意思，叹口气说："你这么好看的闺女，怎么舍得丢了呢？你还在找你姐姐吗？"

凤玉摇摇头老实地说："查到当时留下的地址，那人早就联系不上了。不过他的亲戚说他家从来没有过女孩，查不下去了。"

方红敏摇摇头："真是红颜薄命，不过你要往好处想，起码被送给外地人的不是你，而且你们是双胞胎，长得肯定一样，但凡认识你的人遇到了都认得出你姐姐，要比一般的失散姐妹好找多了，你说是不是？"

听到这里，凤玉抬起头来，笑了。

方红敏心里惋惜，这姑娘生得漂亮，肯吃苦，脾气好，品德上一点毛病都没有，但凡有个说得过去的家庭，她一定留着当儿媳妇，哪有那个富二代的份儿？但凤玉这样被人收养的孩子，养父年纪轻轻的死于车祸，剩下一个没血缘的弟弟读大学，在上海，上海啊，那是什么地方？那简直是喘气儿都要花钱的吞金城，一旦他毕了业要留在那地方，这夫家还能躲得过去不出血吗？除了不知人间疾苦的富二代，估计也没人敢要。要是她儿子带回这么个媳妇儿来，她非把儿子腿打断了不可。想到这里方红敏心里宽了不少，好在儿子做事还算踏实，找的女朋友家里很不错，车子房子票子都带着，亲家明确地告诉她只看重儿子的人品。

儿子的终身大事令人满意，没什么比这个更令一个中年妇女感到宽心的了。刚刚在洗手间门前受的气去了一半，方红敏惬意地靠在椅背上，专心地翻起儿子的朋友圈来。

晚上，刘畅又开着那辆G65来接她，凤玉从公司窗户往下看，刘畅正仰着脸朝自己挥着两只手，像个大猩猩。凤玉还没来得及笑，就看到路过的人也随着刘畅一起仰头往上看，赶忙退了两步。片刻，刘畅电话就打来了，笑嘻嘻地问："亲爱的凤玉小朋友，你刚刚那样是怎么回事？害羞啦？"

凤玉低声抱怨："现在是下班的时候，你这样会被别人看到的。"

刘畅不以为然："看到就看到，长得帅还不能秀恩爱了啊？"

凤玉原本有些不自在，听到这里也低声笑起来，评价："真不害臊。"

刘畅也笑，拿腔拿调地答："这位美丽的女郎，你有所不知，不害臊是我的乳名呢。"

刘畅与凤玉相识，源于一次不大不小的事故，前一年的冬天天气古怪得很，往常冬天几乎从不见雨的临山市忽然下了一场大雨，紧接着就是急降温，将没来得及流干净的雨水固定在各处，路上冷清，除了化冰车和公交，根本不见人影，整个城市好像贴了一层镜面膜，看上去晶莹透亮却冷得刮骨。凤玉去银行办事恰好赶上这样的天气，负责接送的司机王海把她放在银行大门前，正找地方停车，结果开出去还没二十米，就听身后先是李凤玉的一声尖叫，然后"嘭嘭"两声，吓得腿脚一抖，差点没一油门撞路墩上。

王海事后告诉人家，李会计平时不声不响的，怎么能发出那么大的动静，嗷一嗓子，我的妈呀，旁边要是站着个体弱多病的，那非尿裤子不可！

所幸刘畅并不是体弱多病的，他头皮发麻、满腔愤怒地从车里出来，看到站在自己车屁股后面的女人，火气略微消了一点——起码长得还不错，但长得不错也不是这么吓人的理由。

他重整旗鼓，厉声恐吓："第一，我的车是全摄像头；第二，你身后这栋楼都是我家的，我一个电话分分钟找一堆人出来证明你碰瓷！"

凤玉说："对不起，我没想碰瓷，刚刚太急了，我也不知道该怎么办。"

什么怎么办？刘畅压着一股火看着李凤玉在他的后轮胎底下摆弄片刻，居然扯出一只狸花小猫来。他差点背过气去，算命师傅说他这个月不能吃肉杀生，要不然得伤他往后七八年的运气。他吃了快一个月的素，连虫子也不敢拍，好不容易挨到月尾，这要压死一只猫，岂不白憋屈一个月？刘畅立刻凑上前仔细查看，那猫比他一只手掌大不了多少，眼睛发蓝，尾巴上尚有血迹，陶瓷玩偶似的摊在凤玉手上，打着哆嗦。

刘畅也有些担心，问："会不会死？"

凤玉把小猫往刘畅眼前略送一下说："不会的，只是吓到了。这几天太冷，它想取暖就顺着你的轮胎往上爬，刚刚你一动，它也蒙了，我不知道该怎么办，就只能去拍你的后车门。对不起，吓到你了，幸亏你反应快，否则它就没命了，谢谢你。"

刘畅听到猫没事，刚刚松了口气，眼前这个姑娘没来由地忽然给自己鞠了一躬，刘畅长这么大只在爷爷牌位前面鞠过躬，看到李凤玉这样的架势，吓得弹到一边，火气瞬间散尽。他呆呆地看着凤玉，好久才说："你这样拍我的车，把我的车灯拍坏了。"

凤玉原本还在看着手心里的小猫，闻言抬起头来，一双眼睛里的惊恐与小猫无异。刘畅有些不忍，但到底还是说了出来："你这样砸别人车的时候，就没想过要承担后果吗？"

凤玉没出声。

凤玉和富二代怎么认识的，在万通不是秘密。司机王海跟着万通总经理于大年走南闯北，早已博古通今，加上生来有说书的天赋，这一回说得最是精彩。

原本凤玉提心吊胆不知道该怎么办，回程还问王海："王师傅，那样的车，车灯得多少钱啊？"

王海细细地分析了自己开过的豪车以彰显自己的权威性，又说："起码得五千块，还不算人工。要是再找点其他的错处，你这少说要赔一万，就为那么只土猫值得吗？"

凤玉轻轻地摸着瑟瑟发抖的小猫，没有说话。

小猫躺在一个宽大的木质酒盒子里，身上盖着一件干净柔软的T恤，这都是刘畅给的。刘畅给猫搭了一个窝，然后又送到了王海师傅的车上，再跟王师傅确认了李凤玉的电话号码，又对凤玉恐吓道："你可不能不接我电话，你把我的车弄坏了，知道吗？"

凤玉点头诚恳道："不会的，刘先生，我一定会赔你，你放心吧！"

王海并不是个矫情的人，虽然野猫身上脏兮兮的，但毕竟装在名酒盒子里又盖着一件名牌T恤，也就没说什么。但在他的评书里，他着重强调的是，他早就知道刘畅要了李凤玉的电话，绝对不单单是为了车灯。

王海说："我是谁？我开过的豪车太多了，就拍了几下那车灯就能坏？那可是裸价就快三百万的车呢！哪有那么容易坏？那小子一看就是对咱们李会计有意思，想要电话号码又怕不给，所以取了一个险招！"

可万通贸易的单身男性们谁没有对李凤玉有过意思呢？那些微弱的意思，都因着凤玉那让人难以招架的家境消散了。

刘畅没几天就给凤玉打了电话，询问了小猫的情况，此时，这只小猫已经不叫小猫了，它是个小男孩，叫作船长。凤玉开心地说："船长的尾巴长好了，谢谢你。"

又说谢谢。

刘畅挠头，想了想，问："这猫能给我看看吗？"

凤玉“啊”了一声,表示疑问。

刘畅头头是道地解释:“再怎么说我的车灯是因为救它被拍碎了的,你一个女人力气怎么那么大?害得我好几天没车开,冻得要死。”

凤玉立刻答应了刘畅的见面请求:“我请你吃饭吧,地方你挑。”

刘畅闻言笑起来:“你脑子没坏吧?地方随我挑,你吃过这一顿还过不过了?”

凤玉一点也没觉得刘畅是在追求自己,他要求一起养猫,理由很充分:这猫也是我救的,怎么样我也有第一顺位的收养权,但我妈呼吸道不好,容易过敏,所以我给你养,修车灯的钱我就不要了,算是给你的工资,猫粮什么的我来买,这猫隔三差五地你让我看看。

五千多块钱呢,凤玉又想说谢谢,被刘畅制止住:“李凤玉,谢谢和对不起这两个词要斟酌着用才有价值,否则都是扯淡!”

从初见李凤玉刘畅就知道,她是个对所有人都饱含感恩和愧疚的人,但他不知道到底是什么促使一个女孩对自己的存在有着这样莫名其妙的罪恶感。直到他们决定结婚,他才知道。

结婚这件事,回想起来,刘畅也是一时兴起,但人生在世哪有万全之策?大多反身回望才能发觉意义重大的决定,在当时泰半是义气之举。比如刘畅在等红灯时,看着一个男人头上架着女儿,手里牵着妻子慢悠悠地从车头前走过,他忽然说:“你是不是见见我爹妈,好预备下一步了?”

凤玉原本还笑着,闻言呆住了,刘畅的得意扬扬被这回应杀了一半,问:“你怎么啦?怎么听说见我家里人跟要进集中营一样,你怕有去无回啊?”

凤玉答:“不是的,我们去你家以前,先去一趟我家吧。”

先见谁的家长有什么好较劲的?刘畅码好一后备厢见面礼,优哉游哉地跟着凤玉踏上了去渝州的路。

凤玉原本就是个不爱讲话的人,但这一路的沉默异常令人烦闷。刘畅憋到末了,终于问:“凤玉,你不会在老家结婚了吧?”

凤玉扬眉表示诧异。

刘畅哈哈哈笑了一阵又自言自语:“只要不是已婚,没什么好担心的。哪怕你还有个孩子我也替你一起养!又不是养不起,怕什么!”

凤玉深深地叹口气,终于笑了,她说:“你真能瞎想。”

然而这样能瞎想的刘畅,也终究没能料到令凤玉成为凤玉的原因是什么。

这并不是一场让人愉快的见面。

这座筒子楼里,油烟气、霉气、公共洗手间里传来的混合着洗发水香味的尿臊气,让他每走一步都汗毛直立,在昏暗的灯光里,沾着莫名液体的墙皮剥落露出斑驳的墙体,像被开膛破肚后随意放置的尸体,萦绕着苍蝇与虫子。如创可贴般的小广告一个叠着一个,里面的女孩衣着暴露,举止风骚,不依不饶地随着他们拾梯而上,列队欢迎一般。

这一切都使刘畅的记忆混乱。

他不确定自己最初的不悦来自哪里,因为发现自己送给凤玉的化妆品都在她养母张明春的桌上,或是因为这个房子里丝毫没有凤玉的痕迹,还是因为张明春指责凤玉戴了一条钻石项链,而她的弟弟李晓东不能出门旅游?

凤玉悄悄把项链上那只有三十分大的小钻坠塞进衣领的举动终于让刘畅爆发,他说:“阿姨,我读书时旅游的钱都是自己打工赚的,男孩子读书的时候要多接触社会,对以后的发展有好处。”

张明春笑了:“凤玉不会舍得晓东去打工的,当年我们家条件不好,要把凤玉送回孤儿院,是晓东跪下求的我!因为这个儿子,我再苦再难也没有把凤玉送回去……”

听到这里,凤玉的头越发低下去,她的双手紧紧绞在一起,她说:“要是没有晓东,估计我早就烂在哪个下水道里了。”

张明春满意地点点头,扬着面孔,淡淡地瞄了刘畅一眼。

刘畅再也无话,送了礼,听张明春谈了自家对凤玉的恩德,他们就返

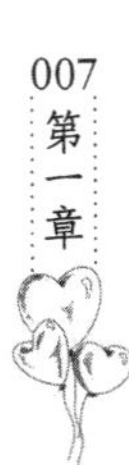

程了。

返程时他脑子很乱,想了很多,但什么也说不出口。送凤玉回到她与别人合租的小屋楼下,车一熄火,尴尬就把整个空间充满,可凤玉没下车,停了好久她才说:“今天辛苦你了,明天我们公司要查账了,这段时间都忙……”

刘畅闻言一愣,查什么账?

他转头盯着凤玉,她垂首时的侧脸仓皇而美丽,她的双手还是绞在一起,可她抬起头,居然是含笑的,她认真地看了看刘畅,又说:“我先走了,你也走吧,再见了刘畅。”

刘畅意识到,她这是想要给一场预计之内的分手,提供一个让他觉得可以利用的理由,不是挽回,不是恳求,不是告诉他自己有多么爱他,也不是问他有多么爱自己,她的脸上甚至连眼泪也没有,那笑容温柔,如同一场普通的告别,她大概是习惯了一边受到伤害一边找这伤害应该存在的理由。刘畅胸中忽然涌出熟悉而又陌生的痛感,他立刻拉回凤玉,紧紧地拥抱了她,半晌闷闷地说了一句:“你永远都不会烂在下水道里。不要再对任何人说没有他,你就会烂在下水道里。我说的话都算数,只要有我在,就不会让你受到一点伤害。”

凤玉离开的动作一滞,小心地让冰冷的手心贴住刘畅坚实的后背,仿佛下定决心一般说:“刘畅,我们,在一起吧。”

他们不是一直在一起吗?刘畅先是一愣,继而握住她的手,然后紧紧地贴在自己的脸旁。

方红敏拿到调职通知单时呆住了。她立刻打电话给于大年的助理:“你这单子送给于总过目没有?”

助理不悦:“当然是送过去了,我还能假传圣旨吗?”

方红敏原本想说这种事你也没少做,但又觉得这种紧要关头不是跟她计较的时候,又问:“李会计也在名单上?”

助理说:“对啊,我还先跟于总确认了一次,李会计的确也在。”

方红敏挂了电话,心里有一万个问号,带着这一万个问号,她将调职通知单贴在了公告栏。为了不被围攻,她去得很早,进了大门先去贴了告示,等她回办公室却发现凤玉已经将东西打包好,正在擦地。

方红敏一愣,迎过去问:“凤玉,这么早来了?”

“方主任早,”凤玉说,“我来收拾东西,分公司今天开业,我得过去。”

方红敏讷讷,她说什么都没面子,想她堂堂人事主任,居然连调职令都不能有什么意见。——可看样子凤玉是早就知道了,但她一句话也没说,没想到她是这样沉得住气。面对这样的凤玉,方红敏才仿佛从厚重的幕布底下探得一点点微光,然后隐约察觉,凤玉藏起来的那一面,没有她显露在外的那一面那么简单。

但到底有多复杂呢?方红敏好奇心一起,就遏制不住了,往前一步问:“你去了分公司,这边的账谁管?”

凤玉笑道:“小王来做。”

小王是出纳,于大年的外甥女,今天应该擦地的值日生,可从没做过一次值日。她比凤玉小不到四岁,比凤玉难管教不止四个量级。少了李凤玉,后面这些打扫卫生的事谁来做也是个问题。

想到那个打扮入时,说一句能顶回来三句的小王,方红敏“哼”了一声。

凤玉还没来得及开口,王海就过来了,看到方红敏,也吃了一惊,问:“方主任怎么这么早?”

方红敏说:“要把李会计送到凤池去,我舍不得,过来送送。”

“有什么好舍不得的?”王海一扬眉,“我们李会计过去就是副总了,可比在这边舒服多了……”

方红敏这次遭遇的冲击如排山倒海,一点防备都没有,本性毕露地“哇”一声大叫:“什么?!”

于大年原本没有把李凤玉调到分公司去的意思,他的最理想职员得

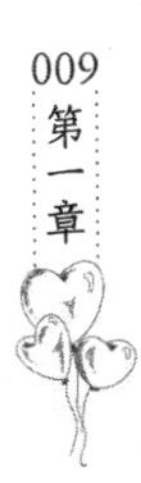

是个聪明又老实的人，而且，这个人要是他的心腹。

但这样的人设矛盾重重，叫一个人聪明到能够成为别人的心腹，同时又得老实，一时半刻他也没有什么好人选，所以只得把凤玉加进来，起码她胆小，胆小约等于老实。

于大年年纪不大，但却是个老江湖，深知千金散尽才能还复来的意思，所以，叫凤玉来谈时别的没有，只有名与利。

但对着李凤玉这种又闷又钝的人，再简单的事也说了十几分钟才说清："首先升你副总，但是，市区这边的账目你还要做。"

看到凤玉的脸沉下来，才又让了一点："当然小王平时在市区这边主持，不过她是你带出来的，有什么事，还是得你看着，提点着。"

把额外工作量说得顺理成章，这是个能力，于大年有；看透资本家压榨劳动力的诡计也是个能力，李凤玉修炼不够。此刻李凤玉的脸色缓和了许多，于大年挺满意，说完了名，就该谈利。按照李凤玉目前的反应，于大年把头一轮报价降了一千："至于薪水，加你一千。"

原本他只是试探，谁知凤玉唰地抬起头来，一双眼都冒了光。

于大年笑了笑，知道这件事成了，接着又有点后悔，搞不好加五百她也愿意呢？他知道凤玉是急需钱的时候。

李凤玉的养母张明春早年丧夫又无亲可靠，一人照顾两个未成年的孩子，工厂改制后，她又首当其冲下了岗，一直辗转在各个工作之间，可年纪越长，薪水越低，工作一个连着一个，又一个不如一个。张明春现在在一家专门服务高净值人群的保洁公司做工，已近五年。这种公司喜欢张明春这个年纪的阿姨，色虽然衰，力却没有弛，四五十年没犯过王法的人，后半生小偷小摸叫自己晚节不保的事大概率也不会做，更别说年纪大了的人早就失了血性，逆来顺受，甚少搞出小年轻那种跟主顾家翻脸走人的事。

张明春这样的招牌五星员工每月薪金是五千块，其实真正到手只有两千出头，剩下的都当作一个莫名其妙的年终奖，要留到来年才发。但到了来年，发到手也就是七成左右。这两千块去掉衣食住行每个月也没剩下多少，李晓东马上就大四了，还要考研，接着要工作，工作以后要买房娶媳妇，都是熬人的。

这日子就好像那些网络游戏，看上去是拼武功，但武功都是钱堆出来的，天赋才能都是虚设，一百块一把的宝刀就是比五十块的杀伤力强。

这分明是一个连游戏都不能让人逃离现实的时代。

凤玉跟刘畅说了提拔和加薪的事，两人在刘畅最喜欢的餐厅吃饭，她喜滋滋的，刘畅却笑得很敷衍，他喝了口漂洋过海才能送到这张饭桌上来的洋苏打水，抿了抿嘴，才问："你们卖车那个副总多少钱一个月？"

"两万五，外带分红和奖金，"凤玉答，她琢磨出刘畅的意思，解释道，"我怎么能跟副总比呢？我们副总是销售精英，一个人能拿下大半销售额，老板怕他走了都给他股份了的。"

刘畅冷笑："能比不能比的，你已经是副总了，一个人的收入和责任应该成正比，他叫你坐在一个责任更重的位子上，就应该给你更多的钱。这是一件有两面性的事，你得到的不单是职位，还有这个职位带来的风险和压力。升职加薪不是天上撒钱，捡一块也是赚了，老板对员工都是每有所求才有所予，你应该想想你要付出的代价跟这些钱相比怎么样？"

凤玉面上的喜庆转薄，筷子也放下了。

刘畅浑然不觉，继续说："不过你也别想太多，我朋友的公司需要会计，我已经推荐了你。他们是科技公司，薪酬比你们万通高，环境也比你们万通好，还有期权，一旦上市有你赚的，就算不上市，被哪个想要打通关节的风投买去，也比你们万通那个半死不活的粪池子好多了。"

凤玉刚想要说什么，身后忽然传来一阵夹着香风的笑声。

刘畅茫然地抬头一看，即刻双目聚了光，迅速地放了筷子，站起来，笑着喊了一声"玲玲姐"。

凤玉也随着他的视线转身看过去。

这位玲玲姐看着三十几岁的年纪，含着笑，深棕色长发在酒店设计复杂的灯光之下仿佛月下平静的海面，波浪温柔地卷着又温柔地亮着，曼妙的腰身盈盈一握，一双秀丽圆润的长腿包裹在略微合身的焦糖色波点连衣裙中。

凤玉从没听说过这个人，也肯定从没见过，如果见过，这样的女人必定是叫人过目不忘的。

玲玲姐走了过来，上下打量了凤玉一番又对刘畅说："在外头就看到你新买的那台车了，这就是你那位女朋友？"

"别啊姐，我就这一位女朋友，可没这位那位的，"刘畅调侃一般纠正曲玲玲，然后招呼凤玉，"凤玉，快来见过曲总，曲玲玲，汀兰会的老板，我最亲爱的玲玲姐，临山市美与惠的唯一化身。扶风山门前那组女神雕塑记得吗？那是照着我玲玲姐刻的……"

刘畅还要再说，被曲玲玲笑着打断了："你这张嘴真该去说相声，假的都被你说成真的了！"

刘畅也笑答："本来就是嘛，玲玲姐，放眼望去，全临山，你找出一个比你好看的来，从八岁到八十八岁，找一个出来，我就跟你姓！"

曲玲玲这次笑起来真心实意，眼角都有泪了，然后道："怎么说得好像你跟我姓是我占了大便宜一样的！"

凤玉也随着笑了。

曲玲玲又问："就只有你们小两口呢？"

刘畅点头，曲玲玲看了看低着头的凤玉，说："姑娘看着不错，有机会我们一起坐坐。今天不能聊了，还有人等着我。"

曲玲玲伸手一指，凤玉顺着看过去，十几个人等在前面大堂的拐角处，正往这边张望着，看到曲玲玲视线转到自己身上，立刻前倨后恭地点头示意，年纪比他们三个都大了许多，凤玉有些不自在地也微微欠身回礼。

刘畅仿佛没看到，只顾跟曲玲玲说："凤玉是万通的，就是那个卖进口车的万通，一定多照顾照顾啊！”

曲玲玲原本要走，闻言转头问道：“进口车……劳伦士，你们能做吗？”

凤玉立刻点头。

曲玲玲说：“刘畅有我微信，你加我，咱们回头细说。”

说罢，带着一阵香风的曲玲玲就走了。

凤玉远远看去，这样一位妙人，在一群灰突突又衣冠楚楚的人中间，自带着威风和气场，仿佛踩在他们头顶上。

刘畅还是站着，等着曲玲玲彻底消失不见，才拉着凤玉坐下，说道：“好看吗？”

凤玉点点头。

“有我好看吗？”刘畅又嬉皮笑脸起来。

凤玉说：“哪有男人跟女人比好看的，玲玲姐是你表姐啊？”

刘畅笑容似有似无，但语气里的蔑视却毫不遮掩，他拎出“表姐”两个字轻声重复了一次，又道：“我家的女儿要是出来给人做姘头，早被打死了。”

凤玉大气不敢再出一次，她从没见过这样面目的刘畅，眼角眉梢带着温和的笑，语气里的鄙视和厌恶却已经盈溢，好像表情和语言分别得到一个灵魂的控制，却最终完满地落得一个肉体之中。

刘畅见凤玉不出声，也察觉到自己的失态，说：“你也别往心里去，这种人太多了，有人卖力，那肯定就有人卖肉，人身上能划价的不就这两样？我把她微信给你加上，她卖她的肉，你出你的力，两不相干。卖车是正经事，毕竟也是副总了，虽然薪金不够令人满意，但有业绩支撑，你的同事也不敢造次。”

“我同事人都不错的。”凤玉忍不住争辩。

刘畅扬起半边嘴角，瞄了一眼凤玉，道：“平起平坐的时候当然是你好我好大家好，可一个主要利润来自汽车销售的公司，凭什么要一个没有任何销售能力的会计当副总呢？你的同事既然都不错，你想不想把这点加

薪让给他们？”

凤玉无言以对。

刘畅默默吃了一会儿饭，才又说：“凤玉，我的情况你也明白。你想要的，除了星星月亮我够不着，其余的都好商量。公司的事想做的话就去做，不想做就回来在家里待着，我给你发工资，你们公司给你多少钱，我就给你双倍。要不，你开个公司当老板，不用坐班，不用受气，多划算！”

凤玉笑笑：“怎么能不工作呢？太不像话了。何况晓东还要读书的。”

刘畅抬头看了凤玉一眼，才说：“晓东读书我来供，读到哪里供到哪里。我跟你说过，哪怕你还有个孩子我也养着，何况是个弟弟。你跟晓东关系好我明白，以后我不当他是小舅子，他就是我亲弟弟，这就是我想跟你共度一生的决心。”

他的语气极平淡，凤玉却仿佛被打了一枪，直中心窝，“啪”的一声，连五脏六腑都跟着打战，眼眶也发酸，几乎要落泪。

刘畅又说：“咱们上次从你家回来你就不太高兴，等了这么久也没听你说一句要见我家里人的话。李凤玉，我不在乎你家什么样，我就在乎你一个。全天下最在乎你的人，恐怕就是我了。你不用为其他人担心，你妈咱们养，你弟咱们供，你姐姐咱们找，至于咱们的婚事，你家一分钱不用出。但有一条，这一条我想提前跟你商量，咱们商量好了，就一点问题都没有了。”

凤玉闻言抬起头来。

刘畅说：“关于嫁妆。”

凤玉加了曲玲玲的微信，曲玲玲立刻就下了命令：“车子要白色，要不然就黑色，提车要快。”干脆利落，随后就没了消息。

凤玉没想到买车居然是这么容易的事，跟她平时看到的反差太过巨大，她又听了一遍，有些茫然。

曲玲玲是个夜行动物，多数照片拍的都是深夜的城市。各种城市，没有人也没有车，灯火昏暗，树木阴森，像是废城。她拍很多的照片，然后发出来，坏掉的灯，打烊的便利店，空无一人的体育场，还有仿佛深空黑洞的水体，她像是从来不在晚上睡觉一样。

第二天曲玲玲就飞去了香港。也是凌晨，她发了维多利亚的夜景，约莫是在酒店里，洁净的窗玻璃上影影绰绰能看到一个穿了睡衣的妙龄女郎，一条珠圆玉润的腿尚且露在外面，长发湿漉漉地绞在一边，又寂寞又美丽，好像结束营业的奢侈品店外精致的展示橱窗。

凤玉点了一个赞，又看到刘畅情真意切撒娇卖萌的留言，也硬着头皮跟着聊了几句，才把电话放到床头睡觉去了。

隔天清早，凤玉接到了于大年的电话，于大年得知凤玉将将要出门，立刻叫她找个舒泰地方等着，他亲自来接她。凤玉从毕业起就在万通，头一次听到于大年用这样热络的声音和自己说话，她有点不适应，提醒道：“于总，我要去凤池，走晚了就赶不上公交了。”

于大年连声回：“我送你我送你！”

没几分钟，于大年的车就稳稳地停在凤玉面前，凤玉原本想坐到副驾，谁知王海一个箭步蹿下来，给她开了后座的门，姿态恭敬，凤玉一愣，面上倒没什么表示，坐了进去，才问：“于总今天是特地等我吗？”

于大年打了几声哈哈：“人家说这边有家馄饨特别好，我就过来尝尝。你于大哥我啊，也没别的爱好，对吃还是颇有研究的。”

于大哥？

凤玉看了一眼后视镜里的王海，王海仓促地挪走自己的视线。

凤玉向来不多话，见于大年不肯说明，就不再出声。

于大年这才又呵呵笑着说：“我这吃完了，王海跟我说你住得近，我就想，这些日子，我是真的忙得掉头发，也没好好安置你，今天既然过来了，就干脆送你过去那边。就是没想到你住这里啊，也是我没想周到，这边去凤池通勤是不太方便的，王海你以后跟着凤玉吧，我这段时间在市区办公，也不怎么用车。”

王海脆生生地应了一声“好嘞”，又说：“凤玉，你每天都这时间出门吗？从这到凤池不堵车半小时，你不用起太早的。”

语气越来越热络，凤玉越听越蒙，只能扭头往外看。

这座城市刚刚醒来，晨雾还没散去，空旷的十字路口和早餐摊被迅速地甩在她的身后，环卫车叮当叮当地开过去，晨练的老人三三两两地走过，一条大狗拖着它的主人往站在半墙上的猫扑过去，猫儿一个扭身就不见了。这是一个十分平常的早上。唯二不平常的，就是于大年和王海。这辆S500是于大年的心头好，下雨天不肯开出来的心肝宝贝，今天，于大年叫王海跟着她，去那个如同流放地一样的凤池。

见凤玉还不出声，于大年心里冒火，凤玉这人平时就不声不响，没承想这不声不响一旦被开了刃，杀伤力居然如此巨大。

于大年朝王海使了个眼色，也转过头去，专心看起窗外飞驰而过的行道树来。

没多久，王海开口了：“凤玉，你跟刘畅差不离要结婚了吧？准备去哪里度蜜月啊？”

这真是个让人尴尬的问题，凤玉笑了笑答：“没想好呢，去哪儿都行。”

这是实话，凤玉长这么大没出去旅游过，最远只去过一次上海，她不太关心也没什么办法去关心旅游目的地，吃喝玩乐是刘畅的专长，她根本没资格指点。但这话叫于大年听来却别有一番麻雀上枝头换了调调的意味。

于大年与王海涓涓的眼神交汇全落在凤玉眼里，她想起刘畅饭桌上的教诲，也不知借了哪里的神力，开口道：“于总你有什么事就说吧，我们认识这么多年，你没必要这样。”

于大年脸上转了几个颜色，也是一狠心，才正色说：“凤玉，你大哥我有个事情要拜托你。”

第二章

关于嫁妆

凤玉要请假回家一趟，按照之前在万通的习惯，把假条交给了方红敏。分公司没人管考勤，实际上，那边挂着的一共才六个人，四个销售原本就常驻展厅和市内商场，连办公桌都可有可无，档案挂哪里根本没差；一个文员是外聘的凤池当地人，负责接打电话和应付琐事；再就是一个李凤玉，光杆司令，居然是副总，听着像个笑话。她给方红敏递的假条，虽然按照现在的职务，这个流程她不用再走，可她还是拿了万通抬头的模板，事由那一栏端正又含糊地写：家里有事。

方红敏收到来自凤玉的请假申请，也觉得不合规，但到底跟凤玉对头办公这么些年，首先关心的还是她请假这件事本身，电话打过去，只问："你要回家做啥？"

"家里有事。"李凤玉声音淡淡的，与往常无异，只是这答案里的虚与委蛇，不似往常李凤玉的风格了，这算是上位了吧？方红敏心中那股掺和着隐隐担忧的好奇心消失了，她在万通这么多年，管着从汽修、销售到租赁所有的业务链，很多事于大年是完全放手给她去做的，她以为于大年是很信任她的。可如今，公司要转型，就立刻设了个十万八千里外独立于公司的副职，还放了一个年轻的会计在上面，一点也不跟她说。这是什么意思？要架空她吗？

方红敏仔细回想李凤玉平时的做派。要说跟自己斗，李凤玉应该没这个段数，要架空她，起码也得是王海这个段位的，除非她身后有人指点，

可谁会指点她呢？于大年这人虽然有点风流，但也不至于……

正沉思的时候，就听到头顶霹雷一样的声音传下来："刚刚你给李总打电话啊？"

方红敏真是吓了一跳，蹦了老远定睛一瞧，原来是王海这厮，正背着手似笑非笑地盯着她。

"李总？"方红敏顿了顿才意识到，"哦……对，凤玉啊。她给我发了一个假条，莫名其妙的，说要回家。"

王海一听也愣了，顾不得揶揄方红敏，立刻给凤玉打电话，诚诚恳恳地说要送凤玉回家，也被拒绝了。但王海还是王海，他与李凤玉讨价还价一番，最后凤玉同意叫王海下午去接她。

王海在万通身份特殊，他是司机，也是于大年的心腹，他的薪水账面上发的是为了应付税务的，实际上的薪酬都是于大年私底下真金白银给出去的，平时王海除了跟着于大年鞍前马后，也就是会计去银行的时候陪同一下。在万通，哪个人看到了都得停下脚步问一句"王大哥好"的王海，对待凤玉的嘴脸简直要比对待于大年还要殷勤。方红敏愕然地看着王海这一顿操作，又听他得意扬扬地八卦了一番这两天听到的消息，两人在办公室互相瞪了片刻。

方红敏先感叹："嫁到这样的人家，小李居然什么也不说。"

王海道："要不是于总看到朋友圈里曲玲玲跟凤玉异常亲热，谁能想到刘畅的'刘'是凤池刘家的'刘'啊。李会计这嘴巴也真严实，一点风声都不漏出来。"

方红敏低语："刘畅那种家庭背景，找什么样的女人没有啊？怎么就看上咱们木头人一样的李会计了……"

王海"哼"一声，道："方主任，你也太小看李会计了。"

方红敏原本还茫然，听着这话眼睛聚了光："怎么小看了？"

王海审慎地看了方红敏一会儿，扬扬手道："李会计那才不是木头，那叫目标清晰，而且耐得住诱惑，就她那张脸，要真是个木头脑袋，痴愚呆傻，在咱们这种卖豪车的店里，早被那些老小色狼骗着吃干抹净了，还能等到刘畅这样的白马王子出场？他那样的家庭背景，什么美女找不到，怎么就偏偏认定李会计这种一出生就没爹没妈，养父还被撞死，双胞胎姐姐都不知生死的灾星？”

灾星。方红敏心里咯噔一下，可不就是灾星吗？红颜不但薄命，更是祸水啊！她想要寻王海的脸，可王海说完这句话转身就走了，只留给她一个不算挺拔的背影。

凤玉到家时天已向晚，张明春一开门看到凤玉，虽然吃惊，但还是习惯性地看了看凤玉手里，居然什么礼物都没有。这下她的视线再回到凤玉脸上时，就有点好奇的意味了。她让开门，忍不住往凤玉身后看。

凤玉答：“刘畅没来。”

张明春有些尴尬：“你也不早说一声，家里没收拾，幸亏姑爷不跟着。”

“只有我一个。”凤玉再次重复。

张明春“哦”了一声。

沉默了。

张明春与凤玉虽然是一家人，但其实甚少这样独处过，此刻安静得有些突兀。再过一会儿，凤玉开口：“妈，我回来想跟你谈谈我结婚的事。”

张明春讶然，一时没管住嘴，扬声问：“刘畅想和你结婚？”

重点在“结婚”两字上。

说完了张明春讪笑着找补：“可不是想嘛，我们凤玉这么漂亮……”

凤玉像是没接收到问号里的复杂含义，又说：“他知道咱家情况，婚礼、房子、家电、金银首饰，什么都不用咱家出，但按照习俗，咱们这边得给一笔嫁妆，刘畅的意思是……”

张明春听着前半截脸上的笑跟炸了的消防栓一样往外喷溅，但听到后半截，这个炸了的消防栓差点蹦起来：“嫁妆？你这么大的人贴给他家，他还想要嫁妆？咱家什么情况，你好意思回家要嫁妆？晓东一个男孩子，

连娶媳妇的钱都没有，你做姐姐的居然回家要嫁妆？你看看，你看看，咱家什么能当嫁妆，你拿去好了。你拿去吧！真是白养了你这么多年！”

张明春一边说一边前进，一边前进一边不断地扬手，凤玉只得逐步后退，退无可退，才说：“妈，你听我说完。”

张明春将李凤玉逼到墙角，胸口起伏不定，睨着她道：“你还想说什么你说好了，谁管着你了？但就一条，我没钱。他要是嫌弃你没钱，就别跟你结婚。娶个大活人给他家生孩子，给他家卖命，我得了一分钱好处没有？居然还想跟我要钱？我都没跟他要钱呢！这个有钱的王八蛋，睡够了你才要嫁妆，没睡你之前怎么不要！也太不要脸了吧?!”

这话听着刺耳，再加上张明春原本就声线尖锐，更是叫人难受三分。

凤玉声音也高起来：“刘畅的意思是咱家出多少嫁妆，他出双倍当做彩礼，这些钱归我，他不管我怎么花。我看晓东也快考研了，晓东之前不是有想法想出国吗？就算不出国，上海那是喘气都花钱的地方，这钱我是想给晓东留着的。刘畅上次来看你以后，觉得这边条件太差，过段时间就让你搬到临山去住。他有几套房子，让你挑一套住下，以后房子就过给我了，也是彩礼的一部分。咱家条件就这样，眼见着晓东毕业了，难道能拿了刘畅的房子就立刻卖掉了给晓东付首付吗？不说说出去好不好听，不满五年，税也是好大一笔了！”

张明春一张脸怒气未消，嘴巴却合不拢了，像是真有消防栓在她嗓子眼里上下蹦跶似的。她清了清嗓子，涩涩嘟囔：“给钱就给钱，要这么多手续做什么，就算我们一分不拿，他给晓东点钱算什么？如果没有我，他去哪里找你这么好看的媳妇？上次到这里来，我说晓东长这么大都没出去旅游过，他连句应声都没有。那么有钱还那么抠，我看这种人你不跟也罢！”

凤玉问：“妈，我是咱们家的女儿，难道一分钱嫁妆没有，你就觉得舒服吗？你不怕邻居们笑话了？”

张明春哼笑：“我有什么好不舒服的，我养你这么久说过什么吗？你嫁了人，婆家给我钱，难道我还受之有愧了？邻居有什么脸笑话？刘畅那一辆车就二百多万，我们全家加到一起，一辈子都挣不出来！”

凤玉从家里出来时天已经黑了，她这一天只在早上喝了一杯牛奶，却不觉得饿。手机十几个未接电话来自刘畅、于大年和方红敏，还有王海的消息，我等在你家附近。没想到郁闷的时间也这么易逝，三个小时过去了。她应该打个电话给王海的，但只想一个人走走。

小时候张明春告诉她，抱养她姐姐的那对夫妻就是由这条路离开的。姐妹俩之间到底带走哪一个，他们很是犹豫了一会儿，凤玉乖，但姐姐结实。这么多年过去了，渝州的日新月异丝毫没有波及这条路，它保持着几十年前的样子。两边的筒子楼早已破败不堪，如果姐姐此时又走过这条路，会不会感应到她曾经还有个妹妹？如果姐姐没有被送走，会不会，一切都是不同的样子？

路越走越黑，张明春又打来电话，语气和善了些，还有些小心翼翼，她问：“你来这一趟我都没留你吃饭，你走远了吗？没走远就回家吃饭吧。”

凤玉轻轻道：“不用。”

“可是这么晚，没车回临山了啊。”

“有人来接我。”

张明春语气更喜悦了：“哎呀，姑爷来啦？一起叫上来吃饭吧。”

“不是的，是我同事。”

张明春停了片刻才问：“男的女的？你可不要乱交往不三不四的人。你跟这个同事来家里，刘畅同意吗？现在是万里长城只差一勺土的时候，你千万要避嫌呀。想给刘家那样的高门第人家当儿媳妇，可是一点错处都不能有的，尤其是男女关系上……就说我干过的那些人家，还没有刘家有钱呢，规矩都那么大，你再看电视上那些贵太太，……”

凤玉听不下去，打断了张明春：“是公司的司机，我叫他来接我。晚上我要跟我老板谈些事。你有什么事现在说吧，司机过来还要一会儿。”

张明春说：“我刚刚冷静地想了一下，的确是应该给嫁妆的，但是咱家也的确没钱，所以我问了晓东舅舅，晓东舅舅愿意借给咱们钱，四十五万，

我这里还有三万多,你上次不是说自己还有两万多块? 加上凑个五十万。你看行吗?”

凤玉的脚步停住了,晓东的舅舅张明志和张明春两家已经有十多年没来往,舅妈许娜避她像是避难,张明志一个环保局小科长,怎么可能不经过许娜,单凭自己多年不见的妹妹一个电话就拿出四十五万来? 凤玉知道家里多少都会有点钱,但她不知道居然有四十几万这么多,家里一直过得拮据,张明春薪水不高,手停口停,偶尔得一次重感冒就见箱底。凤玉自己每个月能吃多少钱的饭,用多少钱的电,都有限制,这样才能有足够的钱汇给在上海读书的晓东,不至于让弟弟在他乡青黄不接。

凤玉不禁喃喃道:“家里怎么有这么多钱?”

张明春急急解释:“我哪有那么多钱! 供你吃饭供你读书花多少钱,你不知道啊? 是晓东舅舅借的,晓东舅妈多小气你也知道的,说好了这钱必须存在我名下。反正存谁名下都一样,到时候把存折交给你就行了,对吧? 还有那房子,你跟姑爷说说,叫他写我的名字,写赠予,放弃追讨权利。写你的名字就是夫妻共同财产了,以后还是麻烦。”

以后是什么以后,麻烦又是什么麻烦? 但凤玉只是想想,没有说话。

张明春又急切地问:“钱什么时候要? 彩礼什么时候给? 到时候一并给我,我去存一个理财,有这一百五十万,晓东媳妇本儿算是有了。”

凤玉沉默,张明春忽然意识到自己的口误,又急忙嚷:“一百万,是一百万。五十万还要还给他舅舅的。借了这么多钱给咱们,也是欠了人家情的,不知道以后怎么还呢……你可得有个心眼,刘畅要是给你房子,你不要写自己的名字啊!”

凤玉刚想开口,看到迎面王海开着的那辆泛着流光的S500已经朝自己闪了两下大灯,说:“到时候再说吧,我再联系你。”

张明春还在说什么,凤玉挂了电话。

凤玉的养父是车祸去世的,因为肇事司机扯皮没赔钱,家里一度经济拮据。学校知道情况后减免了课本费学杂费,分管教委也给补助,后来居委会又给申请到了其他资助，社会福利机构也时常送来洗干净的二手衣物，凤玉改一下就能穿着出门，算下来没独立之前，凤玉几乎是不花钱的，读大学时她已经靠着贫困生助学金和打工，每月往家里补贴几百块了。工作以后，薪水的一半都交到家里，要是效益好发了奖金也都一并寄了回去。加上后来法院强制执行了判决，拿到了父亲的赔偿金，家里的确应该是有钱的，她只是没想到有将近五十万这么多。可见不单单自己，张明春也在省吃俭用。

对张明春的隐瞒，她心里有不满，同时也有难过，相比之下难过居多。毕竟不管张明春怎么做，都是为了晓东，在这一点上她们是一致的。可为什么要防着她呢？晓东是她的弟弟，是不管遇到什么事都想要站在她前面保护她的人，难道她会跟晓东争这些吗？

王海看凤玉面色郁郁，也不敢吱声。

他在万通的时间比凤玉长，绝大多数时候地位又比她高，加上岁数也比她长，要调整心理把这个小丫头当成座上宾对待还是要颇费一番工夫的。今天得知方红敏对这个角色转换也接受无能，王海心里舒坦了，原来不只他一个人看走了眼。谁知道这个小孤女这么有能耐，不但跃上刘家的枝头，还真的筑巢当起了凤凰女，人还真是不能不服命。

那方红敏知道的并没有王海多，于大年在王海面前可是叨念过刘畅的家底。刘畅的父亲刘云山，在全省首富的交椅上具有压倒性优势地稳稳坐了七八年，就算现在急流勇退了，也是一方举足轻重的人物，多少叫得出名字的人物想攀刘家的亲，却连刘云山助理那关都过不去，李凤玉居然能曲线救国一步登天，直接折了刘畅这根天枝嫁进去，可见这小孤女手段是多么惊人。

想到这里，王海又仔细打量了一番在后排端坐的凤玉：她面色茫然，如同她曾挽救的那只猫。车窗外的光与影在她脸上迅速变幻，又不着一丝痕迹。王海从没有这样仔细地看过凤玉。她的确是美丽的，而这凄楚的命运，也如同这些影子般，将她的美丽刻画得更为细腻动人又叫人无法

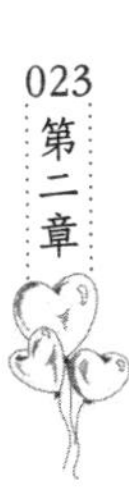

接近。王海移开眼神平静地看着前方的路，心里对凤玉更是毕恭毕敬起来。古来的道理，越是这样的女人，越有通天的本事，谁知道将来她还能做出什么事情？风水轮流转，这小小的孤女，搞不好以后还真能拉自己一把。

车轮驶过的地方，扬起一阵沙尘，凤玉这才发现，路边的绿化带已经被行车道代替，这个地方跟她小时候已经完全不同了。

大约一切都跟以前不同了。姐姐，你在哪里？此时此刻，你心里也在想我吗？

于大年早就在饭店大堂等着凤玉，吸着烟，踱着步，皱着眉，因为低着头，倒没看出不耐烦。今天他还带上了媳妇儿和儿子，原本他叫王海伺机试探凤玉一下可否今晚见一面，没想到凤玉主动要求见自己。经过上次的单独对话，他知道和李凤玉这种习惯用沉默回应一切的人私下谈话完全是在给自己登顶的路上添石加堵，对他的计划毫无帮助，所以，王海给他通气后，于大年直接撂了丈母娘刚刚做好的饺子，带着老婆孩子一起，约了全临山最好的餐厅里风景最好的房间，再探李凤玉这尊挡在他和成功捷径之间的门神，见自己的爱车滑进酒店的园灯璀璨之中，于大年掐了烟，小跑几步迎了过去。

王海也不闲着，刚刚停车，立刻疾步下来替凤玉开了门，又问："你要不要问问刘畅来不来？"

凤玉下意识反问："叫他来做什么？"

王海利索收声。

凤玉没等到答案才回身看了眼王海，见他眼观鼻鼻观心，十分莫名其妙，又看了看于大年，后者更是站得像一杆旗，只剩下头发在寒风中乱飞。

凤玉苦笑，解释："刘畅晚上有自己的事，临时约也约不到他。"

果不其然，李凤玉说完这句就不再主动出声，饭局最怕主客位上坐一个闷葫芦，一点互动都没有，好好的一顿饭吃得仿佛祭祖，尤其是凤玉这种，小道消息不能讨论，玩笑又不能开，拍马屁又实在找不到合适的切入点。于大年的夫人摸到了门道。她是位记者，跟军警口熟悉，满口应承下来要帮凤玉继续找姐姐。她告诉凤玉这种事民间去办还是难，当地的管理部门出面，找路子就更多些。

凤玉一晚上都没展开的脸此刻舒缓了点。

于大年知道自己这一招棋走对了，松了口气，又不免感叹：血缘是个奇怪的东西，被领养这么久有什么用？知道自己不是亲生的，还是哭着喊着要找亲人。于大年瞅着老婆带孩子去洗手间的工夫，问凤玉："你问过曲总了吗？"

凤玉摇头："没有，但过几天我们要见一面。玲玲姐要请我吃饭。"

于大年眼睛一亮，立刻对凤玉说："凤玉，这件事拜托你了，事后大哥不会亏待你的。"

于大年从没这样跟自己说过话，这姿态谄媚，语气热络，让她想到张明春方才的样子。李凤玉这二十几年的人生之中，是孤女，是煞星，是累赘。可如今因为刘畅，每个人对她的态度都不一样了。她成了狐狸，一只假刘畅虎威的狐狸。她有点想笑，但嘴角一扬，鼻际就有点泛酸，李凤玉看一会儿于大年，才问："你要怎么不亏待我呢？"

于大年下意识放下了手里的勺子，他没料到会面对这个问题，一时半刻找不到话讲，呆看着凤玉。

凤玉说："你想拿到的不单单是凤池高新区地块的建材供应的合同，你是想保住工业园这块地。华恩这个建材公司虽然有两个环保专利和资格认定，但因为市场门槛高，绝大多数做的是OEM生意，没有自己的标就没有自己的名。还没有以自己的名头拿下过上规模上档次的合同，按指导文件，就不能申请新材料公司，如果不是新材料公司，凤池高新区兴建在即，一旦腾退，华恩脱不了身。"

于大年笑得不自然。

凤玉又道："华恩要腾退，空置的工业园就要被收储。原本你想的只是把平行进口和零部件贸易的账目合并到这边，做一个经营流畅的样子，

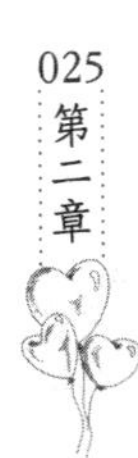

等评估后卖了地多要点补偿也就罢了。但是现在,你想让玲玲姐给你牵线搭桥,用华恩的牌子跟大集团合作,乘着这一路紧抓环保的风,如此不但保住了工业园的地,还能当作跳板申请新材料公司完成行业转型。而这个工业园的位置,很有可能在新区规划内,到时再卖地也好,跟着大佬们做开发也好,你的筹码多了,路子也会多,凭你于总摸爬滚打的本事,很有可能再次一飞冲天,是不是?"

于大年胸口怦怦跳,但脸上还是笑着。现在是他求着这位小财神娘娘做事,凤玉在这些大大小小的财神之中,根本不算是个难相处的。她说的都对,而且她没有冷嘲热讽或者叫自己摇尾乞怜。于大年感慨之余不免有些困惑,刘畅是年轻不知道天高地厚,可刘云山怎么会愿意儿子娶这样的媳妇?

天真善良是好事,但在刘云山的世界里,天真无异于一柄杀器,而善良则是将刃口对着自己人。

"如果我是你,于总,我不会这么做。"凤玉再度开口打断了于大年的思绪,"大企业的供应商,都是经年合作的伙伴,他们的默契是从上到下贯通一线的。对他们来说,换新的供应商不单单是换了一群人吃饭喝酒搞招标,一线工人也需要很长时间去调整适应新产品的特质。就算老产品老伙计,遇到产品更新都需要专门花时间开培训会。现在施工企业的不可控成本里的最大一块就是因为各类原因造成的停工和复建,要是换了产品,很多方面都要重新规划,他们不愿意选新公司虽然也有桌面下的理由,但很大程度上还是因为不愿承担未知变化所带来的未知问题。建筑业、地产业已经不是厚利部门了,我听说,一直在你这里代工的大建材集团有意整合上下游控股华恩,他们开的价格如何?条件好不好?如果你不满意,我倒可以叫刘畅帮个手,大集团势利眼,对小公司仗势欺人肯定有的,但是刘家的面子他们也要看。只是要做供货商,实在是有点为难,玲玲姐的确是余枫的女朋友,但她并不是余枫,余枫他们集团是业内巨无霸,哪怕买了玲玲姐的面子在凤池做一盘,以后呢?凤池弹丸之地,用了新人也就用了，且不说出了省，就说临山的规模，咱们的账面也支撑不了那么久的回款期，验资过不去，第一轮基本条件核查都进不去的。于总你有心争上游我一直都明白，你选这条路回报大是大，但风险也是你承受不了的。”

于大年看着李凤玉，一时不知该说什么。

李凤玉不是他的老婆情人，甚至不是他的心腹，但她是真的在为自己着想。有多少年没有人为他着想了？每个人都想从他这里要钱，连他自己也只想从自己这里要钱了。于大年闷闷道：“那个公司想得美，四千六百万，还想加上工业园一百一十亩地。前几天因为凤池要动高新区，又给我追了四百万，才上五千万。”

李凤玉吓了一跳，瞪着于大年：“五千万还不行??”

他到底想要多少钱才满意??

这表情于大年看在眼里，心里很明白凤玉的想法。她不理解，她诧异，她觉得自己贪得无厌。

可人这种动物，贪婪才是本性，尤其是对金钱。没有钱的人渴望金钱的滋味与得而复失的人渴望金钱的滋味是完全不同的，前者基于好奇，后者则是食髓知味后才有的空虚与痛苦。这种痛苦，只有吸毒者才能了解。

凤玉看到这里，也明白了于大年的意思，她的心情虽然复杂，但情势却已经认清，只道：“我在万通这么久，既然你拜托我做事，你就应该跟我交底的。我猜，你当下是只剩我一个希望了吧？”

于大年还想跟她迂回，可看着凤玉总是唯唯诺诺的脸上此刻尽是了然之色，也怂了胆，心一横，说：“没错，凤玉，这事是要靠你，你开个价。”

凤玉轻叹：“我还没想好，但我要买一辆劳伦士S65，你给我多少钱？”

于大年吓了一跳，本能地问：“你买劳伦士做什么？刘畅要送给你？”

见凤玉不答，于大年又说：“劳伦士的确是漂亮，但这车太小众了，全亚洲提车都难。我做这行这么久，跟他们亚洲代理多少还有点交情，你要买，能保证只要有货，一个月见车，若是没有，只要在途，咱们也能插队拿

到，要不然，现定车，到手也会比别人早。别的不说，除了香港，应该是我的速度最快。别人要做到这个地步起码还要再加个五十万。”

凤玉没讲话，此刻的于大年劣势尽显，也不敢动些权谋心思，老实地说：“小众改装车，原车贵，套件也不便宜，国内也没有多少市场，只能做到这一步了。要不你换巴博斯，巴博斯好拿，而且辨识度也比劳伦士高，排场足，女孩子开也拉风，”半晌又加一句，“转手也方便，保值总比劳伦士好得多。”

凤玉这才开口：“人家指定的要劳伦士，车子你先定，过几天会有人送钱来。原价该多少是多少，要加多少钱就加多少钱。差价你准备好，当作销售奖发给我。”

于大年目瞪口呆，虽然这要好处费的套路还是不够尽善尽美，虽然他还是有充足的讨价还价空间，但这样做的人是李凤玉，光这一条就让他发蒙。

凤玉看着于大年那张仿佛受了惊吓的脸，又道：“你叫我办事，就得信我。”语气和缓，有十足的安慰之意。

于大年顺从地点头。

夜深了，酒店也早就安静下来，走廊的大灯已经都关掉，只留着几个服务员等着收了这一桌的残羹冷炙，夜班大爷正在楼下听戏，咿咿呀呀的旋律不紧不慢地响着，凤玉静静地吃着碗里的花胶炖双参。小小一盏瓷锅莹白如脂，下面煨着火，火色被骨瓷裹着，只剩下娇憨的深橙色。瓷锅里蛋青色的汤汁咕嘟着细细的泡，七年陈的金钱鳌，腥气全无，凑近了闻只有人参淡淡的冷香，喝到嘴里隐约有老冰糖的甜味，那汤水胶而糯，蒸出细细的热气。

但于大年心里有些冒冷汗，这好端端的女孩子，怎么如今好像中了邪？

第三章

欲取姑予

偌大的平层豪宅中几乎所有的灯光都被调暗，只剩厨房明晃晃，那是刘畅正在做菜。他有心事的时候爱做菜。做菜跟做人差不离，要遂愿十分不易，不但原料要好，还得火候好。火候不好，再大牌的厨子也做不出像样的东西，要是把握得妙，往往有事半功倍的效果。

刘畅是个掐火候做事的人，而且他从不失手。今天他做的这一道菜叫“敲醒李凤玉”。

这道菜从见到张明春那天起他就开始筹备了，烹的是秘密，佐料是贪欲，饰盘是谎言。金钱，则是他的火焰。世上万物万情，都逃不过这一道火的煎熬试炼。

想来东西方地狱里都有熊熊的火，也是有趣。

时针指向十点，电子锁发出嘎达嘎达的声音，夜深人静，这声音刮得耳膜发紧。刘畅抬起头来，端看着灶前瓷砖墙中映着的自己模糊的脸，嘴角热身一般地扬一扬，然后转头朝客厅的方向喊：“凤玉，来吃夜宵。”

声音是愉悦中带着得意，任何内心波动都不在其中。

凤玉换了衣服走过去，看到炉灶上煲着一锅粥，带着海货的鲜香，道：“我已经吃过了，不是和你说我跟于总吃晚饭了吗？”

刘畅笑盈盈地说：“他那个二道贩子出身的家伙知道什么是好东西？不外乎金碗银汤匙，红木家具配漂亮女孩子，那种地方，都是小买卖人充场面拍照发朋友圈的，哪能真吃到好东西。”

凤玉一回想，还真是都被刘畅说准了。那饭店有一面摆着珍贵木种家具，大堂还陈列着政商两界的名人字画，连特朗普的签名传记都有好几本，关键位置上陈列的那本最为长脸，上面写着：

赠 Charles：你永远的朋友，唐纳德。

据说Charles是饭店老板的英文名。

于大年请她去的包间里一张香案是海南黄花，比等体积黄金都要贵重，一般人根本进不来。案上有古董九龙碗碟一套，金碗银碟金汤匙，筷子是黄花梨掐金丝的万字不到头，黄灿灿的灯光照着，像是一堆金银财宝在闪光。可这些富贵逼人的东西被刘畅这么一说，顿时如同冥器见了日光，变得灰突突又可信度存疑了。

刘畅见她嘴角微扬，又开口："我的话你跟于大年说了？"

凤玉点头，脸上的笑却没了，她手里握着刘畅递给她的勺子，盯着面前一盏胶糯的海鲜粥，答："于总吓一跳，我跟他说劳伦士时，他五官都变了形。"

刘畅笑意不退，把粥往她面前略送："辛苦你了。九年鲍，补脑子第一品，配的是正经老办法种的五常米，提鲜用的海肠粉，是我辛苦做出来的，好歹吃一点。"

凤玉顺从地点点头，喝了一口，由衷赞道："真是鲜，的确比饭店的好吃。"

刘畅脸微扬，更是得意，看她又吃一口才说："头一次跟老板讨价还价，还是在饭桌上，大多人是吃不饱的。我第一次谈生意，差点蘸着烟灰吃饺子。你还能吃点东西已经很不错了，我得表扬你。"

凤玉扑哧笑出来："为了安慰我，你连陈年糗事都抖搂出来了。"

"我不是安慰你，"刘畅颜色正了正，"谈钱，多数人逢第一次都是难的，但不能因为难就不做。于大年第一次开口时我就告诉过你，你替他打工不替他卖命，付出一份力，想拿到等价的报酬不是羞耻的事，更何况他想求你办事，又想把你当傻子蒙骗，给他一记惊吓也是应该的。于大年是个聪明人，就算今天吓一跳，回头也能悟过来这话不是你说的，他知道该怎么办。”

“他要怎么办？”凤玉抬头问。

“他会变老实，他知道我在盯着他，不会再投机取巧，想跟我做生意，最基本的要求就是老实。想在我家后院开门的人太多了，他于大年本领不精，被吓也是活该。”

凤玉又把脑袋垂低，一下一下地搅着碗里的粥。

刘畅隔着桌子拉过她的手，握在手心，道：“跟我在一起会让你觉得有些辛苦，这没有办法。我们对彼此的世界都很陌生，需要彼此适应，可只要我们心意相通、诚恳真实，外物不足惧。我会尽我所能地保护你爱你，请你相信我，也请你能体谅我。在学习进入你的世界时，我可能会犯错误，给我机会改正，让我能够进步，好不好？”

凤玉抬起头，眼眶里渐渐蓄积的泪水被灯光照得熠熠闪光，她点点头，又点点头，片刻才说：“其实今天，我回渝州看我妈了。”

刘畅面色如常，只问：“为什么忽然回渝州？那么远，怎么不叫我一起回去呢？”

凤玉答：“原本想叫你一起去，但我怕你过去会尴尬。家里也没什么大事，我就是回去跟我妈说了嫁妆的事。”

刘畅“哦”了一声表示了然，视线回到凤玉脸上，仔细巡查片刻才问：“怎么回事，阿姨说你了？”

凤玉不说话，只摇头。

刘畅宽慰道：“没说你就好。我知道你家里经济条件不好，没钱也就算了，我那也就是一说。我是想着，阿姨是传统的人，如果有条件，肯定不愿意你两手空空出嫁，但是对我来说没什么差别。我这人见色忘利，什么钱不钱的，老婆这么美丽贤惠，做梦都要笑醒了。要什么嫁妆，你就是个无价之宝。”

“家里有钱，”凤玉的沉默没有维持太久，“我家里有四十几万。我妈

说是从舅舅那里借来的,可我家跟舅舅家多少年没有来往了,舅妈很不喜欢我,她不可能单凭一个电话就拿出那么多钱来给我当嫁妆。而且……总而言之,家里是有钱的,只是我一直都不知道。如果不是因为我说你会给两倍补回来,妈恐怕根本不会跟我说家里是有钱的。我不明白妈为什么要骗我,这么长时间她都告诉我家里没有存款,告诉我要养家,告诉我她生病买药要花钱,她每天吃饭的钱都难凑,我把所有的钱都给了她,她怕我什么?怕我知道了家里没有那么穷,就不会供晓东上学?不会赡养她、孝顺她?我不明白。没有姐姐,她和晓东是这世界上我最亲近最信赖的人。可我,我是她信赖的人、亲近的人吗?"

"四十几万吗?"刘畅细细地看着凤玉的表情,轻叹,"那的确不少啊……"

凤玉点头,苦笑:"是不是你也没想到?"

刘畅摇头。

怎么会没想到?刘畅学的虽然不是审计专业,但在商场这么多年,看人的本事比凤玉高了不知道几层天。去她老家走一遭,他就知道张明春的消费水平和每月入账对不上号,回来第一件事就是摸底了张明春名下所有资产,钱是有的,几十万。说是大富大贵也够不到,但有这个家底还如此刻薄凤玉,刘畅心里有火。只是,这件事绝不能由他来揭露,毕竟离间计约等于借刀杀人,要是他亲自出手,很大可能会离错了间。思来想去,嫁妆是最合理的要求、最妥帖的由头。他太了解李凤玉了,面对张明春,凤玉一直是跪着的,她觉得自己每一次呼吸都该感念圣人般的养母和弟弟的恩德,这样一个报答的机会她不会错过。这毫无尊严的感恩把刘畅气得好几个晚上睡不安宁,他的女人,付出了青春,耗尽了机会,谨小慎微地乞求一点原谅,然而张明春全不在乎。凤玉做错了什么?她不过是被生下来而已——连被生下来这件事她也是没有选择权的!

刘畅自认不是个行侠仗义的人,他自小看大的世界就从未黑白分明,但凤玉是他所剩无几的道德库存里最后的底线。

两倍回馈如同胡萝卜挂在驴子的面前，引着凤玉往前走。让她有理由把消息传达给张明春，这不是个收益非常可观的回报，但叠加后的数字又很难让张明春拒绝，虽然中间她会摇摆，会权衡，但最终她会同意的，刘畅非常确定。他就要这可与不可之间张明春要做的思量，就是这犹豫不决的思量，最能让凤玉好好欣赏张明春圣母外皮下的真面孔。

没有什么比金钱的烈火更能摧毁人类虚伪的面具了，是不是？

果不其然，渝州那边来信说，张明春去银行清空了两个户头，归到一个户头名下，名字还是她的，一年期定存，走的时候兴高采烈。

这兴高采烈和凤玉脸上的凄惶形成的对比，是这道菜最后的勾芡。

味道之鲜美，九年鲍在它面前都不足一提。

刘畅轻轻抹掉凤玉眼角滑落的泪，坐到她身边去，让她把头靠在自己肩膀上，轻轻说："不要怕，你有我，以后你都会有我，我不会让其他人伤害到你。"

曲玲玲在香港逗留快一个月才回临山，飞机落地后就立刻在酒店会见了凤玉和刘畅。

凤玉问："玲玲姐一直住在酒店？"

刘畅呵呵笑，凑在凤玉耳边低声道："酒店多有安全感，连天台都有监控，除非自己想死，谁也杀不了她。"

凤玉吓了一跳，立刻去刘畅脸上分辨这句话的真假。

可她看不出真假。

刘畅笑着，与平时无二。

凤玉一晃神，就见曲玲玲从内间走出来。她穿一件连身长裙，长度到脚背，但裙身从腰线往下四分之一处就没了遮盖，几层薄薄的雪纺纱，朦胧如月光，那上面恰恰绣着星座图，灯光下一闪一闪，将所有的目光都吸引到两条修长圆润的腿上，上身随便罩着一件圆领的T恤，露出线条柔和的锁骨和修长的脖颈，腰身箍出盈盈一握的线条，脸孔闪着羊脂玉似的融

融的光，凤玉是个女人都不好意思一直盯着看了。

刘畅倒是不怕什么，迎过去赞叹道："玲玲姐，你把这裙子穿活啦！"

曲玲玲的笑意收不住，拍了一下刘畅的肩膀说："就你一惊一乍，一条裙子，还活了死了的，吓人。"

刘畅挠挠头无辜地说："你次次出场都这么惊艳，我也没办法。"

曲玲玲又笑起来。带着这股子笑，她看了看凤玉。

凤玉立刻问："姐姐好。"

曲玲玲点头："你来得正好，过两天买车的人去交钱，该多少钱按多少钱算就行，也别替他省。"

刘畅说："得嘞姐，你放心，车子到了我亲自给你送来，也不用你跑过去了。万通那地方太聒噪，不适合你亲自过去。"

曲玲玲看了看刘畅，片刻才说："还是你想得周到，"继而又笑，"也就是因为凤玉，才能劳你的大驾吧。"说罢从手袋里拿出一个盒子递给凤玉，说，"送你的，上次见面太仓促没准备礼物，送你个钱包吧。刘畅说你是做财务的，替他管好口袋！"

凤玉接过礼物，赶忙道谢，也不知道这礼物是该当面拆还是留着，正犹豫，只听她又道："周末要是有时间，跟我一起出去吃个饭。"

刘畅立刻问："怎么回事玲玲姐，跟你出去为什么不叫我！"

曲玲玲笑着推他一把："女人聚会，你跟着凑什么热闹？"

刘畅也不饶："就只有女人吗？"

曲玲玲说："旗袍会聚餐，凤玉有没有旗袍？没有就去常福祥做一套，"说罢又对刘畅讲，"都快要嫁到你家去的人了，天天就穿成这个样子到处跑？你那俩姑姑还不得说上三天书，编派你从棚户区捡来一个孤女？"

就算是八面玲珑的刘畅也脸上一阵红一阵白，讪讪做不得声。凤玉微笑着应声："玲玲姐说得对，人靠衣装，刘畅给我买了好多衣服，是我自己没什么品味，不管穿什么都没档次，也就没穿。"

曲玲玲丝毫没感受到气氛的变化，"嗯"了一声专心地看手机去了，刘畅悄悄拉过凤玉的手表示安慰。

凤玉还是笑着的，这样的话，曲玲玲说出来跟藏在心里其实没什么差别，又因为她说的的确是事实，凤玉甚至连气愤也没有。从小她就听这种话，在李凤玉这里，没有“虽然事实的确是这样的，但是你不可以这么说”的逻辑。既然事实就是这样的，别人说又有什么关系？

以她多年来应付语言霸凌的经验，没有什么比沉默更能化解问题。只要她不讲话不回应，一切都会过去。他们总会累的，会有新的目标去侮辱和欺负，会去找那种懂得反抗的人，而不是半死不活的自己。

倒是刘畅心里真动了气，转天也不见好，到了常福祥，扔下一张卡给当值经理，也不说话。这经理认得刘畅却不认得凤玉，大约是当作新助手或者跟着来的员工，见刘畅凛着一张脸满屋子乱转，只跟着刘畅前后不离身试图活跃气氛，从刘畅的父母问候起，再到曲玲玲，再到刘畅的朋友，一直说到他的两位姑姑。一直不出声的刘畅忽然一转脸，手指着李凤玉对着当值经理吼：“你是眼瞎了还是脑子犯抽，不伺候她跟着我后面讨屁啊！一做旗袍的店，女服务员跟在男客身后转悠来转悠去，你有毛病吗？”

原本满面春风的年轻经理真正吓了一跳，蒙在原地，一张脸先白再红，眼见着快哭了，刘畅管也不管，又继续吼：“想我姑姑自己找她们去，跟我眼前废什么话？！我带着媳妇儿来是听你拍别人马屁的吗？你脑子有坑啊！”

见当值的副总也跟了出来，他也不放过，对副总说：“你找个智商在线的过来，我没工夫替你教育新人。”

音量的确是有所减低，但刻薄丝毫不弱。

常福祥的二楼是VIP的地方，此时人不多，等刘畅收了声，更是静如深空，年纪大一点的副总还能勉强笑着，年轻的经理已经开始抽泣。凤玉心里发紧，她不是销售，但见过难缠的客户，因为心情不好就在别人头上作威作福者有之，因为心情好就把阴暗面放出来遛街者亦有之。这是人性的一部分。她只是没想到刘畅会是这些人中的一员，他从来都是耐心宽

容，他从来都是讲道理有礼貌，他从来都是那种以最大的诚意解决问题的人。凤玉对这样的刘畅有陌生感，但更多的还是对店员的愧疚，尤其是这经理不住道歉的时候。她听着耳热，又不知要怎么安慰，只能寻点差事把刘畅打发走了，终于等到那不住道歉的经理也走了，心里头才松快些。

常福祥是临山的老字号，她以前去银行时路过几次，从没起过进来看的念头。旗袍跟她的世界没有任何交集，此刻身在VIP休息室里，凤玉感觉有些怪，但这古怪，就像这条案上燃着的香，看着是升起的一缕烟丝丝分明根根向上，等走近了就散了。她闻闻，说不上好闻不好闻，条案两侧对摆四张官帽椅，大约是怕客人坐得不如意，隔着一扇木雕的拱形博古架后面还有一圈西式沙发，沙发前头一张宽大的茶几上放着水果、巧克力、饮料和两个新款的iPad，茶几边是杂志和报纸，中文英文科技财经一应俱全。凤玉听得出音响里咿咿呀呀唱着月圆花好，正随手翻开一本财经杂志，忽然听到门被拉开，一个人闪了进来。

凤玉与来人打了个照面，两人都愣了，居然是方红敏。

凤玉从到了凤池就少见方红敏，立刻迎上前去拉住她的手。在屋外站着的服务员立刻又倒了一壶茶。那服务员刚出门，副总满面笑容地走进来，先赞了凤玉美貌，又给她推荐了几款精致典雅的款式，再次为刚才发生的事道歉："请您千万不要往心里去，我们一定会处理好这件事，给您和小刘董一个满意的答复。"

李凤玉一听就急了，这不是要开除人家吧？为了什么？就因为刘畅那一通邪火？她赶紧站起来摆手："我肯定不会往心里去，这原本就不是那姑娘的事，歉也道过了，我们也接受了。刘畅不喜欢她以后换个人服务就行，你们要真对那姑娘有什么处理，常福祥我以后不会来了！"

副总仔细观察了一番李凤玉的表情，见她急得满脸通红，这才相信这位女上帝不是接着来找茬的，又说了几句圆场面的话，这才跟全程坐在一边的方红敏礼貌而疏远地点了点头，婀娜地离开了。

方红敏是实打实地呆住了。这是天价裁缝铺的高定客户休息室，方红敏今天是陪着准儿媳来定敬酒服才有机会到常福祥的二楼，她没想到会在这里遇到李凤玉，更没想到，这个万年不换一件新衣服的李会计是这样前呼后拥的架势。还有，那副总年纪轻轻的到底有几张脸？怎么对待她，对待她的儿媳吕萌萌，以及对待李凤玉的面貌可以差别这么大？

方红敏虽然脑子有些拐不过弯，嘴上却并不落空，欣喜道："哎呀凤玉，怎么在这里遇到你了？你看看你，瘦了不少啊！"

凤玉心里动了一下，还没说什么，方红敏又自问自答："哦，是为了穿婚纱吧。"

凤玉立刻笑着点点头。方红敏四处看看，又起了问句："年轻人穿婚纱多好看，干什么穿旗袍？当敬酒服？"

凤玉也只能再点头。

方红敏旺盛的好奇心继续发挥作用："你家妈妈没陪你来？"

凤玉眼神略微垂了垂，想要解释却不知从何说起，只是沉默了。终究是共事了多年，方红敏心里有些不舍，安慰道："那也没什么，你有什么不懂的地方问我。你也知道，我儿媳妇家里排场也是大，我也算是个婚礼通了。女孩子嘛，结个婚，一定要心里不留遗憾。男人的钱你千万别替他省，省了就花到别人身上了……"

说罢，方红敏拍了拍凤玉的手，凤玉原本偏瘦，如今这手摸上去更像块冰冷的玉石，白里透着滑腻冰冷。方红敏忍不住劝："除了身体，人这一辈子没有一样是自己的，更何况你是个女人，生孩子就靠这副身子，可得金贵着！"

正说着，有人来请凤玉进去。

待凤玉走了，方红敏问服务员："刚刚那位李小姐来做的旗袍多少钱？"

服务员看一眼方红敏才道："这倒不清楚，但不管钱多钱少，这单常师傅亲自盯。"

方红敏有些意外，她的怜悯收了起来，对刚刚进来的儿子齐方说："还记得我跟你说起过的那个李会计吗？专门去超市买下架菜和临期食品那

个，找了个有钱男朋友，现在居然到这里来做高定的旗袍了，真是……啧啧……”

齐方此刻正等着未婚妻从试衣间出来，耐心全靠意志力维持，闻言从沙发上拿起来iPad胡乱地翻着，心不在焉地答：“那真是走大运了。”

方红敏又道：“跟一个叫曲玲玲的女人走得近，我听人说也是个名声在外的姘头。现在这些女人啊，新中国都这么久了，她们居然越活越回去了，真是……”

齐方忽然转过头来：“曲玲玲?! 你们公司那个孤儿会计认识曲玲玲?!”

方红敏被儿子的反应吓一跳。

齐方也不管，只半怨半疑地问：“你怎么不早说?!”

方红敏立刻嚷：“那种女人你还想认识？都要结婚的人了！”

“你们怎么就这么不爱看别人好？人家不是姘头，人家是堂堂正正的女朋友，男未婚女未嫁的那种，”齐方不耐烦，“而且，这跟结婚有什么关系？这是社交！”

方红敏不以为然：“社交也得分人，像凤玉那种，生来就没别的依靠，寄人篱下受尽白眼，所幸长得好还能嫁给有钱人，要是长得不好看，这一辈子就是个自生自灭的下等人。”

齐方冷笑：“下等人？什么是下等人，叫别人看，我们跟她也没什么不一样，都是攀亲家的下等人！”

方红敏一听就急了，高声驳斥：“那怎么一样呢?! 李凤玉有什么？不过是一张脸，你……”

齐方的冷笑更深了，把脸凑过去，问：“我有什么？不也就是一张脸?”

齐方自然是高大俊朗的，否则吕萌萌也不能一见倾心。

方红敏对儿子的自轻自贱非常愤怒：“招女婿和娶媳妇是不一样的。人家看上你绝不是因为你这张脸好看，人家是看上你这个人，跟李凤玉不一样！”

说罢，方红敏觉得逻辑上找到了发力点，底气更足了，又说："你想想，你的爹妈是什么人？正儿八经临山本地人，身家清白，工作体面，身体健康，不但自己有房子有车，退休了还有国家养，还给你买了房和车，你一点负担都没有的。她的爹妈是什么人还不知道呢，她那养母说是做高级家政的，那不就是当用人老妈子吗？还有，你是名牌大学的优秀毕业生，你在大券商的业务部，正儿八经高薪金融业呢！她，不过是普通大学，民营企业的一个会计，要什么没什么，除了嫁人这条路，还有什么指望？人和人从出生就会不一样，你们不会走一条路，你们就不在一个阶层！"

齐方脸上的冷笑丝毫没少，戏谑反而更深了，他打量母亲片刻，把视线调回到自己手里的iPad上，闲闲道："人家说单纯看上你这个人，你就以为是真看上你这个人了？你在社会这么多年还这么天真？什么叫单纯看上了你这个人，不过是你家其他的东西人家不看在眼里而已。妈，这个社会就是人踩人的社会，你以前觉得你在李凤玉头顶上，现在看到她飞黄腾达了心里不舒服我能理解，但我们头顶上也不是轻快的。现在李凤玉攀了高枝，我们就得抓紧时间抱她的大腿，才能跟她一起往上爬。一会儿你介绍我跟李凤玉认识一下，如果这一把我能跟曲玲玲接上线，咱们家就真能抬起头来。我打工作了就一直靠自己走到现在，家里一点忙都没帮上，能到现在，都不知道自己是走了什么狗屎运，也不知道还能走多久。做我们这行，外头说得光鲜，是个高学历高智商的行当，其实内里的苦哪个做底层的都门儿清。想脱贫，不外靠父母或者靠朋友，我没有靠得上的父母，这次是结识曲玲玲的机会，你一定得帮我！你跟那个李会计，关系很不错是不是？"

方红敏这一分钟接收的信息量太大，有点透不过气，想了片刻，仍然抓不住要点。她艰难地点头，刚想问什么，见吕萌萌走了进来。她穿一身重工金丝绣的酒红色滚金边的旗袍，连盘口都裹了金珠，衬得她粉白色的皮肤闪着光，整个人像是金铸的。吕萌萌有着娇生惯养的傲气，此刻微微仰着下巴正在镜子面前端详着自己年轻的容貌和完美的身体曲线，嘴角

含着笑，却也带着理所当然的迫人感，但这一切，看在方红敏眼里却不是原来的滋味了。

她心里满是茫然和不解，然后涌上了羞愧，最后才是磅礴的怒意。

吕萌萌转了个身问："好看吗？"

她是笑着的，但这笑容却如同唾沫星子飞溅在方红敏脸上。她别过脸去，借故离开了二楼这间死气沉沉的VIP休息室。吕萌萌也不在乎方红敏的去留，她是在问自己满目柔情的未婚夫。

在大堂，面对着繁华CBD的吵嚷，方红敏不得不承认自己被动地撕破了她与惨淡现实之间唯一的遮幔。凛冽的真相如冬季北风呼啸时裹挟的大浪一个接着一个地灭顶泼来，她十分怀念之前浑浑噩噩的时候。

方红敏母子没等到凤玉出来。吕萌萌要去奢侈品店买婚鞋，还要去试西式婚纱，紧接着又得去试菜，看婚礼现场，在她的世界里，她的日程表就是太阳，其他人只能绕着她转。

方红敏跟着吕萌萌走了一天，回家后在床上躺了好一会儿才有精气神给凤玉打了电话。在帮助儿子和维持自己尊严之间有个很微妙的最优解，细细的一线，薄如刀刃，一定要小心拿捏，否则就会见血。

这是她第一次面对李凤玉时感到忐忑。

所幸，凤玉说话声调不高，语气也有商有量，句句之间稍许停顿里隐约的怯懦跟原来一样。

凤玉问："要是有机会邀请玲玲姐，那齐大哥和嫂子也一起吧？"

方红敏脑中忽然浮现吕萌萌那张从来都是微扬着的美丽面庞，迅速而坚定地说："不，你嫂子就不必了。"

第四章

你坐过过山车吗?

旗袍会安排在一家私人会所。这里原本是英国的总领馆,一楼大堂有只水晶灯,璀璨晶莹,曲玲玲一进门,便在灯下站定,光芒又比灯火盛。

这一定便收获了大约三秒钟的静音,有人迎过来,笑着说:“哎呀,玲玲,都说今天你不来了,我就跟她们说,你怎么会不来呢,你不到这儿来也没地方去,难不成天天在家待着抄经啊,那还不如去姑子庙,你说是不是?”

凤玉心里咯噔一下。这话不太对,但又没法立刻说出哪里不对,她转眼看向曲玲玲,只见曲玲玲挑着嘴角笑答:“原本是不想来的,但刘畅的媳妇儿非要来看看,刘畅不放心把她交给外人,我只好带她来了。”

这是在说她,而且这是假的。李凤玉视线越发低了。

来人立刻瞄了瞄凤玉,旋即满面笑容地凑到她面前:“我看看是谁把刘畅的心给收走了?”

凤玉一惊,本能地往曲玲玲身后躲。

凑上前这位妇人,微胖,珠光宝气,穿一件檀色素底天鹅绒旗袍,偏偏又搭着象牙色的纱质披肩,像是肥瘦恰到好处的红烧肉。虽然气质在五十出头,但奇就奇在皮肤很好,仿佛三十几岁,吹弹可破,耀白如雪,灯光从她的斜上方打过去,整个脸孔居然反射着灯光,说不出的诡异。

凤玉尴尬,曲玲玲却笑起来,道:“这位阿姨是富德金控的董事长夫人,王照澜,岁数比我们都大了不少,叫王阿姨好了。我说王阿姨你前段时间去日本旅游是不是做整形了?看脸倒是年轻了许多,下巴上褶子也少了，眼角也不下沉了，就是肚子吸不住，总露馅。”说罢曲玲玲朝王阿姨的肚子拍了两下。

用的空心掌，迅雷不及掩耳，力道狠准，又恰在脂肪最松软细腻的地方，“啪啪”两声，如踩爆两只气球，引人侧目。王阿姨踩着一双十厘米的高跟鞋，躲都来不及躲，肚脐眼结结实实地吃了两掌，整个肚皮连上臂的肉都打战。这一个交手，她脸上笑意有大半被曲玲玲轻而易举拿走。

曲玲玲笑得开心：“你看你这人吧，就是见识短，满脑子净想着脸面上的功夫。你说你这圆盘脸细皮嫩肉的，配这么大个儿的肚子，弥勒似的，看得我啊，都想喊阿弥陀佛了，还让我去姑子庙抄经？抄经直接烧给你得了，哈哈哈哈。”

王阿姨脸上一丝笑容都没了，凤玉不敢动，只是拼命低着头，曲玲玲自己笑了一会儿，扬扬手，满面春风地说：“不跟你聊了王阿姨，我带凤玉到那边去看看。年轻人总得多跟年轻人相处，不单是年轻人呢，你家那位不也是喜欢和年轻人在一起？总跟阿姨大婶什么的在一起做什么？难道真的抄经啊？哈哈哈，那多没意思，对不对啊，凤玉？”

凤玉听见自己的名字，汗毛都炸了，只恨长了个脖子，否则一定把头埋进肚子里。曲玲玲也不追问，说罢就气定神闲地拉着心惊肉跳的凤玉走了。

只有李凤玉手脚冰凉。

这位王阿姨每一秒钟都有可能翻脸，因为每过一秒钟，王阿姨就多一个理由这么做。她会不会冲过来泼曲玲玲一头酒水呢？电视里都这么演的。要是真的泼了怎么办？凤玉心如擂鼓，下意识想回头，将将有动作，就被曲玲玲暗暗拽住手臂。

而后她在凤玉耳边浅笑轻斥：“你瞧你那点儿出息，这么几句话就受不了了？那老女人不是什么好东西，跟刘畅两个姑姑是一窝狐狸。今天你来不先把她给打趴下，等下次她和刘畅那俩姑姑凑一起，你招架不了她。”

见凤玉不语，她又问："刘畅两个姑姑，你见过没有？"

凤玉摇头。

曲玲玲迟疑片刻又道："这话原本不该由我说，可你吧，又实在是叫人不太放心。刘畅那俩姑姑，仗着董事长的偏袒，成天作威作福，连刘畅他妈都受不了，也就刘畅能跟她们硬碰。"

"为什么？"家事刘畅不喜欢说，凤玉也就不问，不过日常听他打电话，也知道他和几个近亲的关系很差，这是头一次有人直接把这件事摊在她面前。

"为什么？"曲玲玲笑着重复，"因为董事长的世界里不可替代的也不过是他爹，他儿子，还有雪山。如今刘畅的爷爷已经去世了，刘畅和雪山才是董事长的心头肉，"曲玲玲顿了顿又道，"话虽然这么说，但刘畅那俩姑姑是刘畅爷爷托孤给董事长的，刘畅也不敢把她们收拾重了，所以你以后也远着点儿。你这道行，被她俩逮着了连骨头渣子都不剩，就算刘畅能给你讨回来，但生了气受了伤又揭不下来，不划算。"

凤玉点点头，来之前刘畅告诉她，旗袍会类似于古早时候的村口大槐树，一群老婆娘们儿凑一起散播流言的地方，叫她做好心理准备。

看来她的心理准备还是做得不够充分。

曲玲玲看凤玉老实，心里舒泰，又道："以后你跟刘畅结了婚就会发现，王阿姨这种人多了去。刘畅这孩子气量大，人豪爽，跟其他的人不同，这也是我喜欢他的地方。但这个圈子就是这样的，互撕互咬还得互相帮忙，互憎互厌还得互相抬举……以后还预备工作吗？"

凤玉毫不犹豫地答："肯定要工作的。"

曲玲玲愣了片刻微微叹息道："的确要工作，否则日子太难熬了。当你的整个世界就只有一个人的时候，他一个喷嚏你就得鸡飞狗跳，别人家是过日子你家是过山车，你坐过过山车吗？在过山车上久了，走到地面上会觉得晕。"凤玉回头看过去，曲玲玲的面容平静，带着丝丝缕缕飘忽的微笑，像是一个淡定的盲人。

又有人围了过来，把曲玲玲从凤玉身边带走了，她们簇拥着曲玲玲，如凤玉第一次见她那般。曲玲玲笑着，下巴微微地抬高，露出修长的脖颈，那串绿幽幽的翡翠在她脖子上闪着碧水清波一样的光芒。

那位王阿姨说的并不是不对，这时候的曲玲玲，要比任何时候都要动人。

凤玉趁机躲进洗手间去，刚来得及洗把脸，就听到王阿姨的声音从身后传来："姑娘，我看你和曲玲玲也不是一路上的人，劝你离她远点。"

语气清冷，之前的喜气洋洋消失殆尽，却透着一股异样的诚恳。

他们这些人是不是每个都精神分裂？凤玉吓了一跳，十分尴尬地转过身，双手无意识地扶在冰冷的大理石台面上，被激得一哆嗦。王阿姨见她唯唯诺诺，往前一步问："你和刘畅在一起？"

凤玉点点头，想到刚刚曲玲玲的话，恨不能钻到身后的镜子里去。

王阿姨又审查一样逼问："你在哪儿工作？"

"我在万通商贸，就是卖豪华车的万通，"片刻又说，"我是万通的副总。"

"哦，"王阿姨的脸舒展开，说，"你跟刘畅是因为买车认识的？"

凤玉摇头："在马路边认识的。"

王阿姨倒是吃惊了："在马路边怎么认识的？"

凤玉不欲多说，答非所问道："就是在马路边。我们公司做汽车贸易，有各种高档跑车，您要是有什么需要……"

"我没什么需要，我不开车，国内路况这么糟糕，没司机哪里我都不去。"王阿姨显然没心情听她说自己不想听的话。

凤玉头次做推销就这么被挡了回来，脸烧得通红，还没来得及想好下一套说辞，王阿姨却上前一步，与她凑近了。凤玉倒吸一口气，生怕她扬起手来给自己一耳光。两人正对望着，门忽然被推开，曲玲玲带着怡然的笑容进来了，看到两人这局面立刻停了脚步。

王阿姨先反应过来，拉开了与凤玉的距离，转身闲闲地道："哎呀，玲玲，刚刚还在问凤玉跟刘畅的婚事呢，凤玉也没想着教给你玲玲姐什么？”

李凤玉一头雾水：“我有什么能教给玲玲姐的？”

王阿姨道：“当然是教她怎么能够嫁入豪门去了。这点她要向你学习的地方太多了。”

凤玉头皮一炸，急忙说：“这算什么学问！”

王阿姨闻言一笑：“也是，这种东西不是学问，是命定，有人生来就是这个豪门命；有人呢，一辈子都别想光明正大地给人家当老婆。你们聊，明天要跟我老公参加他们公司的答谢酒会，年末我也是忙得很。这群男人，别看平时耀武扬威的，重要场合结发夫人不在身边，就是觉得露怯。我先走一步了啊。”

凤玉再傻也知道自己这是莫名被当枪使了，整个头皮都咝咝啦啦地冒着冷气，一颗心提到嗓子眼，咽都咽不下去。等到洗手间的门“啪”的一声轻轻扣上，她立刻解释：“玲玲姐，我也不知道她是怎么回事。我刚刚进来预备洗个脸她就来了，就只问我跟刘畅什么关系，然后你就进来了，我们什么都没说……没说那些有的没的。”

曲玲玲笑了笑，看也不看凤玉一眼，只对着镜子细细地重新描着自己有些晕染的眼影，轻轻道：“我要是在乎她那套，怎么能把她踩在脚底下踝？她这人啊，一年也就得意这么两三天。要再不出出气，还不得憋死了？把她憋死，我平时逗谁玩儿啊。”

曲玲玲大约喝了酒，脸颊和额头都透着淡淡的粉色，补过妆的她更是光彩照人。她对着镜子仔细看了看自己的侧面，又补了补口红才问：“你之前说有事情找我，什么事？”

“是关于我现在的老板，万通商贸的总经理，想请你帮忙。”片刻又补充，“他叫于大年。”

“万通的老板？”曲玲玲秀丽的眉毛微微扬起，挑着下巴转过头来打量着凤玉，似笑非笑地问，“一个卖车的，找我帮什么忙？”

凤玉从酒会回了家就给于大年打了电话，还没开口，于大年就说："凤玉，大哥正要找你，车明天下午就送到，你看什么时候提车？"

凤玉大惊："还没交定金呢，怎么车就来了！"

于大年说："咱们谁跟谁，你替你哥办这么大的事，想要辆车大哥还不得赶紧给你准备好了？"

凤玉"啊"了一声，一直在身边听着的刘畅此刻拿过电话说："那就谢谢啦。"

于大年应该是很高兴，笑声连凤玉都听得到。

挂了于大年的电话，刘畅看到凤玉还一脸茫然，笑道："你这是怎么了？晚上是不是喝酒了？"

凤玉喃喃道："一二百万的车，要得急还得加钱，前段时间还说公司资金紧张，要是这半年业绩不好，指不定不能发奖金呢。"

刘畅哼笑一声："有钱的最愿意喊穷，没钱才喜欢充胖子。这车送给你，你一定会竭力替他做事。送给曲玲玲，就这二百多万的车，曲玲玲想开有人排着队送来，身份都比他高多了，曲玲玲何必理他？送给我呢，如果没有你，我稀罕他的破车？所以你别替他操心，他早盘算好了，生意人难道会白白给你钱？"

凤玉瞠目结舌好久才答："他没说要把车送给我。"

刘畅又道："这还用想吗？曲玲玲是谁，那是余枫的心头肉。当年她运气不好，余枫离婚离了一半，老婆体检查出来是癌症。这俩人就算是天天打架骂娘，那也是少年夫妻的情谊，出了这种事，老余必得尽义务给发妻送终。余枫的老婆前年去世，转年就要出丧期，曲玲玲跟着余枫蹉跎这么些年，眼见着就能扶正。就算还结不了婚，曲玲玲等他多年，这份情哪个男人也没法轻轻带过。尤其余枫这人，极要面子，又重感情，他面前，曲玲玲的话那可不是一般的分量。你知道有多少人花钱想跟他吃顿饭，这才花二百几十万就能搭上曲玲玲这条通往余枫的快线，跟白捡一样的便宜……那边说什么时候去送钱？"

“二百几十万用来插队?”凤玉茫然地问,“还跟白捡一样便宜?”

刘畅转脸看着她,欲言又止,单笑了笑,怜惜地摸摸她的脸,说:“插队要付出多少代价,是由目的地决定的。有人花钱跟巴菲特吃饭,你去问问那群举牌的商人,要是巴菲特多开一桌,他们愿意出多少钱?”话说至此,刘畅不愿继续这个话题,又道,“玲玲姐说这礼拜就来,你记得跟她联络说车到了,问她要付钱那人的电话。”

“这事不告诉玲玲姐?”

“当然了,一码归一码,这车于大年是送你的,懂吗?你要卖给曲玲玲的朋友,不是曲玲玲。这不是一个概念。”

凤玉一头雾水。

刘畅片刻又问:“二百多万,这账是走现金奖励还是算作你的年薪,你想好没有?”

凤玉一口气提住,再没放下来,好久才道:“可是,于总根本没说要把车送我啊。”

刘畅笑着把茫然的凤玉搂在怀里,轻声说:“不如这样,我们打个赌,要是这车他送你了,算我赢,否则就是你赢了。”

“赌什么?”凤玉努力仰起头看刘畅的脸,却被他亲了一下。饶是两人已经住到一起,这突如其来的一吻也叫她脸红,凤玉挣脱不开刘畅的手臂,索性也就靠在他身上,听他贼兮兮地说:“要是我赢了,我们立刻开始造孩子,争取三年抱俩,要是你赢了……你赢了就五年抱仨,你说怎么样?”

刘畅没等她回答,就顺着她的头发吻到她的耳边,一双手自下而上地探索她被薄薄的衬衫盖住的部分,嘴唇轻轻凑到她耳边低声道:“你二十六岁,一年二百多万年薪,别说在临山,就是放眼全国,这收入水平也是够高了,去我家的时候你要着重强调这一点。我刘畅找到你那才叫高攀呢,现在不立刻生米煮成熟饭,要是你跑了,我去哪里追呢……”

凤玉推了他几下,也知道是徒劳,索性伸出手来环住他的脖子,把脸

孔贴在他的胸膛上，好久才道："谢谢你，刘畅。"

却没想刚才还在干柴烈火心跳如擂鼓的刘畅猛地停下攻城略地的手，轻柔而坚定地捧起她的脸，仔细地看着她的眼睛说："咱们之间有两个词不可以说，第一个，是谢谢，第二个，是分手。我刘畅为你做的一切，图的不是你的感恩，我爱你，凤玉。我没法不对你好，我对你好是出于本能的，你不要总是跟我说谢谢，真要说谢，我要谢谢你才对。"

凤玉不出声，刘畅重而漫长地叹一口气，将她重新搂在怀里。凤玉只听着他原本狂蹦的心跳一点一点地平静下来，又慢慢地变成了四平八稳的节奏。又过了片刻，刘畅忽然开口："这礼拜回去跟我见我妈吧，趁我生日的时候亮相，你也不觉得别扭……"

话没说完，刘畅明显感到怀里凤玉浑身都紧了起来，他停了片刻，又道："有我在，你谁也不用怕。我刘畅别的本事没有，护住自己的媳妇儿绝对做得到。以后咱们才是一家人，咱俩有咱俩的家，有咱俩的窝，谁也别想到咱们家来欺负你。你有什么委屈，什么困扰，哪怕晚上做梦为什么哭，都要告诉我。"

饶是凤玉心里紧张，听到这里也喷笑，问："我做梦哭了也得告诉你？你想干什么？"

刘畅道："哪个在梦里让你哭的，做梦我都不放过他。"

凤玉闷声笑起来。

刘畅松了一口气，立誓一般道："我不会让你再担惊受怕了。"

隔天刘畅与凤玉一起去万通，凤池分公司成立后，这是凤玉第一次回来，其实也没过多久，但这灰突突的老式写字楼怎么就越发伛偻了？刘畅停好车，顺着凤玉的角度抬眼看了看，问："怎么？到这鬼地方也有近乡情怯的意思？"

凤玉原本还在感慨，被这句扫掉了一大半，笑道："就你懂得多，还近乡情怯呢，你晓得啥意思啊？"

明明是被数落，刘畅心里却是高兴的。他希望凤玉这样放松地面对自己，他喜欢听到她爽朗的笑声，也喜欢她发自肺腑的不开心，他喜欢她每早起床眼角的那一丝茫然，也喜欢她每晚熟睡时安稳的呼吸。他最喜欢她无所畏惧的时候，那时候，蜷缩在她灵魂深处那个真实的凤玉，也像船长一样，小心翼翼地探出小脑袋来，努力摆脱那个暗无天日的角落，站到阳光之下。他希望有一天，他爱的女人，可以趾高气扬地吼他骂他跟他发脾气，要是能摔个碟子碗什么的就更好了。

这个愿望有点怪，每次想到他都会笑。这次也一样，往楼里走的时候凤玉问他笑什么，刘畅说："亲我一口，亲我一口我就告诉你。"

凤玉白他一眼，刘畅喜得不行，眼见四下无人，就一个箭步蹿到凤玉面前，脑袋里正盘算角度位置都合适要来个壁咚，王海就不知道从哪个花盆后面冒出来，嚷："李总，小刘董，你们来啦，于总在上面等着呢。"

说得兴高采烈，丝毫不知道自己打断了什么。凤玉趁机往前快走几步，和刘畅拉开了距离。

刘畅心里有点功亏一篑的懊恼，看一眼王海，凉凉道："哟，王师傅，这眼白上的血丝儿跟粉条似的粗，熬夜了吧？"

王海搔搔头笑答："这几天孩子病了，闹得厉害。"

刘畅嗤声一笑，凤玉倒是急切地问："现在怎么样了？不要紧吧？"

王海憨憨答："没事，小孩子嘛，病一回长一截。"

其实王海跟于大年一起，两天前就启程去海关提车了。

于大年打电话给凤玉时，王海就在身边。他与于大年一起签了交割单，这来回二十几个小时的车程，一路不眠不休地押送，今天凌晨才返回临山。王海与于大年，多年将兵成了交心的兄弟。

王海抱怨："提车一直都不是你自己做的，何况你这段时间事情这么多，这种事哪怕你不放心，那就叫我带着人来得了，你何必亲自来呢？"

于大年原本正半躺着，车顶景观窗大开，在这条新修的山间高速路

上，四下无灯也没有厂房楼宇，恰好能看到清澈夜空的大片星星。于大年舅爷解放前是个船员，教他认过许多星座，如今几十年过去，老人早已驾鹤西游，没想居然把教给他的东西也带走了。

于大年从没这么真切地接近过衰老和遗忘。

他以为自己可以记得一切，小时候受过的穷、挨过的饿、创业的艰辛、守业的艰难、腰缠万贯的喜不自胜、遇到难题的焦头烂额。如今，他什么都不记得，蔓延在他四肢的只有无际的空虚。如果走李凤玉说的那个最保险的路子，的确，他能拿到一笔钱，可他要的不只是钱，他还要比钱更深刻的东西。他是有抱负的，他想要扬名立万，他想要让人知道他于大年。他不满足于当一个小生意人。

可面对王海，他说不出太多。于大年只是坐了起来，伸了伸腿："睡不着，出来跑跑也好，你开车我放心，要睡觉也不难。"

王海悄悄观察了一会儿于大年，才问："这车，是要给李会计的？"

于大年正色纠正："叫李总。就算凤玉不在乎，刘畅可不是个好交往的人。"

王海立刻改口："是给李总的？"

于大年"嗯"一声。王海又问："定金没交，人还没见到，事情还没启动，这么大一笔钱就进去了？"

于大年看他一眼，好久才道："咱们兄弟俩白手起家，从气门芯儿混到现在，也到了鲤鱼跃龙门的时候了。你知道鲤鱼跃龙门吗？"

王海点头："知道，跃过去就成龙嘛。"

"过不去呢？"

王海一愣，也顾不得小心仔细了，转头就看着于大年。

于大年说："这二百来万要是能让这龙门自己跑到咱们身后去，你做不做？"

于大年见到刘畅，双手迎上来寒暄："小刘董这是第一次来吧？"

刘畅点点头，捡了一只手握了握，道："叫我刘畅就行。"

三人围着于大年办公室那张越黄八仙桌坐下，于大年给刘畅与凤玉都上了茶，才说："你和凤玉年纪差不多大，凤玉叫我一声大哥，你随便怎么叫都行啦。"

刘畅嘴角挑挑，问："车到了？"

于大年殷勤："就在库里，钥匙在我这儿。"说罢从抽屉里拿出一只黑色的盒子，轻轻推到凤玉面前，"就当是大哥送你们的结婚礼物吧。"

凤玉一愣，立刻看刘畅，只见刘畅正望着自己，抓到她的视线，又更加不怀好意地扬扬眉毛，凤玉的脸顿时涨红了。

于大年不明白两人之间目光流转的意思，只以为是自己此前料事如神，正好做了件赏心悦事，谁知得意尚未满秒，刘畅一只手指就摁住于大年推到凤玉面前那只小巧的立方体盒子，又把它推回到八仙桌中央。

盒子划过桌面发出悠长的刺耳的一声，像是冷笑。于大年心一紧，直觉地顺着那只手看到了刘畅脸上。

刘畅还是似笑非笑的模样，也正打量于大年，片刻才扯扯嘴角："于总，我们明人不说暗话，这盒子里的东西原本就不是给我和凤玉的，我对劳伦士没什么兴趣，凤玉还不会开车。真想买车的人今天就会来付款。"

于大年有些措手不及，礼尚往来的事情他做过不少，但刘畅这种最为难缠，他不缺什么，看样子也没有乐于助人的心，做什么都像是事不关己的观光客，要是有趣就去看看，要是无聊就甩手走人。

于大年只好向李凤玉求救："凤玉，这事……"

凤玉也有些愣，刘畅并没有教她怎么办。她停了片刻才试探着说："我是做会计的，又是万通的副总，总要讲规矩……"

刘畅对这个回答很是满意，含着笑，沉默地看着于大年。

于大年立刻明白过来："是是是，规矩得有。凤玉在万通这么多年，不辞劳苦，如今临危受命接了凤池公司的担子，将来万通做大做强，还是离不开凤玉的支持。梧桐招来金凤凰，万通有凤玉这样的人才，也是我于大

年的福气。”

于大年一边说着，一边观察着凤玉和刘畅的脸色。凤玉那颗脑袋是越垂越低，倒是刘畅笑意越发深，终于哈哈道：“我媳妇儿在你这里做副总，的确是不辞劳苦，操这么多心，就那点工资，还不够我给她买补品炖汤的。我原本想让她回家去歇歇，给她弄个公司店面自己看顾着当老板，可是公司有事，她坚决不肯走，义无反顾替你冲上前去，这样的人你们万通也找不到第二个了吧？”

于大年知道自己走对了门道，说：“那是肯定了！我这人心粗，但凤玉的贡献我心里都有数，绝对不会对不起凤玉立下的汗马功劳！”

刘畅听到还算满意的答复，终于把桌上的盒子掂在手里，说：“走吧，咱们去验验车。付款的人我联络过了，马上就到，我们先把前面的手续处理一下再把车给人送过去。对了，过几天我有个局，你一起来吧。凤玉觉得你不错，那我就觉得你不错，带你见见我几个朋友。做生意，一起发财才是和气生财，独个发财那叫作自掘坟墓，你说是不是？”

于大年狠狠点头。

凤玉看到他们要走，立刻也跟着起身。

刘畅却阻止了她：“你在上面待一下，我去把手续处理处理，一会儿打电话你再下来。”

凤玉一愣。

刘畅靠在她耳边低声道：“你这样跟在我旁边，我无心办事，只想办你。”说罢他略抻开身子，眼神在凤玉身上一转。

大庭广众，光天化日！凤玉立刻往后退了一步，一张脸以肉眼可见的速度涨红，推他一把：“你快去！”

刘畅一笑，温柔道：“那你等我一下，马上回来。”

这办公室静下来，就能听到外面办公间窸窸窣窣的声音，有人在打电话，有人在敲键盘，还有人走来走去。这是她工作了八年的地方，但凤玉不敢回头看，她怕看到的是从小就跟着她的那些带着探究、好奇、怀疑或者恶意的目光，再一次聚焦在她身上。她记得小时候邻居们老师们都是这样打量着她，然后就会拉过她问，你知道他们不是你的亲生父母吗？如果你亲生父母来找你，你会跟他们走吗？你记得你的亲生父母吗？你记得你有姐姐吗？你家里人对你好不好啊？你喜欢你的养父母吗？

正是记忆恍惚的时候，她的电话响了，是在上海读书的晓东。

凤玉愣了，今天上午他应该有两堂专业课，教授凶得很，动辄给人C-。怎么这时候打电话呢？她立刻接起来，问："你怎么了？"

电话那边的李晓东闷声道："姐，你在公司吗？"

凤玉问："出了什么事！"

晓东再问："你到底在不在公司？"

"我当然在公司，这是工作日，可今天……"

"我在你公司楼下了！"

凤玉推开门就跑出去了，这狂奔而去的身姿倒是把好不容易做通自己的思想工作，前来套近乎的方红敏吓了一跳。

凤玉猛地拉开门恰好跟方红敏走了个对面，可方红敏嘴巴还没张开，凤玉绕开她就跑了，像是被狗追。方红敏下意识地往屋里看一眼，一张宽大八仙桌上有三杯没动过的茶水，其余的地方空空如也。待她再张望凤玉的方向，凤玉已经不见了。

方红敏关上门，再犹豫了一阵，又回到了自己办公室，有些丧气，有些庆幸，心情复杂，神态萎靡。她下意识地看向窗外，一个小伙子站在停车场中央，没多久凤玉就跑了过去。

萎靡的方红敏来了精神，索性把办公室的窗推开来探头看。从办公室外路过的王海也起了好奇心，凑过去问："看什么呢？"

方红敏用下巴指了指楼下："李会计那是跟谁在那儿又抱又摸呢？我看那可不像那个富二代。"

王海瞄了一眼："看样子像她弟弟。"

方红敏闻言倒是仔细看了看王海，才凉凉道："这才没几天，你连李会

计家户口都查全乎了？还真是眼疾手快啊。”

王海当然听得出这话里头的讥讽，他掏出根烟来，悠悠地点上，才说：“李总还不是李总的时候，我每回往渝州走替她送大件小件的东西回家从来没二话，当然跟她家里人熟得很，还用得着现在看人家飞上枝头了才去套近乎吗？那就是李晓东，在上海读书，学习不错，长得也好。也真是有福气嘞，临近毕业了，姐姐居然嫁到刘家当起了少奶奶。刘家就刘畅这一个孩子，当这种小舅子可是太划算了，我看不只少奋斗二十年，晓东这一辈子只管躺平了数钱喽……”

方红敏想到了自己儿子的话，沉默了。

然而楼下的李晓东可完全不是这样的心境。他从上海连夜坐火车赶回来，为的就是阻止姐姐跟刘畅在一起。

这决心是从周末时他的母亲张明春打电话后下的。张明春喜滋滋地说，你姐嫁过去人家给一百万的彩礼。李晓东原本在看书，听到这话思维卡住了，他知道姐姐有个男朋友，但根本没到谈婚论嫁的地步，怎么就忽然要结婚了？但再问母亲，看样子也不知道太多，问多了张明春也不耐烦：“你管她为什么结婚，凤玉这样的能有人要就不错了，何况男方是谁家的你知道吗？说出来吓死人，雪山集团！人家家里多少钱？多少女孩子抢破头要嫁进去，被她占了先，还想怎么样？”

李晓东顿了一会儿才问：“我姐爱他吗？”

张明春扑哧笑出来：“当然爱了，刘畅随便一辆车都好几百万，长脑子的谁不爱！”

李晓东这疑心一起，就再也放不下了。

原本想着过了煞星教授的课趁下周末再回去，可前天晚上姐姐给他打的电话让他再也坐不住了。凤玉叫他关注一下上海房价，有没有五百万左右可以买下的、他觉得还满意的房子，说她有二百万，妈妈有一百多万，剩下的可以慢慢还。

李晓东这回是真傻了眼，她有二百万，妈妈有一百万？？钱从哪里来的？下雨也没这么快的！

凤玉支支吾吾，只叫他先看着，然后匆匆挂了电话。

李晓东不了解女人结婚前的心情，但他了解自己的姐姐，姐姐一定是心里有事的，但是她不说。李凤玉是什么样的人他最明白，不管别人怎么挤对自己，不管情况多恶劣，只要死不了，永远都忍得下去。一会儿给一百万彩礼，一会儿又凭空多出来二百万，就算是富可敌国也不会莫名其妙就给人家钱的吧？何况那刘畅和他是一个高中毕业，虽然比自己高几届，但他那些劣迹却跟校歌一样每个学生都知道。临山大户之一，凤池刘家的独子，欺男霸女、架鹰牵狗、打架闹事是常态，李晓东想不明白自己姐姐怎么会跟这种人搅和在一起，一时间许多鲜血淋漓的社会新闻都出现在他脑子里。

李晓东知道隔着电话是什么也问不出的。他复习不下去了，把书给同学叫他们带回去，跳上了最近一列往临山的火车。

凤玉奔出去看到晓东孤零零站在广场上，心里发紧，立刻问："你这是怎么了？忽然跑到这里？"

李晓东绷着脸，问："姐，你从哪里来的二百万？"

声音之大，已经让身旁行人侧目驻足。

凤玉赶紧拉过李晓东往角落走，边走边轻斥："你就为这事回来？打电话不行吗？今天不是你们那个煞星教授的课？你这样回来，他给你不及格怎么办？"

李晓东声音也高了："你先告诉我那二百万哪里来的！"

"公司发的奖金。我现在是凤池公司的副总了，公司给我发了奖金。"

李晓东冷笑："你以为我是傻的？他为什么要给你奖金？你刚刚当副总没几天，什么事都没做，忽然给你二百万？有这么好的差事怎么能轮到咱们家头上？姐，无事献殷勤非奸即盗。你得小心啊！"

晓东语重心长，见凤玉不答，心里知道自己猜对了几分，又问："那刘畅到底对你怎么样？为什么忽然要结婚？你愿意嫁他，还是因为他给了

妈钱,妈逼你嫁给他?这二百万,是不是妈把你卖掉的钱?!”

这二百万其实张明春还不知道。往常李凤玉赚的一分一毫都会上报给张明春的,但这二百万,她犹豫之后还没有开口,此时忽然听到弟弟提起来,凤玉心里发虚,立刻拍了晓东肩膀一下才道:“瞎说,你这话叫妈妈知道要伤心了。刘畅人很好,对我好对咱家也好,我当然愿意嫁给他。”

晓东又仔细看了看凤玉:“可我看你一点也不像高兴的样子,姐,你比我放假那会儿瘦多了。”

这墙根下背光,也有些冷。墙上垂着一些藤蔓植物,秋冬之交,枝条干枯,一阵风吹过来,哗哗地划着墙皮。地面上的枯叶也随着风轻轻打着转,满目的萧瑟凄冷。李晓东穿T恤罩单片风衣,上海的天气比临山暖和半个节气,他肯定是走得匆忙,估计根本没请假。

凤玉想,一定是前天的电话把他给吓着了。他们家住着三十几平方米的公管房,用一只5瓦的灯泡,妈妈骑一辆不锁都没人偷的自行车上下班,自己连水电都要限制着用,就这样的家庭忽然多了上百万,谁都会往不好的方向想。她默默地摸着晓东的袖口,这旧得袖口都起毛的风衣也就穿在晓东这样挺拔的身上才不寒酸。这是晓东大一期末领奖学金时她买来让弟弟去拍集体纪念照的,也有快三年了,可他穿到现在也没有丢。这个孩子,什么时候长得这么高了?她还记得小时候妈妈发怒时,扫帚还没举起来,晓东已经蹿到她身前去张开双臂,仰着头,大声喊:“你要打姐姐就先打我!”

那时候他的脑袋只到她肩膀,现在她要看看他的脸还得仰着头了。

凤玉伸手摸了摸弟弟的头发,笑:“你以为是旧社会呢,随随便便就能把闺女给卖了?不会的,晓东,真的是公司效益好,发的奖金。”

晓东毫不动摇,直直地盯着李凤玉:“我不信,你不要跟刘畅结婚,他不是个好人。以前他就在我们高中读书,劣迹斑斑,好几次差点被开除,因为家里有钱有势才能读完高中。他国外的大学是捐了好多钱才念完的,他身边都是些不学无术的富二代,成天只知道开派对、飙车、抽大麻,换女友比换内裤都勤。姐,你跟他根本不是一路人,不信我给你看他Facebook的照片!”

凤玉还真不知道刘畅有这样的过往,她认识的刘畅,除了喜欢研究菜谱,偶尔打打单机游戏,再没有什么其他爱好。他晚上参加饭局从不续摊也不会过度饮酒,爱护动物,礼让行人,而且刘畅是不抽烟的。

她说:“你都没见过他,怎么能这样轻易给他下定义呢?刘畅是个好人,要不是个好人,我也不会想要嫁给他,他真心为我,也真心对咱们家。我有眼睛能观察,有脑子也会思考,不要替姐姐操心这些事。家里的事都交给我,你是男孩子,要去好好拼搏,开创一番事业才对啊!”

李晓东还想再说话,忽然住了口,凤玉顺着他的视线看回去,发现刘畅闲闲地看着他们,正笑着。

晓东面色不善,“哼”了一声:“不但是个流氓,还溜墙边儿。”

声音不低,刘畅听到反而笑了:“咱俩不都在墙边上站着?溜墙边儿姿势都一样,还真是能成一家人。”

晓东一介书生,这些嘴皮子官司完全败在刘畅之下。

刘畅走过来拉过凤玉的手说:“这就是晓东啊,你姐姐总说你,今天我可是见到了。虽然还是没有我帅,但学习肯定比我好,我当年要是学习好,也不至于被我爹发配到国外捐钱念大学了对不对?”

凤玉知道前面的话他都听到了,一时有些紧张,刘畅不动声色地轻轻捏了捏她的手,又道:“怎么着,晓东,忽然回来没跟你姐姐说啊?”

李晓东有些不耐烦:“这是我家的事,跟你没关系。”

凤玉也愣了,立刻回忆起刘畅在旗袍店雷霆万钧的脾气,心里猛地抽了一下,却没想刘畅嘿嘿一笑:“你姐姐是我媳妇儿,你家的事就是我家的事。听你姐姐的话,好男儿志在四方,去好好拼搏,开创一番事业才是正经。否则就你现在这样子,赤手空拳回来跟我这地方一霸、校园流氓比,你拿什么比?拳头?资本?哪一样都不行。就算我是强抢了民女,你不也没办法把我制服吗,对不对?”

晓东闻言愤然，却也无话反驳，顿时面红耳赤。凤玉立刻拉住刘畅喝道："你别说了！"

刘畅一听凤玉恼了，心里开怀得很，他就喜欢凤玉凶他，更来劲了，又继续点火："你小子倒还聪明，连我Facebook都查到了？你怎么找到我Facebook的啊？我都没用本名，而且我相册都不是公开的，你这么伟光正的一个人物，还认识我们不学无术圈里的别的人吗？"

晓东白了刘畅一眼，扬了扬头："我们的黑客战队去年国际大赛团体第三，我是个人第二。别说你的Facebook，如果我想，随时可以拿到你的微信邮箱社交账号看看你有没有背着我姐姐不三不四！"

凤玉没料到这样的答案，也傻眼了。

刘畅哈哈大笑："那太好了，你姐姐对我的忠心程度也是有怀疑的，你快黑我，黑出了个结果来告诉她，看看我有没有背着她做不三不四的事，有没有对不起她！"

说罢刘畅真的就掏出电话给了李晓东，又说："算了，天寒地冻的，你也没设备没帮手，我给你密码得了，都是你姐姐的生日。阴历的。邮箱密码是你姐姐的名字缩写加生日，哦对了，只有第一个字母大写啊。信用卡倒是没密码，借记卡密码……"

话没说完，凤玉提高声音喝道："叫你别说了，你还不停！"

刘畅住了嘴，饶有兴趣地看着李晓东，后者手里拿着他的电话，表情有些茫然。的确是个英俊的男孩子，穿得朴素，却玉树临风，刘畅脑子里瞬间给他物色了好多姑娘，但又觉得都配不上他。

凤玉把电话拿过来塞进刘畅衣兜，命令："你离远一些，我要跟晓东说话。"

刘畅"嗯"了一声，走了一会儿才又回头嚷："别叫他就这样走了，你看那胡子拉碴的样子，刚刚我还听到他肚子叫了。中午和晓东一起吃个饭，然后送回家看伯母，看完了让他从渝州飞，上海那边接机的人我安排，你别操心。"

凤玉"嗯"了一声，晓东头还是低着，但他紧握的拳头松了下来。他从小遇到事就喜欢握拳头。凤玉松了口气，拉过晓东的胳膊，说："你看，他就是那样的人，对人体贴，嘴巴坏而已。"

李晓东看刘畅彻底走远了，才问："真的不是妈妈要你嫁给他的？"

凤玉笑："怎么会呢，你不要这样想妈妈。"

李晓东松口气，又叹口气："妈这人，我不是说她不好，妈是个好人，就是在钱的问题上有些疯狂。孝顺有很多种法子，钱不是唯一的。姐，妈不卖你，你也别把自己给卖了。"

凤玉沉默一会儿才道："妈从没为钱说过我什么，妈养我也从没说过要我报答她什么。你不能这么想妈。爸走了以后，妈一个人养咱们俩，她从没买过一件像样的衣服，内衣衬衣都是补丁摞补丁，外套都是工服，这样过了十几年才给咱们攒出了学费。没有妈这么牺牲自己，我上不了大学，也不会有现在。你不能这么说妈。"

"可妈说他给一百万彩礼，然后你又说二百万奖金，一下子来了这么多钱，我肯定没有好想法。姐，那彩礼我不要，你自己留着。别叫他们看扁了你，以为你是卖身给他们，奖金你也留着，女人嫁人，身边得有钱防身才行，你要自己保护好自己！"

凤玉笑了："妈没跟你炫耀他一辆车就好几百万，那样的车他家还有好几辆？别说二百万了，我就是带着两千万嫁给他，他也不会放在眼里的。在他家，几百万防不了身啦。"

李晓东看一眼刘畅离开的方向，闷声问："你见过他家里人了吗？谈恋爱和结婚是不一样的，结婚以后，你要应付他全家呢，他家里人对你好吗？"

这句话说到点子上了，但凤玉到底比李晓东年长几岁，面对李晓东还有心理优势，道："你看你，年纪小小的，这么婆婆妈妈，中午一起吃饭，下午回去看妈妈。学校明天是不是没专业课？住一晚上明天再走吧。"

中午吃饭曲玲玲也到了。这都到了初寒的时候，她穿一条窄裤脚的浅灰色九分薄裤，同色系的高跟鞋鞋跟细得仿佛杀器，两者之间是纤细的

脚踝和细腻雪白的脚背，上身一件奶油色无袖缎质圆领衬衣，露出了圆润光滑的肩头，小巧的锁骨上一串明晃晃的金色珍珠宝塔链，垂在锁骨中间的那一颗有五角硬币那么大，下端被半圈钻石托住，此刻在灯下闪着锐不可当的光。一条宝蓝色暗绣着如意纹的披肩被随意地挂在肩膀，用一只手轻轻拢着，另外一只手里，则拎着一只黑色的小包，她带着笑和一阵香风，就这样飘了进来。

屋里三个人都愣了。

刘畅率先站起来道："玲玲姐，你一进来，我忽然想到一个词——宝玉涵光。"

曲玲玲笑得开怀："真是说不过你，你怎么走那么快啊，不是说好叫你等我的？"

刘畅答："你助理告诉我你在接一个电话，现在不方便，我就把车钥匙和车本什么的给她了。"

曲玲玲道："哦，刚刚过来的，分不清里外。还好我知道你最喜欢到什么地方吃饭，否则今天可是逮不着你了！"

刘畅立刻招呼人在主位加了一套碗筷，然后添了几个曲玲玲爱吃的菜。

刘畅与曲玲玲从来都看上去亲热，倒是凤玉有些不自在。

刚刚曲玲玲的助理的确说过曲玲玲在接电话不方便，但是也说了请刘畅等一下她，她马上出来。不过刘畅没等，刘畅并不想跟曲玲玲有过多交往，他不喜欢她，甚至厌弃她，可他从来没有在曲玲玲面前表现出来过一丝。刘畅像是一只硬盘，里面存储着无数剧本，对待不同的人就拿出不同的本子来演不同的角色，举手投足、言谈举止，都有不同，他从没串过场，他在无数剧本之中游刃有余，眼花缭乱的只是凤玉。

凤玉喝着手边的汤，心已经走远。

刘畅与曲玲玲又谈了一会儿，才说："玲玲姐你看，这是我小舅子李晓东。今天早上刚刚从上海回来，翘了课逃了学，跑回来看姐姐。"

曲玲玲一愣:“凤玉还有个弟弟？亲弟弟?”

凤玉并不愿多说家里的事,点头:“亲弟弟,晓东,这是玲玲姐。”

晓东有些茫然,问:“是刘畅的姐姐?”

刘畅大笑:“我要是有这样的姐姐,还去国外做坏事干什么,我就专门在临山称王称霸!”

见刘畅时刻惦记着揶揄自己,晓东顿时闭了嘴。曲玲玲笑叹:“都是有小舅子的人了,还像个毛猴似的,人家晓东看上去比你稳重多了。”

曲玲玲微微眯着一双杏眼,偏着头打量着李晓东。她的脖颈优美,宝蓝色的披肩层层叠叠,像流动的溪水闪着柔和的波光,越发衬得她肌肤如雪,微笑着的嘴角有着美妙柔和的弧线,恰好露出的牙齿编贝一般。

李晓东的脸已经红了。

凤玉道:“晓东比较内向。”

“这性格像你,”曲玲玲笑问,“你在上海读书？什么学校?”

晓东这才壮了声色道:“复申。我读计算机。”

曲玲玲赞叹:“哎呀,高才生,毕业了不预备出国?”

李晓东是他那年的渝州市状元,这一直是李家的骄傲。但晓东还没讲话,刘畅就说:“今年时间晚了,我预备明年送他出国,或者干脆就找个地方工作。做他这行实践重于理论,工作一段再读比没踏入社会直接出国要好得多,还得请玲玲姐也帮忙掌眼。自己家孩子,我也不跟姐姐客气,公司要大些,项目要响亮一些,这样往后请人家写推荐信,拿出去也好看些。名校回来要创业还是要执教,那就有选择了。”

这一连串打算比李凤玉想得还要周全。她心里暖,感激地看着刘畅。

倒是李晓东低着头,瓮声瓮气地反驳:“我不想出国,也不需要别人送人情,我的能力够,在哪里都能活;我的能力不够,也没有仰人鼻息一辈子的道理。”

刘畅闻言愕然,曲玲玲大笑着赞:“有志气!”

李晓东脸更红了。

第五章

如登春台

张明春午饭后才得知儿子要回来，立刻请假回家。

李晓东不想早早告诉母亲，他怕母亲会要求立刻到临山来见自己。他是为姐姐回来的，而且对母亲心里置着气，可这气怎么生呢？她自己不舍得吃穿，全是为了他，如今连姐姐也这样——尽管李凤玉不断解释，李晓东还是认为她把自己卖了。刘畅和姐姐根本不是一类人，他是那个坐劳斯莱斯上下学，领着一群走狗欺男霸女的无良公子哥，而他的姐姐，只是个唯唯诺诺的普通女人。母亲为了他奉献了一生，如今她胁迫姐姐也这么做，让她只为了三百万就把自己卖了。

而这些钱还不够刘畅买辆车。

李晓东默默叹息，一分钱难倒英雄汉，何况是三百万？可不应该是姐姐。

同一个屋檐下，张明春却是开心的。她熬了天麻炖乌鸡，天麻和乌鸡都是刘畅送回来的。张明春盯着锅子扬着声对儿子吆喝："刘畅说知道你有偏头疼的毛病，叫你好好吃。刘畅家里的一定是好东西。"

因为没有抽油烟机，家里做饭要把厨房窗户和大门一起打开做对流，李晓东也不确定她这段念白是对自己还是对街坊说的，一直沉默着。

张明春倒是不以为意，嘴角的笑容下不去，片刻后忽然又开口："刘畅没说要资助你出国的事？"

李晓东闻言猛地从自己房间蹿出来，疾声问："是你叫他资助我出国的?”

张明春理所当然地答:“我问他能帮家里做点什么,他说随便什么,能做到就行,那我就说了呗,说你想出去看看,开开眼界。再说了,你这么棒,高考是状元,平时也有奖学金,现在国际大赛都能拿奖,资助你他也不吃亏啊!”

李晓东愕然地站在逼仄的房间中央。

张明春没等到儿子的回答,自说自话:“你一会儿喝了汤就睡一下,晚上咱们得去你舅舅家。你爸不在了,见婆家人总要舅舅在,更何况送亲也得男人出马。”

李晓东很不喜欢舅舅一家,尤其不希望舅妈那个毫不遮掩的势利眼出现在姐姐婚礼现场,于是问:“我姐姐结婚,难道不能由我送出门?”

张明春叹口气,灭了火,然后拉着李晓东坐在桌边,道:“你还没结婚呢,不能做这个。今年你姐结了婚,妈的心思去了一半,就剩下你了。刘畅对你姐好,你姐说你今天没给人家好脸色看,以后不要这样了。”

李晓东的火有些起了:“他就是个不学无术的富二代,现在看着我姐一时新鲜穷追不舍,凑热闹一样想结婚,以后呢?以后新鲜劲儿过了,我姐怎么办?我姐跟着他会吃亏的!!”

张明春不以为然:“咱家这个环境,你姐这个出身,能嫁到刘畅家那得是多大的福分?刘畅家没说吃亏,还轮得到咱们说吃亏?彩礼给了那么多钱,还答应送你出去读书。刘畅是独子,以后你姐要是生个儿子,她这一辈子就算翻身了,你我在刘家也抬得起头来,咱们孤儿寡母有了帮衬,怎么叫吃亏?”

李晓东问:“你就为了这几百万怂恿我姐嫁给刘畅?你想过我姐她愿意吗?万一以后刘畅对她不好,她怎么办?我姐姐后半生,对你来说就值这几百万?”

几百万?张明春不太明白晓东在说什么,只挥手道:“我就算能怂恿你姐嫁给刘畅,难道我还能有那么大本事怂恿刘畅娶你姐?你不要在中

间搅和。现在你姐都跟刘畅睡到一张床上了,人家能收她进门当老婆,那是人家家里厚道,就算刘畅睡过了翻脸不认,你姐能怎么办?她以后还能跟谁?你现在不哄着他叫他娶你姐,万一他不高兴了,不结婚了,你姐怎么办?哪有公子哥儿脾气好的,何况刘家那样的家业,嫁到那样的家里,吃香的喝辣的,受点气怎么了?就算是普通人家,难道还有不受气的老婆媳妇?哪怕刘畅跟你姐没心思过下去了,他给你姐的钱也够咱们娘仨过一辈子吃穿不愁了,什么几百万,你姐要是生了一儿半女他还敢轻易打发你姐,我就跟他拼命!"

"这话什么意思?"晓东愕然地看着母亲。

"什么什么意思?"张明春也同样困惑。

"什么叫生了一儿半女还敢轻易打发?"晓东的火气烧着他的神经,连指尖都是麻的,他吼道,"你心里也明白我姐嫁过去不可能跟他过一辈子的是吗?"

"难道跟着平民百姓就能保证过一辈子了?"张明春声音也大起来,"婚姻就是看命,多少女人不看钱不看名,冲着男人人好嫁给他生儿育女,最后不也落得人财两空的下场?嫁汉嫁汉穿衣吃饭,她跟着刘畅,起码知道过不下去了自己和孩子有保障,饿不死,这难道不是好事?人生在世本来就不容易,女人比男人又更不容易,你姐姐这张脸是她唯一有价值的东西,要是贱卖出去,我才是对不起她!"

"她是个人啊!妈!"

"谁不是人,咱们全家,哪个不是人了?"张明春霍地站起来,也对着儿子吼道,"可咱们家过的是人过的日子吗?如今你姐姐有个机会能脱离这个棚户区,能带给你,带给咱家体面的生活,高贵的日子,不用再跪着求生,你为什么那么不高兴?!你不喜欢刘畅,你不喜欢他哪里?除了有钱,他哪点比外头的人差了?你以为给你姐找个没钱的,她就能过得好过得踏实了?咱家倒是没钱,踏实过吗?我告诉你李晓东,好人就分两种,一种是真好,一种是没资本变坏,这世上没有'有钱了就变坏'这种事。刘畅这样家财万贯的小年轻，能不作恶，能有他这样的修为，那就是个好人！就算是你，我是你亲妈，我都不敢保证你到了刘畅的份儿上，能有刘畅的做派！”

李晓东耳鸣目眩，觉得体内有一颗原子弹腾空在脑子里炸开一团狰狞的蘑菇云。他拎着衣服冲出门。

张明春的声音越来越远，耳边的风声带着人声迅速掠过，早年的回忆也是如此。母子三人相依为命的苦处，刘畅Facebook里如同流淌着货币一般的笑容，两样叠加，分不清哪个是哪个，他索性闭着眼睛跑起来，对于母亲的命运，他无能为力，没想到对于姐姐的命运，他还是无能为力。

当年他是渝州市高考状元，也是大临山地区理科第一名，全市的新闻媒体都争相往家里、去学校采访他，每个人都赞他是明日之星、未来栋梁，甚至连母亲做工那家的男主人都想跟他吃顿饭，带着自己不肯用功的孩子沾沾贵气。那时，他真的以为他的人生，即将驶向一片广阔壮丽的海域。去上海的前一夜，他对着父亲的牌位郑重立誓：他要带着母亲和姐姐过上好日子。那时的他还天真地相信，人生如同考试一样，只要聪明加上无止境的努力，就没有到不了的地方。然而如今，他已经牺牲了一生的母亲，想要他的姐姐也通过牺牲自己的方式来成全他。

而他呢，还是只会考试。

这种只在老书里头出现的段子，怎么到如今还没有作古？

李晓东一直跑到源河大桥才停了下来，或许是跑得太急，他的嗓子牵着气管，吊着半面肺疼得仿佛要罢工，他双手撑在膝盖上大喘气了好一会儿，才勉强抬头往栅栏外看，汗水滴在厚实的栏杆上，然后再缓慢地掉入桥底浑浊的河水中。这些年季节反常，原该是枯水期的河面比丰水期还要宽，河水裹挟着草根、垃圾和零星的动物尸体滚滚而去，河边有几个工地还在施着工，料峭的秋风送来敲打钢筋的声音，哐当哐当不紧不慢地响着。他看着浑浊的河面，心中混乱而苦涩，直到面前停着的车子用远光灯对他闪起来。李晓东原本不想理，可那车灯不依不饶地晃着，他勉强直起

腰，眯着眼看过去，还没看出个所以然，听到车里传来一个优美的女声，带着三分犹疑和七分戏谑，笑意盎然地问："李晓东，你跑成这样，是被疯狗追还是被女朋友爸爸追啊？"

他也愣了："玲玲姐？"

凤玉正在看交规册子就接到母亲的电话，张明春的声音火急火燎："晓东不见了！"

"晓东不见了？"凤玉下意识地重复，"怎么叫不见了？去哪里了？"

张明春嚷："我俩说了几句话，他就跑了。"

"说了几句话怎么会跑呢？"凤玉的心腾了起来，"他说什么了？没说去哪里了？"

张明春犹豫片刻才问："姑爷在吗？"

"在洗澡，"凤玉答，过了片刻才问，"是因为我和刘畅的事吵起来了？"

张明春这才叹了口气，似筋疲力尽后才有的轻松一般："晓东心疼你，他就是觉得我把你卖了，怎么说都不听。凤玉，妈脾气不好，妈能力不够，妈不能让你们穿金戴银吃香喝辣，妈有万般不是，但卖女儿的事情是做不出的。你爸走了以后，娘家婆家都要我把你送走，可妈就撑着把你留下来了。因为有你在，晓东奶奶、姑姑都不肯再管咱们孤儿寡母，我一个人带大你们俩，晓东不懂，可你，应该是明白的。如果为了钱，我何至于过得这么辛苦？晓东这么说我，我心里真是……"

说着，张明春的声音哽咽起来。

"我明白，"凤玉想到当年的事也有些鼻酸，又轻轻重复，"我都明白。晓东年纪小不懂事，但是他孝顺，如果知道说这些会让你这么难过他不会说的。你别难过了妈，这都是我不好，我应该好好跟晓东说明白的，不该叫他带着气回家。你别着急，我立刻去找他，你吃过饭了吗？"

张明春含混地应了一句"没有"。

凤玉还没开口，身后刘畅的声音忽然传来："一个人吃饭没意思，我叫人把阿姨接来，晚上咱们去扶风。这鬼天气，泡温泉最合适。阿姨先过去，咱俩找到晓东，架着这小子去给她赔罪！”

凤玉还是愣着的，张明春却听到了，扬着声说：“我锅上还有天麻炖乌鸡呢，给晓东的。放在家里可惜了。”

刘畅干脆从凤玉手里拿过电话，直接跟张明春说起来：“不可惜，扶风山那个出云墅，新挖了一个大厨，煲汤的技术一等一，肯定比您家里的好。我派人陪您先过去，凤玉跟我去找找晓东。这孩子气性大，要慢慢说，您不要急，由我和凤玉来。”

张明春性子吃软不吃硬，听得刘畅这样劝说，原本将要夺眶而出的眼泪都造反一样冲了出来，每一颗都不听她指挥了，她抽泣着不住说道：“刘畅啊，阿姨真是委屈啊，真是好委屈啊……”

凤玉站起来要抢电话，却被刘畅一把挡过去，顺势把她圈在怀里，只把电话往她耳边稍微凑了凑，由着张明春哭一会儿，才道：“阿姨，您放心，您前脚到那边，我后脚就把晓东带过去。我知道您委屈，独身一人带大俩孩子的难处谁也没法体会，以后有我，不要担心。”

又安慰了一会儿，张明春才抽抽搭搭地搁了电话。

凤玉在一边呆站着，刘畅把电话放进她衣服的兜里说道：“你这电话漏音太厉害，收音机似的，都副总了，用这么没有保密功能的电话，你们万通怎么活啊？明天赶紧去买个好的，叫于大年报销去。”

看凤玉还不动，刘畅伸手在她眼前打了个响指：“害羞啊？都副总了，这些东西本来公司都该配发的，要不我给你买个新的？”

凤玉摇摇头：“你刚刚说的是真的？”

“什么？”刘畅正在自己的手机上飞快地敲着什么，心不在焉地问，“什么真的？我看你叫阿姨住出云墅得了，这几天急降温，你家那边房子不是个住人的地方。哎对了，咱们也住过去，离你们那挂羊头卖狗肉的分公司近，省得你天天来回跑跟霜打茄子似的。你说你搬来跟我住了能有一个月吗？瘦成这样，传出去对我影响也太不好了。赶紧把你送过去补补。”

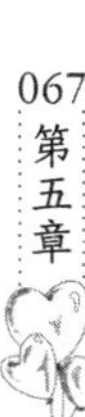

凤玉说:“不是这个,我是问,你说我妈前脚去扶风,你后脚就把晓东带过去?你知道他在哪里?”

刘畅头也不抬,嘴角倒是吊着笑起来:“曲玲玲去源河湿地散心,在路上捡到他了,正带着他游车河呢。没事,她最会哄人。”

凤玉心里上下不定,刘畅潦草地吹了吹头发,就换上衣服,见她还是蹙着眉靠在窗边呆站着,又安慰道:“你别担心了,只要不是女人,跟她在一起没什么学坏的机会。”

知道刘畅要来扶风,郑东良亲自迎接。他是九恒董事长郑红旗的儿子,经营着他自己都说不清道不明的金融生意,比刘畅略小几岁,个子也略矮,穿牛仔裤和棒球衫,因为胖,把脚上的鞋穿走了形。郑东良原本跷着二郎腿坐在大堂沙发上刷短视频,看到刘畅立刻冲上来,拥抱了一下,才叫了一声“大哥”,又打量了一下凤玉,立刻绅士地略微鞠了一躬,又喊“大嫂”,样子滑稽,刘畅立刻哈哈哈笑起来,倒是凤玉有些尴尬,他们还没结婚,她甚至没见过刘畅的父母。但郑东良并不注意凤玉的表情,他来找的是刘畅。没寒暄几句,就把当值经理叫来,引着凤玉往另外一条岔路走了。

凤玉只来过扶风一次,那时有一笔账出了问题,于大年又联络不上,方红敏说他到这里来打高球了。凤玉不晓得于大年会打高球,她叫出租到这里,花了快一百块钱。凤玉在花廊站了一会儿,于大年才从大堂电梯急急地冲出来,衣衫不整,头发湿漉漉带着奇怪的香气。于大年一边签字一边略微不耐烦地嘟囔:“凤玉啊凤玉,你就是太一板一眼了,就这种事值得你上天入地地找我吗?这么漂亮的女孩子,怎么一点都不解风情呢?”

凤玉唯唯诺诺,一抬眼,看到一个面容娇艳的女子从二楼的阳台上看着自己,她穿着酒店浴袍,斜靠在栏杆上,含着笑,单手支着下巴,指尖是鲜红的蔻丹。

那是于大年的情人。

此刻的凤玉忍不住回首看过去，那大堂还是原来的样子，水晶灯璀璨，地面光亮可鉴，只是没有于大年和蔻丹美人。郑东良在手舞足蹈，刘畅原本在听着，看到她回头，笑着与她招手。

引路的经理评价：“真是恩爱。”

凤玉笑了，说：“这里很漂亮。”

侍者闻言有些得意，说：“出云墅更是漂亮，一共三十七栋别墅，都出自名家之手，依山而建，在去年旅行杂志发布的亚洲十大必住艺术酒店中排第三名。现在还有两个空单位，‘仁以山说’和‘一碧万顷’。一间面山，一间面江，风景都是两面最好的，过会儿您看选哪间。”

天气渐冷，凤玉订了“仁以山说”，她只想着初寒的天气怕母亲冻着。但张明春来了以后坚持要自己看看两栋别墅。凤玉为难，刘畅倒是不在意，立刻又把侍者叫来，陪着张明春重新走了一遍。两栋屋子，张明春左思右想，决定到“一碧万顷”去，首先是大，然后窗外就是扶风山的红叶，红叶下春溪江碧波荡漾缓缓而去，与源河的散漫粗犷完全不同，像是江南。张明春说：“年轻的时候跟你爸到这里来旅游，他说老了要是能在这里盖一座房子住就好了，没想到真的住上了。”

凤玉有些过意不去，摸着张明春粗糙的手。张明春约莫是大哭过，不但眼睛是红的，鼻子也有些红，像是重感冒，凤玉怕她冷，把自己的外套给她披上。刘畅立刻把自己的外套给凤玉披上。

这一连串的动作看得当值经理笑起来，又道：“二楼露台有三道的恒温悬浮泳池，这整个泳池底面都是承重玻璃钢，晴天从一楼中庭往上看，像是海底漫游……”

“各色比基尼尽收眼底”这句话他识趣地省下了。

这房子暖气力道很足，张明春脱了凤玉的外套，自顾自四处看了好久才开口，前院是泳池，后院是温泉，这么大的房子，只在电影里看过。

言未落地，只听身后有人冷冷道：“不但电影，书里也有，叫作穷奢极欲，酒池肉林。”

来人是晓东，言辞间尽是尖锐的不悦。

刘畅当没听到，笑着说："还好你是被玲玲姐遇到了，否则渝州那么大，我还真不知道去哪里找你。"

李晓东不说话，张明春立刻过去拉住了儿子，眼见着眼眶又红起来。

刘畅见状又道："阿姨，今年过年呢，您和晓东一起出国玩玩，顺便看看学校。这几天天气不好，过几天我叫人带您去把护照办了。"

张明春听到这里眼睛都亮了，欣喜地看着李晓东，做出"你看，我说什么来着，刘畅是个多好的姑爷"的表情。

可李晓东字正腔圆地呛："我说过我不出国，就算我要出国，跟你也没什么关系，你现在还没跟我姐结婚，别总到我家来指手画脚！"

这次刘畅脸上的笑容挂不住了。最惨的是站在张明春旁边的当值经理，原本只是替太子爷招待好友亲眷，这下进退都不是。

晓东翻脸翻得让人措手不及，刘畅面色也是不善，凤玉不知道该怎么圆场，一屋子空气都僵住了的时候，忽然一阵笑声从楼梯拐角传来："不是一家人不进一家门啊，刘畅，你这小舅子跟你当年一样反骨，这下体会到家长难当了吧！"

曲玲玲现身了。叫凤玉意外的是，今天的曲玲玲并不是鲜艳夺目的那一位。她穿着牛仔裤，一件素得不能再素的烟灰色T恤，外头是一件卡其色风衣，平底的球鞋，除了手表，周身没有任何首饰，因长发束起而露出的圆润的鹅蛋脸上连妆容都似有似无。凤玉呆了，没想到曲玲玲这样年轻，更没想到，她卸妆后会这么漂亮。她头一次知道有人不化妆居然比化妆了更好看。

可这样的她却不像是曲玲玲了。

凤玉诚恳道："玲玲姐，你今天特别漂亮。"

气氛陡然解压。

刘畅也哈哈哈笑："玲玲姐，我说什么来着，你男女通吃。"

曲玲玲闻言娇俏地脸红了一下，看到张明春，也恭敬地问了好。几人再寒暄片刻，当值经理知趣地带着张明春和李晓东以四处逛逛的名义离开了，留下凤玉和刘畅陪曲玲玲到了客厅坐下。

曲玲玲还是笑着的，说："你这弟弟很聪明，上知天文下知地理。"

刘畅插嘴："那我呢？"

曲玲玲佯装深思片刻又说："你吧，你略微差一点，不过也讨到老婆了，差点也没什么关系啦。"

大家都笑了。

曲玲玲才道："刘畅是独生子，以后跟凤玉结婚，不能用老想法过日子了。凤玉的弟弟就是你的弟弟，这弟弟跟姐姐哥哥之间有个磕磕碰碰都是常有的事，不高兴也好恼了也好，要记得是骨肉，断骨连筋，那是损荣与共的。"

刘畅郑重地点头："玲玲姐说得对。晓东说我说得也没错，我为所欲为惯了，得改改。"

曲玲玲对这态度很满意，看了一眼凤玉又说："你要跟刘畅结婚，总指望刘畅护着你，那他就太累了。凤玉，过日子不是童话书偶像剧，灰姑娘只要伸出好看的手给王子握住就算是大团圆结局。刘家就刘畅一个儿子，刘畅的家和国，是要你跟他一起守的，你要帮他，就算不能，也别给他添乱。他在前面冲杀，你要把后院给他招呼好了，一定不能起火。做饭洗衣温柔体贴繁衍子嗣，保姆也做得来，保不齐还做得更好，在刘家想当贤妻，要求比这多得多。"

刘畅要开口，却被曲玲玲一个眼神止住了，她接着说："我前几天见过刘畅妈妈，刘畅到处说自己快结婚了，爹妈却连儿媳的影子都没见到，心里当然是着急的。刘畅的妈妈向我打听过你，对你也没什么不满意，董事长夫妇都开通，刘家的家业在这里摆着，并不指望用儿子联姻达到什么目的，你也不要有太大的压力，刘畅在家自小受宠，爹妈对他的另一半只有一个要求：真心对刘畅好。我对你也只要求这点。刘畅和其他孩子不同，他只是反骨，心肠却最善良憨厚，他这么爱你，我都替他担心，我怕你会伤

害他。”

“我不会！”凤玉立刻抬头，坚定地说，“我永远都不会伤害刘畅！”

刘畅被这一番宣誓震得只会傻笑了。

曲玲玲仔细看了看凤玉，才又道：“那就好，那我也能回去交代了。你那位老板的事，你想怎么办呢？”

凤玉刚刚松了口气，又提了上来，错愕地看着曲玲玲。她还在消化刚才的那段话，从哪里冒出来的老板？

倒是刘畅反应快：“这事得看姐姐你的意思了，谁不知道你在余叔叔跟前的分量呢？”

曲玲玲一笑：“这于大年也是豪气，今天下午给我发消息称是凤玉的大哥。我还纳闷呢，凤玉的大哥怎么找到我们上来了，又说起来，才知道是他自己给自己冠的名号，凤玉的大哥，哈哈。”

这一声“哈哈”，说是笑，带着十足的冷意。

刘畅看了一眼曲玲玲道：“小生意人就是这样子的，需要你的时候就来抱大腿。我听说他拐弯抹角找过你好几次，你都懒得理他，这次要是你帮他，这面子是给我和凤玉的，你觉得这人不值得帮，那就不帮。咱们之间什么关系，不至于为了个不相干的外人有什么不愉快……不过这人呢，也算是义气，以前没有我，对凤玉也算是照顾，所以这次他提了要求，我也没好拒绝他。他这人呀，钻营有之，憨直也有之，如今都把自己的司机派过来了，天天跟着凤玉鞍前马后，凤玉好静，怎么受得了这种劲儿，每天烦得不行，又不好明说他们。但你别说啊，那司机跟于大年倒真是一路的人，老实做事的本事我没看出来，眼珠子咕噜着，拍马屁的功夫浑然天成，跟王照澜家那个大舅哥差不离，我看他们还真能凑一桌麻将。”

说到这里，曲玲玲和刘畅一起笑了。

凤玉闻言面红耳赤。她原本就背风坐着，刚才已经冷汗涔涔，这一番对话，更让她如负冰板。她本能地想要替于大年和王海辩驳，可不知如何开口，也不知为何开口。这同病相怜的感觉如鬼魅一般不知从哪里冒了出来,叫她茫然。

凤玉起身说:“我去给你们倒点水喝。”

谁知刘畅却摁住她:“我来,哪有叫女孩子做这些事的,太不绅士。”

曲玲玲也说:“我不喝了,今天主要是来送晓东。你这弟弟有学问有抱负,能成大器。刘畅是独子,身边的三姑六婆每一个都巴不得刘畅没了才好,有个体己又得力的自己人很好。倒没想那于大年看着见利忘义的样子倒是个仗义的人,他的资料我送给余枫那边的人看过了,检验报告结果还是不错的,这个公司入库倒是没问题。对了,凤玉,他这环保公司是不是和你们万通的那个分公司在一个工业园?”

凤玉立刻点头,想到于大年给自己的那二百万,不遗余力地向曲玲玲推销:“华恩一直在凤池工业园。这公司是我们于总买工业园的时候一起买来的,运转一直良好,也一直给几个大集团做大区代工,就说最大的环保基材供应商加瓷,每年都有个代工厂擂台,根据质量、履约、产品性能的稳定性等指标综合打分,华恩几乎是年年优秀。只是因为我们于总是建筑建材行业的门外汉,大意了长远规划,自己的产品没打响,错过了最好的发展机会,现在想要迎头赶上,难度更大,还请玲玲姐指点一二。”

曲玲玲一直噙着笑意,待凤玉说完,转脸对刘畅道:“这于大年倒是聪明,买了块好地,又请了凤玉这么个尽力帮他的副手。不过为人做事,聪明的确重要,节制聪明也重要,他想做的事算不得太大,但也不小,可拉动金砖也得靠力气,于大年能不能吃得下还是个问题。你心里要有数。”

最后一句话是对着凤玉讲的,凤玉立刻点头说:“我明白了。”

其实她什么都不明白。

没吃饭曲玲玲就走了。张明春的愁容早就一扫而光,李晓东的怒气也去了不少,看到刘畅,终于勉强地叫了一声“刘畅哥”。

引得刘畅哈哈大笑:“你看你,被逼良为娼一样,你叫我刘畅吧,你姐姐就叫我刘畅。以后我当了你姐夫,如果你看我分数合格,叫我声姐夫,你说行吗?”

李晓东侧着头思考了一下才问："那不合格呢？"

刘畅倒没想过这个问题，他仿佛很认真地思考了一番，才说："要是不合格的话，你就指正我一下，行不行？"

大家都笑起来。

晓东到底年纪小，知道刘畅服了软，心里的气就去了七七八八，加之吃好喝好也没了心思，早早就睡了。张明春也早早回卧室泡这扶风山号称亚洲最佳的氡苏打泉。凤玉少见母亲这样开心过，欣喜之余也有心酸。刘畅喝了点酒，在露台点了根烟，正探头往外看。

凤玉过去给他搭了一件衣裳才道："今天辛苦你了。"

刘畅的脸在烟草明灭间越发显得好看，只是不笑的时候又带着几分森然。他依旧是看着远处黢黑的山峦，好久才道："我不过辛苦一两天，你这样过了二十几年。"

凤玉没料到话题是这个走向，一愣，才说："不一样的，我是女儿。"

刘畅再也没有说话，看她一眼，握紧她的手，好久才叹了口气。

他的手暖和干燥，像是一只小炉子，烘着凤玉快要冻住的血液慢慢流动起来。凤玉终于也叹了口气，缓缓靠在刘畅身上。

刘畅问："你今天听明白曲玲玲的话没有？"

凤玉扬眉看他，这时刘畅脸上丝毫笑容也没有了。他看着远处，五官在墨蓝夜色中如石刻般深邃又冰冷，好一会儿因为注意到了凤玉的目光，才扬扬嘴角，轻声道："曲玲玲今天这意思，是想要插手于大年的那块地了。我和于大年明示暗示都讲过，他打的主意，根本瞒不过别人，他那块地位置的确是不错的，但真要开发，于大年的财力吃不消。"

"玲玲姐晚上的意思是，想要和于总合作投资那块地？"

刘畅又看一眼凤玉，笑声细不可闻："于大年也算是运气好，今天是余长安妈妈的忌日，余长安我和你说过，我的好哥们儿，余枫的儿子，一直在欧洲不肯回来的那个画家。他因为这事回来了，余枫把所有的事情都推了陪着儿子回去祭奠亡妻，所以剩了曲玲玲一个人在这里。她心情差得很，这才痛定思痛想要奋发图强，她愿意送晓东过来这里，多半也是因为这个事。她想试探我的意思，看我愿不愿意为于大年出头，我要是肯替他周旋，她往余枫那边说话脖子也能硬一些，如果我跟她联手，很多问题会被消灭于未生。她当了金丝雀这么久，第一次单飞想不出错，就得借我家的风，她这么殷勤对你是想送我爹妈人情，让我爹妈觉得，虽然他们在我面前说话没分量，但她曲玲玲尚有三分面子可卖。她这个女人，拿捏人心思的事做了多年，以为所有人都跟老余一样，会为她那张脸神魂颠倒。我倒想看看她还想怎么演！"

李凤玉不单摸不清曲玲玲的意思，也没摸清刘畅的意思，只问："那你愿意为于总埋单吗？"

刘畅这才真的龇牙一笑："那不是替于大年埋单，于大年只是个皮儿，里头裹着的是曲玲玲，让我为她埋单，让我借力给她飞起来，就算余长安放得过我，我也放不过我自己。一只被人养在笼子里的鸟，真以为别人说几句就像凤凰能飞起来了？我是真想看看她怎么摔死的。"

凤玉身上一激灵，犹豫好久才又问："可如果玲玲姐摔死，于总怎么办，于总给我钱……"

"他给你钱只是想让你给他通路搭上曲玲玲的线，可不是去娘娘庙求发财的。你给他搭上了，你的任务就完成了。剩下的事，看他于大年自己的造化，他成了李嘉诚和你也没关系啊，你何必管他搭上的是生线还是死线？"

凤玉有点明白刘畅的意思，却又不太确定。她想着于大年搓着手涨红了脸不知所措的样子，想着刚才刘畅和曲玲玲坐在一起嘲弄于大年和王海的样子，忽然就回忆起小时候家里没钱吃饭，母亲带着她和弟弟去舅舅家借钱的事。

舅妈不准她进去，只让母亲带着晓东进门，但晓东不肯扔下姐姐，陪着她在外面等。

天寒地冻，风雪冒烟，她伸手护住晓东被冻得通红的耳朵，听着屋里

母亲说了大半天舅舅家里多么豪华，然后她犹犹豫豫地说："大哥，我有件事……"

话没说完，舅妈尖锐的声音就扬起来："明春你来得正好，我想跟你借点钱。也不多，三百块吧。你大哥和我收入也不高，孩子正是读书用功的年纪，我家里老人岁数也大了，谁都指望不上，就剩你了。"

那天母亲拎着袋小小的梨子去，然后连梨子带人一起被送了出来。舅妈送客时看到凤玉站在自家门廊下，眉头皱起来嚷："不是说让你去门外等吗？怎么非得站到门下来？"

凤玉低着头，立刻领着晓东往外走，还没出大门，就听到身后舅妈拎着扫帚唰唰地扫着她刚刚站过的地方。那时她才意识到，树枝划过地面的声音，原来可以这么刺耳。

那些被她仔细忘记的记忆，就这样轻而易举地被晾出来了，那些被小心藏起来的惶恐和伤心，此刻也切近得如同身后恒温泳池上蒸腾的雾气，带着热气，打着光，就算她闭上眼，也躲不开。

凤玉还在发愣，刘畅轻轻地将她滑落的外套罩在她身上，才道："想要飞黄腾达扬名立万的，都是敢拼命的人。于大年经商这么久也不是个傻子，他明白这世上没有只赚钱不冒险的生意，就算有，也轮不到他于大年。倒是你，以后不要做些替人端茶倒水的事了，一则你是女人，二则你是我的女人。我刘畅从没舍得使唤过你做这些事，怎么肯让外人使唤你？"

凤玉知道他说的是刚才要给曲玲玲倒茶的事，如芒在背的感觉又回来了，只是不语。

刘畅见状又道："你心里想什么我也知道，于大年虽然抠搜小气一些，但以前对你也算是照顾。男人遇国色而不动，我看他人品倒也不算是坏。"

见凤玉神情一怔，紧接着脸孔发红，刘畅越发笑得促狭，捏捏她的耳垂又道："不过他那件事，叫我出头是不可能的，一则他不够格，二则我不屑与曲玲玲为伍。平时看到她都嫌弃，和她投资同一个买卖倒找钱我也不干，更何况我们这关系微妙，一起做生意很容易有矛盾，到时候真和她有点摩擦，多半会殃及你，你这人又太和气了，但我却没说不给他指条路走……”

凤玉此刻想要出声，却被刘畅一搂，稍稍踉跄一步，就失掉了发言的机会。刘畅声音沉下去：“你不需要真的大杀四方，只是，认错自省、跪拜沉默得到的和平都是假的，唯有畏惧才是真的和平缔造者，他们只有怕你，才会选择跟你和平共处。那些尖酸刻薄的人，你要小心，但那些殷勤体贴的人，你更要小心。凤玉，我想要保护你，我也一定会竭尽全力地保护你，但哪怕如此，你也得提得起刀枪，挥得下棍棒……任何叫你难堪的人，叫你难堪的事，你都尽可以大棒挥过去维护自己。书上说，‘杀人安人，杀之可也，以战止战，虽战可也’。善良的人，比不善良的人更需要有杀气，也更值得有杀气。而我永远都会站在你这边……”

凤玉还想发问，刘畅揽着她的那双手却紧了，他的视线仍投向屋外无尽的黑暗，淡淡道：“这外面原本是很好的风景，只是太黑了，什么都看不到。”

凤玉的奖金到账时于大年就给刘畅打了电话，事无巨细地汇报了华恩的动态。

首先，华恩进了余枫他们集团的供货商池，连九恒也签了合作意向书。虽然这些签约只是个纸上城堡，真要深究起来其实作不得数，但这是个态度。在这个节骨眼，这两个巨无霸敢表这样的态，收到消息的加瓷立刻一改之前的盛气凌人，打电话来的人职务都高了两级。

于大年做生意从来都是含胸弓背、低眉垂目，这一次如此扬眉吐气，简直乐得要唱三天山歌才好，他感激了刘畅一番，又一再表示要请刘畅好好坐一坐。感情没抒发完，刘畅就敷衍着挂断了电话，然后叮嘱凤玉要查查余额。

凤玉盯着手机上的余额提示好久都没动。刘畅分析得对，二百来万

的车子送给曲玲玲和刘畅,不见得他们会在乎,送给她李凤玉就完全不一样了。她以前早上一睁眼,首先想到的就是于大年的事,这下钱到了,这么多零压在她心上,她估计连做梦都要想于大年的事了。

刘畅叫她要有杀气,这二百万压在心上,她连气都不敢直起腰来喘,哪里来的杀气?

晓东前脚回上海,后脚临山立刻来了一次寒潮,气温陡降十度。整个天阴沉沉的却也不见下雪,扶风山的树叶已经逐渐落尽,山体恢复成冷冷的土石色,没精打采地伴着山脚下冻了一半的春溪江艰难流动。晓东一走,凤玉就不愿回出云墅,凤玉不去,刘畅自然也不去,张明春住了几天便坚持要走。经理劝不住就找了郑东良,郑东良立刻就给刘畅打了电话。

刘畅听了郑东良的描述也是意外,问:“她说去干什么?”

“回去……上班?”郑东良有点尴尬,又解释,“大哥,我可真是尽心伺候了,这阿姨,这阿姨,有点勤快啊……”

刘畅深呼吸一次,笑着答:“没事,老人家闲不住很正常。我跟她说说去,这些事你别管了,我交给你的事做好了就行。”

郑东良把这块烫手山芋脱了手,立刻喜滋滋地挂了电话。

倒是刘畅挂了电话还得调整一下呼吸,才能不出骂腔。

要回去上班?回哪里上班?他闹不明白这糟心的未来丈母娘到底在想什么,放着金碧辉煌、朱门高户的出云墅不住,居然坚持要去刷马桶!他立刻给张明春打电话,但她已经在往临山走的公交车上了。那边人声嘈杂,张明春电话信号也差,刘畅心里烦得很,只压着火气,笑着嚷:“这大冷天,您到处跑是要干什么呢?要是出云墅那边伺候得不好就和我说,我骂他们。”

张明春自然而然地答:“不关他们的事,公司给我介绍的这个活实在是难得,家里人少,事也不多,主顾好说话,薪水又高……”

刘畅怒火噌噌地冲天,还是耐下性子,笑问:“那有多高呢?”

“九千块,干六休一,管吃管住!”张明春得意扬扬。

刘畅再大喘气一次："阿姨，不如这样，我给您发一万，您不去了行吗？"

张明春原本还要给刘畅讲一下自己在公司的重要性。如今的世道已经跟TVB豪门电视剧里刻画得完全差不离，但凡是个算得上讲究的人家谁还不得有个保姆搁在家里，家世再丰厚一点的，那就得管家保姆园丁司机备一套。家政业可是个朝阳产业，市场潜力巨大，别看她张明春岁数不小，却是最早进入行业的一批人，也是公司里的明星员工。如今她这个年资的员工是紧俏货，有多少资深员工是各大家政公司的核心竞争力，这次这位客户不但是VIP级别，还是VIP里的重点VIP对象，而且这客户是特地辞了友商公司的工人专门跳到她们公司点着名要自己的。这么大阵仗，连老板娘都特地打了电话过来求她出山："你先接一单，哪怕只有一个月，只要你留下这个客户，你的押金我跟着第一个月工资一起给你，不必等到过年。"老板娘的语气近乎恳求。

且不说押金有两万多块呢，那位一贯以克扣员工薪金为荣的老板娘平时说到钱阴阳怪气得很，如今这样赔笑脸装大方，叫张明春心情十分畅快。

她原本想跟刘畅说这个的，这份念头却被刘畅的一万块承诺打散了。

她愣了愣才问："为什么？"

"为什么"这三个字在刘畅听来尤为光火。

保姆就是保姆，给这行当起多好听的名也还是个保姆，放到旧社会，就是老妈子，是下人！他的丈母娘，给别人当老妈子，还有一份这么锦衣玉食伺候着也凉不下来的、给别人当老妈子的热心？这话传出去他刘畅还混不混了?!

刚刚郑东良谈起张明春要回去上班时的犹豫，像两巴掌一样扇在刘畅脸上。郑东良肯定是知道了张明春到底是干什么的。郑东良是怎么知道的？要么是王照澜那个长舌妇四处嚼的，要么就是张明春这个蠢货自己在酒店里说的。

叫刘畅说，第二种可能性更高一些，郑东良那人脑子少根筋，要不是他听八卦的时候觉得尴尬，转述起来绝不会尴尬。鬼知道张明春又说了什么！那女人心里完全没有给别人留面子的意思，她只想着让所有人都知道，是她张明春养大了刘畅未来的老婆，她张明春为了养大刘畅未来的老婆费了多少心血流了多少眼泪吃了多少苦，她想在凤玉嫁进刘家以前把自己的勋章全都戴齐了出来游街，她巴不得全临山人都知道凤玉凄惨的身世，而她是凤玉的救世主，这样将来凤玉成了刘家人，她才能跟着鸡犬升天。她心里根本就没想过一次次地让凤玉感恩戴德，一次次地在众人面前抖搂凤玉的身世，对凤玉的心理摧残是多么严重，对他和刘家的名声又有什么影响！

刘畅心里翻腾着十万丈高的怒火，但他笑着劝："阿姨是个勤快人，但您不是要跟晓东出国吗？我还预备给您办护照呢，那边机票酒店景点包括地陪已经安排好了，您这要是去做事，那肯定不能按照原计划出国。我倒不是说心疼钱，只是晓东眼见着毕业了，以后进了社会就跟寒暑假绝缘了。现在想拼事业真的是很累，我就算是爹娘有靠，叔伯提携，刚刚开始那几年也是没睡过囫囵觉，过年都是在飞机上过的，等自己定下来，就谈了恋爱，一门儿心思都在媳妇这儿。您就看我吧，回爹妈家吃个饭倒也是可以，要是单单陪爹妈出去旅游，细想起来从读了大学就再没有过了。我听凤玉说，您年轻的时候最爱读《巴黎圣母院》，总念叨着要亲眼看看，我特地订的法国行程，叫您能带着晓东去看看您从年轻时就想去看的地方，以后也是个念想，您说是不是？"

"以后去不行吗？"张明春皱眉。

刘畅气得开始耳鸣，还是笑道："现在欧洲这局势，我看是越来越不安全了。巴黎圣母院那么个标志性建筑，保不齐什么时候就出事了，到那时候再想看可就难了呀。"

张明春权衡再三，才答复："既然这样，我再去跟那东家说说吧。"

刘畅热情洋溢地跟未来岳母又说了几句，才在友好和睦的气氛里结束了谈话。

电话一挂，他的脸就迅速垮下来，深深地叹气，又坐直了身子，朝对面坐着的人苦笑："丈母娘都这么难伺候，还是单单我的丈母娘喜欢天马行空？"

在他对面坐着的男人叫作傅晓，三十中的年纪，与刘畅的眉目有几分相似，神气却比刘畅内敛许多。他原本就面带柔和笑意，此刻看到刘畅惨淡的样子，笑意加深，调侃："这就叫苦了？我看下回你要跟我回你嫂子老家去走一圈，看看什么叫货真价实的天马行空，疏而不漏。"

虽然成语用得不伦不类，刘畅烦闷的神情却卸了下来。

傅晓的母亲杜茂雪是刘畅的姨母，可惜茂雪姻缘不美，丈夫一身锦绣皮囊，其余一无是处，没有怙恶不悛却也毫不长进，平生所爱不过是吃喝玩乐，根本不知道家庭责任为何物。茂雪心高气傲，丧偶一般独自抚养傅晓，娘家会接济，妹妹也帮扶，经济上虽然过得去，但到底意难平，这一口气积了十年就结成了治不好的病，不等傅晓初中毕业就撒手人寰了。临闭眼前握着妹妹的手拜托她抚养大自己的儿子，可千万别交到他那不争气的老子手上去。杜蘅雪哭得气都快断了，倒是那杜茂雪两只眼睛干得仿佛枯井，木然地睁着，直到断了气，才流下两滴泪，顺着已经脱了形的脸颊融进了惨灰色的鬓角。杜蘅雪从医院出来直接就把傅晓带进自己家。傅晓那时也就十四岁，原本就言语不多的性子，更是沉默起来，但好在聪明好学，成绩非但没落下，反而越发出色。傅晓承了父亲的样貌，又有母亲的聪明，加上自己勤奋刻苦，哪有不讨长辈喜欢的道理？连小霸王刘畅也喜欢这个悉心照顾自己的表哥。刘云山夫妇忙起来，傅晓便家长一般管束着刘畅，相较于自己的父亲，刘畅更愿意听这位大哥的絮叨。然而今天刘畅约傅晓出来却不是为了兄弟情深。

刘畅说："大哥，我有件事得问问你的意思。"

傅晓点头："你尽管问。"

刘畅说："前几天饭局上有个人问我，你们董事长想做地产开发了？"

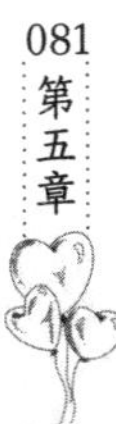

傅晓在商圈摸爬滚打已经有十多年，对手和老师都是高人，面对突如其来又不想回答的问题，面色不改，条件反射一般把答案变成了问题："你从哪里听来的？"

刘畅嘿嘿一笑："大哥，你们董事长我不太了解，你我可是了解得很。这是真的咯？"

傅晓的眼神从盘子升到刘畅笑意盎然的脸上，虽然他一口一个"你们董事长"，但董事长是刘畅的亲爹，难道儿子要坑老子？再者，刘畅公司和雪山之间业务重叠之处寥寥，也没什么争的意思，就算是争，刘畅那说大不大说小不小的资产，能做什么去？权衡了片刻，他决定跟刘畅说实话："目前也就是说说，不过富德要是真在渝州高新区的好地方盖了楼，保不齐我们还要搬过去。董事长对地产的态度一直没变，别人不知道就算了，你要说不知道那就有点假。"

虽然是玩笑一般说出来，但透露了不少消息，刘畅见大哥这样坦白，索性也愿意让他完成任务，摊牌道："嫂子那文凭那家世那能耐是响当当的，在咱们家没有别人能骑在她头上。凤玉不同，我要不在外头把她练结实了，怎么敢把她扔进咱家那个虎狼窝，而且……"

说了一半，刘畅瘪瘪嘴，又道："我的事，你从根起就是全知道的。我心里怎么想你也都是知道的，我不求声名煊赫，也没有什么子承父业光耀门楣的目标，我的终极目标就是活得自在，除此之外也没别的了。凤玉，我和她在一起，我很自在，也很安全。和你们董事长我没话说，他不理解我的想法，可咱们俩……"

傅晓点点头："我知道你，不单我知道你，姨夫也没有强烈反对的意思，你不要给自己加戏。你和姨夫之间的模式，不一直是反对彼此提出的任何一条建议且不论对错吗？叫我看，姨夫对你要结婚这件事的反对程度还没有当年你要单打独斗时强，他就想着你能先带回家看看。真要结婚，总要两边家长见到吧？姨夫是开会的时候被人连着道恭喜才知道你要结婚的，你换位思考一下，你气不气？但气完了，一打听知道你是认真想结婚,不是跟小时候那样净用些杀敌一千自损八百的法子来埋汰他,他也就没再说什么了。我听说那姑娘是个养女,养父早逝,还有个没血缘的弟弟学习不错在上海?那位养母,就是……做家政的?”

刘畅“嗯”了一声。

傅晓听到的自然比说出来的多,见刘畅也没反感,才又深一步道:“一个女人拉扯大两个孩子,又出落得这么好,费的心也不比管一个上规模的公司少多少,心性是要独断一些的。更何况她家道那样,拉扯一个亲生儿子已经够难,这一点血缘没有的女儿,能养到如今经济独立,一般人也是够呛,家里品行算是过得去。”

刘畅见傅晓愿意给凤玉的人品作保也算是放了一半的心,冷笑:“养也分养什么,养人是养,养牲口也是养,以前的庄稼汉也不随便把自己栏里的耕牛给杀了吃肉,但真要杀起来也是不含糊的。”

傅晓听得心里沉一下,只问:“那你需要我做什么呢?不会把我从办公室叫出来只是为了证实传言的吧?”

刘畅脸上这才冷转暖,嘿嘿一笑,低声道:“我才不稀罕听你们董事长的八卦,那老头子的八卦有什么好听,大哥,我今天来,是想叫你去宣传一则八卦的……”

傅晓一听八卦就头疼,尤其是这刘畅想要大肆宣扬的八卦,肯定也不能结好果子。谁知他眉头刚刚皱起来,刘畅就说:“我要你做这事,于我有益,于集团于你也是有百利而无一害,而且你也就是说几句话,说话难道不是你日常的主要工作之一?多说这几句,谁也不能把你怎么样。”

天下哪来有百利无一害的事?那都是蒙傻子的鬼话,甲的百利就是乙的百害,就看自己到底是哪一边的人了。傅晓不由得挪了挪位置,倾身往刘畅那边,等着他的有百利无一害的八卦。

第六章
见亲

凤玉这几天心里一直发虚。

一半是因为母亲住到了刘畅在临山的房子里。虽然刘畅满口说那房子迟早也是她的，但迟早就是迟早，现在两家并没见亲，母亲住过去怎么样都有些奇怪。但张明春不觉得，她认可了这个女婿，也理所当然地受了女婿的孝敬。在住到刘畅房子里这件事上，她的解释是：出云墅那么贵，住一天出一天血，住到临山来才是给毛脚女婿省钱。凤玉自己和刘畅住在华厦之中，也实在没法仅仅为了自己心里舒坦就叫母亲住回到渝州那墙壁如纸片一样薄的筒子楼里，见刘畅根本就是浑不在意的样子，她也就由着母亲去了。

另外一半的心虚，则是因为曲玲玲在出云墅那番话。其中大多数的意思她都不太明白，只有几句她悟到了。刘畅家里人希望她早日露面，但他们不想给刘畅施压。——没有人想给刘畅施压，刘畅不是一般的富二代，他有自己的事业，并不仰赖父母鼻息，逼着他就范，很容易就会惹毛了他，但哪有儿子要订婚，老子跟亲朋好友同一时间得到消息的？

他对她好，她也想对他好。凤玉挑了刘畅心情好的时候，小心试探："你看，你都去过我家了，咱们回你家一趟，你说好不好？"

刘畅心里一动，嘴上却说："算了。我家里亲戚太多，嘴巴杂，你离他们远点也好。我们以后也不跟他们一起住。"

"那你的父母呢？总要回去看看吧。我就怕伯父伯母没时间，他们如果有时间，我都可以的。”

“你真想回去？”刘畅终于认真起来，“真想回去今晚就可以。恰好我那俩讨人厌的姑姑出去旅游了。我爹妈又难得一起在临山。”

凤玉一愣：“现在就去？可我什么都没准备，我们先去买点吧？伯父伯母喜欢吃什么？”

谁知刘畅冷笑一声道：“喜欢吃人。”

刘畅父母当然并不真的吃人。

临山冬季酷寒，杜蘅雪呼吸道的毛病越来越重，国庆一过就到岘海的别墅去了。这次重污染的时候她回了临山，打着给余枫亡妻做法事的名号，其实是为李凤玉。

刘畅有女朋友这件事圈子里都知道，据说长得漂亮，杜蘅雪也当作是理所当然。只是忽然到了谈婚论嫁这一步她才通过旁人嘴巴得知，实在叫人担心，刘畅精明，如果这女孩的条件叫人满意，他绝不会先斩后奏。杜蘅雪知道此役非同小可，心理建设已经做得不错才跟曲玲玲见了一面，可问到了李凤玉的身世还是差点背过气去——她住在渝州出了名的老棚户区，养父早亡，养母是个做家政的，李凤玉本人是本地一个二本大学毕业的，倒是那无血缘的弟弟还算争气，渝州的高考状元，拿着奖学金去了上海，长得也是一表人才。李凤玉本人除了好看基本可算作是一无是处，在一间从没听过的公司做会计，倒是老实，也没有被辞退，运气好遇到了刘畅，两人相处了一年多，近期搬到了刘畅那里同居起来，然后刘畅放风说要结婚。

曲玲玲自顾自说了不少，发现杜蘅雪脸色越发难看，她当然知道杜蘅雪不高兴的原因。李凤玉的家世已经不能用一般来形容了，简直是苦寒，撇开家境不说，除了好看之外，这女孩子竟是一点优点都没有的。家境苦寒，学历一般，工作所得不过可以果腹，就这样的状况，毕业四五年，居然连个CPA都没考出来，可见勤勉和智慧至少缺一样，搞不好一样都没有。除了一张脸以外都是草包的儿媳妇，叫杜蘅雪怎么甘心纳进门？别说是

杜蘅雪这样的人物，就是平常哪个中年妇女，也不见得能心甘情愿。刘畅虽然是个声名在外的纨绔，但也是个有学问的纨绔，杜蘅雪要强，儿子的书法和小提琴是棍棒底下教出来的童子功，英语法语说得也溜，虽然叛逆期长了一些，但该读的书都读过，该拜的师也都拜过。大学疯玩的确是事实，那也是拿了毕业证正儿八经毕了业的，刘畅爱胡闹，却从没有惹过事，的确不是优秀毕业生，但她原本也没想叫在国内就不服管教的儿子到国外去当苦行僧奋发图强遭罪求学的。不过是赶上留学热，家里又出得起钱，同样是读书，不如叫他到外头去拿个学位回来，顺便出去看看，交交朋友，以后酒局饭桌上也能仿佛意外之喜一般遇到几个校友碰一杯。但那无依无靠的女孩子难道老早就打定主意要钓金龟婿才这么懒散无能的？杜蘅雪十分瞧不起好吃懒做又想嫁给有钱人的女人。

见杜蘅雪不出声，曲玲玲立刻安慰道："虽然家庭方面的确是拿不出手，但在收养家庭里头长大，免不得受薄待，就这样还能考上大学，也算是聪明还能吃苦。她对养母孝敬，对没血缘的弟弟也爱护，一直惦念着自己失散的姐姐，算得上品行端正情意深重。因为吃过苦，知道这锦衣玉食来之不易，跟刘畅在一起也是百依百顺，我看刘畅气色是越来越好了。你看郑红旗那个儿媳妇，倒是样样拔尖吧？天天把郑东良治得快发疯，烟不离手，简直成了个人形烟囱！"

杜蘅雪寡着脸道："她怎么能跟张鸥比？张鸥父母是省理工有名的教授，拿国务院特殊津贴。她叔叔张超是郑红旗的拜把兄弟，九恒的封疆大吏。张鸥自己是985毕业，博士读的是全球知名的高校，就算是回国，也是人才引进回国，被请到了教育厅工作。琴棋书画张鸥哪一样不行？连跑个马拉松都是430。那李凤玉有什么？一个绣花枕头，她怎么跟张鸥比，云泥之别！"

曲玲玲听得倒是讪然，片刻后杜蘅雪也觉得有些折损自家脸面，又道："姻缘这事最是看命，好在我们也不用儿媳来光耀门楣，刘畅的砖砖瓦瓦都是他自己打下来的，从他大学毕业后就再也没有跟我和老刘要过一分钱。他在社会上历练过，看人也准，对找什么样的女人做老婆，自己心里有分寸，老婆顶半个娘，只要她对刘畅好我就放心了。就是忽然间要结婚叫人措手不及，难道叫我和他爹在婚礼上跟女方见面吗？”

曲玲玲道：“刘畅就是这么不拘小节，我听他说想回来的，可你总是不在临山，单独见董事长怕吓着女孩子。小门小户出来的，虽然懂事乖巧，场面还是见得少，露怯。”

杜蘅雪半晌才冷笑一声：“懂事乖巧？懂事乖巧的，没结婚就爬到别人床上去？这要再见见世面，估计孩子都造出来了！”

曲玲玲只喝了口手边的茶水，没有出声。

杜蘅雪这才意识到自己戳到了曲玲玲的逆鳞，缓了缓才说：“现在的年轻人真是难管得很，要跟他们讲理，也不见得能说得过他们。”

曲玲玲这才又笑了笑：“原本我看那女孩子也碍眼，但转念一想，刘畅脾气多大谁不知道？一则，要给他找个跟刘家门当户对的，选择面也不是很广，有限这几个你也都认识，先不说刘畅是不是看得入眼，她们哪个的脾气都小不到哪里去。你有句话说得对，刘家不需要儿媳妇光耀门楣，难道给刘畅找个没点为人妻为人媳本分的女人回来闹翻天，再跟刘家结仇吗？刘畅喜欢找什么样的就找什么样的，在外面腥风血雨的，回家还得应付个悍妇，难道不委屈他？二则，退一万步讲，现在的年轻人结婚跟闹着玩似的，就算结了婚，随便一个鸡毛蒜皮的事儿也就散了。这女孩子怂也有个好处，刘畅就算现在是迷了心窍跟她结婚，等到哪天醒悟过来要离婚，她也比别人好打发。老余那个部下的儿子倒是找了个门当户对的，现在闹离婚也是势均力敌，两边家长谁都不肯让一步，孩子打起来，两个家庭都牵扯进去，没一个得安生。最后还得双方父母和小两口各自单位的领导分别出面协调，连老余也得出来从中调停，你说是不是丢人又伤神？”

这句话说到了杜蘅雪心里去，她道：“我现在天天就在家里莳花弄草的，也落伍了，你替我好好劝着吧，叫他生日以前务必带姑娘回家一趟，别叫老刘过不去面儿。他们父子俩一个脾气，我真是服软了。”

曲玲玲满口应承着:“包在我身上。”

杜蘅雪原本不指望刘畅真的能听进去曲玲玲的话。她自己的儿子自己知道,刘畅虽然看着玩世不恭,心术却是正的,以前就算捧曲玲玲,也是逢场作戏点到即止,他一直容不下余枫发家致富后抛妻弃子的事,心里也一直向着余枫原配和余长安。这几个月刘畅忽然跟曲玲玲走得近了,是想假曲玲玲的嘴,告诉家里他的谈判条件。思及此杜蘅雪有些许欣慰,虽然未来儿媳令她十分不满意,但刘畅这样沉得下气,让她多了几分心安。

但这些纠缠,李凤玉并不知道。

她这一路心如擂鼓手脚冰凉,想了好几套与刘云山夫妇见面后的说辞,可当刘家大门一开,全都给忘了,开门的居然是刘云山。她以为会是保姆、保镖,或其他什么人,但总不能是刘云山。她在电视上见过刘云山几次,不论是访谈还是新闻中,都是有威严的样子。第一次如此近距离地打量这位风云人物,感觉十分微妙。刘云山要比电视上略瘦,肤色也略深,戴一副在电视上从没出现过的玳瑁框金丝架眼镜,穿薄薄的蓝灰色圆领羊绒衫和米色运动裤,上衣和裤子都能看出旧态,脚上是一双普通得在超市也买得到的棉拖鞋。她这一路上都没法平抑的忐忑居然被这一身旧衣裳一扫而空。刘云山不笑的时候有些严厉,但笑起来又十分和气,全程话都不多。

刘畅的母亲杜蘅雪则慈眉善目保养得宜,也是一身居家便服,头发低低地盘着,净白的手腕只戴了一块一看就价值不菲的表。从进门起她就一直握住凤玉的手,问了家里的状况,问了晓东,又问了凤玉姐姐的事,说到动情处还掉了眼泪。刘夫人手掌柔软温暖,还有着跟年龄不相符的细腻光滑,与凤玉母亲的手迥然不同。凤玉十分喜欢刘畅的母亲,却又忍不住慨叹,同样是娘胎出来的人,命运怎么就能够如此厚此薄彼?刘夫人在这如黄金堆叠的屋子里,珠光宝气地和颜悦色,而她的母亲,这一辈子从没买过一件好看的衣服,含辛茹苦地拉扯一双儿女长大,却担上自己儿子嘴里贪财的指责。

回程路上刘畅很是开心，他的父亲没有不悦，那就是满意。母亲更是大包小包地给凤玉打点了不少东西，甚至还有些说送给张明春，这才真叫他意外。杜蘅雪女士的心思他是知道的，退出雪山管理层后，她对儿子的婚姻很有企图心。在她的蓝图里，嫁到刘家的女孩子得是名门闺秀，学富五车，绝不能是外头抛头露面的演艺明星。主持人的话，如果是主持严肃的政要访谈或者金融评论的，那倒也可以商量。人要聪明，要美，与之同等重要的是贤惠与传统。婚后三年两子，五年三子，争取七年可以生四个，总之绝不可以势单力薄。儿媳生了孩子如果还想继续拼搏事业，那也可以。按照杜蘅雪自己的说法，她不是个封建的人，女人的确应该有自己的事业。

但刘畅知道自己母亲的算盘。女人生育的黄金年龄，恰好是事业拼搏的黄金时期，不管错过了哪一个，错过了那就是错过了，没有回头路可走。这种大环境下，一个女人生四个孩子以后再想回到社会上，与鲁滨孙重回文明世界并无二致，还拼搏？除了依附于刘家，还有什么可能？所以，他的母亲杜蘅雪女士盘算的就是，豢养一只凤凰。

这是他迟迟不肯让家里人跟凤玉见面的原因。从小到大，他看到的绵里藏针、借题发挥太多了，他不能上来就跟家里争。那不单是他“以小人之心度君子之腹”，也会让凤玉陷入被动。他要陈兵列马，又得不动声色，他要让他们充分感受到他的决心，然后逼他们自己坐到谈判桌前。

他知道曲玲玲必定要去跟母亲谈，却不知曲玲玲本领这样大，居然能把固执的杜蘅雪女士说通，心里多少对曲玲玲也生出点好感来。

刘畅对凤玉道：“生日派对那天叫于大年早点来，我要和他谈谈。”

凤玉还沉浸在刘畅父母居然喜欢自己的喜悦中，闻言一愣。

刘畅又喃喃：“他再等估计要等出病了。”

凤玉吓了一跳，她是收了钱的人，丝毫没有刘畅的理直气壮，试探地问：“已经办好了？”

刘畅看一眼凤玉，忽然笑了，只问："你想不想跟我一起去？或者你不去，我单独跟他见面也可以。于大年运气好，赶上曲玲玲感情不顺，要从事业找齐，搁头几年曲玲玲专心扮病美人的时候，多少钱她都懒得理会。"

刘畅以前不谈曲玲玲，凤玉也不问，如今见刘畅开口她也忍不住了："玲玲姐和余枫在一起很久了？"

刘畅脸上五分笑意五分讥讽，片刻才道："久到终于绝望了。"

凤玉不再讲话。

刘畅又说："你也别替她惋惜，她自己也知道自己的下场不外乎俩，扶正和扶不了正。就算余枫不肯娶她，她的钱也够花了，只可惜方阿姨在她这个年纪，余长安已经读中学了，曲玲玲到现在还是膝下空空。没有孩子对于一个没名分的女人来说意味着什么，她自己心中也有数。"

"她为什么不生呢？"凤玉忍不住问道。

"那谁知道呢？生孩子不只是一个人的事，但又不是所有人都能知道的事。"刘畅呵呵一笑，"不过我也听人说，余枫有次遇到了抢劫，曲玲玲替他挡了一刀。据说那时候她怀着孕的，从那以后就生不出了，谁知道真的假的。我妈说曲玲玲肚子上的确有个疤，"刘畅顿了顿，又道，"周六你跟我一起见于大年吧，既然这事情要做，我也懒得和他绕圈子，你跟着听听也好。商场的套路也就那些，如果你听完了有兴趣，咱就自己开公司，如果不喜欢就回家，也不愁吃穿。好吧？"

凤玉说不出不好。她收了钱，就欠了于大年，但要帮于大年就要欠曲玲玲，而能够欠曲玲玲是因为刘畅的面子，这让她惶恐。父亲车祸后赔偿一直不到的那段时间，亲戚无靠的张明春举债度日的阴影一直笼罩在凤玉身上。她最怕欠别人什么，工作这几年赚得少，但哪怕饿几顿肚子她也从不借债，可如今，这百万的巨资像怪物一样压在她身上，试图把原本的李凤玉逼出体外，把自己装进去。

第七章

高人指路

刘畅的生日派对定在球会餐厅。

可以摆放两百桌的无柱大厅，四围都是被钢条固定的钢化玻璃，外面裹着一圈钢木回廊，360°可见山河风景。可这秋冬相交的日子，连着几场寒流过去，山上秃得七七八八，连春溪江水都是土褐色，非但山河没有风景，天也是灰的，乌鸦嘎嘎一叫，凄凉得像开追悼会。

这个派对由郑东良亲自负责，他见灯光怎么打都不喜庆，索性叫人弄了满山满谷的红粉玫瑰，还撒了金粉。等场地布置完了，他才记起来刘畅的妈杜蘅雪以前下厂房没做好防护措施，搞得呼吸道敏感，这一屋子花粉加金粉怕是得要她的命，这才急匆匆打电话给刘畅。

刘畅听得直乐，说："你可别给我装傻帽，你就是故意不想叫他们来。"

郑东良当然是知道的，但心到礼不到也是白搭，他解释："我猜阿姨叔叔也不能来，但谁知道呢，大哥你从来无定法，万一你叫阿姨过来了怎么办？这责任太大了，我担不起。"

刘畅嘿嘿一笑，随后声音压低了，问："你准备好了？"

郑东良等的就是这句话，立刻铿锵有力地说："你放心，只怕他们不来，要是来了我绝对搞得定。我做事你放心。"

刘畅"嗯"了一声："这种事也的确是唯有交给你我才放心……东良啊，这么多年过去了。"

中间的停顿有些长，让后半句听上去甚为沮丧。

上次听到刘畅这样说话是多久以前？思及此郑东良心中一扎，南加州盛夏枯燥的热浪顷刻间又纠缠到他身上，心上的痛感尖锐又短促，让他怀疑这恍惚中的痛到底是不是真的存在过。

“是啊，这么多年过去了，”郑东良的笑意里也有苦涩，“如果姐姐还在，也不知道她会是什么样的。”

“不管她什么样，一定是她那行里最好的，”刘畅轻轻地说，“我就没见过像她那样聪明的人，一目十行，过目不忘，还那么好为人师。”刘畅顿了顿，仿佛在笑，又道，“可她总也教不会我。”

“也教不会我。”郑东良补一句。

刘畅终于笑出声来，评价：“我们两个真是难兄难弟。”

情绪的低谷过去，郑东良也松口气：“是，我们俩一直是难兄难弟，大哥，你那位女朋友，我看人挺好的。”

刘畅“嗯”了一声：“的确挺好的。”

“姐姐走了以后，你的变化很大。如今看到你能定下心来打算结婚生子，过安稳日子，我心里头也高兴，我知道姐姐也会为你高兴。”

刘畅沉默。

郑东良又说：“当年我不明白她为什么要选择绝路，我恨她，就算是决定要去死，死之前是不是起码告诉家里人我们到底做错了什么？看在这么多年一母同胞的分儿上，看在我妈我爸养她这么大的分儿上，是不是给我们个解释的机会改正的机会？可她就那么走了。我妈差点为她死了，我爸也几乎搭进去半条命，我呢，我那天去领尸，如果不是你陪着我，估计会在那里发疯。我真是不明白，她怎么可以这样对我？

“后来我明白了，她说她一直不开心是真的，虽然我们全家人都觉得不可思议。我们郑家有钱有势，我爹妈那么疼她，天底下有什么是她想要，他们不给她的？我姐她漂亮，她聪明，她学习好，她干什么都是最棒的，她一呼百应，她是所有人眼中的九恒接班人，她还有什么好不知足的？有什么事能想不开，能不开心到去了结自己生命的地步？”

刘畅轻轻打断郑东良:“东嘉太聪明了,太聪明又太善良,不是好事。”

郑东良笑着叹口气:“如果我是你就好了,大哥,那我就能护着她,像你当年护着她一样。可我那时候太不懂事,满脑子只有自己,她一个人也不知道扛了多久,才能写下那样的话。”

“对不起,我太累了。”

这样一句话,被写在一张普通的便笺上。

刘畅心里一突,刻意忘记的事一瞬间回到脑中,让他一瞬间有些茫然。

那样明朗坚强的东嘉,就消失在一个晴朗的日子。她的遗书由郑红旗聘的心理医生上门服务时发现,随即立刻发给郑红旗,郑红旗找到郑东良,郑东良找到刘畅。东嘉是坠物跳海,合计四十磅的铅块用铁链与双腿结实相扣,尸体在事发后六小时在游艇远岸一侧不足一百码处被找到。那是个适合出海的好日子,天气晴好微风,太平洋波光粼粼,在白帆和各色游艇之间,装在黑色裹尸袋里的东嘉被运上了岸。

那之后,刘畅有许多年不能出海,他不敢与海面对视。他怕波光如刀光般一现,自己就会再想起那黑色裹尸袋装上了东嘉后的形状,或者那句遗言被写在纸上的样子。东嘉一直习楷书,落笔向来丰腴有余筋骨不足,但那遗言七个字,却笔笔如刀,剜肉刮骨,决绝死志张牙舞爪般扑来。

那心痛裹着恐惧,时隔多年再次出现,依然让刘畅浑身发冷。

人之将死,其言也真。

那七个字,或者是东嘉一生中唯一的诚实。可她的遗体在美火化后没有开追悼会,郑氏给出的死因,是车祸。

郑东嘉这一生,都因为不能诚实地面对自己而饱受折磨,现在她死了,连死因都是假的。最让刘畅恐惧的是,所有知道真相的人都选择沉默,与郑氏一起维护那个单薄如羽翼的谎言。没有任何人敢于提出问题,那就是,郑东嘉这被人羡慕的一生,到底有哪一处是她自己的,是可以被她掌握、由她支配的?

命运褪去了华美精致的衣袍,露出它本来的模样,那模样吓惨了

刘畅。

那是他人生中第一次思考自由的意义。东嘉出事后，他逐渐与之前的圈子断了联系。他现在所得到的一切都在那之后建立的，某种意义上说，是东嘉的死成全了他。

郑东良又问："凤玉知道你以前的事吗？"

"我以前有什么事？"刘畅笑着反问。

"你跟我姐……"郑东良迟疑，"我姐走后，你也看了很久的心理医生。他们都说当年你暗恋我姐，而且，凤玉的眉眼跟我姐的确有几分相似的地方。没见过的人不知道，当年那些人，恐怕看一眼就明白了。要是凤玉知道了，是不是不太好收场？"

"明白什么？天下美女都有几分相似，而且凤玉懂事，她不会为这些事闹脾气。"

"大哥你不明白女人，她们是不畏生死的小心眼，她们心里有你，为你去死都不眨一下眼，但不能忍你心里有一点地方装的不是她。"

刘畅这下乐起来，问："你这是从张鸥身上感悟到的？"

郑东良沮丧地"嗨"了一声才答："我从她身上就学会了别人气我我不气了。我和你说，这可真不是小事，你这宾客名单里我看有个叫齐方的，那人是富德的后起之秀，他老婆就是吕萌萌，吕萌萌你记得吗？"

刘畅仔细想了想才说："就是当年……"

"那个差点把你推进下水道的暴脾气小情人。"

这几日冷空气在临山地界盘旋不去，温度已经接近零下十摄氏度，隔着窗户都能听到北风呼啸，但站远点，就只剩万里晴空如洗，将临山密密麻麻的写字楼衬托得干净明亮。于大年办公室里的空调太猛，燥得他那三棵发财树都快渴死了，就开了加湿器，紫檀条案上又燃着一炉紫气东来，可惜那香气被湿气一轰走了味儿，好端端的办公室闻上去像个烟熏火燎的灶台。王海进来坐了好一会儿，也没见于大年讲话，被这味道顶得血压都有些高了，只说："大哥，我烟瘾犯了，先出去抽一根。"

于大年忽然说话："要不，咱们就跟加瓷把合同签了，有余枫和刘云山的名头在外，他们也不敢压咱们太猛。"

王海吓一跳，又坐回椅子，仔细观察了一下于大年，问道："怎么？李会计那边推不动了？"

于大年叹口气："那倒不是……"

王海闻言立刻喜上眉梢："那还怕什么，那就是有戏啊！大哥那就真的发财了啊！"

于大年看了王海一眼："发财的事谁不想做？难道就只有你？"

王海一怔，片刻后才低声疑问："刘畅？"

于大年摇摇头："刘畅这一代已经不喜欢玩泥巴了，不感兴趣。"

王海还是不明所以。

于大年忍着一口叹气，不预备与王海深谈这件事，只吩咐："刘畅的生日 Party 在扶风球会，他叫我们明天早点过去，他有话说。"

周六早高峰迟，王海早早接上了于大年，朝雾未除，两人就已经到了快速路上。往扶风球会去，于大年一直没讲话，王海连收音机也没开，过了片刻，他发现于大年居然在后面睡着了。

王海是个思维直率的人，这事情成了，那就是成了，他不明白于大年为什么还一副不安的样子，上了高速，又开出小半个小时，他忽然听到后座传来一声悠长的叹息，于大年坐了起来，茫然四顾片刻，才问："开了多久了？"

"应该得有半个小时了，渝州那边修路得绕省道，要不你再睡会儿？"

于大年摇摇头："刚刚一醒过来的时候，还以为是咱们从广东贩气门芯那会儿呢，心惊肉跳，"说罢笑了几声又道，"日子过得飞快啊。一转眼已经这么多年。"

王海也嘿嘿笑。

于大年搓了搓脸才说："咱们是成龙还是成馅就看这一遭了。方红敏

说凤玉她妈今天也在，你跟她还算有些交情，一会儿你从后备厢拿个六万，跟我一起进去，找个合适的机会给她，别叫旁人看到。”

王海顾不得前方路况，瞪着眼睛回头看于大海，仿佛刚刚说话的并不是他，又过了一会儿，转过头去闷声道：“咱们现在连她妈也得管了？”

于大年看着王海哀怨的神情一乐：“二百来万能拿出去，六万你倒心疼了？舍不得孩子套不着狼，富贵险中求啊，老弟。”

王海忠心耿耿，虽然搞不清生意的门道，但此刻背后隐隐发紧，只能道：“知道了大哥，你放心！”

天光好的时候，扶风山像是画出来的，漫山火红与金黄之中，只有寥寥几笔浅淡砖墙。远处是出云墅的二十几座别墅，分别依山面江而建，形态各异大小不一，相互都隔着不远不近的距离，却于整片扶风山景协调自然，十分美观。王海把车开到球会院子里，遥遥地就看到张明春站在富丽洁净的门廊之下。张明春看到王海的车牌，立刻微笑着往前走了几步。于大年从没见过张明春，见着门前一位衣着端正姿态却不优雅的中年妇女满面笑容地注视着这辆车，微微眯眼问：“扶风还配这种年纪的服务员吗？”

王海嚷：“那是张明春啊，大哥！”语气颇为痛心疾首。

于大年心一虚，下车后特地跟张明春寒暄几句，才灰溜溜地跟着服务生往球会里面走。

刘畅的生日Party下午才开始。在刘畅看来，太阳好的时候适合端正做事，不适合群魔乱舞，更何况今天他要做的事，算得上是一件正事。

按照刘家的规矩，刘畅生日的早上亲自给母亲做了早餐，陪父亲和几位朋友打了几杆球，才换得自由身来见于大年。刘畅今天心情好，推门看到休息室里端坐着如同小学生的于大年有些好笑，道：“你倒是来得早啊，老于。”

于大年立刻站起来说：“小刘董找我，那当然不能迟到了。”

刘畅淡笑，片刻才说：“哦，对了，今天早上，一个你的本家也在。于浩水，你认识吗？”

于大年不说认得不认得，只道：“是个远房亲戚。”

刘畅点头：“他倒是很认识你，还问我怎么和你认识的？”

“很认识”这三个字也很有意思。

于大年虽然心里知道没什么用处，但还是扫了一眼，果不其然，刘畅那张脸笑得滴水不漏，一点言外的意思都不肯漏给他。

“我说我未婚妻在你们公司做了几年事，于大年这人，不错，我呢，从来交人就图个人品，做不成朋友的也做不成生意。你也知道，我再怎么说自食其力不靠爹妈，临山地界哪个不知道我是刘云山的儿子？真要做起事来还得顾及我爹妈的面子，我的事情办砸了，爹妈也得受牵连。”

于大年不住称是，心里只想着于浩水说的“很认识”。

什么叫“很认识”？

两家虽然同姓于，但爷爷辈分家时因为嫡庶之别，生了龃龉，从那时起来往就不多。到他们这一辈，新中国成立都几十年了，这些封建往事也算是过眼云烟，可于浩水却还总压着他一头似的。前年于大年想在乡里给于氏家族修祠堂，原本兴冲冲的，结果没几天就被亲爹给否了，原因是：那边的大于家说不行，咱们自个儿修起来名不正言不顺。于大年拼死拼活出人头地为的就是衣锦还乡名正言顺，结果连修祠堂都得看于浩水家里的意思，气得好几个晚上睡不着。今天这节骨眼又跟于浩水撞到一起，于大年心里也有点打鼓，道：“一切都按照小刘董的意思来办。”

哪想刘畅开口就是：“我仔细想了想，这事我不方便插手。华恩做的买卖跟我完全不搭界，我这一头进去，别人还以为我代表我爹，到时你于大年就算混出名堂也名不正言不顺。老于你这个人，生意虽然不大，人还是有几分傲骨的，赢得不体面你也不顺意，是不是？”

这下于大年才是蒙了。

这先扬后抑、扬抑混杂的话，让于大年连解释的话都无从讲起。刘畅

说的不是不对，他是有傲骨，但也有需要柴米油盐奉养才能鲜活的血肉啊！刘畅这般骤然捧他到这样的位置上是什么意思？于大年有点拿不准，他直直地看着刘畅，笑容僵在脸上，好久才开口："那……怎么办呢？"

难道真要拿着钱移民当包租公去吗？

刘畅又说："加瓷在附近省份最大的客户是余枫他们集团，其次就是富德。富德和加瓷的关系虽然是间接的，但富德对采购的影响力并不小于直接采购方，毕竟是金主，地位不啻垂帘听政的太后。这两方能出面，你就可以吃下加瓷在本地区的市场。到时候想怎么办，就随你了。"

见于大年还是一脸"你在说什么"的神情，刘畅又提示："曲总会给你打电话，她的身份比我更合适投资华恩，剩下的几位投资人背景也可以，到时候曲总会和你联络。你只需要谨记一条：绝口不要提我跟你的关系。"

说罢起身就准备走，于大年见状也没什么进退两难了，跟着站起来扬声问："那剩下几位投资人你都有数了?!"

刘畅"哦"了一声，满不在乎地答："我的两个姑姑，人傻钱多名气大，奈何命好，富德、雪山和余枫都得买她俩的账。再加上个曲玲玲，要是真出了事，你就去雪山门前举牌子要账，谁敢拦你你来找我好了。"

于大年闻言气都忘了喘，呆在原地，什么叫真出了事就去雪山门前举牌子要账？难道刘畅是奔着出事去的？

刘畅见状哈哈笑起来，也不预备走了，他站回于大年旁边，如兄弟一般亲切地揽住于大年的肩头，摁着他跟自己一并坐回沙发上，才说："老于，我就算敢耍你也不敢耍曲总啊，你得相信我，这么做对你是最好的。华恩的底子我查过，流动资金很薄，订单来源单一，加瓷这次并购，华恩的确是首选，但没有华恩也不至于就黄了。大企业做事的路子跟你的万通不一样，他们的银子花出去，那是从财务部到证监会小鬼大神全得批了的。这笔钱只要出去，那就得有个响儿，从头到尾得有个说法，否则他们对谁也交代不过去。华恩卖与不卖，都妨碍不了人家扩张。"

这话虽然有点难听，但说得对，于大年直点头。

刘畅接着说："虽然我说不出面，但不是不帮你，凭你那点心思对付加瓷，那是迟早被人玩儿得底儿掉的，所以加瓷这次过来我一直盯着。"

于大年头点得更利索了，一嘴的马屁还没出口，又被刘畅截住："加瓷过来除了华恩还考察了其他几个候选企业，这些企业是哪几家，你心里有数。但除此之外，他们还见了城商行的几个高层，你都知道吗？城商行，你很熟悉吧？"

这两个问号如拳头般对着于大年的脑袋连捣两捶，他抬头看着刘畅，头像坏了的钟摆，点不了了。

很显然刘畅也并不真想让于大年回答这个问题。他笑着，一贯带三分倨傲七分不在乎的脸上此时居然还有薄薄的一层怜悯。

这怜悯像刀插进于大年的眼睛，他快速低下头。

城商行于大年自然是熟悉的。城商系的机构供给了华恩七八成贷款，剩下那两三成也是因为有城商货款后才肯进来的小出借方，加瓷打的算盘什么样，说到这一步任谁都明白了。

可惜如果不是刘畅今天一番半讽刺半调侃的点拨，他于大年还觉得自己这二三十年已经看清了人性所有的黑暗，所有套路都不能在他眼前遁形。

命运就这么冷不防地给了他一耳光。

刘畅看到于大年这样一阵红一阵白的脸色，嘴角挑挑，才道："富德是大，九恒是猛，余枫的名字是响，但银行风控可不考虑这些虚名。就你那点流水，我看抽了贷挺三个月都悬。我可是记得九恒供货池对财务指标是有明确规定的，你要是被抽贷，性质可就变了，那时候别说曲玲玲，郑红旗董事长亲自说话也救不了你，你那才叫前功尽弃功亏一篑。"

于大年倒是一直端坐着，可他的魂魄已经散了，只消一碰，顷刻灰飞烟灭。

刘畅说完安慰一般地拍拍他的肩膀："老于，你这条小船想进大海，首

先要搞清楚自己面临的危险和手里的筹码。我呢，其实并不好为人师，但你这人的确是不坏，我也不忍心看你被自己的小聪明给误了。你那些跟凤玉攀亲的小动作，我不拆穿也是因为我欣赏你这股闯劲儿。白手起家多难我也是经历过的，但外头那些人却不一定有我的这份心。现在不是往日，你的小聪明要使得更聪明点才能活下去。首先，你得专心解决核心问题，你现在的核心问题是怎么让账面有钱，账面有钱就有合同，有合同华恩就能转起来，华恩转起来，你才有谈判的筹码。在这个桌面上有资格说话的，不一定是好人，但一定不是输家。你花那么多功夫，费劲巴力通过凤玉巴结我，难道就只为了让我叫你声大哥，以后好跟我一起回家祭祖吗？吃男人的软饭跟吃女人的软饭有什么区别？你于大年拼搏这么久，难道是为了这个吗？”

于大年整张脸烧起来，刘畅毫不在意于大年的窘态：“筹钱的功夫，我比我那两个姑姑好得多，但远水解不了近渴，从联络到尽调，出报告，上会过会，放款，保不齐再加进来一个三方，这一套下来，两三个月也是有的。可对现在的华恩和你来说，最关键的是要立刻有钱，赶紧拿下合同。有了新订单和预收账，你就不再被动，城商行没理由不给你贷款，哪怕他们敢动这个心思，有了那两尊神给你看门，你也敢和他们横，对不对？”

于大年虽说对加瓷的动向没有摸清楚，但对刘云山家的人丁可是查得门儿清了，那两尊神是指刘畅的两位亲姑姑，刘家云蔼、云芳姐妹。这两位是临山商圈里有名的姊妹花，从小在家游手好闲，二十岁出头大哥发迹，跟着沾光嫁得好；三十岁出头雪山模具上市，大嫂交出雪山大权，俩人又白得了市值不小的股份；眼见着四十岁出头，还不知又有什么好事落在俩人身上，还真是躺着数钱睁眼做梦的活典范。

有传闻说，刘畅和两位姑姑的关系是极为不好的。原本于大年不信，姑姑跟侄子有什么好不对付的，更何况这侄子还是独生子，刘云山的一切将来都是要给刘畅的，仰人家鼻息活着的人，难道还能翻了天去？如今看，这传闻倒像是真的。

于大年心里刚刚稳定下来的天平又像跷跷板一样开始上下翻腾。

刘畅给他几秒钟时间思考，再开口："老于，你以前总说自己能从山洼洼里走到现在，是因为天道酬勤，我看也不尽然。你这人做事决断出手利落，这才能够抓住机会。做生意切记不可瞻前顾后挑三拣四，天下没有一人占尽便宜的道理。就说做人，不如意事常八九，两害相较能取其轻已经是恩赐了，哪像你这么好命，对贵人行了义举，才有了现在的机会，凤玉肯为你开口，而我呢，看你这人也的确是上路。你只要过了这一关，就算你想让我那两位姑姑退出，我带你去见长辈，你也说得上话。你说得上话，我才帮得上忙，但是现在……"

刘畅含笑看着于大年，让他自己领悟那无言中的深意。

于大年明白他是什么意思：他一个小生意人，左右不过打夫人牌，像猴子似的，从李凤玉到曲玲玲，从一个女人的肩膀跳到另外一个女人的肩膀。今天就算刘畅真把他带到球场上，见见刘云山跟于浩水，他能跟刘云山那些人说什么？平行进口车的优点吗？

刘畅索性把他放到女人堆里，妇道人家喜欢忠厚老实的人。在能力和品德之间，选择品德，这是弱者本能。在没有能力的时候当个老实人，这也是弱者本能。商场风浪之中，他于大年还是个弱者。弱者没有选择的权利，保命是头等大事。

于大年点点头，说："那接下来就有劳小刘董了，我一切都听你的。"

刘畅这才一笑，拍拍他的肩："你放心，我尽力。"

话说王海与于大年在球会大堂就兵分两路各自为战了。

于大年跟着服务生去的是球会酒廊，王海则与张明春一起，到了球会身后的水疗中心。扶风温泉，泉水深，质量好，又是温和的小苏打泉，从古至今都是疗养胜地，连带着球会生意也好得很，早年高尔夫的钱容易赚，扶风软硬条件又极佳，会籍卡最高卖到三百多万，不带球童果岭，还能抢售一空，如今市场趋于冷静，少东家接手后很是做了一番研究，改成了如

今这副做派不上不下中产阶级最爱的模样。

就算如此，一年花几十万就为了跑到一片人造草皮上遛弯这种事王海也是无法理解的。扶风山门就在脚下，进山免费，缆车才八十块一个人，来回。王海这一路都在算十万块到底能坐多少次缆车。

服务生将两人带到了西餐厅就走开了。这不是吃饭的时间，但看到有客人，服务生依然送来几样茶点和小吃，又按照张明春的嘱咐给还在做SPA的李凤玉送去一份果盘。他们对张明春毕恭毕敬的态度叫王海从几十万除以八十这个算术题里头挣扎出来。

他还记得当年替李凤玉送东西回家，张明春每次都千恩万谢地要留他喝点茶，与他说说自己那有出息的儿子。那时的李凤玉还是李会计，那时的李会计也不是没人追求的，只是她不爱讲话，唯愿意跟王海谈几句，就是为了每到节庆王海总主动过去问她需不需要帮忙。王海是望江人，走渝州回老家其实是略微绕路的，但李凤玉也的确是让人觉得可怜。王海心乱，他曾经出手相助并不是为了李凤玉能够知恩图报，可就算不是为了知恩图报，他也十分庆幸自己曾经发过那样的善心。

王海望着远处的泳池，水面上正有一层薄雾和缓浮动，远处的枫叶隔着雾气看过去，像一团团跳动的火。王海握手成拳，紧了又松。

张明春并未察觉王海的情绪翻涌，自顾自喜气地说："我那天回乡去，看到亲戚家有刚刚做好的地瓜干，我记得你家媳妇爱吃，就捎带一些回来了，正想找机会给你。昨天凤玉说她老板要来，我就问她你会不会一起来，一听你也会到，我就把地瓜干带上了，一会儿我拿给你。"

张明春对王海如往常一般地亲切，这叫王海心虚，他推辞几句，又道："我一听您在这里也很高兴啊。好久没见您了，前几天天气冷想去渝州看看来着，结果听说阿姨到临山了，这我就放心了。渝州是个雪窝子，冬天比临山冷几度，这几天又降温，在临山比在渝州好！"

张明春点头："这几天搬到临山市里，刘畅收拾出一套房子说是当彩礼，还没过户，但叫我这把老骨头先搬进去享享福。那地方真是好啊，我在那么多户有钱人家做过事，也没怎么见如那套房子那么好的，风景也好，装修也好，东西也好。什么都好。”

张明春的开心溢于言表，王海又笑笑，就没话说了，他是司机，在场面上多是布菜倒酒说迎来送往的客套话，像这样跟比自己大快二十岁的老娘们儿拉家常还是头一遭。尤其是，还要把这家长里短的话题圆滑地进行下去，而且要在进行过程中，送出去六万块钱——要自然而然，要合情合理，要推心置腹，要不显得奴颜婢膝，这才是送礼的最高境界。

王海憋得满脸通红。

张明春问：“今天你们老板是来找凤玉还是刘畅的?”

“应该是都找。”王海回答得很老实。

“为什么呢?”张明春又问。

王海却一愣，心里过了无数想法，但抬头看一眼张明春，张明春表情十分坦然，像是个充满求知欲的学生，心无旁骛地等着答案。

王海心里一动，说道：“公司有个项目，要跟刘畅一位亲戚合作，不知道您是不是见过，叫作曲玲玲。”

“哦，”张明春答，“见过，长得十分漂亮，是个女强人。”

王海点点头说：“曲总为人豪爽，是女中豪杰。”

张明春道：“女孩子啊，拼搏事业就要连累姻缘，那么好看的姑娘，到现在也没结婚，爹妈得多着急啊。你家是儿子还好些，女儿就是叫人操心。我就为凤玉操了不少心，终于看着她要嫁人，心思可算是去了一半。”

王海道：“我们都说凤玉有福气，收养女，人家家里有个儿子了，却把这个没有血缘的孩子当亲生的疼，多少重男轻女的连亲生女儿都早早打发出去打工补贴家用。”

张明春有些不好意思：“我和她爸一直就这么一个念想，孩子只要能读书，就一定叫她读，砸锅卖铁也要读书。不读书，我们这些老百姓哪有出路，尤其是女儿。男孩儿干体力活还有点资本，女孩儿本来身体就娇贵，更要读书了。”

王海道："凤玉是个念旧的人，这么多年了一直都没放弃找亲生姐姐，肯定也不会忘记您的恩情。"

张明春一愣问："凤玉还在找姐姐？"

王海道："是啊，叫我们于总夫人帮忙从福建那边入手了，但还没回信。以后跟刘畅在一起，那门路可比现在多多了。"

张明春不作声了。

王海仔细看明白了她的表情才又深入这个话题："那天在公司遇到了晓东，一表人才。将来有两个姐姐，肯定都疼他啊。我就嫌一个孩子少了，打虎亲兄弟，上阵父子兵嘛。"

张明春昂扬的面色毫不掩饰地惨淡下来，像是受了委屈的孩子，静静地对着面前那如梦境一般的风景。

于大年提出这个离间计的点子之后，王海还是有疑问的：李凤玉的出身张明春从没藏着，哪怕是他一个替凤玉送东西回家的同事也听了好几耳朵的"张明春守节养女记"，而且李凤玉找姐姐也不是这一两年的事，有什么波澜可以挑？

但看到这样的张明春，王海知道，自己的任务完成了。虽然张明春如此昭著的失望让他有些惭愧，不过他根本没有其他选择。在张明春和于大海之间两相权重，他的答案根本不需思索，他鼓了鼓气，才把钱拿了出来，轻轻放到张明春摊开在膝上的手中，张明春原本还呆坐着，只一低头，看到一捆结结实实的人民币，着实吓了一跳。

王海道："张阿姨，我也不是个会讲话的人，但咱们认识这么多年，这钱您得收下。"

张明春道："那可不行！你们是拜托刘畅办事，钱给我算什么？我也帮不上忙。你告诉你们老总，钱花在刀刃上，赚钱都不容易，我不拿！"

王海道："嗨，阿姨，于总其实就是我大哥。这钱也不是为那些事，大哥叫我来送而不是亲自来，就是不想叫您误会。他做事公私分明，合作归合作，这钱送过来是私事，阿姨用来添置点衣服，或者给晓东买点东西，以后场面上的事多……晓东那么好的小伙子，我要是有闺女，还真想觍着老脸来提亲。”

张明春听到夸儿子倒是笑了。

王海说：“我大哥是个苦孩子，家里穷，从小娘就去世了，他爹再娶了以后又生了俩弟弟，对他非打即骂，没等他念完小学就赶他出去做工，再也不管他的死活。大哥以前还跟我感叹，他运气差，要是小时候能有您这样的母亲，恐怕也不至于沦落到做童工的地步。可世上像您这样对养女都这么尽心尽力抚养成人的母亲，能有几个？要说倒不是我大哥运气差，是凤玉运气太好了。生恩哪有养恩大，要是没有阿姨，怎么会有凤玉的今天？”

一席话说到张明春心里去了，她笑道：“你和你大哥也帮了我家不少，好人得有好报。我前几天就对凤玉说过，患难之交不能忘，可千万别忘了你王大哥对咱家的好啊。”

这一席话也说到了王海心里去，俩人对着乐了一会儿，王海又道：“我和大哥以前就把凤玉当自己妹子看待，现在凤玉能嫁个好人家，咱们都真心为她高兴。这钱原本就是预备今明两天找时间给您送到家里去的，结果大哥说赶巧了碰上刘畅生日，就赶紧给您送来了。”

张明春眼神一碰到那些钱又开始推辞，话还是老样子，钱难赚，我也帮不上忙，都是自己人，不需要这些。

王海又安抚：“如果真要送给刘畅，何必要我悄悄拿来，大哥也是考虑这两件事凑到一起有点不是滋味，所以特地叫我悄悄地给您，谁也不准说，也叮嘱您，不要跟凤玉和刘畅说。”

张明春倒是愣了一下，王海又道：“总不能因为要跟小刘董做买卖，就不给自己妹子出喜钱吧？您说这世上有明知道自己妹子有喜事还不出份子钱的兄长吗，这像话吗？”

张明春笑着叹气。

王海又道：“我跟着大哥做事也有十几年了，他命苦，从小就没娘，被后妈赶出来时小学都还没有读完，靠一双拳脚打拼到现在。人生在世，受

苦遭罪那都是家常便饭，区别就在于，在外头扛不住了，心里头难过了，有没有家可以回。我大哥总说凤玉运气好，他自己是个没娘疼的孩子，不过话说回来，凤玉运气好可不单单是有个娘。世上亲生父母能做到阿姨您这份儿上的，也是少见了。”

张明春看了几眼王海，推辞的力道软了下来，才说：“咱家情况你知道一些，但有些你还是不知道的，凤玉的爸爸是因为凤玉才走的。她爸去接孩子放学，那天也不知道怎么回事，凤玉一定要吃冰淇淋，不给买说什么也不肯走，她爸只能去马路对面买了一个回来，凤玉嫌弃冰淇淋买错了，又叫她爸去换，换回来的路上，被车撞了。”

这一段王海是头一回听说，是以有些背后发凉，对凤玉那张美貌的脸又有三分惧意。

张明春又道：“她爸是唯一的儿子，孩子爷爷原本就身体不好，她爸没出五七就走了，一家两个男人一并都没了，孩子奶奶和两个姑姑叫我立刻把凤玉送走，她们说凤玉是个灾星，如果不送走怕连累晓东，可晓东和凤玉感情深，是绝不会肯的，所以老李家索性连晓东也不认了，从此不再有来往。一转眼这么多年，再苦再难的时候他们也没拉我们娘仨一把。”

说到动情处，张明春声音也有些哽咽，平静一会儿才又说：“我自己的娘家兄嫂也因为这事很不喜欢凤玉，早年还碍着我爹妈的脸面有些来往，后来爹妈过世，躲我们像躲灾一样。当年我病重，还以为毕竟是自己的亲哥哥，再有什么想法也总能赶着来见我最后一面，那我就把两个孩子托付给他，我就瞑目了，可他没来。那时候凤玉才读高中，晓东刚上初中，老天有眼，我活了过来。否则，还真是不知道怎么办好。”

王海也真心同情：“阿姨真是太不容易了。”

张明春又说：“如今凤玉办婚礼，按说要有自己爹带着交给刘畅，可如今这情况，难道要当着亲朋好友的面，叫凤玉自己孤零零地走过去跟刘畅行礼吗？这孩子命苦啊……”

王海一愣才想起，按照临山的习俗，女儿出嫁是要娘家男长辈送的，通常是父亲，父亲去世则是兄长，再往后就是舅舅，舅舅没有则是姥爷，以此类推。王海参加过这么多婚礼，父亲、兄长、舅舅、姥爷，这四个男人有人缺一个有人缺俩，倒还真没遇到过李凤玉这种四六不靠，家里一个成年男丁都没有的新娘子。

王海背后还没来得及发毛，眼见张明春又要哭，他赶紧安慰："这种事也就是做做样子，古时候的规矩，那都是迷信，为了充娘家门面，寓意子嗣兴旺的。现在都什么社会了，我一个表弟结婚连婚礼都没办，跑到国外去旅游一圈发了个朋友圈而已。以后我儿子结婚，我都懒得办那么啰唆的婚礼。他们怎么高兴怎么来吧。"

这是王海真心实意的话，但看张明春神色未见缓和，也想到刘家跟普通人家还是不一般，是以他又搜肠刮肚一番，凑齐了字数才道："阿姨，咱们认得也有几年了，要是您那边实在没有人选送亲，不如叫我们于总来？"

这思路张明春倒是没有过。王海又说："我们于总虽然不是什么大户人家出来的，但怎么说也是市里的优秀青年企业家，捐过不少钱，也资助过不少寒门学生，于总太太那更是日报评论部的主编，有名的扫眉才子，怎么说坐到娘家席那边也不丢份。"

张明春原意要推辞，听到最后却是心动了。婚礼上女方席怎么坐这件事叫她一想起来就睡不着觉，女儿嫁得不好和嫁得太好，都容易叫娘家丢人。她的确不想叫自己那些平时素无往来的远房亲戚坐到亲家身边去，万一说出个什么不中听的话，不单晓东要恨她，连她自己也恨自己。

张明春点点头，将手里的钱收到了包里去，再三道了谢，又把藏了好几天的地瓜干交给王海。

拿着一大包裹着白霜的地瓜干的王海，走到没人的地方，才终于透了一口气。他张望一眼远处的球场，却不知于大年此刻在这块造价高昂的草皮地面的哪个角落。

王海再见到于大年，是当天夜里十一点半。

生日会已经散去。接到于大年电话后他立刻就冲下楼来，速度比当年谈恋爱见即将异地的女友又快了许多。

于大年站在他家小区路灯之下，笼着朦胧的光，穿深蓝色西装和黑色毛呢外套，领口半敞，裤线精致，像是英雄电影里的男主角。王海一股劲儿地跑过去，压着一口咳嗽，赞："大哥，你穿这身儿实在是太帅了，三万块的西装就是跟三千块的不一样。你看我那套……"

于大年笑着说："等事情做完了，大哥也给你买一套！"

王海赶紧解释："大哥我不是这意思，我是说你很有派头，大生意人的派头。"

于大年也笑笑，拍拍他的肩："你给我发的消息我看了，不愧是我最亲的兄弟，想的和我一样。曲玲玲就算是答应了，凤玉这头也不能丢。"

王海眼一亮，立刻问："曲玲玲同意了？"

于大年不置可否，只答："说来也巧，今天曲玲玲介绍我认识了富德证券业务部的一位副总经理，人年纪小，鬼主意倒是不少，胆子还大，场面上八面玲珑的，我看他等到了咱们这岁数，也是个人物。结果我们聊了几句我才发现，他叫齐方，怪不得看着眼熟呢，原来是……"

王海脸色就变了，快快地打断于大年的话："齐方不就是方红敏的儿子吗？他们那些金融公司的鬼精又虚荣，明明只管几个人，居然就敢说自己是副总裁总经理的，放咱们公司也就是个组长！"

于大年笑道："以后咱们公司做大了，我就把你放到华恩去当总经理。"

王海"哇"一声，也顾不得嫉妒了："我怎么行！我一土老帽，除了开车什么都不懂，大哥还是另外选人吧，我不行的不行的。"说罢使劲摆手，然后才问，"大哥，你今天去刘畅的生日会，看来挺不错的啊？"

于大年还是笑着，信步往前方晦暝处走。王海跟了上去。于大年又闲聊一会儿，才说："曲玲玲给咱们找来了投资，你知道多少钱？"

他哪里知道！王海看着于大年，只见于大年伸出手，然后比出两根手指。

王海迟疑:“两……千万?”

总不能是两百万吧?

于大年摇头:“亿,两个亿,分三年五批到账。富德,雪山,曲玲玲,都在我们身后,怎么可能只有两千万!有这两个亿,我们账面就好看了,账面好看了,就能跟他们签合同,签了合同,城商行就能贷款,咱们,就活啦!”

王海差点蹲到地上。

于大年见他那样子原本还有点想笑,但心头忽地泛起一阵酸楚,笑意就被打散了。上午在私人休息室,刘畅说数字还不好确定,估计是在一个半亿到两个半亿之间的时候,他也差点被茶水呛到。刘畅当时也是笑着的。那吃惊是不是也这样昭著地写在他自己的脸上,刘畅那时在想什么?

细想起来,刘畅说话虽然含笑,但故意藏头露尾,意有不尽,让他必须费尽心思揣摩才能领会的内容,像是小时候打工的工地上给工人发的粥,薄薄的都是水,需要技巧才能找到米粒。

他饿了好几天才悟到要领。

他于大年,比刘畅能吃苦,比刘畅敢拼杀,比刘畅懂得更多人情世故,但他和刘畅,差在一个爹上。

他决定不接受加瓷的半要挟半诱惑,这样肩扛头拱地再出来打拼,就是为了孩子。他希望他的儿子将来能有刘畅那样的眼神和笑容,能自由地做自己想做的事,爱自己想爱的人,过自己想过的人生,能看到更高更远的世界,不枉在人世走一遭。

“要那么多钱吗?”王海一脸茫然,喃喃地问,“一个华恩,要那么多钱干什么?”

于大年又叹口气,注视着王海由吃惊意外到手舞足蹈的变化,像欣赏流云变幻。他不出声,等王海数完了九个手指才淡淡道:“源城和渝州两个城市离得这么近,旁边又围绕着财大气粗的临山和后来居上的望江,按

照渝州现在的发展方向和城市规模，高校外迁是发展趋势，渝州设的高新区几个高校都有地，源河调整水环境也是为了缓解地区环保压力。现在几个国际项目和国家重点实验室都要落户，税费优惠政策正在落实，渝州这个高新区的起步比之其他兄弟市占尽了天时与人和。等了这么多年，渝州的好日子终于要到了。我们的好日子，也要到了。”

城市发展决策方面的事王海并不了解。其实也跟他没什么关系，他也不明白这跟华恩有什么关系，此刻他诚恳的姿态也遮盖不住脸上的茫然。

工业园那片冷灰色的水泥荒地，让于大年想起自己的家乡。近三十年前他从村里出来的时候，最后回头看的那一眼，也是那样荒芜的景色，那村子到如今也一直荒芜着。但这片土地不一样，来临山二十年，他见证着一座城市的变化，如见证一段传奇。

他想起刘畅对凤玉那句玩笑似的调侃：“赚到第一个亿，刘云山花了十年，郑红旗花了八年，他于大年，只花了一台车。”

他听了耳热，凤玉看样子也未见得自在。可刘畅是刘畅，他再怎么体贴，也做不到那些需要仰人鼻息才能存活的人的周全。

只是，他于大年花的何止一台车呢？小时候在石子厂被老工人像石头一样踹来踹去，去工地搬沙子被包工头骗钱，去打散工刷油漆被熏得好几天吃不下饭，去广东进货被劫匪盯上，为了护住包里的五万块他差点被人捅死。他于大年走到这一步，花了快三十年，也差不多花了一条命。

刘畅不懂他的苦处，也不见得愿意懂，他们终究不是一类人。于大年有那么一瞬间想到生日会上无措的凤玉，内心忽然生出几分同情，但这同情立刻被他拂掉了——同样是在人手底下讨生活，难道给他于大年打工比给刘畅当老婆金贵了？

真是笑话。他凭什么同情凤玉？现在是要凤玉同情他的时候！

于大年对自己凭空生出的妇人之仁感到可笑，一抬头眼见着王海的目光变幻，只拍拍他的肩，问：“现在，你觉得那辆车送出去，值得吗？”

王海点头如捣蒜："大哥英明！！"

于大年其实也说不上是英明，昨天晚上他的心情还跟王海差不离，满脑子惦记着自己那二百来万可别打水漂了，早就忘了自己的偶像李嘉诚七十年代以一力排众议，大举进军低迷的香港楼市，险中求胜。

有人说李嘉诚命好，他于大年可不这么想。他相信事在人为，李嘉诚豁得出去，静得下来，而且心宽输得起，市场诡谲，只有这样的人才能胜利。

不过车送出去的那几天他还真忘了李嘉诚，满脑子只想着这二百来万存到银行里能有多少利息。于大年有些不好意思，但这点羞愧对于他来说可以忽略不计。他于大年的崛起已经在望。万通，这间小小的，不值一提的万通，极有可能在中国商业史上留下自己辉煌的一笔。

他于大年如今想要的，不单单是儿子的衣食无忧，不单单是给早逝母亲在村口竖的那座大理石牌坊，不单单是小时候滚在泥巴里玩乐的小伙伴们的一句称赞，也不单单是弃他若敝屣的父亲和继母的和颜悦色，他如今想要的是，在中国商业史上，留下一座属于他于大年的牌坊。他于大年无依无靠，一步一叩首地走到现在，他觉得自己的每一步都比他读过的那无数本名人传记里的故事，更值得记录。

至于凤玉，所有的得到都会有代价。凤玉虽然沉默却并不愚笨，她明白，就算她现在不明白，将来也会明白。像所有人一样，这个道理，她早晚都会明白。

第八章

耳光响亮

凤玉的SPA做了四个半钟头。她活了二十几岁，这是头一次在捯饬自己上花费这么多时间，陪她一起来的是个女人，被称为石经理，但石经理让凤玉称她，小石。

小石不笑的时候有股威风，笑起来又满面春风，她很重视凤玉的意见，按摩师和身体护理师离开后，发型师和化妆师、美甲师们每进行一个步骤，小石都会让他们停下来，亲自查检，然后再问凤玉觉得好不好。凤玉从不是个有意见的人，除了点头，说“好、谢谢、没关系”之外，找不到其他的话应对。临末了，小石接了电话出去了，凤玉才松了口气。这小石实在是太热情似火，哪怕是不说话，也烤得凤玉直冒汗。

可这口气也没松快太久，一阵风刮出去的小石又一阵风地刮了进来，还提着一条如朝阳一般金灿灿的连衣裙。前后V领，宽大的荷叶袖，收着窄窄的腰，连着长而圆展的裙摆，那裙子被小石擎在手中，裙摆就像被朝阳映照的湖面，起着粼粼闪光的波澜。

小石一双凤眼都笑弯了，自语：“我畅哥的眼光就是不错。凤玉姐，你真是修来的福分，畅哥亲自挑的裙子，还给配了绿宝石项链。我畅哥这样的直男，模样又帅，审美又好，品行又端正，真像从言情小说上扒下来的。”

发型师识趣地往外走了几步，小石过去把凤玉从椅子上拉起来，又把裙子比量在她身上，说：“你试试，这比旗袍好，旗袍颜色太寡了，今天畅哥过生日，不适合。”

“会不会冷?”凤玉看了一眼窗外阴沉的天,本能地问。

小石笑:“空调二十五摄氏度,多少喝点酒,穿长袖也能出汗,何况你在里头跟着畅哥也得走动,你放心吧,不会冷的,你去试试吧!。”

刘畅买的,自然是合身的,从换衣间出来,又戴上那套绿宝石,凤玉跟着小石往宴会厅走。

裙子是好看的,绿宝石更是好看,只是贴着脖子发凉,这么久也没暖过来。凤玉莫名想到曲玲玲那套翡翠,更绿,绿得像是活了似的,盘踞在曲玲玲修长美丽的脖颈上,像一条有生命的锁,不肯被人轻易取下。

她问小石:“玲玲姐到了吗?”

走得略靠前的小石闻言,专门回头看了一眼凤玉才道:“曲总早到了,她这几天比较忙,说是睡得不好,找了个房间睡觉去了。你要见她?”

“不用,”凤玉道,“我就是问问,她说她要来的。”

这下小石收了步子,走到凤玉一侧与她并排,问:“你们是朋友?”

算是朋友吗?想到刘畅说起曲玲玲时的眼神,看到小石听到从自己嘴里说出曲玲玲时的反应,凤玉虽然有些迟钝,但并不愚蠢,她笑笑,答:“我怎么敢这么说。”

小石笑着看一眼凤玉,看起来对这个答案还算满意。两人又走了几步,她才又开口:“你今天带来的那套旗袍是曲总替你约的常师傅吧?曲总说过,常师傅已经把店交给大儿子了,一般面子的单子根本不接,而且你那单又是个急单,还是曲总的面子大才给做的。不过今天这日子,那旗袍太素了,就算是金贵也不能穿,曲总也明白,你不必记着。”

李凤玉带来的那套旗袍料子是缎面茭实白,颜色虽然是素,但袖口裙边绣着连片的云水蓝色的桂花,花瓣夹杂着银线绣出来,但凡勾兑点光亮,就像通了电一般的闪,真的像是桂花在月下一般。常师傅说这云水蓝色的月下桂真的跟花一样,是有花期的,因为这丝线两三季后会走色。但具体会变成什么色还真不好说,有些会变深,有些会变浅,有些人做了甩到一边去也就忘了,根本不知道后来那丝线的结局。

所谓最是人间留不住，朱颜辞镜花辞树。常师傅给这些矜贵以及自觉矜贵的女人做了一辈子衣裳，看到这脆弱美丽的丝线总能想到一些旧人，是以有些唏嘘，又见凤玉这样容貌姣好举手投足却瑟缩的女孩子，心里生了几分怜悯。他本来不想把这套袍子给她，却没想凤玉把样衣上了身居然这般好看，像是这脆弱的袍子注定属于她似的，于是权当是给曲玲玲的顺水人情，让凤玉带走了。

可凤玉不是为了那旗袍，她只是莫名想到了旗袍会上的曲玲玲。从心理上说，凤玉有点怕她，为什么会想起来呢？可能因为日头一斜，寒气从江面上来，将她脖子上那串绿宝石刚刚煨出的一点热气都打散了吧。似冰链般坠在她脖子上的这条绿宝石，让她想起了曲玲玲那条翡翠项链，翡翠冷吗？会比绿宝石更冷吗？曲玲玲带着一身珠光宝气走过寒风时，会不会也觉得冷呢？毕竟这珠光宝气再怎么璀璨夺目，终究是不通血脉的，靠着体温维持的那点热气，并不足以支撑这漫长的夕阳和无尽的夜，得到更暖的地方去才好啊。凤玉的脚步更快了点。

刘畅的派对，从来都人多，这次更是热闹。一则是因为多了一半郑东良的朋友，二则是这次的邀请函上多了一栏女主人。李凤玉的名字许多人听说过，但真见过的却不多。被藏起来的美女，多半有传奇傍身，尤其是被刘畅郑重其事地写在请帖上，前面还坠着一个女主人头衔的。

临山高端相亲群体里最大的一颗明珠要被人摘走了，这八卦效力不是一星半点。有人说这女孩子长得其实一般，但是精于养蛊，趁刘畅哪天不注意给他种上了，从那时起刘畅就对她言听计从。立刻被人嘲回去：还养蛊，这都什么时代了，你怎么不说是狐狸精变的呢？随便对着刘畅吹一口气儿，那刘畅就得跟着她乖乖地走了。也有人说她就是美，而且是苦寒家庭出身，这种女人得了刘畅这样的公子哥青睐自然是“有求必应”的，把刘畅伺候好了，那当然是要风得风要雨得雨了。这条有人反驳，说刘畅可是见多识广阅人无数的主儿，等闲一个长得好看的有求必应的女人就能把他给收了，那刘云山早抱孙子了！再有人说，这女人其实长得像刘畅的初恋，可惜那初恋死了，刘畅心里难受，直到遇见这个女孩子，这姑娘也精明，知道自己长得像那初恋，还专门照着那初恋的模样捯饬自己，更是搞得刘畅魂不守舍，非得结婚，不惜忤逆父母。刘云山、杜蘅雪那是什么人，怎么会同意这样的儿媳进家门？就算现在不说话，将来也会说，你们等着吧，这俩人总是结不了婚的。这条被刘畅的老同学们实名反驳，说刘畅初恋都是俩孩子的妈了，脾气泼辣得很，她结婚刘畅还送了一套银餐具，你们说她死了，当心她知道了亲自来削你们！

至于结不结婚，结了婚会怎么样，多久离婚，哪怕是离几次婚，这些问题很大程度上难以左右刘畅行情的走向，所以根本没人在乎。

这些话刘畅多少有些耳闻，但他不当回事。嘴在别人脸上，连着他们各自的肚子，他们要说什么要吃什么，跟他一点关系也没有。在他小时候，第一次听到别人对他的家庭、父母进行猜测和八卦式地诋毁的时候，非常伤心，所以他已经在心理上给凤玉预留了一部分伤心的空间。经过今天，她会见到很多人，感受到很多包含各种复杂情绪、看法的目光。她会不习惯，但这不习惯会过去。人活着，每天都在为难自己，不习惯久了也会成为习惯。

至于他自己，今天也导演了一出好戏，只等着那贪婪的贼雀走进陷阱。所以，这个喧闹欢腾得让他头疼的生日宴，也算是值得了。

刘畅眼见着凤玉和小石进来，笑着迎过去，看看凤玉，又看看小石，问："你嫂子漂亮不？"

小石嘿嘿一乐说："这恋爱的酸臭味真叫人受不了。我把你的心上人交给你一会儿，我表哥那边还有事儿，过会儿我再回来替你当护花使者，不让那些牛鬼蛇神近嫂子的身！"

刘畅佯怒："郑东良那厮又叫你干什么？明知道我今天得用你！"

可小石已经一溜烟跑远了。

凤玉听到这里才反应过来两层意思。

第一，为什么小石在扶风俱乐部这么自在，因为她是老板的表妹；第二，为什么今天小石一直对自己寸步不离，原来是刘畅的意思。

可刘畅为什么要这么做？

刘畅见她似要开口，只贴着她耳朵说："男人的嫉妒心也很可怕。"

凤玉一愣："什么？"

刘畅又道："你这么漂亮，我也会担心有人抢走你啊。我这边忙活着于大年的事，那边放你一个人也不放心。你知道为什么古时候那些将军出行都带着自己的老婆吗？"

凤玉听到于大年三个字，脑子立刻从"小石陪着自己是要挡什么牛鬼蛇神？"的问题上撤回到现实意义更为显著的"于大年在哪里"上。结果刘畅放在她腰上的手顺着她的腰线往下轻轻一抹，又猛地收紧，他就在一屋子服务员和几个早到了的朋友面前，浅浅地啄了凤玉一口，才说："因为想老婆想得难受更妨碍打仗啊……"

凤玉推又推不开，左右躲闪着求饶："你别这样，这么多人在，影响不好。"

刘畅手上的力道又紧了紧，贴着她耳朵低声说了两个字："求我。"

凤玉立刻响应要求："求你，求求你了，别这样。"

谁知刘畅动也不动，只有嘴唇近得都快贴上凤玉的耳垂，声音更低了一点，还带着暧昧不明的笑意："明知道这么多人在，你还跟我这么求饶，你是故意撩拨我吗？李凤玉，你怎么学坏了呀……"

凤玉的脸孔以肉眼可见的速度涨红，整个人都僵直成一块板，刘畅这才松开双臂，转而拉着她的手，笑着说："好啦，不逗你啦，我带你去见于大年怎么样？"

于大年在休息室等了好久，曲玲玲才出现。

关于这女人的传说他听过太多，这样凑近了真人看，反而有些失落。说漂亮的确是漂亮，眉眼间的风情万种自有一番态度，但再美也没有三头六臂，也就是个迟暮在望的美人，对衣食父母米饭班主，于大年是一点绮思都没有的，他只想着孤男寡女共处一室，还是靠山这么大的一个寡女，可一定得避嫌。所以曲玲玲一进门于大年就把露台窗户打开，又把所有灯火调亮，等曲玲玲坐下，再毕恭毕敬地给曲玲玲端了一杯热可可，这才坐到距离她两个座位以外的地方，眼观鼻鼻观心，大气不出，也不对视，像个在课堂上躲避老师提问的小学生。

曲玲玲见状耸肩一乐，问："你今天来得挺早啊？"

于大年本来想说过来见见刘畅，但又想到刘畅对自己的提点，快速权衡一下，决定取个中庸之道："今天过来想看看能不能帮上忙，结果发现还真没什么我能帮上的。小刘董果然是大户人家的孩子，这眼界这审美就是高，一进门就知道档次不一样。"

曲玲玲嗤笑一声，才说："这是郑东良的手笔，他是九恒老郑的儿子。刘畅对这些没兴趣，只是为了让凤玉见见人才办的。你这人倒真是运气好。全临山这么多会计，你怎么就找到了李凤玉呢？"

于大年本能地想跟李凤玉撇清关系，他是真的从没有对李凤玉起过别的心思。他于大年虽然是男人，但也是个有脑子的男人，非常分得清轻重缓急。会计这个岗，不能交给亲戚，更不能交给外人，非得交给凤玉这么个不里不外、一门心思当苦力的老实人才放心。李凤玉的确是美，但哪有人美得过人民币啊，账面上的人牢靠比国色在榻对他更有吸引力。

这理由可不敢明说，他连忙道："我运气好，我运气好。"

说罢辅之以招牌款憨直笑容，表示自己人畜无害。曲玲玲笑着横他一眼，喝了口可可才又道："郑东良也是个人物，一会儿领你见见。刘畅这个生日派对办得正是时候，我还在想呢，要领你这么个大活人四处给人看，我还嫌麻烦，这下倒是好，你需要见的人一次就能见完，省得往后操心。我这人不喜欢拐弯抹角，我想帮你，一是因为你这厂子的确是不错，二来你是自己人推过来的，人品过得去。我这人够吃够花就行，没什么物质欲望，但就一点，脾气倔，不做就不做，要做就要做得好，办点能让人记

得的好事。”

曲玲玲一边说着，于大年就如同伴奏带，在她每一个停顿处都配上“好好好”或者“是是是”，节奏掌握完美，只在听她说没有物质欲望的时候卡了一下，心里莫名觉得这句话从她嘴里说出来，有点幽默。李凤玉要说自己对物质没啥欲望，于大年倒是信，曲玲玲这种不光彩的身份，说自己对物质没欲望，让于大年这种老江湖生出些笑意。这笑意来得猝不及防，把于大年吓一跳，是以有点走神。

听完了曲玲玲的教诲，于大年又拍了几句马屁，才问：“一会儿我陪您一起去那边大厅？我看时间差不多了。”

曲玲玲摇头：“我们办正事要紧，一会儿另外两个投资人要来，这俩人不能去刘畅的派对，咱们得先见完她们俩才行。”

于大年“哦”了一声，明白她说的是刘畅的两个姑姑。

曲玲玲又道：“可这俩人，我只能牵线，不能帮你争取。”

于大年心里一紧，立刻抬头看曲玲玲。

曲玲玲解释：“这两个人是刘云山的亲妹妹，刘畅的亲姑姑，刘畅和这俩姑姑关系不太好，她们看好华恩，但对你跟刘畅的关系有忌惮。”

于大年恳切地说：“我和刘畅能有什么关系？我是为了认识曲总才拜托凤玉引荐一下的。今天能来，也是为了见曲总。”

曲玲玲笑笑：“虽然你这么说，人家未必这么想。”

于大年想到早先刘畅见他时说他“做事决断，干净利落”的样子，他那时还想，刘畅这么个眼高于顶的人，怎么会觉得自己做事决断干净利落的，怕不是讽刺他瞻前顾后吧？这会儿他忽然明白了刘畅的意思，他不是讽刺，他是在提醒，但刘畅惯于说三藏七，不肯尽言。

权威人物都有这种爱好，他们喜欢让别人猜，像高高在上的神聆听信众的祷告。

于大年一改之前唯唯诺诺的样子，扬声道：“别人要怎么想我管不到，人在做天在看，我于大年一个烧砖小工出身的人，走到这一步，虽然没资格跟曲总相提并论，却也不怕鬼叫门的。华恩这个公司加瓷开价给我一个亿，讨价还价再添个几千万也不是不可能，这笔钱我拿到了去投个什么不好？就是投个电视剧在家躺着，也有不少的回报。曲总今天能为这件事出来见我，想必也是懂我的人，否则您锦衣玉食，也不用为这事操心奔波。出来投资看的是项目，项目有市场才最关键，华恩的产品什么样，您肯定也问过专家，不管从发财还是从利民的角度看，华恩都是个好项目，好公司。要是只因为我通过刘畅认识的曲总，她们就不管项目质量，缩手缩脚，那也不是个牢靠的投资人，也实在是走不到一起去。曲总做事也是看人的，您跟这样的人一起做买卖也不会舒心！”

于大年虽然说话字正腔圆，但其实也是越说越心惊，生怕曲玲玲一瞪眼摔门走了。哪知道她听到最后却笑起来，一双眼睛弯得仿佛月牙，等他说完了，她拍拍手说：“说得好，于大年。干活卖力，交朋友交心，强扭做不成亲，也做不成生意，瞧不起你的人没必要拉拢，甚至没必要理会。你于大年，虽然不是大富大贵，但也还没到要唯唯诺诺才能活下去的份儿。唯唯诺诺这毛病跟吸毒一样，一旦成了瘾，改起来会很难。记得你现在跟我说话的架势，一会儿面对那对姊妹花，还有刘畅派对里头那些人，都端着这个架势。不管你于大年什么出身什么背景，你能到这儿都因为你有神通，外头那些未见得比你高尚到哪里去。自卑，不欲为人知的过去，每个人都有，但你要想当英雄，就要忘了让你自卑的东西，记得你的骄傲，握紧了它，别松手。”

于大年愕然地看着曲玲玲，这是他第一次如此仔细地打量她，不是把她当作曲玲玲，或者一个传奇美女，而是一个人。她跟她朋友圈那些稀奇古怪的照片不同，跟坊间的香艳传闻也不同，此刻的她，斜斜地靠坐在独座沙发上，一张美丽的脸映着精致的灯光，眼睛分明而又澄澈地亮，亮得不该属于她这种身份的女人。

于大年生生地将自己无端生出的惋惜摁回肚子里，郑重地点头：“曲总，将来有什么用得着我的地方，您但说一句，我绝无二话。”

曲玲玲笑笑，摆摆手："我有什么用得着你的地方？你就用你刚才那股气势，去把刘畅那俩姑姑拿下来。"

刘畅的"去见于大年"计划在中途被一个电话打断，电话来自郑东良，郑东良声音大，就算走得远随风也能听到他时不时的哈哈哈。无月之夜，寒气更为迫人，刘畅将身上的外套脱下罩在凤玉身上，向她示意自己要走远。凤玉想问他去什么地方，可她应该问吗？一个犹豫间，刘畅的身影就没在树丛的纯黑的阴翳之中，再也看不到了。

一件单薄的西装外套不论造价多么不菲，也顶不住这水面吹来的寒风，凤玉独自站了一会儿，也没见刘畅回来，倒是身上给彻底冻透了。不远处宴会厅里人声鼎沸，乐声靡靡，灯火迫着那一团团濒死的玫瑰将最后的芬芳吐了出来。那香气就如幽魂一般四散在灯火不及的黑暗中。这黑暗，这香气，这时不时传来的乐声和闲谈声，还有这江边特有的，带着腥气的寒意，交杂在一起，像个噩梦的开端。

身后忽然传来一个女声："这么冷，你不进去？"

凤玉被惊得一个激灵，猛地转过身去，正好对上一张带着好奇的脸孔。那是个年轻的女孩子，穿着灰蓝色的连衣裙，妆容精致，姿态骄矜，手里的一只酒杯，正被她捏着微微地晃，远处的暖黄色光芒遥遥地打在上面，又被晃碎，沉入杯底。这持杯的女孩子上下打量了一番凤玉，脸上的好奇逐渐被了然取代，然后她一笑问："你是李凤玉吧？"

凤玉点点头："我是。你是？"

"我是吕萌萌，齐方的未婚妻。你可能不知道，因为请帖没有发给我。我未来婆婆，也就是你原来的办公室主任说，找你问过为什么没有齐方plus one。你贵人事多，也没有给她回复。"

这句话里的含义颇多，凤玉不知道先解释哪一个，有些结舌，见吕萌萌往前一步，下意识地给她让开了路。吕萌萌见状倒是笑得更开，反而绕着凤玉转了一圈，才定住脚，又道："我听说你跟刘畅那货是在路边认识的？"

刘畅……那货?

凤玉心里还有些犹豫,听她这样称呼刘畅,该翻脸吗?可这是刘畅的派对,或者他们之间本来就是这样互相贬损以表亲昵呢?所以她只能点头:“我们……”

吕萌萌没有听她说话的意思,又开口:“想必刘畅是救你于水火之中了吧?”

凤玉不再开口。

吕萌萌显然也不预备让她开口,又说:“他有这个爱好,也有这个嘴皮子上的功夫。以前在国外,他也喜欢挑唆着各种金丝雀麻雀投奔自由,搞得人家后院人仰马翻,不过真的跟其中一个结婚……”吕萌萌言未尽,只抬眼看了李凤玉一会儿,一张脸带着含义未明的笑,片刻才道,“也是了,你长得跟东嘉姐还真像,看看你这身打扮,跟东嘉姐还魂了似的。郑伯伯看到了那还不得吓得背过气去,怪不得长辈一个都不准来呢……刘畅跟你说过郑东嘉吗?令他性情大变,差点疯了的女人?”

见凤玉脸色发灰,吕萌萌轻轻摁了摁她的肩膀笑着说:“别担心,别的我不敢说,但东嘉姐根本不喜欢他这条绝对是真的,而且她早就去世了,否则也轮不到你飞上枝头变凤凰啊。刘畅对东嘉姐的痴迷那真的是……啧啧,变态一样的。这项链,哎?绿宝石吧?东嘉姐生前最喜欢绿宝石,这条好像是东嘉姐的遗物,东嘉姐去世以后,郑伯伯为了安慰比郑东良还痛不欲生的刘畅特地送给他的纪念品。这可是刘畅的心肝宝贝,平时别人摸一下都要吼的呀,居然给你戴到脖子上……李凤玉你可以的!”

吕萌萌伸出大拇指,表扬恳切,片刻才问:“怎么,你没话想问我?”

有,当然是有,但她并不是傻子。吕萌萌来者不善,又关系着方主任和刘畅的前尘往事,她的疑问在这重重的关系积压之下根本不值一提。哪怕是她自己,恐怕都不值一提。凤玉思及此居然有了一丝笑意,她撤了一步与吕萌萌拉开距离,道:“没有。你要往大厅去吗?我还有事,先走了。”

吕萌萌一扬眉,点头,又开口:“我们还开了盘口,赌刘畅什么时候甩

了你。我看啊,刘畅是不会甩了你的,你跟东嘉姐长得这么像,又这么乖,家里还穷,自己又没本事,整个人都依附他,全家都臣服于他,不管发生了什么事也不敢吱声,简直是照着刘畅的愿望生的宠物嘛。叫我说,东嘉姐就算是还活着,就算也爱他,也未见得能像你这样完美地满足刘畅的需要,刘畅怎么会甩了你呢。而你呢,敢离开他吗?你们这些女人也是有意思的,想要钱,自己去赚难道不好,非得靠男人脱贫?你这叫什么来着?哦,对了,合法卖身……劝你一句,早点为自己打算,万一将来有比你更嫩更惨更聪明更会攀高枝更像郑东嘉的人出来,你怎么办啊?人生可从来都是由奢入俭难啊……”

吕萌萌身段略高,又穿着高跟鞋,此刻走到凤玉跟前,略俯身逼视她。凤玉身后是低矮的冬青丛,已经退无可退。冬青的枝条隔着娇柔的裙摆刺在她的腿上,像是吕萌萌的同伙,在她身后推搡。

如果没有了刘畅,她要怎么办?凤玉没有答案,也没来得及逼迫自己思考这个问题的答案。

吕萌萌忽然就被不知道从哪里钻出来的刘畅扯住胳膊。吕萌萌被惊到,凤玉也被惊到,她没来得及上前,只听吕萌萌“哎呀”一声就被刘畅扯得踉跄到几步之外,手里摇晃着的酒杯砸在地上,清脆地碎了。

刘畅回身挡在凤玉和吕萌萌之间,肌肉紧绷,胸口起伏,他像是跑过来的,又像是极度不悦,凤玉下意识地握住他的臂膀。

刘畅侧头问:“你没事吧?”

他的笑容不见了。

凤玉摇头,没来得及说话,吕萌萌叉着腰嚷起来:“刘畅你个二百五,疯了吧你!老娘怀孕俩月了,你这么扯我,要有个好歹,我非剁了你!”

那声音尖锐与方才不同,凤玉闻言诧异,倒是刘畅笑起来:“这泼妇一样的叫唤才像你呢吕萌萌,我还真不知道你怀孕了,可你怀孕了关我什么事?肚子里有孩子了,那就得积德。一家三口齐齐整整才好呢,你说是不是啊?”

吕萌萌恶狠狠地白了一眼刘畅又看一眼凤玉，又笑了起来说：“你看这姑娘，配上东嘉姐最喜欢的裙子和东嘉姐最爱的绿宝石项链，就像你十八岁生日那天跟你跳舞的东嘉姐吧？可怜的小刘畅，我看东嘉姐的阴影你是这辈子也摆脱不了了。你说你是缺了多少德啊？一辈子只爱一个女人，爱到只能靠长得像的人来聊以自慰，寄托你那无处安放的可怜的单恋。凤玉，你可别误会，你钓的这个金龟婿跟东嘉姐之前什么都没有，也什么都不可能有。首先，东嘉姐人已经没了，最关键的是……”吕萌萌的声音压低，带着幸灾乐祸的笑意，她一字一顿地说，“东嘉姐压根对男人没兴趣……”

凤玉还没反应过来这话里的意思，刘畅猛地上前一步结实地给了吕萌萌一耳光，凤玉去挡已经来不及了。他下手之狠，凤玉都感觉到了那道掌风。

随后的场面变得难看，吕萌萌被打得转了半圈倒在刚刚被她扔下的玻璃杯碎片上，撑地的双手顿时血流如注，她尖叫起来。凤玉想走上前去帮忙，但被刘畅一把拉开，他脸上笑容尽去，只冷冷地盯着被闻声赶来的人扶起坐在一边藤椅上的吕萌萌。她的一双手已经被人掐住手腕抬得高于头顶，但止不住的血流仍像蛇一样，顺着她纤弱的臂膀蜿蜒而下，浸透了灰蓝色的裙子。她的发型乱了，妆却没有花，坐在藤椅上，像个损坏的芭比娃娃，由着众人围着自己手忙脚乱，但她的视线却定在人群之外的刘畅身上。吕萌萌视线里的寒意比夜风更甚，凤玉别过去头。

人群逐渐往这边聚拢，有人打了120，有人问吕萌萌还伤到哪里，有人想问刚刚发生了什么，被身边的人轻轻一扯，这疑问就跟着血腥一起，四散在风里。

第九章

我们都一样

张明春以前是收过大额钞票的。凤玉有次领过一万块的年终奖，齐齐整整地装在一只红色的信封里交到她手上。一本公司宣传册的厚度，崭新的票子，还有着和报纸传单不一样的油墨味，但是并不压手，不像面前这六万块，如一把大锤生生凿在她脑门儿上，让她耳鸣不止。她想给晓东打电话，却怕晓东又吼自己贪财。她从扶风俱乐部回到临山的新房子里。张明春有点不能适应这人造的静谧。厚重的玻璃窗将灰蓝色天空割裂成方正沉闷的矩形，月亮像个怨妇，俯视着璀璨的城市。张明春把这钱换了三个地方安置都觉得不安全，最后还是决定存到银行里去。

六万块。那一整天，张明春脑袋里都是这三个字。待到海啸一般的震惊退去，她担忧起来。凤玉到现在也没忘记她那孪生姐姐。如果她找到了亲姐姐，晓东该怎么办？他对凤玉是真心实意的好，可凤玉嫁到了刘畅家有享不尽的荣华富贵，她还会在乎晓东的真心实意吗？晓东这种心地单纯的孩子怎么会懂，这毫无血缘纽带的姐弟关系，单薄得还不如一张草纸。现在有她在，不管是刘家还是凤玉，总要念这十几年的养育之恩，但她不能陪着晓东一辈子，以后呢？以后她不在了，晓东要怎么办呢？

王海送钱来，自然有他不欲为人知的市侩道理，但他有句话说得很真诚——上阵父子兵，打虎亲兄弟。血缘，是这世上唯一的无法割裂的纽带。

在凤玉光明的未来摆在面前时，张明春开始为儿子的未来担忧。

转天她把钱存进银行后就给哥哥张明志打了电话。她每每想到当年他的见死不救就心有不甘，却无奈于孤儿寡母在世上苟活，能托付的人也不过是这么几个，首先便是自己的亲哥哥。如果他不能信，那就只剩下王海和于大年了。血缘亲人，总比生人更可信一些。

张明志在上班，对这通电话颇感意外，知道张明春正在临山，他立刻请了假去见她。自父母离世后，两人渐行渐远，这七八年早就断了消息。张明志隐约从亲友处得知妹妹的那个养女居然俘获了刘云山的独子，起先他是一笑了之——刘云山的独子，怎么会稀罕她这样的姿色？恐怕只是一时玩心起了换个新鲜口味，加上现在的小姑娘都贪慕虚荣，很大可能她是被富贵浪荡子骗了色。谁知没多久就传出男方提着大礼去渝州认了门，又觉得是这小女孩心思深沉老有城府。那可是刘云山家，刘云山如果是等闲人物能说通的，现在恐怕孙子都抱上了。且不说刘云山，就说他身边一直跟着的那个外甥傅晓，也是个极难缠的人物。这无父无母又克死妹夫的孤女的美丽面孔，在他的脑子里更妖异起来。

直到今天，张明春跟他讲，对方父母已经同意。他才在愕然之余重新回忆了一下那个从小就溜墙边走的女孩子。印象中她的头好像一直低着，他记得她有个好看的头顶，发质光亮像是涂了一层牛油，更加衬得头皮白得发青。人要是好看起来，是连头顶都好看的，但比她好看的女孩子世上多得很。刘畅见过世面，怎么会被她迷惑住了？就算刘畅同意，刘云山家能同意她这样背景的女孩子过门？他也分不清消息真假了。

张明志打量了一下自己的妹子。几年不见，张明春老得很快，伛偻着背，穿着枪灰色的外套和脱了色的呢裤，裤子上起了球，裤兜早就垮了，豁然地张着嘴，像是无底洞。她的头上布满银丝，脸上沟壑很深，明明是自己的妹子，却看着比他这大哥还要老上几岁，这样的张明春，在咖啡厅光鲜人流里十分突兀。客套话说毕，张明春才点出来意，说认亲那天刘云山亲自到，她一个妇道人家实在应付不来："但你是场面人，也是咱家的男人，得你一起。"

说得诚恳，像是央求。

张明志没想到是这回事，喃喃问："刘云山那么忙，他能来吗？"

"能的，"张明春道，"那边都说好了，亲家公特地空出一天来。他们家里人之前也都跟凤玉见过面，很喜欢凤玉。我也觉得这么快结婚有点早，但我这个毛脚女婿是个急脾气……"

见张明志蹙眉不语，张明春误解了他的意思，又道："如果你太忙那就算了。凤玉公司老总对凤玉很好，凤玉在临山这些年多亏他们家照顾，也算是半个亲戚了。我找他也行。"

张明志一听妹妹语气陡然转冷，才道："我不是为这事，我是担心凤玉的背景人家到底知不知道？"

"当然知道了，"张明春声音有些高，"我是穷，但我不做亏心事，半夜敲门是心不惊的！我养出的孩子，能有什么见不得人的情况！"

隔壁桌一对时尚的年轻人略微侧目看过来。

张明志立刻安抚道："你看你脾气还是这么大，我的意思是，我明白你想让凤玉趁早嫁过去的意思，但刘云山家的儿媳哪有那么好当，人家现在到底知不知道凤玉的确切身世？还是只知道她是个养女？凤玉的背景还是特殊，她是被遗弃的双胞胎女婴的其中一个，另外一个跟她样貌极为相似，我们却不知道她在哪里做什么。刘云山娶儿媳肯定是豪门宴席，凤玉这张脸如果上了网，被另外一个双胞胎认出来找上门，另一个能留到好人家倒算喜事了，如果不是的话，刘家会很被动，这会惹出大麻烦来的。"

张明春真是没想到这一点，她心里对哥哥的佩服又加深一层。他婉转地说出了一个她从没想过的严肃问题，难道双胞胎的另外一个还能有凤玉这样的好命，被领养家庭一路供着读到大学，出来找一份体面的营生，并嫁个规矩的人家？她很怀疑，这样的一副脸孔，对于命运如浮萍般的弃婴来说，是一剂摧毁她人生的慢性毒药。

张明春的脸这才放开了，解释道："刘畅一早就知道了，也跟他的父母一五一十都说了，刘家只觉得我一个人拉扯大俩孩子不容易，其余的事根本不在乎。人家雪山集团这么大产业,什么样的事情没见过,至于为这种事给咱们难看吗?哪怕另外一个不规矩有歹心,那胳膊扭得过大腿?刘云山是谁,那手腕多着呢,恐怕凤玉还不知道怎么回事,人家就已经处理干净了。”

张明志心里一突,也不敢再多说什么。

张明春又道:“这周末咱们一起坐下来吃一顿饭吧。我搬了新家,你带嫂子和霜霜来坐坐,这么多年了,也不知道她们怎么样了。”

说到女儿,张明志笑了:“霜霜在银行,领导欣赏她,已经是支行的副行长了,眼见着明年还能再提拔,你嫂子……还那样,神神道道的。”

张明春和大嫂关系十分糟糕,听到大哥的描述,兄妹俩心照不宣地笑了。血缘是多么奇妙的东西,这一笑,她忽然想到小时候哥哥把从树上掏的鸟蛋藏起来,在外面烧好了给自己吃的时候,她发烧哥哥背着她走了几十里山路去找大夫的时候,还有哥哥工作后拿到了皮鞋票舍不得自己用,换成她穿的女凉鞋拿回家的时候,那些后来才有的纷扰、不满、伤心和恨,像是天上的云线一般,一阵风吹过,就迅速消散了。

吕萌萌那天是被刘云山的车送到医院的,刘云山本人虽然没出面,但傅晓到了,他亲自摁住吕萌萌满是血污的手。刘畅的两个姑姑也不知何时从黑暗中冒出头来,一个替吕萌萌拎着包,一边摸狗一样摸着吕萌萌的头,一声一声“可怜见的”叫,叫着叫着还流出几滴泪,哽咽着说:“小姑娘都快结婚了,这下怎么才好……”另一个则迅速驱散了围观人群,一边驱散一边嚷:“架有什么好看的,你没见过打架啊,还是你没打过架?”

打架当然是每个人小时候的必修科目了,但是这岁数打起来,还是男人打女人,这男人还是刘家的儿子,那当然会成为喜闻乐见的狗血新闻。

只可惜,刘家的笑话也不是那么好看的,赶人赶得这么不客气,浮云一般聚集的人群又浮云一般地散了。暖场的主持大概惯于应付这样的局面,配合地提前开了奖,生日会大家都送了礼来,刘畅又把这礼物换了一

种方式送了回去。人人有份,手手有礼。屋里的热闹和屋外的冷清形成了对比。

那四个人站在一堆,与刘畅和凤玉隔着十几块砖的距离,对峙且互相视若无物。唯有傅晓,眼神在凤玉和刘畅身上掠过一次,又滑向远方。那眼神似带着声响,像兵刃划过地面,刺耳难当,提醒着此刻她身边的刘畅是多么孤立无援。

凤玉曾经以为,人生的一切苦难,都源于贫穷,可今天看着刘畅,这个自小锦衣玉食心高气傲的男人,嘴角总有一丝笑意的男人,这样孤独地站着,眉头蹙起,嘴角紧抿,拳头握紧。凤玉拉了拉刘畅的手,那一直握紧的拳头才松开,他转头看凤玉,脸上的冰霜未去,嘴角勉强扯高,说:“你先回去,这里冷,事情麻烦,我自己处理。”

凤玉摇头:“这原本就是我跟吕萌萌之间的事,她瞧不起我,说话难听,你看不下,要替我出气。这事不麻烦,我能处理,如果麻烦,也要我们一起处理。”

两人开另外的车随后到了医院,方红敏也到了,看到凤玉后神色有些尴尬,又看到在一边跟着的刘畅,更是脚步停了下来。凤玉过去先问了好,才问:“吕萌萌呢?”

方红敏道:“在里面取玻璃碴子呢,”片刻又说,“齐方也在里头。”

正在此时,小急诊室里传来了嘤嘤的哭声,间杂着含糊的声音喊着疼。凤玉一愣,看方红敏表情才敢确定哭的正是吕萌萌。这梨花带雨的声线,跟刚刚的吕萌萌又是不同了,跋扈的她、撒泼的她和此时娇柔脆弱的她,吕萌萌到底有几张脸呢?他们这些不谙世间疾苦的富贵儿女,怎么就会有这么多脸孔呢?凤玉一想,没防备嘴角扬了起来,虽然是苦笑,但方红敏看着有点刺眼,见刘畅走得远了,才说:“大夫说割得太深,肯定留疤,送过来的时候一边脸肿得老高。到底出了什么事啊凤玉,怎么好好的人过去了,就这么出来了?这刘畅为人怎么这么……他下手这么狠,以后你怎么办……”

凤玉问:“吕萌萌没说为什么吗?”

方红敏沉默。

凤玉又道:“也是,知道自己闯了祸,不敢出声了。”

方红敏一听就愣了,转头看凤玉。她脸上的笑意不退,见方红敏看向自己,索性拉起了方红敏的手,扶她到一边坐下,又说:“娇生惯养的女孩子,跟我这样穷地方出来的不一样,不管走到哪里都被人宠着供着,脾气大,也没轻重,爱嘲弄人,虽然不算大罪过,也叫人吃不消。方主任也有同感吧?”

方红敏继续不语。

“刘畅过生日的时候吕萌萌编派起了他一位已经去世的好友,刘畅听不下去,叫她闭嘴,她不肯,话越说越难听。刘畅也是怒了,上去就给了她一耳光,然后吕萌萌自己跌倒了。”

方红敏听到的可不是这样的。送人来的自称是刘畅的姑姑,人得体,态度还诚恳,又道歉又认错,还留了一张信用卡承担所有费用,走的时候还拉着方红敏的手说:“不管出了什么事,男人打女人,都是男人的错,更何况刘畅原本就是个张飞性子,一不高兴就掀桌子踹板凳,但吕萌萌可是有与他一起长大一起读书的交情,俩人从小就认识,也不知道是中了什么邪,出手这么狠。”

方红敏暗忖,倒是明理的人家,再看里头自己那位儿媳妇的狼狈相,有点好笑。说是给刘畅打了,她老早就预料到吕萌萌要是那一身跋扈小姐脾气不改,早晚吃亏。只没想到这预言被印证得这么早,还这么戏剧化。

可是李凤玉一来,事情就不一样了。她本来就美,明明是老气落伍的金色裙子,被她一穿,只有明艳照人的份儿,脸上化了妆,更把姣好的五官烘托出来,腰身一束,又婀娜多姿,跟刘畅站到一起,像是从高档百货店的招牌广告里走下来的模特,把整个急诊大厅的视线都揽到身上,但她浑然不觉。在以前,李凤玉可是在公司聚餐时连敬酒都脸红的哪!

方红敏以前是不怎么喜欢吕萌萌的，甚至刚刚看到吕萌萌狼狈的样子还有点幸灾乐祸，可这样的李凤玉站在面前，方红敏忽然心疼起还在急诊室里的儿媳妇，这心疼牵着隐隐的自责，让方红敏生出了愧疚，吕萌萌是脾气不好，是讲话难听，但她是自己的儿媳妇，她再怎么不好，对齐方是真心好，真心疼的。李凤玉呢，曾经的那个唯唯诺诺、小心忍让、让她真生出了几分同情的李凤玉，明明看到了满身是血的吕萌萌，却还能这么泰然自若地在她面前站着讲些风凉话。她肚肠里的东西，恐怕远比吕萌萌复杂得多。

方红敏看着李凤玉，也生出了另外的悔意来，这悔意藏得更深，追得更远，也更加不可言说。

她心里有气，便问："萌萌编派了什么，至于被打成这样？脸肿那么高，手上口子那么深，刚刚你哥给吕萌萌妈妈视频看了伤口，人家她妈不愿意了，要从外地杀回来跟刘畅讨公道。好好养着的姑娘莫名其妙被伤成这样，叫谁不生气不心疼？你说凤玉，萌萌和刘畅本来是朋友，怎么你一来就出事呢！"

凤玉转头看一眼方红敏，没出声。

方红敏又压低声音道："你和刘畅的八字到底合过没有？吕萌萌家可是要了齐方的八字过去，合过了才同意结婚的呢。他们那种做生意做那么大的家里，又是独子的婚事，这些事不能不讲究。而且你，你看你这命，不用算也是苦的，实在不行，得找点东西化解一下。他家姑姑今天都说刘畅是中了邪啊！"

凤玉并没有回答方红敏，只是站起来，敲了敲急诊室的门，扬声问："齐方，我是李凤玉，方便进去吗？"

没等里面回答，凤玉已经径直开门走了进去，方红敏只能跟上。

医生已经替吕萌萌包好了纱布，正在处理病历。坐在手术床上的吕萌萌哀怨地靠在齐方怀里，而齐方一下一下地摸着她的头发，看到凤玉进来，他点了点头，说："你好，凤玉。"

语气里的不愉快藏不住。

凤玉并没理会齐方，径直对吕萌萌说："你以前，喜欢过刘畅吧？"

吕萌萌原本靠在齐方身上恹恹的，闻言猛地坐直了身体抬头瞪着李凤玉，片刻才说："你胡说什么！这辈子都没上过台面的贫民窟垃圾，你有什么资格说我以前的事！"

挖苦和咒骂如同空气般一直伴随着凤玉的成长，她压根不觉得这些话值得反驳，只道："如果不是喜欢刘畅，难道是喜欢郑东嘉？刘畅喜欢郑东嘉我知道，但你我不知道。如果不是对这俩人的其中一个余情未了，你干什么要跟我讲这串珠宝原本是谁的？"

吕萌萌猛地站起来，等了一会儿忽然笑起来，道："干什么？闲的呗。今天去派对的哪个看不出你脖子上那串东西是东嘉姐的，谁又不知道刘畅喜欢东嘉姐，不知道的也只有你吧？我也不过是一说，你就呼啦啦把刘畅叫来当打手。云蔼姑姑说的还真没错，刘畅遇到你像是中了邪。"

凤玉一笑，说："仔细看，齐方眉眼间其实还挺像刘畅的，举手投足也带那种少年得志的派头。"

齐方一愣，连站在身后的方红敏也愣了，下意识抬头打量自己看了二十几年的儿子，像刘畅吗？那不就是……有贵气？可齐方眼睛更大，笑起来爽朗，待人也和善，跟刘畅那人嫌狗憎的跋扈劲儿可是不同。不过，还真是有点像……方红敏的思路被这句话带走了，可齐方跟吕萌萌却没有。

齐方脸上不好看，吕萌萌更是差，厉声问："你眼睛是不是有问题？齐方哪里像刘畅了！"

"不像吗？"凤玉歪着头仔细打量着齐方，直到齐方不自然地咳嗽一声，才说，"刘畅给你那一耳光不是因为我，是因为你说了不该说的话。齐方和方主任不知道，但你我知道。很多事就算大家都知道，只要没人说出来就是不存在，那么多人都看出来那项链是谁的，只有你一个人说出来，那么多人知道刘畅喜欢东嘉，难道只有你一人知道东嘉为什么不喜欢刘畅？你把别人家的秘密当作自己泄愤的工具，其实挺没意思的。刚刚方

主任跟我讲，你家里人要跟刘畅讨个公道，正好东良一会儿也会来，这个公道如果真要讨，不见得只讨你一个人的公道。”

吕萌萌耸肩嗤笑，横了李凤玉一眼：“我当你进来能说什么有创意的话，原来是这个。刘畅跟你在一块儿以后，智商也往你那个阶级靠拢了是吗？他让你来的？他让你告诉我郑东良要来？干什么？吓唬我？我会怕郑东良那个混子？我在你面前说的话，哪一个字也不怕在郑东良面前说！就算把他俩的爹叫来我也不怕！李凤玉你是不是觉得跟着刘畅就一步登天，可以横行霸道为所欲为了？你一个贫民窟出来的女人，跳上刘畅的床，是便宜事不是光彩事！你搞搞清楚自己什么身份什么地位！跑到我眼前来抖什么威风，你也配？！”

急诊医生虽然年轻，却大都是见过风浪的人，三刀六洞的场面都能面不改色地冲上前去，更何况这样的文架。她只抬头各看两人一眼，对吕萌萌说了句“你这伤口不要沾水”，拿着手机就离开了小急诊室，走的时候顺便把门给带上了。

屋里静下来，凤玉才说：“我不是吓唬你，我是在吓唬齐方。”

气势汹汹的吕萌萌一愣，神情局促的齐方脸色一僵。

“齐方在你家和我在刘家，地位没什么差别。你们神仙要打架，我们凡人必定遭殃。刘畅不敢动你，东良怕你，但齐方不是你。你说得对，我是来自贫民窟我也穷，我因为跟刘畅相爱了才有资格跟你站在一起跟你对话，而齐方今天能在这里的原因也是差不多。你不怕把事情闹大，你有爹妈撑腰，那郑东良会把账记到谁头上？刘畅呢？他们俩的圈子呢？对付你不行，对付齐方怕什么？他所有的统共也不过一个你，连你父母都指望不上。他们择婿看八字也不是看事业心，齐方最好把让你开心、让你幸福当作事业才好。至于他想干什么，不过是闲情偶寄的一个副业，对不对？”

话到这里，吕萌萌原本一脸即将喷薄而出的怒容顿时收住，方红敏也觉得一股凉气从脚底往上蹿，只有齐方，坐在原处，一动不动，微微扬头看着李凤玉。他的西装剪裁得体，他的五官精致英俊，却像一座假人般了无生气。

凤玉的语气恳切，带着央求："你不怕闹起来，我知道，可我怕，齐方也怕。我们两个人在你们的圈子里，本来就步履维艰，被许多人盯着，随时随地能被人找到错处横加指责。别人看着我们俩，像是中了彩票，可谁知道像我们这样的人的恐惧？若是真为了钱，那一切都好说，可我知道你真喜欢齐方，也看得出齐方喜欢你，所以，你能不能看在齐方的面子上，收手？"

吕萌萌没有说话，凤玉也没等。她说完后转身出来，留下方红敏独自对着儿子儿媳。

吕萌萌会收手吗？凤玉不知道，只是觉得累。把想说的话说出来，于她已是一场宏大的战役，毕竟她最擅长的是沉默。任何伤痛，不论在肢体上还是心中，只要沉默，不挣扎不反抗，放任它们如水般流过，那就能流过。这二十多年的人生里，好像是第一次，她有了自己的主张，像是无尽黑暗里的一丝光，微弱，却又不可忽视。

刘畅见她从急诊室出来，匆忙赶过来问："你没事吧？"

凤玉摇头，整理了一下裙子，笑着说："我们谈了谈。"

"你跟她谈什么？吕萌萌就是个疯子，从小就是个疯子。"

"我请她别闹大。"

"那可毁了，吕萌萌这人不识抬举，你对她下腰，她会逼你下跪。"

"没有，她什么也没说，我看她也不想闹大，"凤玉歪头想想，补充，"她说，我这套衣服是你十八岁生日会的时候东嘉穿的。"

刘畅视线一沉。

凤玉笑着说："一个女人能让你惦记这么久……"

刘畅拉着凤玉的手，脚步陡然一停，连着凤玉差点打一个踉跄。他跟凤玉对视片刻严肃地说："我不是很想提东嘉，东嘉是我最好的朋友。如果要谈她，我想有一个合适的时候，合适的场合，而不是在这里，因为那个泼妇搞得人仰马翻的医院。你能理解我吗，凤玉？"

凤玉笑着点头,说:“好,等你觉得合适的时候。没有关系。”

刘畅笑起来,他的手抚过凤玉的肩,重新拉回她的手。

那是什么时候呢? 这是凤玉想问的问题,可她没有问。

人生在世,秘密总会越来越多的吧?

相爱的人应该彼此坦诚没有秘密,还是应该互相尊重彼此的秘密?

这问题的答案,大概本身也是个秘密。

刘畅的手握住她的,她回握住了他。在这样的夜里,他们是彼此的依靠。

第十章

华恩

于大年接到了曲玲玲的电话，实打实地突如其来，像是做梦。——当时他就在做梦，看到电话号码显示“曲总”还蒙了好久。

曲总？……哪个曲总？

然后电光火石间忽然领悟到，是那个曲总！于大年猛地坐起来。此时年岁不比少壮，一抻一起，腰间一阵尖锐剧烈的痛感，像断了似的，他也顾不得了，坐端正又清了清喉咙，才毕恭毕敬地问：“曲总中午好啊。”

鼻音还是有点重，却一点听不出正在忍着剧痛。

曲玲玲声音含着薄薄的笑意：“哟，在睡觉呢？”

“该醒了该醒了，曲总有什么吩咐？”

“没什么吩咐。”曲玲玲大约心情不错，声线里笑意不减，“你做事上路，我很高兴，刘家那两位对你可是赞不绝口。富德业务部的齐方，跟我说后来也跟你见面了？”

于大年恭敬道：“见过了的，见了以后就想给您打个电话，又觉得为这事儿给您打电话是耽误您时间。”

曲玲玲扬声笑：“我听说他是你们公司员工的儿子。于大年，你这公司到底占了什么风水宝地，出了个李凤玉不说，还有这么个齐方？这小齐也是个八字贵重的命格，未婚妻家里非同小可呢！”

一说起齐方，于大年就紧张。生日会发生的事于大年已有耳闻，方红敏说，刘家那两位姑姑也说，新结交的朋友也说。八卦的人都觉得自己口风紧，其实一个人就能说出一本《三国演义》来，也不知道哪个说的是真哪个说的是假，但真真假假哪个听着都叫他毛骨悚然。于大年怕曲玲玲也想跟他八卦一下要听他的看法，赶紧把话题往大路引："小齐也是少年英才，金融世界还真是聪明人的世界，我以前还以为券商就是专门管发行股票的，哪知道他们懂那么多。小齐给我提了些深入浅出的建议，让我真是，胜读十年书啊……我那小公司，哪谈得上什么风水，都是曲总来了，带来的好风水。要不然小齐哪知道我是谁，他妈在我那里做了二十年了，也没见他跟我说说这些专业知识呢。"

曲玲玲显然很满意，轻笑："你觉得有用就好。"

于大年松口气，连忙答："有用有用，曲总说的话都有用。"

曲玲玲又说："金融方面的事还得请教专业人士，齐方这孩子有上进心，虽然生了个吃软饭的命，但也不靠媳妇家，这点很好，我欣赏。他说华恩不错，虽然客户单一，但要是有实力，我们就更该站高看远一点。关键技术你们有，专利化也不是难事，最难的就是持续赢利，现在不是也解决了？你那块地的事，什么新城开发，跟这些比，还真不上台面。"

于大年不知道曲玲玲什么意思，只呵呵笑。

曲玲玲继续点化他："做生意最窝火的事，就是买椟还珠了。地产的黄金时期早就过去了，现在池子里的大鱼都想上岸，你一个旱鸭子，却扑棱扑棱想往里跳？难道你就只想当个名不见经传的小开发商，不想拼一把，看自己能不能当个高科技企业或上市企业董事长了？那滋味，跟搞地产的暴发户可是不一样的。"

于大年心里一惊，这比方红敏说李凤玉怎么在急诊室客气、委屈地降伏她暴躁的儿媳妇还惊悚。

曲玲玲笑起来，问："怎么？怕了？我还想带你见见我的几个朋友呢。他们对新材料感兴趣，华恩的东西，只放临山可惜了。"

她在临山生活二十余年，绵软南音还是不能尽除，语速比旁人略慢，尾调含薄笑，声音像是一只温柔的手顺着电波爬到人心上去。此刻天气是少见的煦暖，阳光惬意笼罩，让于大年有些飘飘然。要单论美貌，曲玲玲不及凤玉年轻的姣容；要说风韵，曲玲玲却是不可多得的佳酿。但是佳酿从来英雄饮，更何况如今，这佳酿是他的财神。于大年扼灭绮思，恭敬地唯唯诺诺。

情况比他期望的要好，但好像也比他期望的要糟。他是有抱负，有雄心，可这雄心跟华恩真没什么关系。

那小破厂子，做建筑材料的，那不就是房地产的上游？房地产要是不景气，它能有什么大发展？就算有发展，能比地产更有发展？纵观香港内地几个大亨，哪个不是靠地产起家的？中国人对土地的热爱那是其他国家完全无法比拟也无法理解的，盛世的田宅，乱世的金条，这可是先辈传下来的名言呀，难道还能有错？

一个曲玲玲，再怎么众星捧月也就是个月，阴晴圆缺的没个定数。他只当曲玲玲是女人天性爱幻想，先是感谢了曲玲玲的栽培，又说："那看您的时间，我保证随叫随到。"

两人又说了几句，曲玲玲才问："刘畅生日会的事，你听说没有？"

于大年暗自喟叹，到底没躲过去，但说太多又不符合他男人不能八卦的性别包袱，斟酌片刻，才说："听说了一些，风言风语的，外头很多人传，说刘畅跟好朋友动手了。"

说的其实比这糟糕。刘畅那两位姑姑说的是，忠言不但逆耳，说忠言还挨揍，刘畅为了那个小妖女把好朋友打进了医院，中邪中邪！在派对上认识的几个新朋友说，刘畅和挨打的那个女孩子以前谈过恋爱，但是这次吵起来不是因为刘畅的新欢，而是因为她骂了郑东良，也不是打架，就是推搡几下，女孩子穿高跟鞋，没站稳摔了。

可是这些事怎么好在曲玲玲面前嚼？以刘畅和曲玲玲的关系，她知道的肯定比小道消息更多，更可靠。她问自己听说过没有，什么意思？

女人心海底针，以于大年多年对付老婆盘查的经验，以不知道应万变才是安全之策。

果然，曲玲玲换了话题："你和凤玉家里关系不错？"

"我和凤玉家里人都认得，也常来往。虽说不是血亲，但的确是比凤玉的亲戚走动得更频繁些，凤玉有个什么事也愿意找我家那口子商量，前段时间还拜托我给她找早年失散的姐姐来着，我正在尽力去办。"

曲玲玲来了兴趣："怎么样，找姐姐的事？"

"有点难，"于大年道，"这么多年过去了，渝州那儿原本就是个小地方，几大局电子化比临山晚了起码一代机器，而且天高皇帝远的。当时凤玉的户口也是人口普查时上去的，收养资料不齐全，也没留下个联络方式。根据凤玉提供的资料，还有知情人的回忆，好不容易找到了跟抱走另外那个女孩的那对夫妻一起打工的人，有的说领养后没多久，那对夫妻有点急事，回了老家，但老家那边的人有的说他们没回来，有的说他们偷渡了，但是去哪里了不知道。不过大部分和他们以前认识的工友和亲属，都说回来的时候没看到有孩子。"

"只有这么多？"

"那边也抓过几个蛇头，在押的问过了，说没印象；剩下刑满释放的那些还在慢慢找。我家那口子喜欢凤玉，这事做得挺上心的，虽然慢点，但应该不至于遗漏。"

曲玲玲慢悠悠地"嗯"了一声说："你也是费心了，再有什么消息要通知我，知道吗？"

于大年正愁没什么由头和曲玲玲联系，赶紧道："以后一定首先跟曲总汇报。要不我先把手头的资料和消息汇总一下给您送过去？"

曲玲玲对这个提议很是满意，又说："我这边开了一个花道班，教课的是小原流的教授，我看还是有几下子的。临山不少朋友的太太都在学，让你太太也来吧。小原流的插花有中国文人风骨，我听凤玉讲，你家夫人是一位才女，有一位镇得住场面的夫人，你以后前途不可限量的。"

于大年一愣，心情瞬间成了一只响箭，打着喜悦的鸣叫冲到天上去，又或者是一支烟花，往日利润好的时候财神节他一定会放的那种，一炸开会染亮半面夜空，绚烂夺目，昭示着来年会有更好的收成。他知道这将是他第一次正式踏入那个他所向往的世界。这么多年，他跌跌撞撞，伤伤痛痛，终于摸到了康庄大道，看到了平静安详和乐的曙光，管它是华恩还是华恩的地皮，圈子，圈子才是最重要的！只要打开了圈子，就有消息，就有渠道，就有机会。

二十一世纪什么最珍贵，机会！

刘畅和凤玉这晚回去看张明春，一推门，映入眼帘的就是大包小包的一堆衣服。凤玉一愣，刘畅倒是笑了，扬声道："阿姨你今天购物去啦？"

张明春听到刘畅的声音匆忙从衣帽间出来，倒把刘畅吓一跳：她穿一件与肤色类同的高领修身毛衣，黑色的厚质裤子，裤线上粘了一溜闪闪发亮的水钻，跟皮鞋上巨大的水钻拼贴的"fashion"字样相映成趣，那双鞋在地板上走起来踢踢踏踏，像是个舞台剧演员。

刘畅赞道："不错不错！"

张明春原本提心吊胆，仔细研究了一下刘畅的表情才放下心来，那脸上没有嘲笑。

刘畅翻了翻服装袋子，又拣出几件递给张明春道："阿姨你穿这些。"

"我现在穿的这个，是不是不好看啊？"张明春的脸一瞬间就红了，"阿姨老了，穿啥都是土气。"

"哦不是的，"刘畅立刻解释，"我是又给你搭配了一套。一天穿一套嘛，每天衣服不重样不是每个女人的梦想吗？"

凤玉走过来打量一会儿张明春，点头说："刘畅搭配的这套更适合妈妈你，妈妈打扮起来真好看。"

"那是，有其母才有其女嘛。"刘畅亲昵地摸了一下凤玉的耳朵，才去换了衣服，招呼着张明春去餐厅吃饭。

从生日派对后刘畅就有点心神不宁，他也说不好"不宁"在什么地方。吕萌萌这个泼妇，从小到大，别的本事没有，除了会花钱就是会闹事，连天

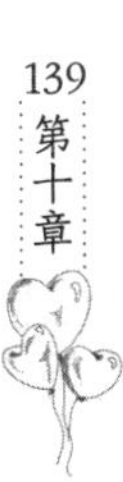

气不顺她都能当做借口撒泼，这次挨了一耳光居然能这样轻易带过，让他觉得事情不可能这么轻易算完。

傅晓告诉他，家里那两朵姊妹花心里难受得很，撺掇好几次也没撺掇起风波，恨不得自己成了吕萌萌的爹妈亲自跑到刘云山面前来告御状，可吕家一点声音都没有，像进了急诊的不是他家的独生女似的。

那一耳光出去的一刹那，刘畅也后悔了。他从没打过女人，男人本不该打女人，可当时他也没有别的办法让吕萌萌闭嘴。吕萌萌嘴上从不饶人，说别人也就罢了，她说的是郑东嘉，又当着李凤玉的面，他不能不管。吕萌萌手上的口子深，不用凑上前他也知道肯定会留疤，她是爱美的姑娘，这下留了疤，心里不知道多恨，怎么就能忍下去呢？

刘畅想到凤玉，他想问她那天晚上到底说了什么，可又怕她再问他跟东嘉到底发生过什么。人人都有好奇心，而好奇心会毁灭一切，就在这两难之间，这场风波居然就这么过去了。他用来求婚的戒指没送出去。戒指是冠冕状，绿得仿佛会呼吸的大颗水滴形祖母绿，镶嵌在冠冕最耀眼处，他知道套在凤玉的手上会很好看，可……

想来想去，吕萌萌挨这一耳光也是活该了。

自己的过去被人揭穿，虽然这过去早就成了过去，却依然叫人不自在。凤玉越是闭口不问，刘畅心里越有疑问，他观察着凤玉的举动，想从中找到点蛛丝马迹，证明她的若无其事是伪装出来的，可她真是没什么反常。原本该被求婚的日子没有被求婚，她仿佛这求婚本来就不该存在一样过着往常的日子。

这么多天过去了，没有反常才是最大的反常吧？今天来看张明春，刘畅原本是不必来的，但他还是来了。

跟在张明春身边照顾的保姆是刘畅从刘家调过来的，看到刘畅也很开心，两人多聊了几句，待预备在餐厅坐下了，才发现张明春和李凤玉没有跟上来。

他在走廊侧耳听了片刻，张明春的呜咽声自卧室传来。人都是这样，越是衣食丰足，越容易伤春悲秋想太多，而人生呢，又是禁不住细细思索的。

刘畅蹙眉，被暖色灯火笼罩着的眉目间神色冷淡。他在墙边站了片刻，一转身看到保姆也跟了上来，刘畅摇摇头低声吩咐："你把饭菜放蒸箱里温着，等她们出来了叫我。"

保姆道："你饿不饿，你先吃？"

刘畅摇头："你先吃了吧，我有事再叫你。"说罢跑到游戏室打刺客信条去了。

然而张明春的哭却不是因为难过，她是喜极而泣。丈夫走得早，她一个初中毕业的下岗女工拉扯两个孩子，他们一个怯懦而美丽，一个聪明却不驯，没有一个敢让人掉以轻心。这一路走来，没人帮衬没人依靠，只有她一个人，有多少次她觉得熬不住了，觉得上苍给她那么多磨难不是要降大任给她，而是希望她知难而退赶紧谢世而去的，如今一一回想起来都是些冷汗。现在，他们都长大成人了，那些噩梦都过去了。

她似乎可以看到未来凤玉儿孙满堂时幸福的样子。作为母亲，她对子女所有的期望就是幸福，当然，还有互相扶持、光耀门楣以及出人头地诸如此类的虚名。

而作为女人的凤玉，嫁得好已经算得是出人头地了，剩下的只有晓东。思及此张明春拉着凤玉的手道："凤玉，我要拜托你一件事，不对，是两件事。"

凤玉一愣，立刻反握住母亲的手说："你说吧，妈妈，多少件事，我能办到的都会答应你。"

"你得同意见亲的时候让你大舅舅一家来，这样婚礼的时候你大舅舅就能送你过门。"

凤玉表情一僵，张明春却仿佛没看到，又继续说："还有，你得说服你弟弟也同意，不要闹别扭。"

凤玉眼帘沉下，似被乌云淹没的月亮，她沉默片刻才说："这不单是我

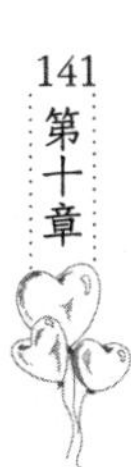

的婚礼，妈妈，还是刘畅的。我要问问刘畅是不是同意。”

“女方席怎么安排跟刘畅有什么关系？”张明春一愣，有些不甘心地又说，“咱们家六亲无靠是因为什么，凤玉你心里也清楚。妈妈连从小最亲的哥哥也割舍了，都是因为你啊，如今你要嫁给刘畅就是刘家的人了。晓东不在，晓东那两个姑姑是肯定指望不上了，心里一直恨着咱们呢，妈妈是真希望能把自己的哥哥找回来，也算是有个伴儿……”

见凤玉表情似有松动，张明春心里一动，又道：“凤玉你仔细想想，难道你不是一直在找你的姐姐吗？如果你知道你姐姐到底在哪里，难道你不会去找她？我和我的亲哥哥已经这么多年没有见过面了，妈妈老了，总能想起来小时候哥哥对我多好，我……”

“我想想怎么跟刘畅说，”凤玉打断她的抒情，“刘畅知道咱家的事。还有晓东那边怎么说，我也得好好想想。”

“凤玉，这世上和你最亲的只有妈妈和弟弟，你要记住了！还有，我听人说，刘畅过生日的时候，出了点事，他出手把自己朋友打了？”

“不是这么回事，事情有点复杂，我不觉得这完全是刘畅的错。”

“是不是他的错，那都是他的脾气。从小我就教育你们俩，不管什么事，先打人的永远没有理，要讲道理。你说不是他的错，那你说，打人是谁的错？”

凤玉不再争辩。

张明春见状继续巩固自己的观点：“妈妈比你岁数大，见过的人也多，刘畅那样的公子哥，有几个脾气好的？我听说他打的那个是他从小的朋友，还是个女的。刘畅那种人家，从小的朋友难道还有平头老百姓？这件事就证明两点，第一他敢打女人，第二他敢打有钱的女人。这样的女人他都敢打，以后你惹怒了他会怎么办？你有什么指望？”

凤玉低着头。

“有些自己家的事不能和刘畅说就不说，不能总和他掏心窝子，夫妻俩和睦相处的核心可不是掏心掏肺而是相敬如宾啊。”张明春语重心长道，“何况刘畅这样的，难伺候得很，可不是寻常小夫妻的过法。指不定你和他一吵嘴，他就给你搬个小三小四小五回来。和他结了婚，要打起十二分精神来，能攥到手里的就得攥紧了，别等到出了事哭天喊地都没用。这房子，他到底过户没有？男人不可信，尤其是有钱男人。选择那么多，年轻姑娘前赴后继，结了婚都可以离，除了钱，没有什么是你可以抓在手里的。那房子过户的时候你可得留个心眼，先小人后君子……”

见凤玉还是不说话，张明春有些急，声音也高了点：“你不会觉得不好意思吧？凤玉，你嫁给他，可不是从淘宝买了个东西，七天无损退货，一切返还，钱和物都能再流通。你嫁给他，一旦有点什么事过不下去了，你户口上就会写个离异。那刘畅家里有钱有势，离个婚不算什么，你是女人，你一旦离了婚，那就不值钱了。妈和你说的话，虽然难听，但是都是实话，旁人因为你拣了高枝都开始奉承你，给你说好听的，只有当妈的才能跟孩子说掏心窝子的话啊。凤玉，不防一万就防万一，妈妈待过那么多人家里，有钱男人不出轨的，真是太少了。就你这性格，万一将来刘畅外头有了人，你占不了便宜的。趁现在他对你感情还热乎，还唯命是从，能拿到手的快点拿，放到妈妈这里，将来离婚他也拿不走了！”

“可我们还没到结婚那一步。”凤玉轻轻道。

张明春闻言却如五雷轰顶，霍地站起来，问：“怎么回事？他不想跟你结婚了？那我们怎么办？”

凤玉抬头看到张明春一脸惊恐和焦虑，有些不忍心，却还是说：“妈，我跟刘畅结婚，说不爱他的钱是没证据的，可我喜欢他。刘畅他，有些心事没处理好，他需要时间。”

“他什么？”张明春声音大起来，“他需要什么时间？到底怎么回事？人家跟我说被他打的那个女孩子以前是他女朋友，他俩是不是藕断丝连？我跟你说凤玉，那种家里出来的女孩子心气都高，就算他们藕断丝连，他们俩也凑不成夫妻。你得忍，你得见风使舵，你可没有资本跟刘畅对抗。咱家什么身份，你什么身份，能遇到这样的姻缘，就算是跪着，你也一定得

赶紧把婚结了,你听见没有!!”

“可是,如果他不爱我呢?”凤玉问,“如果他根本不爱我呢?”

“你疯啦?”张明春两只手摁住凤玉的肩膀,“这种男人心里有什么爱?他只要肯跟你结婚,肯给你钱,肯养活你,肯供晓东,你还指望什么?他心里只有你?没钱的男人有几个老实的,何况他这样的?你别得了便宜还卖乖,人心不足蛇吞象,赶紧找机会生了孩子,地位就算是稳了。哪怕他不爱你,他以后要跟你离婚,也不会慢待自己头生子的妈!!就算他敢,只要有了孩子,你妈我也有理由跟他家呛!”

张明春说得声情并茂,李凤玉一直一言不发。母女俩都没注意到端着一盘水果的刘畅站在虚掩的门外,透过缝隙,有一丝光打在他的脸上,他站了一会儿又悄悄走了。

于大年这几日是春风得意马蹄疾,旁人介绍他说的都是“华恩的于总”。至于华恩是干什么的,在临山做地产业的都有耳闻:本来是加瓷的本地工厂,后来加瓷增发后搞了一轮疯狂收购,逼到华恩门上要人家归顺,华恩一个名不见经传的小厂子,有什么资格跟加瓷抗衡,正是大厦将倾的时候,于大年偶然在扶风俱乐部遇到了曲玲玲,他就那么破釜沉舟地灵机一动,赶着曲玲玲上果岭的那一小段时间,将华恩推销了出去,进而又得到了刘云山家族的注资。华恩能给加瓷这种级别的集团做十年代工,那产品质量必须是过硬的,这下账上有了钱,还进了几大地产商的供货池,打退了门口的野蛮人,拿了新合同,开了新生产线。在这个故事里,于大年是注定会发光的金子,曲玲玲是慧眼识才的伯乐。这种有志者事竟成的段子,比嫁作豪门妇、娶了豪门女,更让人满怀希望,每每说起都叫一干高不成低不就的生意人热血沸腾。

谎话说了一百遍,连说谎的人都信以为真。除了夜里有点失眠,于大年不能说是不开心的。只是这开心让他有点慌,他不太敢发朋友圈了,点赞的回复的人太多,且一个比一个热情,让他不知如何招架,不需要点头哈腰地追在别人后头逢迎的日子，于大年前半生没怎么过过，这个角色对他来说是崭新的，还需要时间适应。

所以刘畅打电话来的时候，他心里居然有那么一丝丝“他乡遇故知”的喜悦。刘畅问他有没有时间见一面，郑东良也在，于大年立刻就去了。

地方还是定在扶风山，于大年自己开车过去。一路走一路想着，当年他第一次来这里打球的时候，发了朋友圈，还定了位，目的很简单：炫耀。于他来说，能在扶风俱乐部办卡，无异于人生道路的一道里程碑。现在，他是扶风俱乐部老板的座上宾，再发个朋友圈吗？

他怕被人笑话。

于大年随值班经理进了郑东良的办公室，见刘畅正拿着一沓文件在看，郑东良站在刘畅身后，时不时地在纸上指点着，对刘畅解释着什么，刘畅表情淡然，偶尔点头，见于大年进来了，将手里的东西交给郑东良，又笑着对于大年说：“老于，来，坐。”

于大年哎哎地坐过去，先跟刘畅握了手，又与郑东良打过招呼才坐下，说：“路上有点堵，来晚了。”

“不晚，我们刚回来，”刘畅跟郑东良对了一眼，又道，“东良你没见过，我兄弟。”

谁都知道扶风俱乐部是九恒独子郑东良的地方，刚刚坐下的于大年立刻又要站起来。郑东良朝他上下摇了摇手掌，道：“不用不用，自己人。”

“自己人”三个字叫于大年内心舒畅，他又坐下，就只等着刘畅开口了。这时候叫他来，总不能是真的叫他吃饭的吧？

等郑东良把那沓文件锁进柜子，又在于大年对面坐定，刘畅才又开口：“老于，我不跟你绕弯。我听说，曲玲玲想让你正儿八经搞华恩了？”

于大年诚恳地点头：“是啊，曲总对华恩还……挺有想法的。”

刘畅一笑：“什么想法？”

于大年道：“曲总说，建筑新材料是未来大方向，尤其是华恩的产品，性能指标其实是明显优于加瓷本部产品的。她说加瓷想收购华恩，估计

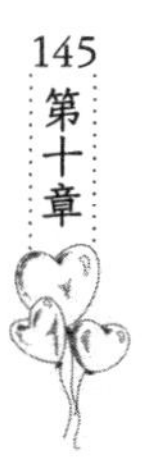

也是对这个产品有需求。”

刘畅点点头：“虽然是个开茶馆的，倒是见多识广，眼界也挺宽。”

郑东良笑嘻嘻，递了一杯茶给于大年，坐在一边玩手机了。

于大年连忙道谢后才说：“这几天跟着曲总见了不少人，说起小刘董，都赞不绝口。”

刘畅嘴角一扬，手一挥：“虚情假意的赞不绝口，我没时间听。曲玲玲肯帮你，我就放心了，她这人往常一心陷在感情里，我怕她做这事也是三天打鱼两天晒网的，白瞎了你这华恩，既然她有心帮你，你自己也加把劲。曲玲玲虽然是个女人，到底是见过世面的。人的眼界，都是一点点宽起来的，你先跟着她慢慢学，学到尽了，咱们再换下一位。”

见刘畅说出这样体己的话，于大年心里生出了不少感动，连着点头。

郑东良也似笑非笑地道：“你还真是命好，我当年买扶风，怎么求他帮我出头他都不肯，到你这里却做什么都尽心尽力。”

于大年更是感动了，赶忙坐直了道：“我于大年是个粗人，没读过书，没留过洋，小刘董对我有知遇之恩，我一定不忘。”

刘畅哈哈笑起来：“你可别说你没读过书，这成语张嘴就来的本事可不是人人都有的！你这是跟着谁学的？你老婆？”

提到媳妇于大年笑起来，说：“还真是。我们俩吵架我说不过她，她四个字成语张嘴就来，有些话说得我都不知道是骂我还是表扬我，脑子一慢，就忘了怎么回嘴了，经常输。”

“跟老婆吵架哪能赢啊，”郑东良感叹，“那就得输，输了才是赢。赢了那可就是完了呀……”

三个人都笑起来。

气氛活络许多，于大年也感叹：“夫妻俩有些事是输了是赢，可另外一些事，就算吵不过，输了，也不能听，比如我老婆其实不太赞同曲总的想法。”

刘畅抬眼，问：“怎么个不赞同法？”

"女人嘛,天性是保守的,觉得事缓则圆,步子不该这么大,这么快。"

"你怎么想?"

"我觉得遇到机会自然就要往前冲,时不我待,机不再来,既然有这个运气,就得拼搏一下,总想着事缓则圆的人做不成大事。"

刘畅点头表示赞许:"女人天性胆小,有这样的想法可以理解。你在生意场打拼这么多年,能走到如今的地位,就足以证明你对局面的看法肯定比她更权威。男人啊,最怕被吹枕边风,许多人栽在这上头,比如……"

话没说完,就被郑东良打断:"比如我!"

刘畅扑哧一笑,郑东良又抱怨起了:"要不是张鸥天天跟我撺掇,我能买倍能光伏的股票?? 跌得他爹都认不出了! 我就觉得张鸥可是正儿八经的博士,天天搞研究的,她懂的总比我多吧? 结果呢? 亏了又来找我的麻烦,说我当断不断,我真是有苦说不出!"

于大年觉得与这两位公子哥拉家常的感觉十分奇妙,甫进门时具有压迫力的生疏感逐渐被打散。他们像是兄弟一般,背地里数落着自己的老婆,只遗憾手里没有一杯啤酒——再看看这富丽堂皇的办公室,于大年默默地把想象中的啤酒换成了威士忌或者红酒。

他正想着,就听郑东良说:"你跟大嫂怎么样了? 被吕萌萌搅和一气,没求婚是吗? 怎么办? 什么时候求?"

于大年本来觉得这话题自己应该回避,但看刘畅并没有防备他的意思,说:"过几天吧,这几天她妈又开始闹妖了。"

啊,那个难伺候的老太太。郑东良一脸了然而同情的样子,说:"有个难缠的丈母娘真是要命。我那个丈母娘,只要一见我面,就劝我要勤勉,真要命,你家那位是想怎样?"

谈到丈母娘,刘畅脸垮下来。他深出一口气,才道:"我家那位得寸进尺,想让她哥送亲。"

郑东良有点不明所以:"她哥,不也喊舅舅? 送就送呗,有什么的?"

"她这个舅舅啊……"刘畅把脸埋进双手中片刻才说,"她这个舅舅一

言难尽。我接触得不多,哎对了,老于,你之前跟我那位丈母娘熟,你说,她到底怎么想的?要是单纯凤玉不喜欢她哥也就算了,晓东也不喜欢,她非别着两姐弟把那一家人叫来是什么意思?这么多年不往来的人了,连她自己也说是见死不救的哥哥嫂嫂,凤玉不肯接受,难道还有问题?所谓远亲不如近邻,我看送亲的人就算是你家,也比他家让凤玉和晓东开心吧?”

于大年心里一撞,问:“凤玉不肯是吗?”

刘畅点头:“凤玉不肯但她不能明说,她妈在家里独断专行惯了,也不管凤玉的想法,我也不好掺和进去,也是头疼。”

于大年忽然明白了今天这顿畅谈的意义,他道:“你放心,这件事交给我了!”

王海忽然接到于大年的电话,立刻就往于大年家里走,一路开车还在心神不宁。于大年讲得很含糊,只叫他快点去,但等到了,却看到于大年正闲淡舒适地坐在茶座主位上喝茶。他看到王海就招呼他一并坐下,再无多言,只等终于安置好了各类茶具才说:“我有件事要你去做。”

王海立刻端正了坐姿,诚恳道:“大哥说吧,叫我干什么。”

于大年道:“张明春有意思叫自己的哥哥参加婚礼?”

王海点头:“的确是这样,张明春跟我讲过自己有个大哥,兄妹两人以前感情很好,因为凤玉的关系才淡了,她心里难过就……”

于大年打断了王海的发言:“凤玉是会妖术还是会杀人?一个大男人,记恨一个孤苦无依的小女孩儿,还能拿出来当事情说了?也不嫌害臊?”

王海没料到于大年这般反应,很吃了一惊,余下一肚子的八卦消息也不敢说了。

“以后张明春再说这种话,你就要提醒她:长兄如父,父母不在了,能狠下心扔下自己亲妹子孤儿寡母见死不救这么多年,这怎么能赖到一个孩子头上？那张明春也是个不开眼的，别人这么想也就算了，她怎么也能这么赖李凤玉？别的不论，你这些年没看到李凤玉怎么贴补她家里的？张明春那大嘴巴不说，你敢想李凤玉不是亲生的？你看李凤玉平时都吃什么穿什么？就算是亲生的孩子，你见过几个这样亏待自己填补家里的？”

这是实话，王海也点头。

“李凤玉现在是刘畅的未婚妻，将来那就是雪山集团的董事长夫人。就不说这个了，刘畅预备将名下公司的股份赠予一部分给李凤玉，你知道吗？现在谁不知道刘云山家演了一出《灰姑娘》？李凤玉这是板上钉钉要进刘家大门了。这种身份，还是随着她捏扁捏圆的吗？”

于大年没看王海的一脸茫然，继续说：“她养大李凤玉是个功劳，但她还有个儿子，如果从此不跟刘家有任何关系也就罢了，但凡想叫她儿子能跟着李凤玉沾光，就把从前那副嘴脸赶紧收起来。李凤玉就算好说话，刘畅也不好说话。现在碍着面子不明说，要真等到那个小霸王翻了脸，她张明春要怎么去申冤？难不成逼女儿离婚明志啊？”

“大哥你是什么意思呢？”王海琢磨了一会儿于大年的话，小心翼翼地问道，“咱们当时不是说好了不能让张明春和李凤玉太一条心？我不明白，这俩如今不一条心了，咱们还得再把她们说回去？”

忽然间，张明春她大哥不能去见亲了？他昨天才陪着张明春去了她大哥家里，送了不少外国水果和名贵烟酒。他和张明志夫妇还互相加了微信，刚刚在电梯间王海才给张明志的妻子许娜发的自己和张明春的照片点了个赞，这下叫他怎么圆场？而且，王海想说要是张明春跟李凤玉齐心，他们还有什么搞头？但大哥说的话，肯定是对的。王海等着于大年点化自己，像以前那样，大哥说，他听；他听不懂，大哥就会笑他蠢，然后将里头的玄机点拨给他。

可等了半天，也没等到于大年的点拨。于大年只是起身走到巨大的落地窗旁，看向窗外繁忙的城市路面，片刻后才开口：“这份猴魁，是我一位亲戚昨天送我的，当时我们卖给他一辆GMC，你记得吗？还带牌。”

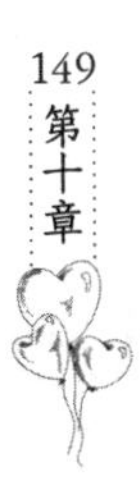

这些年万通卖了不少车，给达官贵人，地方富绅，他当然不能一一记得。

于大年又说："就是九恒那位总经理，于浩水。"

"啊……"王海这才想起来，于大年是有这么一位大人物亲戚，但他很少提起，也甚少见面。除了买车时有过一面之缘，王海再没见过于浩水，但那个人他却记得。王海瞥一眼桌上精致的茶盒子，那盒子就像于浩水，素净，简单，一看就价格不菲。

于大年笑笑："家里有难有事，我爹总叫我求他帮忙。他也爱吹，自己有两个表侄一文一武都是临山的大人物，我呢，我是个出苦力流苦汗的小贩，他是从来也不说的。"

王海立刻道："大哥你赤手空拳打天下，只靠自己没有依傍，出力也是出正大光明的力，流汗也是流正大光明的汗，挣的也是正大光明的钱！有什么好不好意思的？"

于大年摇摇头："出外靠朋友，而且谁遇到事不想借一双慧眼看看，不想找一棵大树壮胆？可以我和于浩水、于树林两兄弟这种差距，我怎么求人家帮忙？大哥，你看东口那个砖窑把我家地里的黄泥给抠了，你能不能替我要回来？二哥，你们公司买车来买我的吧！万年不说一句话的亲戚，叫我去求他这种事吗？我最穷的时候也没讨饭，更何况为这样的事去求人？拉不下这个脸。"

王海忙着点头。

于大年喃喃道："但我心里总有个坎过不去。当年分家的时候，大于家爷爷精明，就得的多，以后一代代的过得没那么拮据。不像我家，穷这个窟窿，越补越大，家里穷，找不到媳妇，我妈是后妈苛待大的，身体本来就弱，被家里嫁到我爹这个穷窝里，成年吃药也是笔开销，然后穷着穷着她就死了，后来大于家的大哥当了市长，又当了市委书记，一路到了省委去。老二当兵，复员没多久，就下来跟着郑红旗干，打下了自己的盘子，新安地产，多响当当的名字。地产界有句话，一个临山，走不出新安，说的就是全临山都是他们的盘子。而我呢……”

约莫是想起踉跄晦暗的往事，于大年脸上有一丝凄然：“那时候我觉得，大于家的这两个堂兄，能走到如今的地步，站在最耀眼的地方，一呼百应，让旁人仰脸看着，小心伺候着，全靠他们老子的老子精明，靠他们运气好……大海，你嫉不嫉妒他们？”

王海仓促间还没想好怎么回答，正在组织语言，于大年又道：“我嫉妒他们。说实话，我嫉妒咱们所有的客户，咱们万通的车，那可不是一般人能开得起养得起的，我自己都养不起。但现在我不嫉妒了，有钱没钱，有权没权，各有各的难处。老百姓在地面上过日子，摔一跤，疼，疼过了拍拍土，骂几句娘，爬起来继续过日子，而他们呢，他们要是摔一跤，就从那么高的楼上摔下去了，啪的一下，粉身碎骨，再也没有回头路走。我现在挺佩服于浩水的，他这一步步，到底是怎么走上去的？要一步都不走错，要每一步都走得稳，那是多不容易的事啊……”

王海看着于大年的背影。天阴沉沉的，屋里灯火也不明朗，茶水冒着潮湿的热气，他不知道回答什么才好，这一切都叫人沉闷。

两人沉默片刻，于大年才转身又坐回茶桌旁：“让张明春和李凤玉有间隙，是为了咱们能在李凤玉家里有一席之地，不是为张明志。张明春做事太过了，飞上枝头的是李凤玉，不是她张明春，如果不提醒她，真出了事……我们现在脚还是踩在张明春和李凤玉的船上，保她们就是保自己，你一定得拉住她。”

王海犹豫：“人家是亲兄妹，断骨连筋的，我去说不让人家兄妹相认……”

于大年底气十足地说：“他们兄妹认他们的，只要这舅舅舅妈别出来碍刘畅的眼就行。哦对了，再有一条，张明春天天叨叨那些，没有她李凤玉就如何如何、没有她儿子李凤玉就如何如何的话，尤其是，李凤玉克死她老公这句，得叫她收住。哪怕别人说出来，她也得抹过去把李凤玉摘出来。人生死有命富贵在天，她老公活这么多年，要死那也得是她克死，怎么就赖给李凤玉？就算是李凤玉把他克死，怎么克不死她？克不死她儿

子？难不成，她和她儿子命更硬更耐克？天天说自己养大的女儿是个克星，克星克不死的只有同类啊！”

王海听到心里，却又盘算着这话要怎么跟张明春说才不会激起她的反弹。

于大年仿佛读了他的心一样又补充：“张明春当了半辈子保姆，要是不知道怎么给刘畅这样的人当丈母娘，就让她用待东家的心待他吧，毕竟她所有的荣华富贵都是刘畅给的。她如果抱怨起来，就把事情都推给刘畅，说是刘畅不高兴刘家不高兴好了。”

王海得了令忙不迭要走，到了玄关却又折回来说：“大哥，我有件事得请你帮个忙。”

于大年愣了一下问：“什么事？”

“我老家乡里有个小学要改造，老校长听在临山工地打工的人说华恩的东西好，来问我能不能买点给孩子盖教学楼。我本来觉得没啥，就跟厂子联络了一下，结果那边说，订货量没到配送线，要买的话，自己取货可以，但我们乡你也知道……”

“就是以前你摔断了腿，背着你翻了两座山送医院的那个老校长吗？”于大年想了想，问。

“是是是，就是他！”王海笑起来，“大哥你记得啊！”

“怎么不记得，滴水之恩要涌泉相报，何况是给我兄弟的救命之恩，”于大年拍拍他的臂膀说，“我给华恩打个电话，这一笔买卖你亲自管吧。”

第十一章

I am Your Man

华恩得到注资后做的第一件事是更新扩大生产线，招标、比价、来访、电询，连带曲玲玲派来督导的人，让往常荒凉的工业园区停车场满档起来，这来往人多，连带着账多凭证也多，华恩会计室里原本只有两个人，阵仗一大根本忙不过来，得了刘畅同意后，于大年将凤玉调到华恩。原本凤玉要来，会计室两位老将还发愁，以前应付银行和加瓷，只需要一个月赔几天笑脸，这下来了这么个太子妃，他俩难道要天天跪在地上当太监？可从凤玉进来后，办公室氛围好了不要太多。凤玉好脾气，又讲道理，再加上身份特殊，多大怒气的人进来只要送到她跟前，先都自灭三分火，而且她不拿捏人，除了不爱讲话，几乎没什么缺点，老会计的黄连上清丸都少吃了些，办公室关系融洽，没什么比这更叫一个上班族宽心的了。

但在刘畅看来就没那么宽心了。他同意让凤玉过去，是觉得这几天两人关系比较敏感，想让她换个环境，体验一下新生活，思维外放一下。没想她外放过了头，跟在曲玲玲派过去的人后面问来问去，问到曲玲玲都赞她勤奋好学。而且这几天连着加班，刘畅并不反感女性热爱事业，他尊重有一技之长被社会需要的女性，但临结婚的时候，忽然加起班这事儿就比较耐人寻味了。

赶着凤玉少有的按时下班，他亲自开车去工业园接，接上后车子上路，不用几个弯，凤玉就发现不是往家的方向走。

她问："咱们去哪里？"

刘畅只横睨她一眼，带着一丝笑，不说话。

天色晚了，外头一团团的树影是浓黑色的，衬着远处村落影影绰绰的灯火温柔缠绵，路障上黄色的反光牌嗖嗖地奔向身后。没有其他车同行，车灯尽头还是黑暗，但她并不怕。低低的乐声盖住咆哮的马达，有个男人唱着歌，声音低沉，沙哑，刘畅在跟着哼：

If you want a boxer, I am your man.

If you want a doctor, I am your man.

这个词奇怪，她看一眼显示屏，歌名叫作*I am Your Man*。

凤玉微笑。刘畅问："累不累？"

凤玉摇头，轻轻靠在他肩上。

刘畅用下巴蹭着她的头顶，片刻才说："东嘉并不喜欢男人，而我很早就知道了，这是我们俩的秘密。"

凤玉不动。

"东嘉对我好，我对她就好。她女朋友写的情书被她爹发现，她就说是我写的，我认。朋友之间本来就该如此，更何况一个男人年轻的时候给漂亮的姐姐写一封情书，有什么大不了的？就算我追求过她，又有什么大不了的？我那天对吕萌萌发怒，不是因为她说了我曾经喜欢过谁，我曾经喜欢过的人多了去，也从来不觉得这有什么藏着掖着的必要。你要想听，我就说给你听，有些我记得，有些忘了，但我不说，不是因为不愿跟你分享。我对她发怒，是因为她把东嘉的人生、死因，当作武器攻击别人。东嘉如果在世，恐怕不只给她一耳光那么简单。可如果你问我，东嘉要是喜欢男人，我会不会喜欢她，我想会的。她是个好人，聪明、善良、有正义感、爱护动物，但这个假设，永远无法被证明。"

"东嘉不是车祸死的？"

"她是自杀，绑了铅块跳的海，"刘畅停了一会儿才说，"她妈偶然知道她的秘密后，很崩溃，说是自己没教育好她让她走了歪路，整日寻死，东嘉扛不住就跟女友分了手。她爸让她在国外相亲，东嘉漂亮，哪有人不喜欢的，可她谈不下去，她觉得自己是在诈骗，但她爸不肯，一直逼她，说她的问题就是没遇到好男人，遇到好男人就好了。结果她被逼到抑郁，就自杀了。事发后我也被我爹妈训了好久，说这么大的事为什么不早告诉人家，我那时一直陪着她。吕萌萌觉得我在追求她也是人之常情，但她不该用这件事来攻击你……东嘉那么漂亮，可在停尸间里，根本看不出原来的样子，东良当时就吓瘫了，我把他拖出去，架着他走完了整个认尸流程。那时我年轻幼稚，觉得有钱老子天下第一，是东嘉的死把我的三观震碎了。晓东说我不学无术，我的确是不学无术，我有个有钱的老子，我怕什么，难道我老子能不管我了不成……东嘉的死告诉我，这世上，一切爱都是有限度有条件的，父母之爱也是如此，总有一个度在哪里藏着，你没摸到，那是你的幸运……对于这一点，凤玉，你应该也深有感触。"

凤玉没有回应。

刘畅也并没有期待回应，他停了一会儿，又道："吕萌萌说那条项链是东嘉的，她居心叵测。那条项链最早是从香港拍回来的，东嘉之前的拥有者是一位船王的妻子。贵重珠宝从来都是从一个家族流入另一个家族，郑家愿意把这项链给我，一则是因为我虽然知道东嘉的秘密这么久却从没对别人说，二则是他们希望以后我也不会对人说。这是示好，也是收买，唯独不是看在我为东嘉那么伤心的分上。郑家虽然有钱，却还没有失智，这么贵重的东西送出去，难道就为了安慰一个伤心却毫无瓜葛的人？他们能有这份儿心，当年也不会逼死东嘉了。裙子什么的，你可以问张鸥，张鸥说漂亮，我就买了，你要不信，我还有聊天记录作证。张鸥知道出了这种事也想亲自跟你证明，我说不用，为吕萌萌那泼妇把咱们自己搞得人仰马翻，被她知道了更让她气焰嚣张。我告诉她，我知道我媳妇是什么人，我知道你不会为那些捕风捉影的事而生气。"

"我没有生气，"凤玉平静地答，"吕萌萌说我跟东嘉长得像，我其实是好奇能有多像，不过后来也想到了，就算像她，她也不会是我姐姐，岁数对不上。"

刘畅闻言侧脸吻了下她的头顶才说:“说起这个,我得跟你说一件事。于大年跟我说,找你姐姐的事,福建那边推进不顺利,我就想,主动撒网效果不好,那不如守株待兔,如果你姐姐和你一样,也在找你的话,她会从什么地方入手呢?不外乎民政局和医院。”

凤玉笑笑:“去医院找有什么用呢?就算我俩出生在医院,生母也不会告诉产科的医生要把我俩遗弃在雨中吧。何况,一年出生那么多人,又过了二十多年,怎么会有人记得呢。难为你了,还为这件事操心。我找了姐姐这么多年,如果能找到,也早该找到了;如果找不到,也是我的命。”

“可凤玉,我好像找到你姐姐了。”

凤玉猛一抬头,撞到刘畅的下巴,刘畅一疼,一脚踩住刹车,车子伴随着尖锐的刹车声骤然停到路边,凤玉被晃了一下,一双眼却是亮的。刘畅开了双闪,嗒嗒的声音和着凤玉急促的呼吸,像是伴奏。她看着刘畅,一字一顿地问:“你说什么?”

刘畅说:“我好像,找到你姐姐了。”

凤玉先是茫然,继而笑,眼里水汽充盈,终于落下泪来。

刘畅要擦她的眼泪,被她躲了过去,她说:“你不要拿这件事跟我开玩笑,这件事我开不起玩笑。”

她的声音发颤,带着与往常不同的坚定和肃然。

刘畅急忙解释:“渝州的医院现在是多,但倒退二十几年,有产科的统共五家,问到渝州人民医院,那边一位护士长说,几年前有人也是找那段时间出生的双胞胎女婴的资料。”

“然后呢,”凤玉焦急地问,“然后怎么说?”

“当时她们老护士长还没退休,是老护士长接待的。查了几个疑似的,只是年代久远,院方已经没有那人的联络方式了,但老护士长有。她存在她的老手机里,老手机早就不用了,就在她家老房子地下室里,我找了几个人跟她一起去把她的老手机找出来了,手机坏了,就送到了一个朋友那里做数据修复。上午我的朋友说,今晚应该能修好,所以我们现在,正在去他的实验室的路上。凤玉，我本来不想告诉你这件事，想等到有个定调，如果是好事，再跟你说，但……”

“你该告诉我。”凤玉一边笑一边擦着不住滴落的眼泪，不断重复，“你该告诉我，不管好事坏事，刘畅，你该告诉我。”

去的路上刘畅就给凤玉做铺垫，说新大学城启用的部分只有五分之一，地方很大，却很空，叫她别害怕。一路走来都是灯火俱寂的新建教学楼和配套宿舍，路灯没通电，监控未启用，夜色在宽大规整恢宏的建筑之上，伴着这无人的空旷，更是气势逼人，结果反倒是刘畅比凤玉更有种误入恐怖森林的惊慌。他额头有点冒汗，再次确认了门锁已落，才敢拨电话给负责接待他们的人求救。一路进进退退，等到了研发中心，已经是夜里九点多。

负责接待的是一位朱姓男人，知道两人不欲寒暄，见面后只递给凤玉名片，直接引着两人往实验室走。凤玉并不看名片，抓住这人的胳膊就问：“电话修好了吗？”

这男人一愣，看着刘畅，刘畅接了一句：“朱博士，我媳妇儿。修这电话为的是找她双胞胎姐姐，找了这么多年忽然有了点线索，她心急，你体谅。”

朱博士这才了然，道：“我们这个技术不是为了修复，是为了快速修复。修复技术早就有了，不过修起来很慢，我们这个不同，你这个电话里的号码本我们早就修复了，关键是修复提取里面的照片。视频图像和文本不同，这个最耗费时间。”

凤玉脚步一顿，刘畅上前拉住她的手重新跟上朱博士的脚步，低声道：“这个我想你亲自去看，因为老护士长说，她记得很明白，来寻人的那个是男的，说是回国，顺便替朋友办事，还挺神秘，也不说自己是哪里来的做什么工作。他给她看过照片，但她记不清到底里面有没有存下来那几张照片。”

凤玉喃喃重复：“几张照片吗？”

“嗯，有几张，都是小时候的。但她当时也没仔细看，具体什么样，到底有几张也记不清了。”

朱博士带他们来到会议室，桌面上有一台笔记本，他出去了一会儿才回来，递给刘畅一只优盘。两人私语几句，朱博士走了，只剩下刘畅和李凤玉两人。

刘畅把优盘插进电脑后说：“凤玉，你得明白一件事，很可能来找人的不是你姐姐，而是其他人。女性弃婴本来就多，又或者他们也是找错了地方，再或者……我想你做好最坏的准备，再打开这个电脑。”

凤玉并不说话，等读盘开始后就火速点开。照片在第一级目录，有几十张。病历，病人出院时跟她的合影，年轻的男孩子和她脸贴脸的照片，同事聚餐，旅游时拍的海鸥，大餐，两张电影票的票根，夫妻两人的合影。凤玉一一翻过去，像翻阅别人的一生，然后她的手指停住了。刘畅的心也提起来，他凑过去看，画面是一张被再次拍摄的纸质相片，光面相纸，还有微微的反光，单人照，一个四五岁的小女孩，齐耳短发，穿牛仔裤和蓝色旅游鞋，坐在青色迤逦的石阶上，双手托腮，歪着头。凤玉的手在发颤，她的身体也在发颤，她的嘴一翕一张，不出声。刘畅点击屏幕将照片放大，问：“是吗？”

凤玉没有回答，只点了鼠标，又是一张新图。这次画面里的小女孩长大了，头发变长，穿着粉色的裙子立在海边，姿态优雅，看得出，是个爱美的姑娘。天气晴好，海岛遥遥在望，身后沙滩上趴着几个晒太阳的白人。再往后的照片是她的生日，十一岁，头发更长一些，戴着画出来的小王冠，修长的十指交叉紧握在线条秀美的颌下，一双眼闪着光，比蜡烛上的火苗还要生机勃勃，她带着笑，并不看镜头。——她不需要看镜头了，这时的女孩，已经露出与凤玉几乎一致的眉眼和轮廓。

这是她的姐姐。这是她找了那么多年的姐姐。拍照片，爱美，生活有仪式感，看得出来是个受宠的孩子。刘畅想到张明春常挂在嘴边的话，十分想把这些照片都甩到她眼前去，只是不行，目前为止，还不行。

凤玉的声音颤抖却平静，她说:“电话号码，电话号码在哪里?”

刘畅立刻接过鼠标，又点击几次，推到凤玉面前:“老护士长说，来找的人有一个固定电话，一个手机，固定电话是酒店的电话，手机是外地的。”

凤玉的呼吸很急促很浅，她的手在抖。她掏出自己的电话，按照屏幕上的号码拨出去。刘畅侧脸看着她，凤玉的睫毛上泪水尚在，颈间动脉跳得厉害。凤玉却全然忘了刘畅的存在，她只想着，来找人的是个男人，会是谁呢？会是她的姐夫吗？她的姐姐会不会已经结婚了？她有孩子了吗？她那么爱笑，生活一定愉快，她会是个好妈妈的，她有几个孩子呢？男孩女孩？肯定都很可爱。现在打过去会不会太晚？已经快十点了，如果她有孩子，估计孩子已经睡了，会吵到他们吗？可她不能等明天了，她知道姐姐如果知道这通电话来自她，一定会开心，搞不好也会喜极而泣，她不会怪她。虽然她从没见过自己的姐姐，可她明白她。这是双胞胎间的心电感应，她仿佛在这一刻，已经连上了姐姐的思维。她知道，她找了姐姐多久，姐姐就找了自己多久。

凤玉的手抖得厉害，电话号码输错几次，但到底是拨出去了。

刘畅坐在她身边，不由自主地倾身。这是他一生中少有的茫然而兴奋的时刻，一切不在他的掌握中，他不知道会发生什么，但又那么期待会发生的事。

片刻，一个女声响起:“您拨打的电话号码是空号，请查证后再拨。”

回程路上，凤玉一直很安静，刘畅也不敢说话。到了家刘畅先去洗澡，出来后看到凤玉立在卧室窗户前向外看。灯没开，月亮只有一线，外头是城市寂寞的夜和被霓虹灯笼罩着的疲惫楼宇。刘畅走到她身后，将她揽进怀中，凤玉顺从地贴着他，还是沉默的。

刘畅好久才说:“这件事，我做得不好。”

凤玉将视线从窗外移到玻璃窗上映照出的刘畅的脸上:“为什么这么说?”

“我该先把事情办妥当了，如果是好消息再告诉你，如果不好，就不该让你知道。”

凤玉摇头，她转过身，轻轻抱住刘畅，片刻才说：“我找了姐姐很多年，用过很多办法，把自己的照片发到网上、贴吧，带着两斤桃子去拜托当了警察的同学替我查老档案，去寻人协会，去福利院孤儿院。后来因为认识了你，于总愿意帮我，于总的太太也愿意帮我，可是连他们都没找到线索。我和我姐姐，可能就是没有相见的缘分，世界那么大，就算是两姐妹，没有缘分，也不会遇到。”

“那怎么能行！”刘畅声音一高，道，“既然知道了手机号，总能去查查电话是哪里的，以前谁用过。两年前已经是实名制，哪怕是空号也能查到身份证，有开户身份证，就能找到人。这件事交给我，我一定给你个答复。但这次，我不会再这样冒进，我会等有确切消息了再跟你说。像这样给你希望又让你失望的事，不会发生第二次，我明白这痛苦，这太可怕了。”

凤玉嘴角微微扬起，又终于落下，她哭着，却又笑着：“你看我姐姐的照片，她爱笑，她那么快乐，她去过许多地方，还有回国来办事的朋友替她找我，她一定过得好，我没有失望，我的姐姐活着，她活得开心，只要知道这两点，我就满足了，可她居然还在找我！我怎么会失望？我最怕的其实就是，我的姐姐像我的父母一样，把我遗弃在这里啊……她在找我，刘畅，我的姐姐她在找我！”

王海自然不能把于大年的原话都跟张明春说了，他只说自己觉得刘畅对于张明志要出现十分不高兴。

张明春心里也紧张，不住地问：“他真的不高兴？”

王海道：“凤玉在中间，他也不好明说。”

张明春这才“哼”了一声说：“凤玉是个孝顺的，就应该说服刘畅把这事办了，那是我亲哥，当年我……”

王海一想到于大年的教导，立刻打断她的忆往昔：“阿姨，我当您是自己人，有些话就和您实打实地说了，现在的凤玉不是以前的凤玉了。她马上会是刘畅的老婆，刘畅是刘云山唯一的孩子，将来凤玉生个一男半女出来，那就是刘家全家的心肝宝贝了。您自己心里得有个数，不论以前什么样，现在，往后，您对她要有个不一样的态度。”

“我含辛茹苦养她这么大，我要有个什么态度？”张明春诧异地反问，“难不成要我一个当妈的跪着？”

王海闻言笑道：“多少人跪着想跟刘家攀亲也不行呢，您真以为刘云山一家见人跪着就稀罕了？”

原本还气不忿的张明春瞬间沉默了，她看着王海，眼神里有疑惑有委屈，还有几分想要辩驳的意思。

王海立刻道：“阿姨您的付出大家都看在眼里，凤玉是个有良心的就该记着，但她嫁到刘家去，就是刘家人了。当年张叔叔一家把您拒之门外的时候，不也说：‘你是李家的人了，有事找李家去，不要找我们！’现在凤玉是刘家的人，他们那些人平时被人追捧惯了，被人逆着心思来一次两次能让着，是为了显示涵养，再往后，哪怕刘畅不翻脸，刘云山身边的人会由着咱们来吗？刘云山一家要是愿意被骑到头顶上，还有现在的雪山集团？这么一尊财神被您迎进门，那就得供着啊。不为凤玉也得为晓东。上海那是什么地方？多少人一辈子赚不出一套房子来，别说一辈子了，多少人结婚要两家人六口一起才能给孩子买套房子，就算这样不还得还三十年房贷？两家四个老人攒一辈子钱，两家孩子还得再还三十年，加起来多少年，有快三百年吧？长命才百岁，这快三百年是三辈子吧？但是雪山集团不一样，雪山在上海有份儿的楼盘就不下十几个，就冲这，您也得好好想想以后怎么和凤玉和刘家来往。他一高兴，给晓东一套房子，这是什么意思您知道吗？这不是叫晓东少奋斗几十年，这是叫晓东少奋斗三辈子啊！您得这么想才行，否则，您就得做好这门亲戚您和晓东攀不上的打算。凤玉现在没孩子，但您自己是个娘，您自个儿还不清楚吗，女人生了娃以后跟谁最亲?!”

张明春脸上有些挂不住，却也被这一番恩威并施、动之以情晓之以理的说辞说动，低声抱怨："那我该怎么办？我含辛茹苦把她养大，现在她要嫁人了，话都不准我说了，就算嫁给皇亲国戚，亲戚也总是有的吧？要见亲，女方孤儿寡母地出来，对他刘家有什么好处？"

"刘畅要是不高兴，对晓东有什么好处呢？"王海轻声安抚，"您和张叔叔一家多少年不往来了，这一下子要重修旧好，本身就需要时间。而且刘畅那脾气一旦上来连自己姑姑姑父都能毫不犹豫地扔盘子摔碗拳脚招呼，凤玉是他的心上人，张叔叔他们家也的确是理亏在先，刘畅对他们有抵触情绪也是理所应当，那边许阿姨的脾气您也知道，不怕一万，就怕万一，万一哪句话触了刘畅的霉头，万一刘畅哪天心情不好要找茬，真到了动手那一步，您站哪一边呢？"

张明春沮丧地塌着肩，说不出话，只是一声叹息连着一声，带着十足的委屈。

见张明春还在犹豫，王海又道："张叔叔也是个明事理的人，凤玉和晓东对他家有意见他们自己也知道，上次张叔叔过去看您，刘畅和凤玉不就没露面吗？这次您就实打实告诉他得了，毕竟是自己兄弟。"

"那他要是不明白呢！"张明春终于说出了自己的疑虑，"他要是不明白，我怎么办呢？万一他不肯来送亲了，难道叫凤玉一个人甩着手嫁到刘家？这样刘畅家里大人反而不觉得丢人了？"

"首先呢，即使他不明白，您也是雪山集团的亲家母，往后还怕没人陪您解闷儿？等这一关过了，凤玉也能接受她舅舅舅妈了，由她主动出面说和请他们俩出席，总比您现在一把眼泪一把鼻涕强压着凤玉低头好吧？您也不想想，凤玉背后可是刘畅，哪怕刘畅现在怕凤玉难做服了软，以后日子可长着呢。您说这笔账，他会记到谁头上？"

张明春脑子乱，但也明白自己没有其他选择。麻雀飞上枝头变凤凰的戏，看上去好看，怎么演起来就会这么累呢？

第十二章
杜蘅雪

天气好的时候，杜蘅雪喜欢坐在玻璃房里喝茶。

临山的冬天很长，她的玻璃房很大。茶座只有一片角落，其余的空间盈满桂花和月季。从屋外透过洁净的玻璃看，月季的绛红雪白更为夺目，但进到这洁净的房子里面才能体味到，夺魄的是那些藏在层层叶片之间的小桂花，香气滔天。杜蘅雪的桂花经过刻意培育，和南国雨中天然生长的桂花不同。南国的桂花是曼妙袅娜的丝缕香气，要是和雨水的冷清交杂在一起，像是带泪微笑的柔弱佳人。玻璃房内的桂花香气则霸道凌厉，蛇蝎美人似的，将月季的甜腻逼成可有可无的背景，这香气带着刀锋，首次进到这玻璃房的人，经常被震得一愣。

不过杜蘅雪喜欢。

此刻，她面前的茶桌上放着一只小泥炉，炉上烘着一壶重焙乌龙，颜色浓郁，香气苦涩冷清，可这冷清的苦涩被桂花香浪一冲，也有点身不由己的变化。茶座边有三把椅子，一把杜蘅雪在坐，一把她用来搭腿，还有一把空着。她正看着那把空椅子，在出神。

杜蘅雪小时候在一座南方小城住过一段不短的时间，那座城以桂花闻名。那时的杜家，住在一条小巷深处的院子里，三间逼仄的小屋子，日子清苦却快乐。微雨时父亲会扛着她带着姐姐到巷外的桥边摘下一颗颗的桂花，花要半开的，因为半开的最香。带回去后母亲就会用糖渍起来，过七天后，变成香甜的桂花酱，就给小小的她拌芋头吃。

那时候爸爸最高，妈妈最会做饭，姐姐最神奇，能找到最软糯的芋头。

她人生中最快乐的记忆，都和这清甜的味道相关。如今杜家只剩她一个，还有满室声嘶力竭的桂花香。

片刻后，一个恭敬的声音从她身后传来："姨母，我来了。"

杜蘅雪"嗯"了一声，把双脚放到地面，端正了坐姿才说："坐。"

傅晓坐下，看一眼桌上冒着热气的茶壶，将杜蘅雪面前已经空了的茶杯斟满，才说："我听说，两个姑姑前段时间向郑东良借了九千万。"

"郑红旗敢给郑东良这么多钱？成本多少？"

"这钱好像不全是九恒来的，据说成本极低，而且按照七折抵押。算起来，肯定是不赚钱的，但她们是找郑东良私下谈，具体数字外面不太清楚。"

杜蘅雪笑笑："是不是九恒来的都是郑东良在往外放，这败家子儿，郑红旗要是知道了估计会发火。"

傅晓又说："而且她俩预约了赎回两笔合计两千三百万的理财，下个月七号也会到账。加起来过亿了。"

杜蘅雪这才转脸看了一眼傅晓："这事情董事长知道吗？"

"应该是不知道，不然董事长不会肯。有什么生意值得把全副身家都押进去？"

杜蘅雪看一眼傅晓。

傅晓马上解释："是除掉股票外的全部身家。"

杜蘅雪的表情回归平淡，点点头说："她们俩要怎么折腾就怎么折腾吧，董事长偏爱妹妹，你跟我都不太好说什么。记得提醒刘畅不要多嘴，多嘴没用，董事长忌讳他插手集团的事。"

傅晓沉默片刻才说："弟弟这段时间和曲玲玲走得很近。"

杜蘅雪笑笑："我知道，余枫说过，曲玲玲想做生意，跟着刘畅学比跟着别人学放心。"

傅晓又道："前段时间弟弟来找我，叫我放点话出去说富德有意渝州高新区的开发。这次他生日，不单曲玲玲，富德业务部的一位新晋红人，还有李凤玉的老板都到了。我听说李凤玉的老板手里有块地位置不错。之前加瓷想借着并购买下来，但是没成功。两个姑姑现在都投资了那个公司，扩大了经营规模，说是抢了加瓷在临山的几张大单。”

“加瓷没动静？”

“加瓷为这事换了大区域总监。”傅晓道。

杜蘅雪哼笑：“斩草不除根，换总监泄愤有什么用。新来的这个什么名目，你去打听一下。”

“目前得到的消息是以前那位的劲敌，两人关系不睦，这次过来他先做了一次大清洗，原本负责这个收购案的人该调离调离该架空架空，安插了新人。其他的我会继续跟进，有消息再跟您汇报。我还得到一个消息，李凤玉那位老板，现在名气也挺大，都说是曲玲玲推荐给董事长，董事长通过两个姑姑投资的，他自己也不否认，经常跟着曲玲玲鞍前马后。外头有人问我，我还没跟董事长说。”

“你跟董事长说什么，人是曲玲玲找的，钱是他两个妹妹投的，你去说，他反觉得你知道得太多，手伸得太长。横竖和你没关系，和刘畅还有那个李凤玉没关系就好。”

傅晓点头：“的确是没关系。弟弟有分寸，除了最开始替李凤玉要了一笔钱，一直跟那个男的没什么交集。”

“一人得道，鸡犬升天。”杜蘅雪不在意地笑笑，“那种女孩子要进门，咱们就得做好应付这些奇形怪状的穷亲戚烂朋友的准备。得亏畅畅有脑子，李凤玉那一家子就够我们应付的了，要是连她以前的老板也搞进家门，才真是要了命。你看着他点，要是跟李凤玉那老板走得近了，你要提醒他。”

傅晓点头称是，沉默一会儿又道：“但是，外头说那男的跟曲玲玲走得有点近。”

杜蘅雪扬眉看他：“多近？”

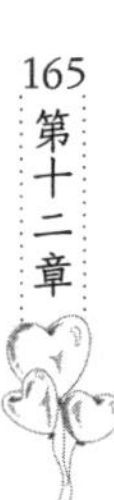

“让人都猜测这俩人什么关系的那种近。”

“曲玲玲不知道避嫌?”

“大概是两个姑姑都在里面,她做事少了点顾忌,好像也没什么。”

“刘畅知道这件事吗?”

傅晓思索片刻,道:“应该是知道的。”

杜蘅雪闻言一笑:“他的事让他自己做吧。他那脾气,他爸那脾气,都不是我管得了的,这俩只要不打起来就好。眼见要办婚礼了,不要丢人现眼。”

傅晓有点意外:“您真的同意让李凤玉进门?您喜欢李凤玉?”

杜蘅雪摇头:“我当年嫁给董事长时,你姥爷也不喜欢他。姻缘这种事,能有什么结果是别人管不来的,是良缘,是孽缘,让他自己修吧。”

傅晓轻轻道:“我爸,倒是很得姥爷的喜欢,结果我妈不还是那样子。”

念及杜茂雪,两人都沉默了。片刻,杜蘅雪给傅晓倒了一杯茶,柔声安慰:“你像你妈妈,畅畅并不像我。”

不像吗?叫傅晓说,刘畅最像姨母,虽然他跋扈,心却是完全沉下来的,要做的事总会去做,不声不响不与人商量,他的所说所行,都像是障眼法,不到最后一刻,不会让你知道他到底是什么目的。姨母聪明果断,原本与董事长共同主持雪山,如果不是当年突如其来的一场大病,雪山未必会姓刘,只是人算不如天算,如今她只能在这玻璃房里度日。傅晓道:“今年的桂花尤其香,从来没闻过这么浓烈的桂花香气。”

杜蘅雪轻叹:“因为树快死了。”

“那我再定些新花苗过来?”傅晓望着姨母等待答案。

杜蘅雪笑笑:“下新苗费时费力,还是等刘畅结婚以后吧。刘畅想把定亲宴放在郑东良那里?”

傅晓点头:“刘畅说要是您觉得远,可以另换地方。不过城里空气不好,这天气过去他怕您气管受不了,扶风那边更干净点。”

“我还没那么脆弱。刘畅两个姑姑跟人家借了钱,刘畅最好能避嫌。

你问问刘畅，愿不愿意在家里做宴，要是喜欢扶风的大厨，也可以请来嘛，而且既然是请未来亲家，还是家里合适。不能叫他们说咱们家傲慢、没礼数，董事长最在乎这个，你说呢？”

傅晓忙不迭点头。

找到有关凤玉姐姐下落的线索的是刘畅，这叫于大年非常遗憾。

这事是曲玲玲跟于大年说的，带着调侃：“看看，你再怎么殷勤，也是外人的殷勤，最终这个功劳也没被你领上！”

于大年唯唯诺诺赔着笑：“刘畅怎么是我这样的大老粗比得过的，我只听着话往福建找人，都快把刑满释放的人给摸遍了也没个结果，刘畅就能独辟蹊径……他怎么就想起来从渝州地头开始找了？真是个人才！”

这问题大概曲玲玲也没细想过，她皱着眉沉默一会儿说：“大概是看你找起来那么难吧，他脑子聪明，想法活络，要不然也不能逆着他爹有今天的成就。”

于大年连连称是，一双眼恭敬地在曲玲玲和他身边坐着的齐方身上来回逡巡。

这是个下午，但也没那么冷，几番寒流连着下雨，空气干净了很多。太阳从西面黄灿灿、懒洋洋地对着于大年，像是在看戏的观众。他微微挪动椅子避开阳光，办公室的窗户开了半扇，户外的冷空气吹进来，把空调的热风打散，叫人自在，但于大年不自在。

齐方的视线从手里的文件夹升起来，视线根本不向于大年这边走，往窗外看了片刻，像是斟酌，才道：“曲总，我对您一百万个交心交底，就不说过场话了。”

曲玲玲扬眉点头。

于大年听到这句话，太阳穴青筋立刻蹦起来，跟弹棉花似的，还带着弹棉花般的耳鸣声。这齐方眼角眉梢有点方红敏的样子，做事却比老方鬼头了好几个段数去，年纪轻，本事却不轻，笑起来一双眼也带着精明的

光，像是科幻片里的外星机器人，满脑子里只有一句话：非吾族类只杀不留。

齐方说："华恩虽然是老厂，却是新品牌，拿下市场才是重中之重，现在制订上市目标还为时过早。"

曲玲玲"啊"了一声，说："可没有上市目标，我还有什么搞头？"

"以上市为目标投资企业，是机构的办法，作为个人，只要退出时有钱拿，有好名声赚，其实上市与否无所谓。而且上市公司有上市公司的麻烦，从行业平均数来看，有上市意愿的企业，十有一二能上会就已经不错，剩下那些要撤回的，原因林林总总。"

曲玲玲诧异："还有不想上市的？"

"不是不想上市，是不敢上市。企业上市叫公开发行，不上市的时候，公司赚的钱要怎么花是老板说了算，账目锁在柜子里，除非税务找上门，一般不需要给人看；上市以后，就是裸奔，财务要公开，人员制度要公开，拿多少钱也得公开，每一笔投资都要说明理由，理由不够硬，证监会第一个反对，就算证监会愿意，股民和媒体也排着队找你。机构出行研，你得胆战心惊，要是出个公司研报，更得胆战心惊。微博上的意见领袖要时时监控，主流媒体的意见也得有人盯着。上了市，不但要干好活，还得哄着这些大爷开心。往常还有些没良心的记者，喜欢写几个捕风捉影的文章来敲诈勒索。股价一波动，一群人追着你屁股后面问原因，投资计划流产，也有一群人追着问原因。有人投资，有钱花当然开心，但你拿了钱，公司就不是一个人的了，你就得给别人卖命。要被人发现你没好好卖命，或者觉得你不够卖命，还有一堆管理办法、行政制度、红头文件和上级精神轮番给你上紧箍咒。曲总是被人捧惯了，您看我们集团，到两报的时候，高层的降压药都是成把吃。在大区域市场能跟上市大佬抗衡，本身的荣光也比上市弱不了多少，而且没人盯着你找毛病。九恒就是个例子。九恒盘子多么大，新安地产什么样，一样没上市，但又怎么样呢？新安地产，潜金泵机还有人不认吗？能做好本土市场也是很见功夫的事。"

“可华恩想走到新安的地步得花多少年?”曲玲玲语气有些沮丧,在她沮丧地抱怨时露出的小女儿态叫于大年有一丝神迷,但这神迷立刻被她下一句话打回去了,“要是不能上市,我根本不想投资,于大年你把钱还我!”

于大年一听两眼略有点发蓝,还没说什么,齐方抢先道:“华恩这样的企业,您要不投,我可就招呼我们公司的PE来投了啊。他们正愁找不到好标的呢。”

曲玲玲的视线从于大年脸上移到齐方脸上,带着审度,片刻后摆手:“算了,既然做了也就做了,不上市也好,能把临山的盘子做好,也是个功德圆满。新安如果不是把临山市场的口碑造了起来,哪有他们后来的三级跳!”

齐方视线扫过于大年,回到自己面前的文件夹上:“所以我说,赚钱最关键,对华恩来说,就是拿到订单。以您在临山的影响力,以华恩产品的实力,双管齐下,双拳出击,办到同样的事,要比其他公司其他人容易多了。”

曲玲玲闻言一笑:“那倒是真的。加瓷因为华恩的事新换了大区总监,那个新来的还总想来拜我的山头,拜我有什么用?我自己投的公司难道还让他占了便宜去?我曲玲玲做事,就是奔着精益求精去的!”

于大年这口气这才慢慢地松下来,送走了曲玲玲。他在窗边站着吹冷风,没吹多久,办公室的门就被敲响了,力道不小,像是讨债,理直气壮又带着殷切。于大年满脸不悦地一回身,就看到方红敏探头进来,表情比敲门声更殷切,估计是知道自己儿子刚才过来所以来吹吹育儿经的。方红敏这人,办事规矩,为人也算可靠,就是太爱说了,平时开会要是她主持就容易跑题,找他汇报工作更是没完没了地飞闲话。全公司,也就李凤玉受得了她。这下李凤玉走了,她没人嘀咕,恐怕是憋了几筐几篓子的废话等着倒给他,可于大年被曲玲玲这番天马行空的话已经吓得拢不住魂魄。曲玲玲做事随性,随性是做企业的大忌,但他又不敢说她随性,给她传授

经验。曲玲玲要听商场经验，不问余枫难道问他于大年吗？要不是齐方刚刚在一边帮他坠着曲玲玲纷飞的脑洞，他可怜的魂魄，保不齐真跟着上了天下不来了。想到齐方，于大年又把这火气压了下去，笑着说："方主任你来啦，敲门这么大声，男人也比不过你。"

方红敏这才从门板的遮蔽中走到于大年面前，没说话，只把手里的电话递到于大年面前。

于大年不明所以，看了看方红敏，又看了看电话，电话上写着：宝贝儿子。

他心里一动，齐方！

电话接过来，于大年声音热情洋溢地问了一句："小齐，你好啊！"

齐方那边声音也是爽朗："于大哥，我刚刚跟我妈说话呢，忽然想到有些事要叮嘱你，就索性叫我妈把电话拿给你听了。她敲门声大，没吓着你啊！"

于大年暗忖，这是个不饶人的角色，只道："我跟你妈多少年的交情，开玩笑而已，你找我有事？"

齐方"嘿嘿"两声说："我倒是没事。刚刚跟我妈说话，我妈知道我过来见你，让我一定得多帮忙，说是自己多少年看着你一砖一瓦打下江山来。每走一步，好了她跟着欣喜，受了伤吃了气，她也跟着难过。她看你啊，就跟看自己家孩子似的。"

自己家孩子？于大年心里翻了个白眼，但想到刚才齐方在曲玲玲面前的话语权，又夹着电话给方红敏倒了杯茶，让她在一边坐下，又说："哪里哪里。"

这段时间跟着曲玲玲翻飞在觥筹交错的灯火之下，于大年学了不少虚与委蛇的本事，对付曲玲玲不敢，对付刘畅不够，对付一个齐方，他估算一下，就算没有压倒性优势，勉强可以战两三回合。

果然齐方不再跟他绕圈子："刘家姐妹花想要派人过来管理华恩。"

于大年愣在办公室中央，好久才问："她们俩派人？派什么人？"

"大概率是加瓷前任大区总监。他被裁撤其实是加瓷内讧,跟华恩的关系没有曲总认为的那么大。那是个有本事的人物,市场前瞻性很强,否则也不会主推收购华恩,但古来忠言多逆耳,诤臣不善终,他也是个悲情英雄。本来想自己走了就算了,可新来那一位做事赶尽杀绝,之前收购华恩的那个团队目前也被架空了,他忍不下去,就找到刘家的姊妹花了。那种英雄主义的人,哪里跌倒哪里爬起来,否则不甘心,临山是他的麦城,他得收了才行。"

于大年也顾不得方红敏探照灯一般打在自己脸上的目光了。他道:"我持股最多……"

齐方像是知道他要说这一句,笑着打断他:"可还有曲总呢。曲总有个上市梦,你说你管理公司和加瓷的专业团队管理公司,对曲总来说哪个更有诱惑力?"

就算是中央空调就在他正上方呼呼地吹着,于大年还是头顶发凉,他想到齐方刚才那番话:拿了别人的钱固然开心,可天底下没有白拿的好处,总得有代价。

这到底是说给谁听的?

于大年当晚就找了刘畅,刘畅没接电话,到第二天才告诉他自己在上海,隔几天回去再说。结果只隔了一顿饭,于大年就给刘畅发了消息,说他在虹桥降落,想跟刘畅见一面。

刘畅本来有其他安排,推了,约了于大年在酒店。

于大年把齐方的话跟刘畅一说,刘畅看上去也有点意外,只问:"谁说的?"

于大年搪塞:"外头吃饭的时候,一个朋友无意间提起来的,以为我知道。"

刘畅又问:"这种事不会偶然知道又无意间提起,那人对你有所求?"

于大年知道刘畅不好骗,但没想到这么不好骗,心里有佩服有顾忌,

斟酌一会儿答："那人想让我帮忙搭个桥。"

也不算撒谎，齐方想分一杯羹的意思很明确。他虽然不能出面，但方红敏能，而且名正言顺。做了十几年的老员工、老部下，忠心耿耿，企业要做大，怎么会不需要？但这话他不想跟刘畅说，被一个无名无姓的年轻后生掐着脖子的事，说出来太没面子。

刘畅"哦"了一声，没了下文。他在看电话，他的电话一直在震。如果是一般时候，于大年就会求去，可这是危亡的时刻。于大年等了一会儿见他还不出声，就解释："如果不是因为这件事，我也不会赶着过来见你，我虽然是大股东但不是绝对大股东，要是曲总跟你两个姑姑联合起来，我这个华恩可就保不住了。"

刘畅一笑抬起头来："怎么会保不住，企业是你的，技术是你的，资金还没完全到位，现在跟你闹散伙，就让她们走好了。华恩现在名声做得不小了，你一个人挺一挺，怎么就不行了？"

于大年一着急呛了口水，眼泪连着咳嗽往外掉，整张脸都红了，好容易顺了气，又找不到话说。正是尴尬时，刘畅抽一张纸起身递给他，宽慰地拍了拍他的肩说："好啦，开玩笑而已，我知道你来找我想干什么，既然能见你，我就会帮你，但不是现在。"

"那什么时候呢？小刘董，我和加瓷那个吴宝恩本来就有梁子，他一个人来我都吃不消，他还带着一队人马。那些人来，我可就完了呀！"

刘畅不以为然地扬眉："无缘之木无根之萍，一聚一散都是为了名为了利，只要有所图，就没有解不开的梁子，你怕什么？他一个被发配边疆还被辞退了的人都没说什么呢！"

"就是因为他被辞退了我才怕，他这是被逼上梁山了啊！"

哪知道刘畅哈哈地笑起来，说："说你不念书，嘴里成语倒是不少；说你念了书，逼上梁山是要当土匪盗贼的，你觉得加瓷那个人到你这儿是落草为寇了吗？"

于大年一点笑也挤不出。

于他来说，华恩存在的最初意义是让这个工业园能存续，留下这块地。而如今万通的业务已经江河日下，如果他不能借着华恩翻身，那不用多久万通就得关门，而加瓷已经有了新的收购标的，华恩也不会有好买家，只能靠曲玲玲的造势。如果他真跟她们反目，华恩就算能活，也是苟延残喘，到时加瓷轻轻一击，他于大年搞不好就得跟着华恩一起灰飞烟灭。他过过穷日子，他经得住，可老婆孩子没有，他也舍不得。巨大的悔意怒吼着奔腾在他的每条血管里，他想起李凤玉曾经告诉过他的话和言辞间的关心，当时的他是多么利令智昏，他觉得她没见过世面，不懂名利的好处。现在他懂得了，他真的后悔，可他已经没有回头路可走。

于大年有些鼻酸。

刘畅并没注意到坐在自己对面的男人的表情变化，他又发了一会儿消息，才又抬起头，说："你放心，我不会让你失去华恩，也不会让你过不下去。但现在不是这么做的时候，说句不见外的话，区区一个华恩的年产量，我想给你卖出去，就是这么简单，"刘畅伸手在于大年面前打了个响指，又道，"老于，我拿你从来不当外人，你对凤玉有恩，我会还你。我不会让你有事，你放心吧。"

然后他继续专注地看着电话。于大年此时特别恨刘畅的电话。对刘畅来说，这种许诺恐怕已经是极限了，可刘畅越这么说，于大年越心慌。因为对于大年来说，所有事有两个层次，第一个层次是饿不死，第二个层次是好好活。刘畅对他于大年怎么样才算好好活的标准肯定与于大年自己的有很大不同。于大年想要的是主动权，而现在，在这条他自以为的鲤鱼跃龙门的捷径上，他的靠前半生奔波劳碌战战兢兢好不容易才积累下来的主动权，伴着他日渐提高的社会地位，居然消失了？

是从什么时候开始的？

他是从什么时候开始丧失了对自己的公司、事业和人生的主动权的？他有些恍惚，在恍惚时，他越发想起李凤玉。他如今的心情大概只有李凤玉懂，只有她懂那伴随着锦衣玉食的许诺而来的梦魇到底是什么样。李

凤玉应该比他更懂,因为她比他更早身陷其中,而且他们两个都错过了最佳的脱身时机。

刘畅终于放下电话,认真地问:"你说加瓷那个吴宝恩,你跟他打过不少交道吗?"

"他是加瓷六七年前从别的地方挖过去的,当时被派到这边来的时候,很风光,应该也很受重视。加瓷的销售副总裁当年亲自带他请我们这些代工厂的老板吃饭,结果吃过饭,聊了天,打了麻将,回去没过俩礼拜,有俩代工厂就被除名了,说是行贿。然后加瓷就开始内部审计,接着就是质量达标竞赛。以前加瓷也有质量竞赛,但就是走走过场,达标了就给五六十万的奖金,说大不大说小不小的,收了也都交给他们评审那些人送人情了。可这个吴宝恩,上去就把评审采购比价小组里头的大人物给开了几个,然后亲自督工质量竞赛,而且给出的奖励是夺冠的代工厂以后合同点数多拿千分之一,这就不是小数目了啊!这种杀鸡儆猴政策在前,真金白银在后头招手,一手大棒一手胡萝卜,谁都明白是换了天,当然就好做了。"

"他一个大区总监,能有这么大本事?"

"那可是董事长亲自挖来的人,说是大区总监,北方区是加瓷的大本营,从来都是加瓷老董事长心腹把持的地方。我看当年老董事长把吴宝恩放到北方区,就是加瓷在关门放狗,管销售的副总裁对他都毕恭毕敬的。我听说,销售方面的事老董事长都是直接问吴宝恩,他们俩商议过了,再告诉那个副总裁。吴在任这几年,加瓷业绩突飞猛进,但不是想收购华恩的时候遇到了你吗?他以为对付华恩像以前那么容易,没想到我身后还有你撑腰,不然他也不能这么快被流放出去……"虽然理智上不想,但下意识地又拍起了刘畅的马屁,于大年不齿自己此时的行为,一边说着,一边仿佛又分出一条魂魄来观察自己卑微的神态,所以越说声音越低。

刘畅仿佛根本不在乎这个马屁,只道:"啊,他这种空降部队,下来就断人财路，给别人打工做事还这么不留情面，现在加瓷业务上了轨道，被人找理由赶走很正常。他不会跟你有什么梁子的，他没那工夫。”

这话听着有点刺耳，但于大年只能笑笑说：“就算他以前跟我没梁子，到了华恩也免不了要跟我结梁子。你也说他做事很不留情面，如果我们在一个屋檐下共事，肯定会出事。小刘董，我要是能有其他的办法自己解决，就不会跑到上海来给你添麻烦了，我是真的没了办法没了主意才来的，你得给我个明路啊！”

刘畅的电话响起来，他的表情有点不耐烦，接听电话前他对于大年说：“吴宝恩如果是你说的这样的人，那跟我两个姑姑没法相处，他不会去的。千里驹挑主人，跟狗不一样。”

第十三章

新线索

大约从十三四岁开始，凤玉开始做一个梦。梦中她在船上，而船在海上，天气晴朗无云，海面湛蓝无边，低头看，越过耀白的甲板，银亮的栏杆，能一眼看到水底。波光粼粼，偶尔有小鱼快速游过，凤玉喜欢趴在船舷往水底看。船头处传来的嬉笑声不绝于耳，有穿比基尼的曼妙女郎走过，蜜色皮肤，张扬卷曲的亚麻色长发，脚趾的甲油是凋零玫瑰花瓣的红，手里拎着的长脚酒杯上有个清晰的唇印，身上带着香风，路过她时向她微笑，笑容比太阳更耀眼，让她生出一股自卑来。

接下来，有人会让她去拿冰。她对这艘船了如指掌，绕几个弯，下几步梯，越过乳白色的半圈沙发，打开卧室大门，藏冰的地方就在她左手边的矮柜子里。柜上是一面半身镜，镜中的她穿蓝色的珠地棉质连身裙，一看就是陈旧的，一头短发黑得发亮，她一低头，就能看到一只鼓鼓的钱包。那大概是她一年的学费。

冰块的凉气透过冰桶传到她的手上，那钱包看上去却烫手。

甲板上有人在催："中国娃娃，你在哪里？中国娃娃，冰块在哪里？"紧接着有人哄笑。

她匆忙跑上去，把新冰桶放在桌上，再熟练地把香槟埋进去，那个比基尼女郎问她："你从哪里来？"

凤玉不说话，低头快速地收拾着已经化了的冰块。

可那女郎忽然凑近，猛地朝凤玉吐了一口烟圈，凤玉吓得退了两步，没站稳，重重地摔到地上，手臂撞到未来得及收拾的鱼枪，一瞬间，大量的血流出来。有人尖叫，有人跑远，有人指责那个喷烟圈的女郎，凤玉则被一手鲜红甜腥的血液惊住，呆坐在地上。直到一个人蹲跪在她面前，问，你没事吧？她记不得那个人的脸，但那双手那么有力，他拎着一只急救箱，用一条绷带绑住她伤处的上臂，然后用消毒剂冲洗她的伤口，又用毛巾擦干其他地方的血迹。他取出电话说："告诉我你家的电话，我打电话给你爸爸。"

"我家的电话吗?"梦中的凤玉仔细回想。

那个男人说："对，告诉我，你家的电话是多少?"

通常在这个时候，梦就会醒，她想不起来家里的电话。

刘畅告诉她，这是因为她思念父亲的缘故，因为父亲在世时她的生活很幸福。无垠大海则代表未知和她内心的恐慌。她在自己的梦中，是个杂役的角色，证明她觉得自己被束缚不自由。身材火辣的比基尼女郎就是命运，她被命运击倒在地还受伤，是她的表意识不断压制的对现实生活的恐惧，在梦中被潜意识婉转体现，而她记不住的号码，就是她回不去的童年。自从他们两人在一起后，这个梦已经很久没出现过。为什么呢?刘畅说，那是因为他保护了她，给了她安全感，她再也不用把希望寄托在梦里，寄托在回到父亲身边。

虽然这刘公解梦听得李凤玉一愣一愣的，可她还是信了，直到今天中午，凤玉做了同样的梦。

那蹲跪的男人取出电话说："告诉我你家的电话，我打电话给你爸。"

"我家的电话吗?"梦中的凤玉仔细回想。

那个男人说："对，告诉我，你家的电话是多少?"

梦中的凤玉极不情愿地，极为难地开了口："20748……"

说到一半，她停下来，愤怒地说："我不想说我家的号码，我不想被别人听到!"

那个男人问："什么别人?"

梦里只有十几岁的凤玉忽然抬头，像盯着镜头一样盯着凤玉道："就是她！"

李凤玉被惊醒，带着一头冷汗，坐了片刻才意识到这个梦跟她之前的梦是不一样的。这个梦里，她不再是第一人视角，而是旁观者。她看得到坐在地上的自己，也看得到她对面蹲跪的男人的脸，不是刘畅，也不是她认得的任何人，虽然她不记得他的面目，但她记得他的陌生。

于大年敲门进来时，凤玉就这样坐在沙发上，一只手握着另一只手的手臂，在出神。她显然没听到敲门声，于大年只好清了清嗓子问："凤玉，你胳膊受伤了？"

李凤玉这才注意到于大年，连忙起身："于总来了，您坐。"

于大年这才走进来坐到凤玉对面问："是不是吵到你休息了？"

凤玉摇头："睡了个午觉，做了个梦，醒过来有点蒙，"片刻后问，"于总找我有事？"

倒是没事，他只是想来看看李凤玉，自从在上海与刘畅告别，于大年对李凤玉的看法有些微妙的转换。说不上是兔死狐悲还是物伤其类，他开始关心李凤玉过得好不好，不是因为李凤玉要嫁给刘畅，或者他想借着她这门姻缘翻身。

于大年起身给凤玉和自己各倒了一杯水，才又坐下："你先喝点水，你看你这一头汗，喝点水，我们再说。"

凤玉从来都是顺从的，而且她的确有点渴，喝了水，于大年才道："说实话，凤玉，我们认识这些年，我从没想到咱们会有今天这样的境遇。"

李凤玉有点意外，以为他又要开口表扬刘畅，正想推托，于大年制止了她："今天，我不跟你说那些虚的，只跟你说说心里话。你听听，听得下就往心里装一下，要是听不下就当我是放了屁。我相信不管我说了什么，你都不会对外面，或者对刘畅说的。是吗？"

李凤玉点头。

于大年得到许诺，憨憨地一笑，道："我这辈子，第一桶金是靠卖命赚来的，烧砖、挖煤、打零工、抹墙皮，然后倒腾气门芯、汽车零配件，攒下钱做了万通。那时候以为有了自己的公司，就能过扬眉吐气的日子，但其实，往后的钱赚得也都不潇洒。卖车是一锤子买卖，没什么日久见人心的机会，靠的就是人脉，我这样的有什么人脉？都是点头哈腰换来的。说不憋屈是假的，可除了娘胎里带来的钱，哪有痛快的赚钱办法？像刘畅那样好命的人，世上不多。”

凤玉端坐着，不发一言地点头。

“这人没经过世间疾苦，看世界、看问题的角度就跟经过苦难的人不大一样。你如果跟刘畅在一起，这一点一定要注意。他可能没有坏心，但他做事的办法你未必会接受，甚至你未必会认为他是为你好。当你觉得受到伤害时，你要想想你对这段感情的期望是什么，再做决定看怎么做。吃苦就是人生，人在哪里吃苦都是苦，你吃了苦，可你的孩子不用吃苦，这苦处就算值得。这是我的人生观，分享给你听听，你别笑话我。”

凤玉摇头：“不会。”

于大年咧嘴一笑：“我知道你不会。你是个受过苦的人，受过苦还有个好心肠，这是难得的。我跟你说的另外一件事，是你妈，张阿姨。张阿姨不是个坏人，但她对你所期望的，跟我和你嫂子对我们的孩子所期望的内容不同。如果以后你和张阿姨意见不对盘，你得先站在自己的角度想问题，人要自救，才能救人，而一个人真爱你，真心疼你，就不会用感情去要挟你。这个你得记住了。”

凤玉点头。

于大年又说：“还有就是刘家，你和刘畅订了婚，大哥是真心恭喜你，也是真担心你。刘家那一家子人都不好对付，我见识的那样的人比你要多，看着和和气气的人未必真心对你好。刘畅会护着你，但他不能护着你一辈子，你们要是结婚，离他家里远点，礼尚往来就够了。你得劝服你妈，别让她总跟那家人接触。你妈是个善良人，可不是他们的对手，劝你妈的事以后我也会帮你做。……但有件事我帮不了你，就是你得有自己的本

事，有自己的事业，得有离了刘畅也能过下去的能力，这是你以后在刘家说话的底气。刘畅是个好男人，好儿郎，但你一个女人，不能依赖着他是个好男人活，人生在世，只能依靠自己，才能睡得安稳。”

凤玉重重地点头：“我明白了，于大哥。”

于大年听到“于大哥”三个字，当真鼻酸，又立刻道：“最后一件事，是关于你姐姐的。我听曲总说，刘畅从渝州医院找到了关于你姐姐的线索。”

说到姐姐，凤玉笑起来：“是的，找到了电话。虽然是空号，但刘畅说已经找到了当时注册电话的人的身份证信息，是上海的，他亲自去那边看了。”

“凤玉，你有没有想过你姐姐现在做什么？”于大年斟酌片刻才开口，小心地审视着李凤玉的反应。

“做什么？”

“就是，她什么工作，什么职业，家庭状况，个人状况，这些你想过吗？”

“这些事重要吗？”李凤玉反问，“她是我的姐姐，如果她过得开心幸福，还记得找我，我会开心；如果她不开心，想要找我，那我更要找到她，我不能放她一人在外受难。”

“那你想过没有，为什么刘畅能找到你姐姐，我们却不能？”

“因为他从医院开始找的，”凤玉笑笑，“我们都没找过医院。我找了姐姐这么多年，都没想过要从医院入手。”

“那是因为从医院找，不是找你姐姐，是找你父母。刘畅去医院找的是在那段时间生下双胞胎的夫妻，如果他只想找你姐姐，这是无意义的。”

“怎么是无意义的？我姐姐的朋友也去了医院找我。”凤玉为刘畅辩驳。

“我打听过那家医院的老护士长，她说来寻人的人并不是来找妹妹而是来找父母的，她以为自己是被亲生父母送养，所以找到父母就能找到自己的家人，这才来了医院，结果没找到，走了。可刘畅知道到底怎么回事？为什么还会这么做？你有没有想过一种可能，刘畅从一开始就是想找你的亲生父母?”

凤玉看着于大年,片刻才道:“这是什么意思? 刘畅找我的父母是什么意思?”

“我也不知道他是什么意思,但他这么做,要说是从替你找姐姐出发,我觉得比较牵强。刘畅从小没吃过苦没遭过罪,在他的世界里唯他独尊,就算他用他的规则来保护你,在你看来未见得是保护,更不一定真的让你受到了保护。所以,如果你相信大哥,我会继续替你找你的姐姐,但我会悄悄地找,找来的消息,我也只告诉你,不会告诉刘畅或者曲玲玲,而你也要对这件事保密,行不行?”

凤玉盯着于大年,带着审视,还有犹豫。

“这次不是因为你要嫁给刘畅,也不是因为我于大年要借一个小姑娘的姻缘出人头地,就是我想帮你做这件事。你愿意吗?”

凤玉犹豫了片刻,点头,片刻说:“谢谢你,于大哥。”

于大年笑笑,叹口气,也像是松口气,哪知出了会计室一转弯就看到曲玲玲带着几个人往上走,他心一虚,好容易定住了想要躲闪的脚步,扬声笑道:“曲总怎么来之前也不打招呼?”

曲玲玲一愣,仰头看到于大年,笑着说:“我也是临时起意,你怎么在外头? 不是说设备调试的今天来?”

于大年摆手:“我懂什么设备调试,车间人在那里跟着,都是华恩多少年的老人了,我听他们的意见。”

几个跟着曲玲玲的人都是生面孔。于大年如今不是当年的于大年,不会上杆子去跟不认识的人打招呼、递名片,只是含笑点头示意,就与曲玲玲走在前面。

天气冷,她穿绛红色羊绒大衣配黑色连衣裙,大衣宽松,裙身窄窄,拾级而上时腰身婀娜,一对绿宝石耳环随着摇晃,光芒闪烁,像不经意抛出去的媚眼。但这一切对于大年来说毫无吸引力。

进了于大年的办公室,曲玲玲才介绍几个人的身份,一个小王,另一

个是老王，还有一个小宋。见于大年听得发愣，又补充："你别担心，都是业内做过的，我带他们过来看看，出出主意。"

于大年是多年单枪匹马杀出来的孤勇将军，万通虽然小，但他占山为王，逍遥自在，可现在，这几个声名在外力量无穷的股东，情绪上来就往他的地盘安插人手，从不提前告诉，而且觉得理所当然，搞不好还觉得自己是好心，可他能怎么办？于大年想到母亲在世时曾给他哼过的童谣：小老鼠，上灯台，偷油吃……

下不来。

于大年笑笑："这么多高人到访，曲总都不通知我，我这办公室也没好好打扫，人也没收拾利索了，各位别见外。"

做税筹的小王是个年轻人，带着笑，挺憨厚，闻言笑意更浓，点点头，不出声。

老王跃跃欲试地往对面车间看。于大年本来想说让他去车间看看，但又想到公司增资，一堆人来来往往，本来老员工都有些想法了，这下上了新设备，忽然又多了个从没见过的同行过去看调试，对稳定军心不利，就问他："你以前是做这行的？"

老王点头："华恩的专利买的是工大一老教授的，那是我师爷。那时候新技术转化率不高，师爷这个专利做出来也没多少人稀罕，没想到被你买了，赚了不少钱吧？"

最后一句话有点阴阳怪气，于大年笑笑，对曲玲玲说："那边设备调试，人仰马翻的，就不带他们过去了，等隔几天安置好了再叫几位专家过去看看。"

曲玲玲点头："本来也不叫他们下车间。凤玉在吗？让小王过去跟她谈谈，他是这方面的专家，现代公司税筹可是重要一环，不能掉以轻心。"

那位戴着眼镜的斯文男孩顺从地站起来，于大年立刻叫在外间坐着的王海带路送他过去。做技术的老王也跟着站起来，说："我还是去车间那边看看吧，好不容易来一次，总得看看。"

这句话让于大年听得心里一惊，脸上倒是没什么变化，还是笑着问："老王也是个爱钻研的人啊，你以前是什么公司的？"

老王一愣，眼神飘向曲玲玲，曲玲玲笑道："以前是加瓷的，后来不做了，想下来休息休息。"

老王点头，说："全集团都知道华恩是硬骨头，技术硬，老板门路也硬，连我们吴总都啃不下来。你说你这华恩，要是没有我师爷的这个专利配方，造价下不来，性价比就没那么吸引人，怎么会……"

大约真是做技术的，说到一半才知道自己有点露底，戛然而止后脸上还有点讪讪然，倒是不冲着车间探头探脑了，乖乖坐回原位。

于大年怕的就是曲玲玲和刘家两个姐妹站在一起，那他只能做好鱼死网破的准备，可如今，这最怕的事还是发生了。做生意的人，最不想以死明志，和气生财是多么好的事儿，为什么要把彼此都往死路上逼？后来想想，也不对。只有他在死路，人家曲玲玲背后是余枫，刘家两个姐妹有个富贵熏天的哥哥，她们怕什么？只怪他自己想得太简单。

于大年看着剩下那个衣着光鲜的小宋也不像是好人了，他趁机给王海发消息，让他叮嘱凤玉交锋时提防那个斯文的小王，并叫王海看着差不多了就赶紧回来替他看住老王。王海立刻回复：收到！

收到消息的于大年，紧绷的心思松了松，手指下意识地在桌上轻轻敲着，合着自己脑中儿歌的节奏：小老鼠，上灯台，偷油吃，下不来……

那时候他问妈妈：为什么上灯台了下不来，怎么爬上去的怎么下来不行吗？

妈妈告诉他：因为吃饱了的小老鼠怕疼。

于大年开了口，向老王问："这位兄弟来了这么久，我还没问你大名呢？"

老王原本坐着战战兢兢老老实实的，闻言抬头，朝曲玲玲看了看，才对于大年说："我叫王国强。"

于大年蹙眉似在思考，片刻后扬眉击掌："你当年是不是跟着加瓷的

吴宝恩吴总的?”

王国强听到吴宝恩的名字,眼睛仿佛聚了光,往前探身,问于大年:“你听过我的名字?”

“那是自然,吴总在加瓷是响当当的人物。当年他在加瓷北方大区,几乎把加瓷换了一遍血,要没有吴总,加瓷不会是现在的规模,他名下的几员大将我都知道,就是跟本人对不上号……怎么今天把你给找来了?”

这句话虽然是问王国强,却是对着曲玲玲,于大年姿态坦诚,表情无辜,带着他一贯的憨厚耿直的好人笑脸。

王国强听着于大年对吴宝恩和自己的赞扬,有点得意,摆手客套:“哪里哪里,不是大将,不是大将……”

王国强没注意到于大年最后一句话问出来时曲玲玲脸上的尴尬,这点尴尬让于大年找回点当年自己拼杀时的快感。曲玲玲隔了片刻道:“不但你久闻吴总大名,刘畅两个姑姑也知道。她俩叫老王来看看,自己要在家带第三代脱不开身,我这个无儿无女的,就被派来当导游了。”

于大年点点头,对一直没开口的小宋问:“你也是吴总的人吧?”

小宋笑笑:“我是,但我不是临山这边的。我是吴总从流放地收来的兵,没有王工资历深。”

于大年摇头,说:“话不能这么说,吴总这个人,我们虽然没怎么多交流,但我知道他是个识才的人。他愿意收的人,肯定不是闲杂人等,而你愿意在英雄落难时跟着他走,也是个有胆子有气魄的小英雄了。有志不在年高,不必谦虚。”

老王也凑声:“于总你说的没错,有了小宋,营销方面你不需要担心,加瓷北方绝不是华恩的对手!”

好的,这个人是来争销售的。

技术、财税和销售,全都带了新人,于大年心里冷笑,面上却是爽快大笑,老王也笑起来,接着是小宋,然后是曲玲玲。

王海一进门就看到四个人笑得仿佛有什么天大喜事,这跟他一路匆匆奔来时脑海中对办公室气氛所刻画的形象严重不符。他愣在门边，不知该如何自处。

倒是手机响了响，于大年消息又到了：看住老王！

几人闲聊片刻，等着戴眼镜的斯文小王回来，又说了一会儿闲话，曲玲玲做东，请大家吃饭。车坐不开了，于大年就叫王海去拉出一辆商务车。趁王海拿车的时候于大年给他发消息，问：那人在会计室干什么？

王海片刻后回复：跟凤玉闲聊了几句工作，看了这个月的合同和出库底单，他还想看账，凤玉说今天不行。

于大年松口气，合同是这三位财神娘娘拿的合同，想看就看，他可没什么藏着掖着的地方。账目倒也没什么，但账目是企业的隐私，岂是你想看就看的东西？凤玉替他扳回一城，于大年算是解了点被杀了个措手不及的愤怒，吃饭就顺畅，在桌上推杯换盏，称兄道弟，商业互吹一顿后，斯文的小王开了口："于总的会计很不错。"

于大年本有些微醺，这一听就醒了酒，却还是哼哼哈哈地问："怎么说？"

小王微笑："特别会应对审计。"

于大年哈哈哈地笑起来："那是我们万通的一位副总，本来就管着我们万通的账目，在我这边工作了七八年，从不出错。你说她老实我信，要说会应对审计……李凤玉那种跟生人说话都紧张的性子，叫曲总说说，怎么可能啊？"

曲玲玲看一眼小王问："为什么这么说呢？"

"下午去会计室，想跟李会计要这俩月的账册看看，会计说锁在柜子里。那我想这一个礼拜的总会有吧？她又说这个礼拜的货单在出纳那里，出纳今天休假。"

曲玲玲笑笑："你这是职业病啊，小王，让你去会计室看看，你怎么跟去审计似的。"

斯文的小王斯文地笑笑说："的确是职业病，因为之前跟两位刘女士聊过，也跟曲总谈过，大体上华恩的利润成本订单数我都知道。结果王司

机送我去会计室的时候，我听他接了个电话，是关于一笔发往邻省县城的订单的，看样子是王司机的老家。这笔订单合同单价比其他单子价格低了15%，量少，还派车送了过去。我粗略估算一下净利，这是一笔赔钱买卖，而且凭证票据不全，所以想问问会计是不是知道。李副总不愧是万通的老人，说话滴水不漏，我从她那里一点消息没得到。”

于大年不笑了，抿了一口酒，把杯子放下才开口：“说来说去，你今天是偷偷摸摸来查我账的？”

“不，是想看一下财务质量。查账的话，我一个人不太够。”小王说得不但斯文，还一本正经。

于大年心里腾起一股火，嘴上没说什么，防备的姿势却起来了。他歪坐在椅子上，双手抱在胸前，背靠椅子，略微仰面盯着依旧四平八稳的小王，小王说完了话，正专心地吃自己面前的一份澳洲牛排，丝毫没有抬头跟于大年对视的意思。

于大年山大王当惯了，这辈子没遇到过不穿税务局制服过来问他账册的人，自然是生气。但小王从毕业就做审计，见过形态各异的人发千奇百怪的怒，像野蛮人一样踹椅子、拍桌子，大呼小叫的有之，拿红包暗示他们求放过的也有之，还有不发怒不行贿，直接采取非暴力不合作态度的，但到最后哪个不是乖乖就范了？像于大年这个级别的菜鸟，本身就被他攻其不备出其不意，小王心理上已经占了上风。此刻于大年那样子，就连让他的情绪起一丝涟漪的可能性都没有了。因为首先，他是被第二大股东派出，由第三大股东引领着去查账，且这两个人掌握了公司九成订单的来源，他狐假虎威，赢；其次，他说的是真话，于大年生气只能是因为自己的谎言被揭穿，他在道义上，赢；再次，他此次前来就是为找茬的，找茬是他的本职工作，在这单案子里，也是个人恩怨，这个苟且钻营的面首害得他铁骨铮铮的老大虎落平阳被犬欺，老王是个一根筋的工程师，小宋的本事在这个时段还用不上，只有他能攻击于大年，此时不出手更待何时？！于大年生气他开心还来不及呢！

他决定，今儿晚上就原原本本地把自己怎么戳穿了于大年这个朝女人摇尾乞怜靠女人发家，行事不端，胜人不武的败类的段子讲给吴宝恩听，让他一泄心中怒火。

斯文的小王斯文地放下了刀叉，抬起头，看到于大年愤愤不平的脸，心里乐得不行，还是四平八稳地问："于总看着我干什么？"

于大年说："小王，你这话是什么意思？"

小王扬眉疑惑："咦？你不知道吗？王司机是知道的。我在会计室那会儿他接了好几个电话，都是为了这一单货。王司机在外面吧？不如叫他进来问问，省得于总觉得我栽赃他。"

于大年这才恍然记起王海的确跟他说过得要一小单货发给他老家给娃娃改学校，出车他是同意的，合同价格他好像也看了，是按照原本供加瓷的价格往后退两个点给的，这已经接近成本价。这两个点算作华恩给学校的一点心意。说是两个点，但订单量少，是跟着大单走下来的小单，并不影响整体产能利用率，而且退也退不出几个钱，保不齐还买不上曲玲玲一只车轮子，这样吹毛求疵分明是来者不善。

原本于大年很气，但见到小王那副阴阳怪气的样子，反而把火气压下去了。他点点头说："原来是为这个，那不用王海进来，这单子从头到尾是我批的。王海老家一个学校，上半年有一次地震，学校受影响现在想重修，知道华恩的东西好想订点回去。我们有开机量控制，但现在有订单正在赶，跟单也没什么浪费，就那么点量，就算我们华恩不要钱给人家送去，给几十号娃娃盖一个安全点的学校，又有什么好拿出来说的？如果曲总觉得不好，大不了我把这笔钱补回来。你神神道道的是什么意思？"

曲玲玲刚想说话，小王开了口："于总，查出问题叫涉事人多退少补，那是会计的事，我们审计是为了对股东负责。'审计'的'审'字，意味着，你除了要补差，还应该对其他三位股东就审计过程中发现的疑点作出解释。她们投资你，是基于对你经营能力的信任，现在发现你私自更改合同价格，且该合同相关凭证票据拒不出示，被问起来还暴跳如雷，这不是补上

钱就能了事的。这是你的职业道德以及人品问题。”

曲玲玲原本听着觉得有点道理，可是于大年就算有异心，华恩的命脉不在他手上，只要她手里卡住订单来源，于大年再蹦跶能翻出天去吗？这也是她告诉刘家那两个爱折腾的女人的话。刚刚投资，就想把人家给架空，简直是没事找事，可吴宝恩也的确是响当当的人物，如果他和他的人愿意来，会让华恩如虎添翼，那她的上市梦想，岂不是又能复燃起来？这么看让小王杀一下于大年的威风也不是个坏点子，正是想得得意的时候，一抬眼，看到于大年太阳穴青筋直跳，曲玲玲也吓一跳，再往下听着，也察觉出来小王言辞里的针对性攻击，忙打圆场：“我的天哪小王，你酒量太差了，喝了几杯呀就这样神神道道的。你这次来不是出公差，不过是我带你们过来我和两个姊妹投资的公司里看看，别说这些上纲上线的话，那点钱不算事，我和大年都是穷地方出来的孩子，能为家乡做点事不算是品德问题，为富不仁才是呢！”

小王朗声答：“曲总，公司刚刚步入正轨，就有人利用职务之便打开私利之门，牵线的还是这个人跟随多年的心腹，居然还觉得理直气壮，拿山区里的孩子说事。我跟吴总打交道这么多年，吴总也会跟总部申请做价格减免，还会要求加瓷为工人提供优质劳保，但吴总是讲规矩的。他做的每一件事，都有公司规则做支撑。吴总之所以离开加瓷，不是道德问题，只是遇到了打着道德旗号行为不端的人的栽赃陷害。曲总现在觉得这是小钱，不按公司流程走钱，没有中饱私囊，而是做了慈善不算什么，但这是公司管理的漏洞，如果不警惕，不及时封上，等别有用心的人成了气候，你再小心就晚了！”

于大年霍地站起来，指着小王问：“你今天就是来挑事的吧？就是想在我面前给你们吴总立威风的？我跟你说，我跟你们吴宝恩下台毫无关系，吴宝恩主导收购华恩失败，是因为他派出来的人一个个跟你一样不是东西。以前是看着华恩小，就想着法地逼迫我们卖给你们，现在连一个穷山沟里的学校的建材也不放过？那学校的老校长一辈子的工资都拿来给孩子修学校了，他那么大岁数，带着一斤馍出来买建材给娃娃们盖房子，你跟我谈价格为什么比给富德的低？你人心是不是长屁眼里给拉出去了？！你想找茬，就像个男人，找个像样的茬，别这么鸡零狗碎，阴阳怪气！以前我也纳了闷，吴宝恩到底为什么栽了，今天我算是明白了，要说吴宝恩栽在哪里，就是栽在他手下你这样的，自以为是满肚子小聪明却狼心狗肺的人手里！曲总，如果股东要查账，我静候；如果要审计，我也不怕。但我拜托你，找个讲那个什么职业道德，不带着私人恩怨的人来，像这种对华恩带着恨的人来华恩，我看华恩才是要完蛋了！这饭我就不陪了！这人下次再敢踏进我华恩地盘一步，就别怪我不客气！”

于大年不等曲玲玲反应，拎起衣服摔门而去。

王海在散席，正刷着直播App看一个老乡的频道，那人以前是个瓦工，原本只是一份糊口的营生，却阴差阳错地靠直播垒砖抹泥发了家。现在在村里山上直播盖草屋，他老家那边地震泥石流频发，很少有人盖草屋了，他还是去找人现学来的。

王海一边吃饭一边想，跟这家伙一起出去干活的人有七八个，混得最出息的目前有个小装修队，一个月赚万把块，而这家伙靠向城里人展示怎么盖草屋居然就买了房买了车娶了老婆生了娃还隔三差五去国外旅游。要说发财的人比不发财的更勤奋吗？不见得，能不能发财就是个命。他没有这个命，但是他相信他大哥有。

正想到这儿，只见于大年一阵大风一样刮过来，身上酒气未去，脸上怒容未消，薄羊绒外套在手里抓得仿佛快被揉碎了，路过王海时脚步没听，只沉声说了句：“走！”

王海立刻跟着出去。

于大年先上车，王海在后头紧跟着坐进了驾驶位，停了一会儿，看于大年不出声，才问：“大哥，咱们去哪里？”

于大年盯着窗外，片刻才道：“去源河。”

王海已经很久没看到于大年这么生气了，他不敢问发生了什么，只忐

忐地发动了车子，往源河的方向去。

时候不早，城市道路上人车稀疏，上了城际高速，更是形单影只，于大年不出声，他也不敢，车里密封太好，于大年身上的酒气随着他沉重的呼吸蔓延开来。王海稍微开了点天窗，此刻于大年才狠狠地喷了口气，说："开大点。"然后才又问，"你吃饱了吗？"

"我没事。"王海开了天窗，又把副驾的窗打开，"大哥你是不是不太舒服？我们下服务区休息一下吧。"

于大年摇头，带着一脸似笑非笑："我没不舒服，不舒服的应该是他们。"

"谁们？"

"今天来的那些人是吴宝恩的人。"

王海当真吓一跳，"啊"一声，问："今天曲总带来的是吴宝恩的人？吴宝恩的人来干什么？曲总找来的？"

"还能干什么？想看看有没有机会把我从华恩踢出去呗。人虽然不是曲玲玲找的，但她也没阻止刘家那俩女人干这事。真是笑话，我要是肯被人从华恩踢出去，早就被加瓷踢出去了，还能等到现在，等着她们？等着吴宝恩手下的这几个蠢材？！"

王海小心地说出了心中疑问："刚刚在酒席上，是不是出事了？大哥你刚刚出来的时候火气好大。又喝了酒，对身体不好。"

于大年摇头，哼笑一声："火气什么火气，我都这岁数了，除了杀妻灭子，跟谁都没火气，也就是跟他们吆喝几句，装装样子，今天你送去会计室的那个小年轻，一直冲我来，我一想，跟他讲理，赢了输了我都没面子，他们又是三比一，曲玲玲也犹犹豫豫，我索性揭了曲玲玲和刘家那两位打的如意算盘，发一顿火走人，……刘畅说得真不错，他那俩姑姑上蹿下跳，不是什么好东西。"

王海好奇心更胜了，又问："吴宝恩是刘畅那两个姑姑找来的啊？"

于大年不想多说这件事，问："今天你送那个戴眼镜的去找李凤玉的时候，接了个电话？"

王海回想了一下，说："是啊，接了个电话，村里给我打电话，说货到了，叫我谢谢你呢。哥，我老叔也叫我谢谢你，说是托人送了两斤大枣和小米，过两天就到，叫我给你送来。"

于大年原本的一脸肃容被这突然出现的感激打乱，他愣了片刻，才"哎哎"了两声，说："谢什么谢，也不是不要钱，便宜那点根本不算什么。东西我不要，叫他们自己留着吃！"

王海"嘿嘿"笑两声说："大哥是个好人。我老叔也说你是个好人，我小时候太皮了，跟着你是好事。"

说是不气，于大年本来的确有些恼火的。这单生意的问题说大不大说小不小，但的确是个口实由头。本来那戴眼镜的去李凤玉那边什么都摸不到，却没想人算不如天算，居然在王海这里出了岔子。他叫王海去盯着张盯着李，却忘了灯下这一片黑，问题竟出在了王海身上。

可现在听了这些，他那点恼火不见了。刘畅说，千里驹挑主人。他说得难听，但说得没错，人要是没点骨气，就没人尊重，人家不尊重你，怎么会看得起你？看不起你，就算坐在一席上吃饭，也不会把你当个人看。

他于大年拼搏至此，所谓为富贵，为名声，为子孙后代，其实拼到最后，为的不就是被人当人看吗？

王海见于大年在沉思，又问："大哥，你这样发一顿火，曲总会不会跟咱们翻脸啊？"

会吗？曲玲玲是被人捧惯了的人，搞不好会生气，会生很大的气，但她已经把华恩的名声造在外头，把自己跟华恩紧密联系在一起，为这事跟华恩翻脸，岂不是自己承认了自己做生意只是为了打发时间，不是真的想做事？对她也没什么好处。

"没事，"于大年拍拍王海的椅背安慰他，"别怕，她不会。就算她会，咱们也不怕她。咱们华恩的东西好，不怕找不到买家！"

话虽然是这么说，可如果曲玲玲真的翻脸撤资了呢？华恩不管是在加瓷时代还是现在，从没为买家发过愁，一栋三层办公楼里，连一个搞销

售的人都没有。如果真没了曲玲玲,把华恩真的推向市场,能行吗?他以前的销售经验那都是汽车行业的,能拿到建材领域用吗?他真的像迷路的孩子,不,他像迷途的宇宙飞船。家乡遥远,前途未知,四面八方都是无尽黑暗,不前行就彻底没有希望,可就算全速行驶,也完全不敢确定自己到底是在前进还是在加速倒退。

王海得了于大年的安慰心满意足地开车去了,于大年靠在椅背上,出神地看着天窗外那一片墨蓝色的夜空。

对刘畅来说,凤玉是从来藏不住事的,今天回家她情绪有点不对,吃过晚饭也不见好转,他问:"你有心事?"

凤玉一愣,立刻否认。

刘畅笑笑:"你这张脸可一点不像没事的样子,到底怎么了?家里的事?阿姨找你了?"

凤玉知道刘畅对张明春不太喜欢,怕他误会,立刻摆手:"不是的,我妈没找我,就是……"她想到于大年今天说的话,心下一沉,说,"就是今天曲总带了几个人来华恩。我觉得有点不对劲。"

刘畅闻言失笑:"你觉得有点不对劲?你说说,李凤玉副总经理,觉得哪里不对劲了?"

"下午他们到了以后,王海专门带了一个人到会计室来。那人自称姓王,说想问些问题,都是华恩账上的事,去年营收、成本、加瓷订单量,还问了公司车队,出车证,出货单原始票据,连车是什么时候买的都想知道。"

刘畅一边听一边点头,问:"你怎么说的?"

"我说我不清楚,我只是来帮忙的,想看华恩的账,要等华恩自己的会计来。至于各类凭证、票据,该收拾的也都被负责的人收拾了,想看还得先预约。车的话,我也不懂,于总比我懂车,我让他去问于总。"

刘畅靠在椅背上仰面笑起来,李凤玉不明所以,坐在对面,等他笑完了坐直身体才问:"好笑吗?我说的是实话。"

刘畅笑意甚浓："我知道你说的是实话，可我那两个姑姑可不会觉得你说的是实话。曲玲玲带去华恩的应该是吴宝恩的人，我那俩姑姑专程找了吴宝恩去代替于大年的。那俩惹祸精做事不留后路，遇上容易被撺掇的，就被她们拿去当枪使了，这曲玲玲也真是够受的。我正纳闷那俩妖怪怎么处理吴宝恩，难不成自己出面把吴宝恩送到于大年面前跟于大年决一死战吗？闹了半天是把曲玲玲支前面了。你说这女人，跟了余枫这么多年怎么就学不乖，一直这么蠢？这么蠢还平安无事，真是命大。"

凤玉一愣："为什么要代替于总？公司是于总的，技术也是于总的。她们这样做不怕于总不高兴翻脸了吗？"

"老天爷翻脸会下雷劈死她们，我爹翻脸会断了她们的经济来源，我翻脸，还能摔出去十几个碟子砸得她们抱头鼠窜。于大年翻脸能干什么？他的财路是她们开的，他能躲过加瓷的恶意收购，是因为她们的面子，现在他于大年头顶上的光环，也是那三个女人赏的。公司是他的技术是他的有什么用？连他自己都是她们的。对一个人来说，最重要的是自由，有了自由，剩下的一切才有意义，否则都是徒劳一场。"

"你是说，于总会交出华恩？"

刘畅像是思索片刻才道："我不知道。我希望他不，他能走到这一步，凭的就是这一口不服输的气儿。要是为区区一个华恩就断掉这口气，那他也没什么未来可言了。"

刘畅说起于大年时的语气带着轻蔑和嘲笑，凤玉对这样的刘畅一直不适应，像是她熟悉的躯壳住进了陌生的灵魂。于大年说他"在自己的世界有他自己的法则"，现在她是他世界的一部分，他对她，又会有怎样的安排？她凝视刘畅片刻，忽然问："你为什么要去医院找我姐姐的下落呢？"

"什么？"刘畅自在的神色一收，一双眼扫过凤玉的脸，那目光犀利如同剑气，她要努力克制自己回避他视线的冲动。刘畅片刻后又笑起来："不然去哪里找呢？"

"我姐姐又不会在医院，她根本不知道自己出生在哪里。"

“可事实证明她也托人去过医院。”

“她托人去医院是去找我们的亲生父母,她以为她是被我们的亲生父母送出去的,她以为找到出生记录能找到家人,你呢?你去那里,是为了找什么?找我的亲生父母吗?”

“你不想找到你的亲生父母吗?”刘畅反问,此时他又恢复了之前的姿态,好整以暇地、自然闲散地歪着脑袋盯着她。

凤玉摇头:“我不想,他们抛弃了我们。我妈说那天雨很大,装我们的篮子是塑料实底的,就放在走廊边,风雨往里灌,她发现我们的时候,水已经淹没到胸口,再等一会儿,恐怕我和姐姐就哭不出来了。我不想找到他们,我甚至不想让他们出现在我面前。”

刘畅闻言像是吁出一口气,探身过去拉住凤玉的手,道:“如果你不想见他们,我更得提前找到他们,总比我们结婚后他们不知道从哪里钻出来杀我个措手不及强。”

凤玉呆了呆,才问:“你找到他们要怎样?”

“那就不一定了,我会先看他们过什么样的日子是什么样的人,再做决定。如果他们不上台面,那就让他们就那样过去吧,但如果他们如今各方面都不错,只是年轻时犯了这一个错误,那就是值得原谅的,我就想个办法,让你们可以以双方都能接受的方式见个面。”

“然后呢?”

“然后,如果相处得不错,来日方长啊。婚礼他们也可以参加……”刘畅正畅想未来,却发现凤玉面无表情地盯着自己,他一愣,就停了嘴。

“所以在你心里,我的亲生父母能不能和我见面的参考条件,是他们发展得好不好?”

这下刘畅彻底坐回原位了,那一刻他意识到,她恼了。她居然恼了?凤玉从没发过火,刘畅一直以为她没有脾气,是因为她不敢有脾气,原来不是的。凤玉不是没有脾气,只是她的底线与旁人不同。她不在乎自己,她在乎自己的家人,不管这在乎是正面还是负面的,这家人有没有血缘,这些人，才是她的软肋和逆鳞。

“当然不是，我会看他们到底是什么样的人。”刘畅的声音小了点，又补充，“如果你恨他们，不管他们是什么样的生活状态，我都可以把他们隔绝在我们的生活以外。从一开始我就没对别人藏过你的身世，凤玉，没有人可以用这件事来打击你。”

“我不怕别人用这件事打击我。我是捡来的孩子，这是事实。我不恨他们抛弃了我，就像垃圾不能抱怨自己被丢进垃圾桶。我只是，不想再跟他们有任何关系，哪怕互相看一眼都不想有。谁养大我，谁就是我的父母。我知道你不喜欢我妈，但她是我妈，如果不是因为我，晓东的舅舅不会把她拒之门外，而且就算他把她拒之门外，她还是养大了我。我们家跟你家不同，我们家穷，从来一分钱要掰成三份花，你觉得我妈苛待我，那是你没看到她怎么对待自己的。她不是坏人，刘畅，我不敢想如果我是她，会不会在那么难的情况下，还坚持养大一个毫无血缘的孩子。晓东是她亲生的，我不是，如果没有我，晓东不至于过得这么苦，我妈也不至于过得这么苦……我和我的亲生父母，从他们把我扔下那一刻开始，就毫无关系了。我不会因为他们的生活环境社会地位好于我妈，就把他们迎到我的婚礼上我的生活中，我不能那样做，我不能那样伤害我妈，你懂吗？”

刘畅立刻点头，举起双手做投降状：“我考虑不周，我想得太简单，凤玉，对不起。你放心，我不会让他们出现在我们的生活里，不管他们是什么样的人，都不会出现在我们的生活里！”

凤玉叹口气：“我累了，想去睡了。”

她起身往卧室走去，路过刘畅的时候，他忽然拦住了她的手臂，凤玉脚步一停，刘畅跟着站起身来。他们的距离很近，她能看到他的根根睫毛，他的气息就喷在她耳边。他们对视片刻，他轻轻问：“你是怎么知道你姐姐派去医院的人到底是去干什么的？”

凤玉的视线猛地沉了下去。

第十四章

中国人的生意经

见亲这件事如同开项目筹备会。

需要讨论的内容多半在见面以前已经互相交底，大家心里有数，所以见面都和气，仅需把心知肚明的事情敞开来说一下，走个过场，然后皆大欢喜地吃顿饭，为以后漫长的杀伐博弈做准备。

傅晓问刘畅可不可以把宴设在家里时，凤玉也在，等傅晓走了，凤玉才问刘畅："阿姨这意思，是真的喜欢我吗?"

刘畅笑答："当然喜欢，我是我妈的宝贝儿子，你是她儿子的宝贝老婆。"

凤玉脸红，喃喃道："没想到，我们真要结婚了啊。"

刘畅笑意更甚："我妈是个善良的人。不爱讲话是事实，但是人不难相处，相处久了你会喜欢的。其实你俩性格还蛮像的。不过我妈以前可不这样，她年轻的时候在雪山也是说一不二的人物，后来生了一场病，差点交待了命去，就性情大变了。我也是个有福气的，有些人遭遇巨大变故后变成了疯子，我妈变成了贤妻良母。"

刘畅对母亲这样的安排自然是乐意的。他这位娘亲自十年前遭遇变故从集团高位急流勇退后，就莳花弄草舞文弄墨。刘云山也爱护妻子，家里从不招待客人。从这大宅买到手，刘畅记得只办过一桌宴，就是傅晓女儿的满月，请的还都是两家的至亲好友。如今这样的安排，也算是母亲站到自己一边的证明。

刘畅心里绷着的弦略放了放。他不是叛逆期的热血少年,为了针尖大的事就与父亲像两只发怒的狮子一般互相嘶吼。成年人,本能地追求两全其美之法,如果不能,也要求相安无事。如今母亲替自己开了一条还算通畅的路,父亲又不极力反对,家里的重点盯防对象就只剩下刘云蔼和刘云芳了。刘畅自当再接再厉,首先力求结婚这件事平稳过渡,剩下来日方长的问题,就交给来日方长来解决。

唯一美中不足的是张明志一家三口要出现。

不出现也不行了,因为他背着凤玉找凤玉的爹妈,凤玉头一次跟他拉下脸来。那晚他明确地知道,如果在找亲生父母的事情上他要跟她有一丝对抗,他会失去她。刘畅恨得牙痒痒,但石头是他搬起来砸到自己脚上的,他的做法没给他带来什么好处,反而触发了凤玉的愧疚感,简直是功亏一篑。他只能压着火气,亲自给张明春打电话,请她邀请自己的哥哥张明志见亲的时候一起到,凤玉才把这一页揭了过去。

可他对张明春不信任并不是毫无缘由。张明春在凤玉心里重,但她对凤玉却存二心——这一点凤玉自然是不认的。凤玉只知道感恩戴德:我被亲生父母丢弃,而她养活了我,她没有丢下我,她就是我的母亲,她比我的亲生父母还亲。那天晚上凤玉这么说,刘畅就听得胃疼,这都是什么歪理邪说?这不跟他头一次去见张明春,从张明春嘴里听到的屁话一模一样吗?

刘畅打完电话就去找傅晓抱怨:“这老虔婆的洗脑功力了得,她不去搞传销跑去洗厕所,可真是明珠暗投美玉蒙尘了!”

傅晓不用问就知道他说的是谁,只给刘畅递一杯水。刘畅喝一口又接着说:“养活了没丢下就是母亲吗?人贩子还不到万不得已不会丢下被拐带的儿童呢!她一个女孩子,从小遭罪吃苦,受人欺负,好吃好用的都省下来给弟弟,还得不断地在养母面前感恩戴德,这哪一点是母爱了?凤玉十岁开始做饭,照顾弟弟,十二岁寒假开始接织毛绒花的生意,十六岁送牛奶,十八岁在饭店洗盘子,十九岁开始在卖场推销酸奶咖啡,被一群大

老爷们儿用眼神儿吃光抹净，不出事那是她命大，跟张明春的爱护有半点关系没有？这也好意思说自己是个妈？当这世上的人都没妈不成?!”

刘畅声音一高，傅晓赶紧点头。

刘畅得了支持才恶狠狠地出一口气：“凤玉这样辛苦，为的难道是给自己买件漂亮衣服？还不是都给了张明春！大哥，我不是个刻薄的人，但收养一个孩子，如果就为了让她做苦力当丫鬟，就称不上什么生恩没有养恩大。凤玉的父母是从出生就抛弃了她，但张明春也并没有接纳过她，她不过是给凤玉口饭吃，像是养了一只牲口，喂得好不是因为心疼，而是因为有利可图!”

这话傅晓以前听刘畅说过，那时他觉得刘畅是有点栽赃了，可如今见着那个姑娘的样子和刘畅的陈述，他也说不好自己该信什么。一个人的童年过得好不好，在家里有没有被爱护，哪怕他努力遮盖，也会在成年后慢慢展示出来。年幼时得到的爱，长大后会变成温柔的保护罩、缓冲带，抵挡来自外界的伤害，可如果得不到，那他只能一边受伤一边进化，或者低下头匍匐着，当自己或者整个世界不存在。傅晓有些怜悯李凤玉，他问：“这些话，你都跟凤玉说了?”

刘畅摇头：“我怎么敢？我只不过说要给她找找亲生父母，她都那么反弹。我要是跟她说张明春根本不爱你，她还不得劈了我!”

傅晓若有所思地点头，又说：“我看她未必会劈了你。她靠相信张明春对她的所作所为是出于母爱，才能活到现在，如果你否认了张明春，等于否认了她之前二十几年的感情支柱。你记得我们看过的一部电影吗？叫作《1900》？讲的是一个海上钢琴师不愿登上陆地，结果跟船一起被咔嚓的故事？对我们来说，那是事实，可能对她来说，却是灭顶之灾。你也见过逼迫别人面对他不想面对的事时，会发生什么惨剧，再柔顺的人，也有抗压极限，郑红旗是怎么失去女儿的我们都知道，我相信你也不会想要目睹第二次。刘畅，这件事你做得有点急了，得缓缓。”

刘畅垂头丧气，片刻才道：“我知道，现在不是时候，起码在找到凤玉姐姐以前，都不是时候……可你说，凤玉是怎么知道我去医院是找她爹妈的呢？”

傅晓一笑：“你聪明，别人未必傻。”

“不是的，大哥，她说她问过那个护士长，是她说的，可我后来又问过护士长，新老两位护士长都说除了我的人，没人去问过，而且绝对没有女人问过她们中的任何一个。还能是谁？难道是那俩老妖精？”

傅晓摇头：“她俩正忙活着投资那个建材厂呢，根本没工夫管你。还有你别在我办公室叫长辈老妖精，董事长听到会不高兴。”

“那会是谁？大哥，你替我想想。”

“除了你之外，还有另外的人在找她的姐姐吗？”

刘畅一愣，两根手指在傅晓的桌边敲了一声，恨恨地说出一个名字——于大年！

于大年忽然打了个喷嚏，声响巨大。坐在远处门边昏昏欲睡的王海没提防，被震得差点从椅子上摔下来。于大年自己也有点不好意思，抬抬手，对台上被打断演讲的小伙子和身边的齐方示意，叫他们多包涵。

那小伙子叫作文森，因为距离远，倒没什么，齐方跟于大年距离也就半臂，在声波杀伤圈里，当真耳膜有点疼，但又不太好意思立刻摸耳朵，笑道：“是不是空调不够好？”

于大年连忙摆手：“没有没有，我也不知道怎么回事，忽然就一个喷嚏上来了。想跟你们打个招呼的，可没想到忍不住。粗人，别见怪。”

齐方借着客套的机会揉了揉自己可怜的耳朵，又起身给于大年倒了杯水，趁机把椅子挪远了些才坐下，文森见状也把蓄势待发的演说势头停下来。

背投幕布上的PPT停留在“B端和C端需求的异同”上，页面做得雅致简洁，他们咨询公司的水印影影绰绰，不像是商标，倒像是一幅艺术画，看着就高级。

来之前齐方就说这公司贵得很,等闲规模的企业连门都进不去,基本只服务龙头企业和上市公司,今天能来,是因为地区负责人是他的朋友,权当帮忙。

于大年倒不在乎公司规格多高,本身咨询公司他也是头一次听说,他怕的是收费太贵。他的买卖做到现在,也没咨询公司帮忙,对这种舶来品洋玩意儿,他内心有点抵触。不过齐方也说了,这次来就是听听他们说什么,听他们说他们想说的话不收费,听他们说你想听的话才收费。

于大年还真没有什么话想听他们说的,齐方说带他见识一下,那他就来见识一下。他以为自己在临山地界也算是见过大场面的人,可一进人家公司还是有点呆,这装修,这排场,会议室的矿泉水都是进口来的,更别说外头摆着一条桌的糕点水果。菠萝蜜和桃子特有的香气混杂在一起,像是走进了一个和煦明媚的初夏。于大年有一种刘姥姥进大观园的局促感,他跟前来接待的小伙子换了名片,互相称呼为于总和文经理,接下来就是齐方和文森在交流了。于大年支起一耳朵听了几句,都是他听不懂的话,但他也做出一副在仔细听的样子来配合整个气氛。

会议室是个小会议室,在走廊尽头。他一路走来看到几间被占用的大中会议室里,满是各色光鲜亮丽的男男女女,白板或者投影上尽是些于大年看不懂的英文和中文。有几间屋子的气氛老远看着就剑拔弩张,于大年快走几步赶紧躲过去,心里暗暗发凉:要让这些人说自己想听的话,到底得花多少钱啊?

今天他来听的,是对于整个临山建材行业B端市场的分析。

于大年看到题目后,问身边的齐方:“什么是B端市场?”

齐方一愣,快速低声地解释:“就是企业市场,加瓷就是B端市场的一部分,华恩目前的合同,都来自企业。以企业为购买主体的市场就是B端市场。”

于大年“哦”了一声表示自己听懂了,又问:“那C端市场是什么?”

台上站的文森接过话头说:“B端市场的B表示business,与B端市场并行的一个词叫作C端市场,C代表customer,指的是以普罗大众为主的消费市场。您的公司主要客户群体还是B端,所以,我们今天谈论的内容,主要还是围绕大临山地区的B端市场,即企业级市场。”

于大年似懂非懂地又“哦”了一声:“那,那你说吧,我听。”

咨询业对于大年和文森来说,其实都是新领域。于大年是文森接到的第一个客户,老大说,于大年是个小民企老总,如果能拿下就是他的业绩,拿不下也就算了,不强求。

带他的师姐搜了一下华恩,没搜到什么新闻,有点失望地告诉他估计没啥搞头。就算如此,文森依旧认真做了一份PPT,时间虽然有点赶,他已经努力做到更好,可一开篇就遇到于大年提出这种问题,心里头还是凉了半截,意识到老大说的那句不强求,是真的不强求,不是激将法。

可能传道授业这种事,暗暗迎合了人类的某种阴暗需求,就算明白说太多除了累之外,对自己没啥好处,若有个机会能侃侃而谈,挥斥方遒,指点别人的江山,也是十分让人心痒的事。

文森就算失望,一路讲下来,也有点浑然忘我走火入魔,仿佛整个临山地区的B端市场都在他的掌控之中,恨不能替于大年当家做主,所向披靡一下。可于大年一个喷嚏,断了他的梦,他醒过来,看到自己已经讲了十七页PPT,而于大年脸上的表情跟讲第一页时相比还是没什么变化。失望又蔓延回来,文森脸上却还是带着职业性的优雅微笑,问:“于总有什么问题吗?”

于大年立刻双手于颌下合十,揖了几下:“没有没有,没想到你这么年轻,有这么多看法,难得难得。”

客套,敷衍。

文森的失望又加深一层,投影笔在他手上拿着,但继续讲下去的意愿却没有了,他回头看一眼幕布,脸上的沮丧被投影晒成了公司水印的模样。

于大年倒是没注意,他把发的纸质资料翻了翻,问:“你前面说,临山

地区的建材市场基本遵循二八原则，就是两成大企业发出了接近八成的订单。这两成大企业应该怎么去接触啊？”

文森一愣，看向齐方，齐方立刻说：“于总，这就是我告诉你的，听他们想说的不要钱，让他们说你想听的就要钱的部分了。”

于大年诧异地看了文森一眼，点头说：“这样啊，不好意思哈，我也不懂你们的规矩，那我不问了。”

文森有点急，却也不能说什么。其一是，这些内容的确是收费的；其二是，就算不收费，他也没有这个问题的答案。被提问却无法应对，是咨询业的大忌，文森立在台上，失望混着尴尬。于大年道：“我们的产品，其实从最开始就是供应大企业，你听说过加瓷吗？华恩是它的代工厂。我们和加瓷之间差的不过是个牌子，但这个牌子怎么打出去呢？加瓷是怎么搞得全国知名还能上市呢，做广告？我还真没看到加瓷建材线有什么广告，他们这两年有条针对家装的线，广告倒是不少。那么他们这建材到底是怎么做大做强的呢，就靠吴宝恩那样的销售吗？”

“加瓷赶上了好时候，”齐方道，“销售强度是一方面，另外，加瓷的原始资本环境是不可逆的。那时候人们的环保意识也不强，环保法规也不完善，采购方的成本意识也不好，可以说是全行业粗放经营的时候，称得上是跑马圈地走哪儿算哪儿。他们比后来者有很大的优势，但是现在，环保趋严，企业成本控制也精细化，华恩和加瓷，不在一个环境，也不在一个跑道，其实不能相提并论。华恩面对的环境更加复杂也更具有考验性，门槛也更高。”

虽然在文森看来，这说了等于没说，但于大年还是点了点头，赞道：“你们年轻人，就是有本事有远见啊！”

齐方笑笑。

于大年又问：“加瓷在临山的大订单就来自这几个大企业、大工程，丢了几单生意，整个地区的销售业绩就会难看，那加瓷在临山的占有率多少？能到四成吗？”

这个文森知道，他赶紧说：“前年是百分之三十四，这是这五年来最好的数据。建材行业竞争激烈，放眼全行业，能垄断一个发达经济区域三分之一的市场供应，已经是很强的实力。”

“所以说占市场份额八成的大企业订单里，他们也只是拿下了一半？不是只手遮天？”

文森有点不明所以地点点头：“应该可以这么说吧。”

“小伙子，你们这个B端市场，为啥不说说中小规模企业的市场啊？这些算不算B端市场？”

“算是算，可中小企业目前不景气，尤其是地产业，风险要比跟大企业合作大得多……”

“什么风险？不付钱的风险？”

文森用表情回答他：难道不付钱不算风险？

于大年笑笑：“没风险的买卖，轮得到我们做吗？”

下午于大年做东，与齐方和文森在高大上的咨询公司附近高大上的餐厅吃了一顿简约又不简单的商务晚餐。王海就比较尴尬了，那种餐厅并不单独给司机提供服务。王海把充满了雪花牛、黑松露、牡丹虾、帝王蟹和法国鹅肝的菜单翻了两遍，价格使他决定不饿。

招待过了齐方和文森，王海载着也没怎么吃饱的于大年去了他平时喜欢去的小店面，一人要了一份酱油炒饭，又配大份红烧肉、辣子鸡丁、干煸头菜，再加上一个西红柿蛋花汤。上了菜王海就一顿狼吞虎咽，吃得浑然忘我，到临末了才发现于大年面前的那份酱油炒饭刚刚去了一个顶。

王海搔搔头道：“大哥，你是不是不喜欢这店？我是觉得这边便宜点，刚刚那菜单吓死我了。外头卖八块钱一瓶的枣子酪那边都一百多块钱一杯，我气都不敢使劲喘，怕他们连喘气都要钱……那饭店怎么开得下去啊，叫我说不出半年非得倒闭！”

于大年扑哧笑了：“人家那枣子酪，枣是贵的，做勾芡的米也是贵的，连水和锅子碗筷都是贵的，卖出去自然贵。就算是贵，一样有人吃，虽然

去吃的人不多,但个个都是豪气的,人家也不少赚呢。"

王海看了看自己面前这份卖相自由洒脱、摆盘不拘小节的酱油炒饭,有点不好意思。于大年见状安慰:"那都不是给咱们这些大老粗吃的,咱们这副身板,架不住那么金贵的山珍海味啊,我还是爱吃这一口。"然后他扒了一口饭,对着王海笑笑。

说起山珍海味,王海想到了那间咨询公司里供应的巧克力。那牌子他买过,是让孩子当礼物送给他班主任的,据说出厂后从比利时空运而来,半斤几百块,巴掌大一盒。儿子忍不住馋,自己拿了一块吃,他问:"好吃吗?"

儿子认真地想想,严肃地回答:"没觉得。"

这世上好像总有那么些东西,昂贵、精致、稀有,还有光芒逼人的包装,它们存在的意义不在于它们本身,而在于让拥有者感受到一种难以名状的满足感。比如那盒巧克力,比如那个咨询公司。

王海问:"大哥,你上午听了那堂课,觉得有收获吗?"

于大年塞了口饭,道:"有是有,一时半会儿说不清楚,你还记得加瓷过来逼我们卖华恩的时候说了啥?他们说,加瓷垄断了临山八成的大订单,跟着他们混才有未来,今天这个小伙子说,加瓷在整个临山区也不过是百分之三十四的份额……海子,你说我之前是不是太𡰪了?一出事就跑去抱人家大腿?"

王海不以为然:"有大腿抱谁不去抱?刘畅不也是抱他爸的大腿,没有他爸谁知道他是谁?还有那个曲玲玲,切……"

见于大年出了神,王海又说:"那时候,咱们被加瓷都逼到门上了,远水解不了近渴,不把住一根救命稻草先给自己争取点时间,也没有大哥你现在坐这里后悔的机会呀。"

这话说到于大年心里了,他一乐,点指着王海一会儿,才道:"你小子,进步不少!"

王海吃得饱,又得了赞扬,心里非常舒畅,嘿嘿地笑着,问:"大哥你有啥想法?”

于大年说:“现在回过头来看加瓷,你知道它最大的错误在哪里?”

王海茫然而耿直地看着于大年,用表情告诉他:你得自己回答这个问题。

于大年只能自问自答:“它最大的错误,其实就是华恩最大的错误,对大客户的依赖性很大。你看看,加瓷今年在临山不过就丢了三张单子,就能把一个大区总监给贬了下去——当然吴宝恩下台有兔死狗烹的原因在里头。但这三张单子就能对加瓷一个大区的销售额产生这么大的影响,咱们不能不吸取这个教训。再说华恩当年,如果不是对加瓷的订单依赖那么重,趁车市还好,万通还能输血给它的时候多开辟市场,也不至于出事时手忙脚乱。归根结底,还是我们自己没算好,没把这当回事。”

王海对此不以为然:“就算当回事又怎么样?他们财大气粗的,没点后台压着,还能把咱们华恩瞧进眼里?”

于大年摇头:“以前我也是这么想的,咱们华恩不行,不是华恩不行,是这世道不讲究真刀真枪拼真功夫,而是搞那些旁门左道。可大海,这段时间我也算学了点建材行业的门道,有人有捷径可走,那是肯定的,太阳底下还能没点阴影吗?但这些大企业、大厂子,能发展到现在的规模,没点真本事是不行的。就说咱们华恩当年怎么拿的加瓷的单?当时想跟加瓷签约的企业也不少,给他们验收部门送礼请客的人也不少,可加瓷验收采购的那些人到咱们厂时我连面都没露,全是车间自己负责的。我跟他们,直到签合同才是第一次见面。”

王海也记得这件事,点头道:“那时候咱们万通生意好,你也没时间。”

“不管因为什么不去跟他们拉拢关系,咱们华恩都是靠真本事进了加瓷代工厂名单的……这世上,有阳关道,有独木桥。想走阳关道的人多了,能把阳关道走成独木桥,而独木桥上的人少了,咱们凭本事也能过河。只是现在临山的订单大户就那么几个,都讲究门当户对,人家的条条框框哪一个都是有道理有凭据的。咱们的东西好,但没名气,不但没名气,还

没品牌业绩，你说你是加瓷的代工，人家凭什么相信？没有加瓷的品控在，代工厂还能做出跟加瓷一样的东西？加瓷这牌子多少年才立起来的，咱们怎么比？这就叫商誉的重要性。在这方面，再怎么觉得咱们有能耐，人家富德、九恒能给我们华恩机会，的确是买了她们的面子，这个咱们得认。”

于大年是一边吃一边断断续续地有感而发，王海听得发蒙，只能问：“那大哥什么意思？”

于大年沉吟片刻，道：“我想着，既然大公司财大气粗，那咱们不如试试没那么大的公司。咨询公司不也说了，百分之八十的公司占有了百分之二十的市场。”

王海问：“你的意思是要撇开那三个女人，去开拓其他的市场？可怎么开拓？大哥，咱们跟华恩最沾边的也就是当年你烧砖我垒墙的时候了，咱们万通是做汽车的，虽然都是销售，但其实还是转行啊。”

这点让于大年头疼，可让他头疼的还有两件事：首先，新生产线是按照之前加瓷合同的规模订的。如果要追加小订单，必得累积到最低开机量。而且他还有心以高科技节能企业的名头留住工业园这块地，那在产能利用率上的红线必须在百分之八十以上。如果另规划开机量，刚刚上线的控制模块、混料桶，包括接货的地拍子恐怕都得有改动。于大年是门外汉，现在的车间主任按岁数连看门的大爷都得叫声哥，叫他负责生产线的二次更新，他第一不忍心，第二也不放心。其次，怎么跟曲玲玲说这件事也是个难题。从他摔门而去后，曲玲玲没找过他，只给他在微信上留了一句话，说吴宝恩是去是留不是刘家两位就能说了算的。

这话是个安慰，是个解释，难道就不是个威胁？

王海见于大年蹙眉不语，刚刚填进肚子的酱油炒饭变成了大石块沉甸甸地坠着他胃里头发闷。

王海小心地试探：“大哥，是不是，很难……要不，咱们还是把地卖了吧，就卖给曲玲玲。她们有心思干，就让她们干，把咱们的地皮厂房划价给咱们就行了。人家都说壮年转行如同拦腰而斩，是九死一生的事，更何况那百分之二十的市场，咱们也未必能全拿下来……”

于大年何尝不知道这个风险，但他之所以混到现在，靠的不是怕，而是不服。小时候爹说他，这辈子只能老老实实当个挖泥烧砖的，他不服；后妈说他这辈子只能是个穷命，他不服；去了工地人家说他能进城就不错了还想什么吃香喝辣，他不服。他总觉得老天爷生他下来在人间走一遭，就是想让他留下点英名在世，激起点浪花翻滚的，只要不死，那就得往前走。——到现在他也这么认为。

于大年拍拍王海的肩膀道：“请齐方和文森吃饭那地方，是临山城那百分之二十的人去得起的地方，咱们兄弟俩吃饭的地方，是临山城百分之八十的人吃饭的地方，一顿饭下来，都还不到人家一杯枣子酪的价钱，但你往外看看，这一条商业街的灯火，可都是这些小单小人物堆起来的。这世界，从来都是小人物小事情的世界啊！能得了这个市场，咱们华恩就算成不了加瓷，也不见得就得贱卖给了别人。”

王海朝窗外看去。正是一天之中最热闹的晚高峰时期，三三两两的人结伴而过。送外卖的小伙子，发传单的小姑娘，他们去而复返，来了又走的食客却都不带重样的。各人带着不一样的故事，走进来，又走出去。这一城热闹平凡的烟火气，让他充满希望，又产生了焦虑，但相比自己在对面看那个奇异昂贵的菜单所产生的焦虑，这焦虑让他熟悉，熟悉就产生了安全感，王海点点头，说：“大哥，我们加油！”

于大年微笑着点头：“对！兄弟，加油！”

自刘畅又把张明志一家划进亲属范围，许娜与张明春就热络了起来。张明春原本并不想搭理她，但她身边确实是没什么体己的人，原本的姐妹都是保洁公司的同事，来了几次别的事没做，净检查卫生了。这边垃圾袋没及时封口，那边冰箱冷拼热炒没正确分类，洗手间的洗手盆里怎么能洗抹布呢，多恶心。接下来就是：不如叫我来，咱们姐妹来还能说说知心话，

总比姑爷派来的人在一边盯着你强,你过这样的日子,就算有钱,难道不憋屈?

连她们都知道刘畅从家里调来的保姆是盯着自己,难道她自己不知道?还由得这些人点破了告诉她?是,这样的日子的确是憋屈,可天底下谁不过憋屈日子。在这富贵窟里过憋屈日子,总比在别人家里刷马桶好吧?见到别人过得如意,就一定得找针往人家疼的地方扎一下的人,也没什么交往的必要。张明春自此与本来的好姐妹也疏远了关系。

这决定是正确的,但正确的决定大都让人不愉快。许娜就成了这不愉快的决定里唯一的光。

张明春给晓东打电话说了这事,言辞松动间对许娜过去的种种行为有了些偏袒,晓东当下没说什么,见亲前一晚忽然给家里打电话,说自己乘坐的飞机已经在临山机场落地。

张明春一听就炸了毛,立刻从床上爬起来,又把保姆招呼起来,开始做面条,然后给凤玉打电话让她去机场接弟弟。等到凤玉和刘畅接着晓东送到张明春那里,她已经早早地站在门口等,一看到晓东就快步走过来一把搂住,揉揉耳朵和鼻子,这才心疼地抱怨:“这么冷,你怎么就回来了,不能拣个好时候的飞机?冻坏了怎么办?”

一迭声问着,紧紧搂着,进了门。

凤玉仿佛不存在。

刘畅的火气腾地起来,跟煮沸了的汤似的,一个劲儿顶着他的天灵盖往外冲。

凤玉是被张明春从被窝里拖起来的。深更半夜接她的电话,那鬼哭狼嚎的动静,刘畅还以为她骨折了,没想到是让人去机场接她儿子。二十好几的男人,又不是头一次坐飞机,犯得着吗?

刘畅试探性地提意见:“咱们给他叫个滴滴,多给司机点钱,跑双程?”

凤玉点头说行,刘畅美滋滋地点开手机屏,凤玉又道:“那就让司机过来接上我,我跟他一起去。”

他们家到机场一个来回要一个半小时，这黑灯瞎火的时候，刘畅怎么肯放自己的老婆独自出门坐陌生人的车？不管凤玉怎么劝，刘畅还是认命地爬起来穿上衣服亲自开着车，接到了这位随心所欲的小舅子，送到了张明春面前。

他本以为，张明春起码能为自己或者儿子的决定打扰到了女儿的生活有丝毫的歉意。

他错了。

张明春进了门，等李晓东换了衣服，见她的宝贝儿子把自己提前为他准备的热水递给李凤玉，才就着这杯已经不烫了的水说："时候也晚了，你俩不如就在这边睡吧？"

刘畅第一个不肯："算了阿姨，您和晓东好好说说话。我们不坐了。"

正走的工夫，李晓东忽然开口："刘畅，明天我也要去你家。"

刘畅一愣，转过头，视线从李晓东绕到张明春，又绕回去，调侃地问："你去我家做什么？又不是你要嫁到我家去。"

李晓东在油嘴滑舌方面完全不是刘畅的对手，他瞪着一双眼看着刘畅，严肃地辩驳："我是我姐姐的弟弟，我有权利去看我姐姐要嫁的人家什么样！"

刘畅凑近一步问："看了什么样后，你要怎么样？就算旧社会，收了我的聘礼，你姐姐也是跟你家从此没了关系。更何况这是新社会，男婚女嫁，自主自由，连父母都说了不算，你个没血缘的弟弟又想说什么去？"

这个似是而非的玩笑讲出来，叫在场的所有人都愣住了。刘畅的视线略过张明春，确定张明春脸上的喜悦被这句话打消了大半，才又回到李晓东身上，道："好啦，你要去就去，不过是多一双筷子的事，何必大晚上跑回来呢。你姐姐一听你忽然回家以为出了大事，衣服都没来得及换，就往机场跑，保不齐回去就感冒了。你是个男人，做事前要照顾母亲的情绪，也得考虑到姐姐。"

张明志一家要来，刘畅的两位姑姑搭上傅晓也凑成不伦不类的三人

组前来应景，加上原本发誓不与张明志一家同席而坐的李晓东忽然开窍大半夜飞回临山，两方军营的人数是旗鼓相当。接下来，就是战斗力比拼了。

第二日是个大晴天，车子进了刘家院门，张明春就看到五人两列，站在大门显眼处。最前面站着的一对中年相貌的男女应该就是刘云山和杜蘅雪。刘云山其人张明春多少也在电视上见过，真人更瘦，略显老态，没有屏幕上那么威风。杜蘅雪穿米色的毛衣和赭色长裤，平底鞋，妆容淡淡，除了颇有年岁的素圈婚戒，周身再无饰物，看得出早年是个美人。她一见到张明春就迎上来，未语先笑。这一对在临山城呼风唤雨的夫妇居然这样没有距离感，张明春提着的心一瞬间就放了下来。

刘畅介绍了父母和张明春，在刘云山身后跟着的俊朗青年随后也说自己叫作傅晓，是刘畅姨家的表哥，其余两位妆容精致、仪态雍容的女性，则是刘畅的姑姑刘云蔼和刘云芳。

几人在门廊寒暄了几句，就往大厅走去。

张明春是跟着大哥的车来的。从市区往新区这一路上，许娜就在絮叨关于杜蘅雪的坊间之谈，据说她年轻时是极为有本事的人物。省委大院里长大的女孩子，从来都眼高于顶，加之容貌姣好，人又聪明，骄娇二气兼具，嫁人以后跟刘云山一起创业，吃了苦遭了罪，脾气却没改过来。不论在刘家还是在雪山都是说一不二的人物，连公婆都要让她三分，凤玉那样的脾气嫁过去只怕是要受一番折磨。

张明春之前还忖度到底能看到怎样一位人物，却没想是这样的，比她之前服务过的几家女主人要和善得多。与杜蘅雪相比，刘家两位姑姑才真像是她印象里有钱人家的太太，妆容精致，香水馥郁，披金戴银，着价格不菲的高跟鞋，笑起来眉眼上扬，带几分嘲弄。那笑容和妆容一起，像是长在她们脸上，多少公斤卸妆油都下不去。张明春回头看一眼，那刘氏姊妹花与张明志一家人走在一起，正在说些什么。许娜从来都是个见风使舵的高手，此刻被刘家两位姑姑围着，笑得牙龈都露在外面。张明春不由皱了皱眉头，转过身去。

因为是家宴，主位上坐的是杜蘅雪，她左右分别是凤玉和张明春，与杜蘅雪对面而坐的刘云山左右是李晓东和张明志，其余人等以常例宾主相间而坐。十二个人也算热热闹闹。

刘云山从来都偏爱上进的后生，也愿意和年轻人多交流，问及李晓东的学业已经赞不绝口，又听说他还在国际大赛上获过奖，更喜欢了几分，全然没有了在公司里雷厉风行的架子。杜蘅雪与张明春絮絮地低声谈话，偶尔相视而笑。傅晓与张笑霜没过多久已经交换了名片。张明志从来讷言，偶尔与刘云山说几句，独坐也是常态。然而这些声音都盖不过刘家姊妹花和许娜的笑声，三人指指戳戳彼此的手机屏幕，脑袋紧紧靠在一起，映着日光根本不分彼此，像是横空出世的巨型连体怪物，样子要多难看就有多难看。

刘畅对凤玉耳语："你看我那俩姑姑，怎么样？"

凤玉不解其中意思，犹疑地回答："挺……好的？"

刘畅稍凑在凤玉耳边飞絮一般轻声说道："她们前几天把吴宝恩送去华恩踢馆了。"

凤玉一听，想到前几天那个被王海送到会计室的小王，本想多问几句，可刘畅的唇贴得极近，温热的气息挑逗一般喷在凤玉敏感的耳朵上。刘畅有忽然间偷袭她的爱好，大庭广众之下，旁若无人地吻下去，又若无其事地收了手，叫她茫然失措地看着他，然后他就笑起来。刘畅这些恶趣味，有时候可爱，有时候还真是恶趣味。

凤玉十分不自在，只怕他又生了戏谑心，正想要撤远一点，刘畅已经坐正了身子，自在又无辜地端起桌上的一杯茶水喝起来。他面带笑容，视线从对面三个女人身上从容掠过，云淡风轻地回到了李凤玉脸上，然后他眨了一下眼，眉目间尽是意味不明的笑意。

凤玉脑中闪过一个问题，还未开口提问，只听刘云蔼道："你看这小两口卿卿我我的样子，张大姐可是要享福了。我听人家说，刘畅要请你和晓

东去欧洲玩一圈？我要是以后能有这么个为丈母娘家挥金如土的女婿，那真是做梦都要笑醒了。”

笑是笑着，只是有三分不怀好意。

刘畅眉头一皱，还没来得及开口，张明春答：“刘畅不是挥金如土，是孝顺。家教好的孩子都这样，我也放心凤玉跟着他。这心意我领了，就是欧洲去不了，晓东要跟导师一起去日本开研讨会，而且有个在新加坡举办的国际大赛也邀请他参加，这俩前后脚，正好把时间冲了。我一想呢，也对，年轻人，玩乐什么的就先别说了吧，拼搏事业最重要。晓东平时都跟我讲，以前他没有什么目标，毕竟这孩子从小学习就好，考试和比赛跟玩儿似的，但看到刘畅，他就很佩服，要学习这股不因家里有钱就不学无术四处挥霍，反而要自力更生的劲儿！”

李晓东从没这么说过刘畅，他正要出言反驳，被刘畅一个眼神止住了。那双眼睛冷清肃杀，带着十足的威胁，李晓东一愣，错过了反驳的好时机。

这马屁拍得人又痛又痒，刘云蔼知道自己是轻了敌，愕然住口。杜蘅雪还是笑着的，张笑霜朝姑姑投去赞许的眼神。张明春面色镇定，可凤玉给她当了二十多年的女儿，轻易就分辨出她紧咬的牙关和绷紧的肌肉，这是张明春的戒备姿态。

南半球的四个男人还在聊着自己的事情，置若罔闻。

只剩一个刘畅，吃干净了手里的东西，等这股子僵持稍稍过去，才慢悠悠开了口：“旅个游花那点钱，还不够你往自己鼻梁填一块死人骨头多，就这你都能费着心去打听来，当真是不容易。在家混吃等死多可惜啊，出去当狗仔队呗，既能减下来你那一肚子肥肉，还能让你见见世面，更重要的是，花自己赚来的钱的滋味太好受了。姑姑们，你俩这辈子从没感受过吧？”

要说刘云蔼的话有三分的刻薄，刘畅这句就有十分的火药味。他说完后就侧头打量着坐在对面的两位姑姑，嘴角含着薄笑。

打圆场的是张笑霜，她指着那道佛跳墙赞道："人人都说临山最好的闽菜是扶风的中餐厅，我看应该是在这里。杜阿姨，您家这位厨子真是绝了，这佛跳墙不说临山，就算是从临山再往外扩几百公里，也找不出第二个来。"

杜蘅雪也笑着配合她："这就是扶风大厨的手艺。你这小姑娘身板瘦瘦的，居然喜欢研究吃食，谁家娶了这样的媳妇儿可是有福气得很啊！"

张笑霜刚要预备出声，被她的亲妈截了胡，许娜赶紧说："亲家可是说得太对了。我家笑霜有个公众号，专门教人做饭，天南海北的菜色，都算是拿得出手的，点击率低的时候也有个大几万的。她去年还上了综艺节目，在网上那叫一个火呢，人家叫她美女大厨，天南海北都有小伙子给她写情书，要追求她，有不少德才兼备的大城市的小伙子，她都一概拒绝，说是一定得找个咱们临山本地知根知底的。她单位的下属们看到节目都吓一跳，说平时张行长不苟言笑的，没想到上镜了看像个明星哪。我就说了，那是上班时间，要管城商行临山地区最大一个支行，当然要不苟言笑啊。平时在家是顶孝顺的，做什么都是一把手，从小我就教育她要懂规矩，守礼节，她也听话，以前读书时放假，大部分时间都是在家陪我们老两口，要是出门，也是跟一些知根知底的女孩子来往，晚上十点就回家，从来不留宿外面。还没毕业呢，就被城商行给录取了。还有一件事，要说了各位恐怕是不信，她刚刚毕业我给她买了车，到现在车换到第二辆了，我们笑霜却连一张罚单都没收到过。你说她要就是个普通文员平时就往返那两点一线也就算了，我这闺女，是整个城商行系统里最年轻的支行长，经常去外地学习开会工作调研，走的地方多着呢，来来回回的，怎么能一张罚单都没有呢？我做不来，连她爸都不行呢。老张你说，咱家罚单是不是都是你的？"

说到自己一直闷头不作响的丈夫时，许娜声音有点不悦，眼神一斜飞到张明志身上。张明志正被老婆逐步递进式的推销搞得方寸大乱，双眼直直地盯着面前的酒杯，被这样的眼刀一指，只觉得背后发凉，忙不迭点

头："是的是的，我闺女为人处世要比我这个做爹的强，拿不到罚单都是因为做事严谨。她们做金融的人管的可都是老百姓的血汗钱，当然得严谨了。现在的女孩子也顶半边天呢！……就是这孩子太严谨了，也不找对象，这么大岁数了，眼见着凤玉也要结了婚，要是您这边不嫌弃，也帮着笑霜张罗一下……"

一鼓作气说完，小心翼翼地瞥了一下许娜，见她没有不满意的神色，才敢松开肩膀。

张笑霜对父母这惊吓式的推销也毫无准备，诧异地看着许娜，许娜坦然地跟女儿对望，结果是张笑霜败下阵来，先挪开视线，才又开口："这可是班门弄斧了，要说顶天立地的女儿，那得说杜伯母。当年电算化没有，临山几大局的预算核算系统都是杜伯母主持建立的，杜伯母那时候才是走南闯北，但不是去学习，而是去讲课。我师父当年和杜伯母是同事，每每说起聪明人，头一个要论起的就是杜伯母，不但如此，每次茶歇和后辈闲聊说起颜值高的流量小花，也会再说起您一遍。我以前没见到过杜伯母，今天见到第一面就想给我师傅发消息：师傅您说杜伯母是美且慧，可真是一点也没错。"

杜蘅雪原本听着许娜的一通推销只是顺水推舟地笑笑，听到张笑霜的一番应对，脸色变换了几次，终于回到笑态，才道："嗨，多少年前的老戏折子了，被你们这些长江后浪拿出来说，还真有点不好意思。"

话题到了想当年上，激起了从张明春到刘云山的发言欲望。当杜蘅雪知道张明春改制以前是机件厂唯一的女车间主任，更是生出了惺惺相惜之情，忆往昔就在几个长辈之间顺理成章地进行了下去。

气氛一缓和，凤玉松口气。她并不觉得许娜说起张笑霜有什么不对，许娜是母亲，必然想把世间一切的机会都给自己的孩子，而且笑霜的确优秀，人聪明，家境好，做事周全，还很懂得如何跟人交谈，如果得了帮衬，必然会走得更高更远，但她看到自家母亲嘴角往下扯得厉害，又十分怕两人再生出波澜，毕竟嫌隙已有多年。凤玉一颗心悬着，也吃不下去东西。

刘畅则一直因为凤玉的缘故对张笑霜爱搭不理，入席以后绝大部分时间是略侧背对她的，之前张笑霜几个话头都被他给挡了回去，但见她马屁拍得恰到好处，又知道分寸，比张明春和许娜懂事得多，心思转了转，也略坐正了，与张笑霜聊了几句，又对傅晓说："大哥，凤玉娘家的妹妹，拜托你了。"

张笑霜原本就带着任务来，这下听到刘畅如此介绍自己，心里也是一喜，端起酒杯来敬了左右两位财神一杯，才又坐下。

吃过饭，该谈的该说的也都交代完毕，气氛依旧祥和。张明春因为发现自己与杜蘅雪曾经是校友，更是投机，许娜有几次想要插嘴，都被她驳了回去。许娜为人从来都想得开，既然心头好结交不了，顺位下来的姊妹花也能满足她的需求，于是追着刘氏姊妹花继续当连头婴去了。原本讷言的张明志和刘云山研究起了棋谱，引得李晓东也跟了过去围着看。气氛和睦而热闹，真像是一家人。

刘家的工人训练有素，桌上冷菜碟一去，就迅速而无声地上了茶点和水果。张明春又谈了几句，抬头看外头日光已大斜，眼尾扫到刘家训练有素的工人们已经不声不响地将大小不一的十数个正红色纸袋放在了大厅玄关处，她知道这是该告辞的时候了。

杜蘅雪挽留不住，就一直拉着张明春的手叮嘱她要常来坐坐。刘畅看在眼里，生出对母亲的无限感激，下意识地就走过去挽住了母亲的手臂，倒教杜蘅雪一愣。不过她随即就笑了，拍拍刘畅的肩膀道："儿子找了媳妇，倒是会体谅父母了。晓东和凤玉这两个孩子都是好样的。"

刘云蔼此时也笑盈盈地凑上来："大嫂，我和朋友约了打牌。我这人你又不是不知道，沉不住气，这么漂亮的侄媳妇得赶紧炫耀一番才行，叫她们也看看凤玉好不好？"

杜蘅雪回头看了刘畅一眼。刘畅原本正和傅晓与张笑霜在一堆。收到母亲的目光，撇开两人走了过来，尚未开口，刘宅院门就缓缓开启了。

一辆白色商务车熟门熟路地停靠到大伙面前，车没驻定，门已打开，

接着就是爽朗开阔的笑声，然后，一位盛装的妇人才出现在大家面前。凤玉定眼一看，竟是那位被曲玲玲在肚子上连拍三掌的富德王阿姨。她的脸孔与前一次见时又有些不同，但李凤玉也说不好这不同究竟是在哪里。

王阿姨收到了凤玉的注目礼，视若无睹地下了车，满面春风地拉着杜蘅雪道："我听云蔼说未来侄媳妇儿今天认门，就把牌局也往后拖了，赶紧跑来看看，到底是谁家的姑娘把我们刘畅这颗心给收了，"又对刘畅道，"好歹我也是看着你长大的，有了媳妇，叫婶婶看看嘛，藏起来算什么意思？"

问号里藏着笑意与慈爱，丝毫不像当时在旗袍会里那个叫曲玲玲去抄经的王阿姨。

刘畅没有跟王阿姨闲扯的意思，笑道："王阿姨，李凤玉。凤玉，富德的董事长夫人，你叫王阿姨就好。"

李凤玉看了一眼刘畅，还没来得及开口，王阿姨又道："都是自己家人，我自己的侄儿要娶媳妇儿了，我也得送份礼。"然后扬声道，"小宋，你把我给侄媳妇备下的东西拿过来。"

一个黑制服白衬衣的中年妇人应声从车的另一侧出现在众人面前，她左右手各拎着三只大型的纸质购物袋，上有各色商标。袋子有半条腿那么高，鼓鼓囊囊，她一边艰难行进，一边巡视对面的人群，目光很快锁定在张明春身上，"咦"了一声，快步走过去，将手里一半的袋子交给张明春，张明春自然而然地也就接了过去。

那小宋面露喜色，引着张明春往人群外走了几步，才用闲出来的一只手嬉笑地推了一把张明春道："张姐，怎么你到这里来做事了？哎还是你命好，女婿又有钱又听话，闺女要什么他就买什么。哎，你不是说女婿花钱让你去旅游吗，啥时候走啊，多发几张照片给我们也看看。对了对了，彩礼到底给了多少？上次不是说要叫他在上海给你买套房子吗，买了没？哎呀那肯定是买到了。张姐老早不就说了吗？女婿是个耙耳朵，闺女听你的话女婿听闺女的话，别说买个房子了，将来继承了那边的家产，全都是你家的。你家儿子可真是命好，白捡的家业呢。旁人说是你闺女懂得那叫什么的，驭夫之道，我就说那怎么能单是闺女聪明呢，那叫虎妈无犬女。张姐家去世了的那位老姐夫，生前也是糖茶站的能人，一个月拿旁人一年的工资不在话下，只可惜去得早，否则，张姐现在也是阔太太，哪能和我们混到一起去……”

小宋拉着张明春，一句接着一句，声音不大，但是不容分辩，语速极快，却也吐字清晰。她一双手热络亲切地箍住张明春几次三番想要挣脱开的手臂，亲昵地强迫她与自己靠在一起，说完后她眯着眼，带着家政业标准的和煦微笑，侧首望着惶恐而尴尬的张明春，慢慢松开了自己的手，又道："咦，说了半天，我怎么没看到司机呢，你去叫一声，我在这里等着。东西有点多，还有玻璃瓶子，我怕砸碎了，我们家夫人和刘家关系好着呢，咱们以后也好常见面。张姐，你可得好好教教我啊。”

张明春慢慢转过身去，首先看到的是蹙眉的刘云蔼和刘云芳，许娜居其次，表情复杂。

然后是凤玉和与凤玉并肩的刘畅，跟在刘畅身后的是晓东，三个人都有点愣。

张明志在更远处，与刘云山低低絮语，但张明春了解自己一母同胞的哥哥，他听到了，他额角有汗，笑得苦涩，视线努力避开自己。众人都在看着她，那目光灼烧在她的脸上、心上和颅脑之中。她的每一个毛孔都在叫着救命，然而日头西斜，寒气逼人，远处枯枝上有乌鸦，它歪着头看着地面上的人群。它沉默着，张明春也是沉默的。

刘畅先开口："王阿姨，看来您家这保姆跟我丈母娘以前是一公司的?”

王阿姨起先有点茫然，然后才仿佛恍然大悟一样“哎呀”一声道："那是你未来丈母娘？小宋你怎么回事呢！她新来的，不懂事，看见熟人就冲上去了。”

刘畅笑笑，问："原来那位小陈呢?”

王阿姨脸上一僵，淡淡道："家里老人病了，不做了。"

刘畅嘻嘻笑："那真可惜了，朱叔叔说那姑娘又机灵又漂亮，让我给她谋一份好差事呢。咱们两家什么关系，朱伯伯拜托我的事，我就说，那直接安排在我公司。怎么就不做了呢？哎，小宋，你好好做，只要朱叔叔高兴，小陈那个职位我给你留着，一个月两三万的薪水，不比做保姆好多了……"

小宋一呆，杜蘅雪立刻呵斥："你胡说什么！"

王阿姨笑得勉强，杜蘅雪温柔地挽住她的手臂，道："照澜你看，这是我未来的儿媳妇，李凤玉，那是她弟弟，李晓东，刚刚那位被拉过去的是他们的母亲……这位是富德朱振远董事长的夫人。朱家跟我们家是世交，将来会常有来往，你们小辈叫王阿姨就好了，下次有机会见见朱叔叔。"

凤玉和晓东的沉默让刘畅很满意，尤其是晓东，直直地盯着王阿姨，他的眼睛黑白分明，越发显得凌厉迫人。

杜蘅雪又道："我这位亲家母为人很不错，这次是定亲，以后来日方长，总是有时间一起坐着的。"

王阿姨点点头说："这姑娘长得倒是不错，跟外面传言的一样是个美人。也是，要是等闲好看，也束缚不住我们刘畅的心啊。对了，凤玉，你什么学历，在哪里工作啊？"

一阵寒风吹过，树枝上的乌鸦忽然"哇哇哇"地飞远，声音嘶哑，吓人一跳。

李凤玉轻轻呼出一口气，道："王阿姨，这些问题，旗袍会上您问过。"

她从来都不声不响，此刻忽然开口，大家都愣了，包括刘云山和张明志。

王照澜思索片刻才说："旗袍会吗？哪一次啊？唉，次次都那么多人，我还真不记得了。"

凤玉微笑："阿姨当时问我哪里毕业，在什么地方工作，还问我怎么和刘畅认识的。您还告诉我，要小心刘畅，他以前在国外谈过一卡车女朋友，来者不拒，男女通吃，读高中时也是顽劣难驯，仗势欺人，恶劣事迹比校歌流传得久，您的女儿肯定不会嫁给他。”

李晓东悄悄看刘畅一眼，这分明是初次见面他骂刘畅的，但刘畅被人当众揭老底，也没有要阻止的意思，眼神一抬嘴角倒有几分喜色。

王照澜脸色一变，厉声道：“你胡说！咱们那天晚上根本没怎么交流，你一直跟在曲玲玲身后转悠，所有人都能给我作证。小小年纪颠倒黑白的功夫从哪里学的！”

凤玉轻笑：“看来王阿姨并没有真忘记我。”

王照澜这才真吃了一惊，失语了。

凤玉转脸又问小宋：“谁告诉你刘畅是耙耳朵？”

小宋被李凤玉的咄咄逼人吓了一跳，支支吾吾道：“张大姐说的啊。”

没想李凤玉走到小宋面前，一把扯过她的胳膊，问：“张大姐就这样把你叫过来说，小宋，我知道你跟的那户人家和刘家熟悉，我告诉你，我闺女嫁到刘家去，那就得好吃懒做，搅得刘家不得安宁的。我们家好吃懒做那可是祖传，从我那一辈儿起嫁男人就是为了好吃懒做的？张大姐告诉你，等我家和刘家见亲那日，你就装作不知道我女儿到底要嫁给谁，当着所有人的面把平时那些妇道人家拉家常的话断章取义拿出来说是非？我妈就是这样告诉你的？我记得你们公司岗前培训有一条是叫不八卦雇主家事，否则被举报了要严肃处理上黑名单？！”

刘畅喷笑，啪啪地鼓起掌来。

小宋目光期期艾艾地投向王阿姨。

王阿姨还未开口，刘云蔼冷笑一声：“还没过门呢，就在家里逞威风了。看来人家说得也没错，刘畅还真是个耙耳朵。”

刘畅仰着头悠悠道：“那姑姑什么意思？就由着别人在外头编派演绎刘云山家族内讧，将来雪山会有一场控制权争夺战？姑姑你这吃里扒外的功夫才是绝学，在坑我爹的路上你还真是越走越远独树一帜了。”

刘云蔼脸色一变。

杜蘅雪见势不好，立刻拉住王照澜挡在刘畅和两位小姑子之间，说："下次我做东，我们好好摆一桌，自家人，自家的孩子，都知道彼此，不要往心里去。哦，我家桂花开了，你不是说要拿些回去做酒酿？"

王照澜立刻借机收了本来就岌岌可危的声势，与杜蘅雪凑到一起闲话苗圃。

刘云山向来最恨家事外扬，尤其是连下人都扯到里面去。王照澜轮不到他教训，他冷冷地扫了两位妹妹一眼，刘云蔼和刘云芳立刻收住了想要出声辩驳的嘴。

刘云山抬手向刘畅下令："时间不早了，外面也冷，叫司机过来送凤玉家里人回去。"

刘畅置若罔闻，继续落井下石："王阿姨，你跟我妈去看桂花时也好好想想，雪山和富德是个什么关系，我爸和朱叔叔又是什么关系，你这么由着下人出来乱嚼舌头，能招来什么结果。咱们两家从来都是亲近的，就为了点男婚女嫁的事，你至于吗？我那两个姑姑蠢，原本我爸是指望你带着她俩玩儿能叫这俩人机灵点儿的，倒没想这两个蠢货能量这么大，能把你也拉脱了轨跟她们一起蠢下去了！"

刘云山大喝一声："刘畅！"

刘畅立刻举手投降，满面含笑地说："看，我爹也动气了。王阿姨，你可不能这么一把一把地把朱叔叔往别人怀里推啊。"

第十五章

钱不重要吗？

搬家后张明春一直希望儿子能回来住几天。晓东的房间是主卧，有自己的卫浴和衣帽间，宽敞明亮，颜色素净，一看就很高级，窗外风景是临山核心区，远远还能看到古城墙遗址公园和金融区的繁华。她总觉得晓东见到这样的房子是会高兴的，很明显她想错了。从刘畅家里出来李晓东就一言不发，进家门张明春带他参观他的卧室后，李晓东的冷笑就没下去。

此时他陷坐在沙发上，一动不动，比抱枕还像个抱枕。

张明春心里有点不安，端了一盘水果坐在他身边，轻声问："妈妈给你削个苹果？"

李晓东这才出声："下午那个小宋，说的是真的假的？"

"什么真的假的？"张明春削苹果的手也不停，低着头迅速反问。

"那人说的事，难道你当时没听清吗？她说，你想靠姐姐活，你想让我也靠姐姐活，你指望将来刘畅家里关系不和睦，好去占便宜。这栋房子你觉得还不够吗？你让刘畅在上海买房子，为什么是上海？是给我的？我姐姐是打定主意卖身给你报恩的，你就真的要把她当牲口卖了换钱吗？她是我姐姐，她不管是不是你亲生的，她都是我姐姐！你这样对她，你想过我的感受没有？"

张明春捏着刀的手有点抖，抬起头来已经是满目泪光，她盯着李晓东好久才问："你只想着你姐姐，你想过妈妈没有？"

李晓东一愣,倒是笑了,反问:“我要怎么想你呢,妈妈?这么多年了,你想着法儿从姐姐手里骗她的工资。姐姐二十几岁的年纪,衣服都是地摊买的,租没窗户的合租房,吃超市的下架临期菜,工作七八年,好不容易存了两万块想用来考个CPA,你居然让她都给你存个定期,从刘畅那里骗嫁妆!你说我该怎么想你?姐姐和刘畅在一起,你问过她开心吗?你知道她过得好吗?你知道他有钱,你就知道要钱,她要结婚了,你想过要送她什么没有?”

张明春看儿子一眼,飞快道:“她要嫁给刘畅,刘家难道你没去过?他家什么没有,我有什么好送她的!”

李晓东有点痛心疾首的样子:“你可以告诉她,如果刘畅欺负你,如果他对你不好,不要怕,你永远可以回家!”

张明春一呆,撇撇嘴道:“天真!现在不凭着刘畅喜欢她多拿点钱,将来刘畅真对她不好,回家有什么用?母女俩一起喝西北风?你真是读书读傻了……”

李晓东神色黯淡,好久才叹口气说:“我不会要刘畅一分钱。如果你是我的妈妈,你也不准再拿刘畅一分钱。我们今天,立刻马上回渝州老家去,住我们自己的房子过我们自己的日子。我养你,我现在已经有收入了,我赚的比姐姐多,你不需要工作我也能养你。你放了姐姐,我是男孩子,我有责任养家。妈,我能理解你因为受了穷而对钱有不安全感,每个人都有这种感觉,可是姐姐出力已经够多的了,她的整个青春都贴进了家里。她是个人,她不是个奴隶,她找到了一个爱她的人,你放了她吧……”

李晓东的话还没说完,张明春猛地把削好的苹果连同刀子一起摔到地板上,“嘭”一声苹果四分五裂,刀子滑出去老远才打着旋停住。

张明春吼道:“对,我是逼着你姐姐把工资交给家里,但她的钱我拿过来是自己用了吗?你姐姐省吃俭用,难道妈妈不是一样的?你姐姐性格软弱,我就是不放心她手里有钱,我怕她被骗!你知道她和刘畅在一起我有多担心?我怕刘畅图一时新鲜,我怕刘畅是个骗婚的同性恋,我还怕他有精神病，妈妈怕的太多，因为妈妈见得多。有钱人家的太太哪个不是人精，就说富德那个朱振远，出了名的色鬼，那王照澜还是他老上级的女儿，有什么用？老丈人死了以后还不是在外面偷吃？你姐姐有什么能让刘家畏惧的？现在刘畅爱你姐姐，以后他爱上别人不要你姐姐了，我们都爱她她就能体面地活吗？你瞧不起钱，你有什么资格瞧不起钱？人能喘气哪样不靠钱！李晓东，你只看到你姐姐多少年没买过一件像样的衣服，你看到你妈妈买过一件衣服没有？你姐姐吃的是临期菜你知道，但你不回家的时候妈妈跟街上的狗一样，把东家的剩菜打包回来吃的！”

张明春又抹了一把眼泪道：“你现在逞一时意气回渝州，你要跟刘畅划清界限，那还有什么理由跟刘家要钱？就凭我们这样的家庭，将来刘畅一旦有了新欢要把你姐姐清理出门，我们有资格说不吗？以后真离婚，我骗来的那一百万连抚养权官司的律师费都不够付的！实话告诉你，如果你姐姐早告诉我她跟刘云山的儿子谈恋爱，我是绝对不会肯的。咱们家是穷，但没穷到让你姐给富家公子当宠物补贴家用的地步！既然你今天这样说，妈妈也和你交底，我也不看好你姐姐和刘畅，我从来没看好过！尤其是见到了刘云山和杜蘅雪，那两个笑面虎生不出来个佛陀儿子。你姐要是市侩点爱他的钱，想从他身上拿点好处，我看倒也好办，可他俩处了那么久你姐才跟我说，带他给我看，那说明你姐对他有感情了！她不肯跟他要钱，难道我也由着她发傻犯痴?！你要是瞧不起你妈，你可以走，去上海，回渝州，我不管你，你追求你的高贵灵魂去。我不能走，我不能因为儿子想当圣人，就把闺女的后半生搭进去！上海的房子我的确是要了，但李晓东，房子是在我名下的，这套房子也是。往后我还会跟刘畅要钱，我要的东西就要确保他离婚时带不走！但我张明春对着灯火发誓，我要是贪图女儿一分钱，我就不得好死下十八层地狱！”

李晓东愕然地瘫坐在沙发上，他不知道该说什么，也说不出什么来。母亲的话在他的脑袋里形成了一场龙卷风，他所有的思绪都成了碎屑团团打转，对于姐姐的婚事，他没想到母亲居然有这样的想法，这是真的吗？

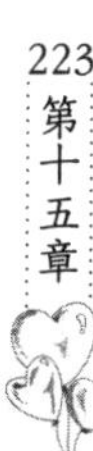

还是，母亲只想把自己的贪欲合理化？

张明春说完便回了自己的卧室。屋里静悄悄的，李晓东又坐了片刻，才站起身来拿起自己的行囊和外套，一言不发地走出门去。关门的那一刹那，他好像听到母亲歇斯底里的哭声。她是真的在哭吗？记忆中好像母亲从没有那样哭过，她流过泪，每个人都流过泪，但她从没有放声哭过。李晓东想要阻止行将关闭的门扇，却已经晚了，赤铜色大门牢牢地锁住他的回头路。

城市已经夜深，他独自走在路上，他理解不了母亲，也阻止不了母亲。他甚至开始怀疑自己的指责到底是为了维护姐姐还是为了维护自己高贵的尊严。

正怅然时，他的电话响了，那边一个女声问道："你还好吗？我听说今天有人砸场，闹得不太愉快？"

李晓东的鼻子一酸，好容易忍住，勉强道："你在哪里，我去找你。"

"还是我去接你吧，你把地址发给我。"

他"嗯"一声，往茫茫夜色之中去了。

同样在茫茫夜色中的还有刘畅和李凤玉。刘畅是这次见面结束后唯一心情愉悦的人，一路哼着歌，开着车。周五的临山市区晚高峰历来后推两小时，被他们赶上了，刘畅在一个漫长的红灯处驻了车，转脸看凤玉，含着不怀好意的笑，片刻才说："凤玉你今天太帅了，我再次拜倒在你的牛仔裤下。"

凤玉低下头，嘴角有笑，眼睛却没有，好久才问："你家里人为什么不反对我们结婚？"

刘畅冷笑："因为他们没资本反对。我不靠刘云山发工资，也不靠雪山过日子，不仰人鼻息，不听人指挥。就这么简单。"

"所以他们其实并非不反对，只是没资本反对？"

洋洋得意的刘畅觉得话题走向不对，立刻严肃地顾左右而言他："这是我结婚，我要跟谁结婚，他们不但没资本反对，而且没权利反对。我知道你不喜欢她们，我家那些亲戚，我自己也不喜欢，成天颠倒是非无风起浪。不过我大哥还是很好的，傅晓，你见过的。以后我们俩的日子，咱俩自己过，过年过节隔三差五回去一次，平时不见他们。家里我会放人，他们谁敢提前不报备过来颠倒是非，一球棍抡出去！”

李凤玉看向窗外。墨蓝夜色衬着流光，人群漫无目的如同鱼群游走，但他们是开心的。一个年轻的姑娘隔着玻璃窗好奇地打量着坐在豪华跑车内的李凤玉，同样是好奇，敌意比刘家人少了许多，她的眼神里没有厌弃。厌弃的眼神有味道，李凤玉顶着那种眼神过了二十几年，那味道不管怎么藏，她都能立时辨别出来。厌弃充斥在刘家的每一处。刘畅的两位姑姑是恃宠而骄，刘畅的母亲则是投鼠忌器，刘云山并不在乎，因为自己的儿子与一个贫民窟出来的女孩儿谈婚论嫁，只能证明他的儿子并不是追名逐利的人，也因为在他的世界里，三妻四妾并不是罕见的配置。

那姑娘还在看着李凤玉，李凤玉抬眼朝她笑。那姑娘一怔，也笑起来。刘畅并不在乎车窗外投进来的视线，他是在聚光处待久了的人，只在喃喃抱怨城市交通多么糟糕。

车子启动，滑走，后视镜里的人群被逐渐掩盖，姑娘也不见了。对她好奇而不厌恶的人，从来就不多，她不该要求刘畅的家人做得比别人更好。

凤玉忽然说：“她们没有颠倒是非。”

刘畅表情一滞。

凤玉道：“我妈说过那样的话，可能有点断章取义，但她的确有那样的意思，希望我嫁给你能给我家带来好处，能帮助我弟弟。将来这样的流言也不会减少，这些日子，我自己也会怀疑自己动机不纯，更别说别人。”

“怎么个怀疑呢？就是形而上地自省，你是爱我还是爱我的条件吗？”刘畅又笑起来，“你听过‘爱屋及乌’吗？你爱我，就等于你爱我的一切，好的坏的，内在的外在的，都加在一起，才是一个我。我和你说过，我养得起

你，也养得起你一家，这不算事。就算没钱，你是我的媳妇儿，你妈你弟弟也就是我的妈和弟弟，难道还能不管了？更何况晓东也不是个好吃懒做的，就算他不是我小舅子我也愿意提携。这是爱才，不是爱你。"

"那么我呢？你所给我的都是看得见摸得着的，钱、房子、车子、地位。我能给你什么？照顾你的饮食起居，和你生儿育女，这些事任何人都可以做，恐怕别人做得还更好。我在其他方面根本帮不了你什么，我没有学历没有家境也没有好的工作履历，我能嫁给你，但我没资格成为你的知己，你爱我什么呢？就因为我长得好看？"

刘畅把车往路边一停，转头扳正李凤玉的肩膀不由分说地吻下去，将凤玉的反抗化解在缠绵相逐的唇舌之中。好一会儿，刘畅才气息不定地抬起头，捧住凤玉的脸，严肃地说："我爱你皮肤滑腻，嘴唇柔软，身材婀娜，声音婉转，你长得不是一般好看，你是非常好看，又没整容，以后生了孩子颜值也一定高。我足够聪明了，老婆漂亮一点才有助于基因均衡发展。男才女貌，自古真理。你嫁给我简直再自然不过了。"

十分不正经的一番话，说得这样认真，凤玉被他逗乐了，刘畅这才扭过抻着的腰，坐回椅子里，说："既然今天你跟我说了心里话，我也想跟你说说我的想法。最开始我喜欢你美，说实话，你太好看了，如果那时候我还能注意到你其他方面，那才有鬼。但后来，我喜欢你踏实，我不是个踏实的人，在你身边我觉得踏实。对我来说，这个很重要。凤玉啊，你问我你能给我什么，你给我的，是别人给不了我的，你给了我一个家。你知道家是什么吗？家是你逃亡时想要去的方向。家是我脚上的这个刹车，几百万的车子，贵在快，拉风，长得奇怪，但有人肯买，因为它有刹车。凤玉，你给了我一个刹车。"

凤玉先是笑，笑着笑着又哭，眼泪小溪一样往下流，刘畅手足无措，伸手就往她眼上一揩，没想把眼影眼线全擦脱了妆，黑乎乎的一团，凤玉还在哭，刘畅却哈哈笑起来，伸手开始抹另外一边的眼妆，凤玉自然不肯。两人正推搡躲闪缠作一团之际，执勤交警敲窗了。

作为交警，最讨厌这种高峰期占临时停车位起腻的人，原本他预备严肃地教育一下司机，临时车位上下即走，酒店就在隔壁要开房去那里。谁知窗户一开，首先看到的就是李凤玉哭得梨花带雨妆容不整的脸，原本的说辞就忘了，警察严肃地瞪一眼脸上坏笑还没收住的刘畅，问："怎么回事，需要报警吗？"

凤玉立刻摇头。

警察又审度地打量着刘畅。刘畅还是笑着，然后他仰头对警察说："不好意思，警察同志，给你添堵了，我求婚呢。"

警察万万没想到有人会在高峰期的主干道边做这件事，一时也忘了批评教育他。刘畅扭头对凤玉说："当着国家暴力机关代表的面儿，李凤玉女士，你嫁给我吧，你同意了咱们就赶紧走，别妨碍人家执勤。"

撒谎而不眨眼，凤玉听得心怦怦跳，立刻赶紧点了头，推他一把说："快走，咱们快走吧。"

第十六章

你怕疼吗？

设备再次更新，按照新章程是要开股东会的。

这是李凤玉跟于大年说的，于大年知道后愣了一会儿，才又问：“你怎么知道的？”

凤玉答：“我是会计，公司章程有更新，我必须要知道。”

她眼神明亮，坦然地回视于大年，于大年已经习惯了每次跟凤玉对话都看着她的头顶，骤然被这样一双眼睛盯着，他反而不自在地别开视线，叹了口气，自己先低了头。

本来今天他打算跟设备方谈生产线更新的事，更新的工程不算大，要临时停机却不划算，想来想去，还是得这一批单子做完以后再做动作。于大年按照往常的习惯，叫他们出一份报价给车间主任，主任觉得商量好了，再签字送给会计室。结果在凤玉这里事情卡住了。凤玉给他打电话，声音平静：“于总，得请你来一趟会计室。”

于大年起先并不知道是为设备的事，三步并作两步地跑上去，看到凤玉手里一份车间送来的报表。她手边是一叠厚厚的文件，于大年凑近一看，才知道是新章程。

凤玉说：“得开会，形成纪要，还得三分之二的股东表决权，这笔钱才能放出去。”

往常公司小但公司是他的，现在公司做大，他反而被打入了冷宫。于大年坐在沙发上，有种四顾茫然的无力感，他想先更新设备，就是为了先斩后奏，这下从章程上就绝了他暗箱操作的梦，他的无力感就带了一丝丝气急败坏。

凤玉轻声道："你是一定要跟曲总说的，她虽然是那两位的朋友，但她参股的目的跟那两位不同，曲总愿意帮你的可能性最大……"片刻凤玉又道，"而且她那个人，也不吃先斩后奏的那一套。"

于大年被点中了心事，最要命的是他被李凤玉点中了心事，虽然之前已有经历，但还是叫他发怵。李凤玉，这个不声不响不言不语的小会计，以前那副唯唯诺诺卑微小心的样子到底是不是真的，还是这段时间跟着刘畅学精了？

于大年搔搔头，打着哈哈道："哪里哪里，我就是习惯一个人做主了。一下子多了这么多规矩，有点不习惯，回头我跟曲总说说去。"

"那得赶紧说，"凤玉的目光紧随着于大年，"厂家的人也知道这公司多了三位背景深厚的股东，他们跟曲总那边未必不联系。曲总投资华恩，是因为相信自己有投资眼光，刘家那两位为的是投机赚钱，这是两个完全不同的路子。而且那两位也是曲总带来的，先去找曲总合情合理，曲总也开心。要是等着厂家的人把你叫人来更新生产线做中小规模单的意图抖出来，以曲总的脾气恐怕不太好办。大哥将心比心，你也不愿意投资打小算盘的人吧？"

凤玉喊他大哥，又直接戳穿了他的借口，像是谈判桌上的高手，又像个不懂得说话要藏几分的孩童。

于大年只能点头，也诚恳地答："我知道了，我去找她。"说罢要起身。

凤玉又问："你预备怎么说？"

这个于大年还真没想过。他跟曲玲玲讲话，只有听教训的份儿，如今要把自己的想法加给她，于大年也不是不胆怯的。一方面他已经习惯在曲玲玲面前匍匐，另一方面，他并不了解她。她是临山社交圈里的名女人，她有传奇一般的感情史，她美且跋扈，偶尔又有莫名其妙的仗义，她说话带袅袅南音，却从不说起自己的故乡。曲玲玲这人，好像是一张纸，写

满了别人想写的字，遮住了她本身。

于大年又坐回沙发，坐了一会儿才叹口气，说："我还真不知道。咱们万通从来都是我一个人的山头，这下忽然多了三个女人当股东，还一个个都身份贵重。明面上有公司章程，但其实我有什么发言权，那公司章程还不都是章程我的？就算她们犯规，我敢说什么？她们仨，哪个都是衣食父母，哪个都得罪不起。你是自己人，凤玉，大哥也不瞒你，我就是故意要上中小单生产线的。咱们临山的大单就那么几家企业给，要是就靠着他们，那咱们不就一点自由都没了，跟以前靠着加瓷过日子有什么不同？换了个皇帝拜，还不都是跪着的？"

说完后于大年生闷气似的两手抱在胸前，斜靠在椅子上，盯着面前一杯凉掉的茶水。

凤玉开口："其实，不单你是跪着的。我们每个人，都是跪着的。"

于大年愕然地抬起头来，看着凤玉。

凤玉起身给于大年倒了一杯热茶，坐到他对面的沙发上，笑着说："大哥，我以前很羡慕你。我心里暗暗许愿，以后如果我弟弟能像你这样有胆识有魄力，我就放心了。"

于大年听了表扬不好意思地笑笑。凤玉继续说："可后来我发现，你也有难处，难的时候，也得低头，再难的时候也得……跪下。然后我遇到了刘畅，我想，他们那个世界的人，大概都是自在的，可也不是，每个人都有每个人的难处。所以现在我觉得，我们每个人都是跪着的，好像是跪在一条很长很长的楼梯上，而且总有一部分人虽然跪着，但跪得比我们高很多。人生的阶梯，大部分人都是跪着爬上去的，久而久之，就忘记怎么站起来了。你觉得自己在她面前跪着，其实她也是跪着的，你想站起来，曲总也想。曲总早年的生活并不幸福，她家里穷，小小年纪就来临山打工养活弟弟。有次下夜班被几个男人盯上，跟着她走了好几公里夜路，她抓住在一家酒店门前站着抽烟的男人求救，那男人带她进了酒店。几个流氓在外面徘徊不去，那男人给她买了一杯热咖啡，又叫了酒店保安驱逐了那几个尾随她的男人，然后陪她坐了很久，后来那男人给了她一份新工作。那男人就是余枫，那个酒店，就是现在曲总一直住着的酒店。大哥你去过那个酒店，一层甜品吧供应最顶尖的巧克力和现磨咖啡，但只要曲总过去，给她上的一定是老式的速溶三合一。外头都说曲总不务正业只想嫁给余枫，我看是也不是。曲总的确想跟余枫在一起，但她也一直想要证明自己的价值，她只是没找到机会。”

于大年从没听过这个故事，但他相信这故事一定是真的，李凤玉从不搬弄是非，也不好讲八卦，这一定是刘畅告诉她的。但她这样告诉自己，于大年一时间不知做何反应，勉强问：“你觉得她真是这样想的？”

凤玉摇头：“不是我觉得，是我知道。我懂她。”

正当于大年发愁怎么找曲玲玲的时候，他就得了一个机会。其实也说不上是机会。

加瓷新总监上任后三把火烧尽了吴宝恩的旧部，又跟新代工厂签了合同，算得上是另起炉灶。没多久，城商行就给华恩就大客户异常变动事项发了问询函，要求华恩前去说明情况。华恩现在抱着谁的大腿临山金融圈的人谁都知道，但规矩总是规矩，问询函前一天下午到，于大年亲自拜访了曲玲玲。

曲玲玲住在酒店套间，于大年一进门就是一阵香风。开门的是一位年轻的姑娘，于大年不经意对上一双肿得厉害的眼睛，愣了一下。那姑娘倒大方，抽搭着也不忘开门让于大年进来，领他在客厅落座，又给他上了饮料，才说：“曲总在楼上有点事，一会儿才能下来，她叫您稍等一会儿。”

于大年赶紧点头欠身：“你忙你的，你去忙你的。”

那姑娘点点头就走了。片刻曲玲玲才婀娜地从楼上下来，一脸愠色，瞥到在吧台收拾餐碟的姑娘眉头皱起来，人还没从楼梯上下来，就冷声道：“你别在我跟前晃荡。”

那姑娘闻言抬头，曲玲玲又道：“看什么看，说的就是你，我有客人你

没看到吗？不知道回避吗？”

姑娘一声不吭地消失在走廊拐角，不能消失的于大年背后隐隐发紧。坏了，今天是撞到枪口上了。

那姑娘走了，曲玲玲神色缓了缓，瞟了一眼姿态紧张的于大年才说：“你说城商行怎么了？”

“那边送了问询函过来，让我们过去说明加瓷合同的问题。”

“加瓷合同能有什么问题？”

“加瓷以前是华恩的大客户，加瓷的合同是华恩能拿到城商行贷款的主要原因，现在大客户流失了……”

“现在华恩的大客户是富德、九恒啊！”曲玲玲眉毛一扬，问，“哪个行发的函，给我看看！”

于大年立刻把信双手交到曲玲玲手上，曲玲玲扫了一眼，拿起电话拨过去，没多久就通了，那边是个男声，热情洋溢地问：“曲总，您怎么打电话来了，有什么吩咐？”

曲玲玲的语气不太好：“你们行给华恩发了一封问询函要我说明情况，你说吧，想我说明什么？……你不知道谁知道？你是管业务的副总……抬头是你们总行授信部……行，你去问。为什么下函之前没人通知我直接就送到华恩去了？我们于总不来找我，我还不知道自己得去你们行什么鬼授信部说明情况，不然以后贷款要出问题呢。真是可笑，你们董事长请我吃饭还得看我的时间，你们那个鬼授信部还敢叫我去说明问题?！吓死我了！……你们知道加瓷和华恩终止合同却不知道加瓷和华恩为什么终止合同？这话你说了自己也信？那行，我现在也给你下个函，你二十四小时内给我把情况说明白了。这钱你能借借，不能借，我们基本户换到随便哪个行，我看他们敢不敢让我去说明情况！”

曲玲玲挂了电话，喝了一口水，然后抬起头看着于大年说：“等着吧，过会儿就有人找你了。”

于大年是典型的小民营企业主，在银行面前从来都是点头哈腰，哪见过这阵仗，是以不敢应声，只敢点头，片刻才收拾好自己的情绪，说："曲总，我今天来还有件事。"

"还有事？"曲玲玲眉头皱起来。

多年养成的畏惧权力的习惯不是一朝一夕一次促膝长谈就能改过来的，于大年见曲玲玲这等面色，莫名其妙地失了阵脚，几乎是口不择言，慌张地说："我想跟您说说，公司以后发展规划的事。"

说罢他微微抬眼瞄着曲玲玲，她眉头本来皱着，闻言一扬，倒是开了，片刻她开口："你说吧。"

于大年原本准备的慷慨激昂的瑰丽灿烂的公司远景描绘全都不见了，他只想到凤玉用淡淡的语气说：人生这条阶梯，大多数人都是跪着走的，久而久之，就忘记了怎么站起来。他知道自己是想站起来的，但是曲玲玲呢？她想吗？不对，正确的问题是：她是跪着的吗？

于大年道："曲总，我觉得咱们华恩想要真的站起来，站直了，不能把希望都寄托在富德和九恒这样的大集团上，那不就跟，就跟，养在笼中的金丝雀一样吗？看上去很美，挂得也很高，但终究是在笼子里，得听别人差遣。将来他们一个不高兴，扔了我们，难道比扔了加瓷难？"

于大年顿了顿，见曲玲玲表情如石化般，看不出什么情绪，又说："当然有大单对咱们华恩立竿见影保住工业园、保住公司是有好处的，但华恩如果只能靠他们活，还是要靠面子拿单子，曲总投资它还有什么意思……"

于大年的声音是越来越低，倒是曲玲玲的眼神抬了起来，她淡然地看着于大年，片刻后笑了，说："于大年，你到底想干什么？这么拐弯抹角的没意思，我曲玲玲听过的挖苦嘲弄含沙射影比你许过的发财愿多。你尽管给我说实话，我怎么想轮不到你猜。"

于大年闻言坐正了才说："曲总既然这样说，我也不跟您弯弯绕了。我觉得华恩摆脱了加瓷后，如果按照您的设想，不是为了保住这个小工厂圈了地等富德、九恒和雪山联合开发新区分一杯羹，而是正儿八经当个有名头的好企业，树立一个牌子，就不能把自己还跟几个大企业绑到一起

去。市场的眼睛是雪亮的,面子的能量是有限的。”

“没有这个面子,还能有华恩这么囫囵个儿地杵在你那块地上?”曲玲玲声音不高,但里面的不悦很明显。

于大年本能地想拍几句马屁哄得金主开心,但他艰难地摁住了自己谄媚的那一部分反应机制,深呼吸一次道:“如果华恩一直要靠面子杵在那里,那曲总投资华恩是为了什么?是为了,把自己在临山的面子,变现吗?”

这句话说出来,于大年自己先浑身发凉,喘气发虚。

他深刻明白如今所面临的局面:曲玲玲想要一个合适的人控制华恩,因为她要华恩成功;刘家那两位想要一个跟他不共戴天之人进华恩,因为她们想要华恩的实际控制权制衡,所谓制衡,其实就是内讧。如果没有内讧,她们两个股东要想主动从一线管理层获得实际消息太难了,毕竟雪山目前对业务量毫无帮助,而这俩人的钱却是实打实地进了华恩的账户,换成了机器和材料源源不断地运进来。出钱的人不可能不想管账,这种要求也不算是不合理。而且从于大年的经验来看,适度内讧跟偶尔感冒一样是促进企业健康发展的必需刺激。这本来是好事——只要这内讧不是讧他,或者被放进华恩这个池子当鲶鱼使唤的不是吴宝恩。两者居其一,于大年都不会如现在一般着急。他有一种预感,如果吴宝恩这样进了公司,他于大年被排挤出去的那天指日可待。他还有一种预感,这个吴宝恩,不管他于大年是不是愿意,总是要到华恩来的。所以他必须要在吴宝恩来到华恩之前获得华恩决策的话语权。

人到中年,却还要在自己的地盘重新获得话语权,这叫于大年有种壮士赴沙场的悲壮感,这感觉冲淡了他心中对曲玲玲的畏惧。于大年正色道:“我这段时间在考虑拓展当地开发商市场的事,这些中等体量的开发商,虽然只占整个盘面的百分之二十,却也是大有可为的。我们目前通过富德和九恒掌握了市场大约百分之十七的份额,只要再从这个市场里拿下百分之十,华恩就可以跟加瓷平分秋色。”

曲玲玲嗤笑:“百分之十?你当是吃苹果呢,一口百分之十,十口吃完了?”

“我跟几个当地地产老总聊过,他们有意思用华恩,但单笔订单无法满足我们的开机要求。他们愿意要小厂产品的原因也是在这,现在拿地成本高,好地块都在大企业手里,剩下零零碎碎的地,一块出不来五栋楼,订单量少,议价能力就弱。小厂虽然性价比不高,但产量可调,要多少给多少,久而久之就会形成那种强者越强弱者越弱的马太效应。华恩从开始就是做大单的厂子,这次生产线更新换代,是朝着更大额订单的方向走的。而现在的建材需求热点地区已经不再是城市,而是两极化,一部分集中在一线城市或者大区域热点城市,另一部分,则集中在农村。比如王海老家那边,就正在进行危房旧房改造翻新试点工程的分类招标,还有五天截止,目前还无人投标。临山也在逐步上马农村危旧房改造工程,城投的人预计招标工作也不会乐观了。这类农村类棚改的共同特点就是跟城市棚改相比,工程量不大,利润低,但验收要求没降低,所以大企业不愿做,小企业又不够格,属于因为政策转型而造成的市场供需错节地带。但新农村建设是个趋势,也是个新市场,在这一块,我们和加瓷是平起平坐,甚至有可能超越它的,一旦我们能先加瓷这样的大企业一步进入中小体量市场,对华恩来说,未尝不是个四两拨千斤的好机会。”

“你想怎么做?”曲玲玲斟酌片刻才问,“再上一条生产线?”

“我跟生产线那边的工程师商量过。需要在原基础上多加一条混料通路,控制模块做一下更新,然后做半个月左右的车间培训,对我们的产能没太大影响。”

曲玲玲听到这里眉头才展开,说:“你说的事我也听过,倒是没往心里去,看来你于大年能走到如今这一步也是有真本事的。可既然有设备改造意向,就得有设备改造原因,我需要一份市场分析报告,不单是我,另外两位股东也会需要。”

于大年听了前半句产生的轻松愉悦被后半句打得粉碎,她要什么?

市场分析报告？什么市场分析报告？他是华恩的总经理，他也是股东，他怎么混得仿佛是曲玲玲和刘家那俩老虔婆的走狗了！

曲玲玲见于大年不语，又道："大年，我个人是站在你这边的，但毕竟是涉及钱的事，不可能凭你一张嘴说什么就是什么。那两位本身对你对行业认知的权威度有所怀疑，这次你要更新设备，虽然叫我说理由充分，但客观上，等于否定了之前你说服她们投资时提出的发展规划。政策的连续性和稳定性是增强投资者信心的重要指标，这句话不但对宏观来说准确，对微观来说也一样。我这个要求其实也是为你考虑，希望你能明白。"

于大年点头，勉强笑着，道："我明白，我回去准备，准备好了给您送来。"

曲玲玲点头，又道："要快，要经得起推敲。你得明白，那两位身边是吴宝恩，你这份报告出去她们很可能会拿给吴宝恩看，要小心。"

于大年再次点头，进了电梯间整个人才垮下来。

凤玉接到于大年电话时，正和刘畅在从菜市场回来的路上，于大年说了拜访曲玲玲后得到的课后作业，语气不是不沮丧。

凤玉电话漏音，刘畅在一边也听了个七七八八，看凤玉挂了电话才问："于大年去干什么了？"

凤玉答："因为更新生产线的事，他去酒店见了玲玲姐。"

刘畅"哦"一声，片刻又问："你们不是更新了一条生产线？还得更新？华恩是把加瓷摁在地上摩擦了吗？当真想要吞下整个临山市场？"

凤玉摇头："这次是新生产线改造，说之前的开机量太大了，以后要重视中小单，不能只靠大订单活了。这次去找玲玲姐也是为了这个，于总希望能通过曲总说服你家两位姑姑同意设备改造。"

刘畅点头，问："曲玲玲同意了？"

"好像是吧。"

刘畅含笑："那我俩姑姑应该也没问题了……"

凤玉想了想，说："不一定。你家两位姑姑跟吴宝恩联系挺密切的，于总和吴宝恩算是有旧仇，这俩人之前还因为于总给王海老家学校改造的单子批了特价吵了起来，这次估计还得吵一架。"

刘畅冷笑一声，又问："中小单？什么地方的中小单？这个政策环境，整个行业都是收紧状态，小地产企业已经死得差不多了，中等规模的要求也是跟大房企搞联合开发，没什么自主权。于大年这是又搞什么幺蛾子？"

"于总说之前王海老家的老校长来买建材的时候说过，下面城乡其实需求也不少，很多村镇上了危房改造工程，但是规模小，大企业不接，小厂子吧，给孩子用，大人们也不放心。然后他就顺着下乡去摸了摸，觉得市场潜力的确不小，就跟玲玲姐说了。"

刘畅转头看了一眼李凤玉才问："曲玲玲怎么说？"

"玲玲姐应该是赞同的，但是要于总交一份市场分析报告，于总就为这事发愁，所以找我了。"

"让你做？"

"嗯，让我做。"

刘畅点点头才道："让你做也好，之前你给华恩做的融资报告我看过，不错。市场分析类似于尽调，你做做，不懂的地方找我，我替你联系富德的人。做完了给我看看。"

凤玉笑着点头，片刻才说："于总还说，等这个忙完了，公司报销让我去读个CPA出来。"

刘畅莞尔："他说的话你也信？不过是给你面前挂个胡萝卜让你往前跑。资本家惯于画饼，你得记着，只要他说了，立刻就让他签字画押，就算不当时兑现，也得有个兑现截止日，要是再给他加个惩戒机制就完美了。"

凤玉把他的衣领整理一下才道："我相信于总是真心想这么做。"

刘畅嘴角扬起："我又不是说于大年。我正想和你说呢，我跟富德那边联系好了，预备把你送到那边去。王照澜虽然是个蠢货，老朱可是个治世能臣，他接任以后从外头挖了不少人才。我给你挑个好的，你跟着看看

练练上上手，CPA这东西是个资格，资格要跟资历搭配起来才有效，否则考出来也就是个持证上岗的人形计算机。”见凤玉不语，刘畅又道，“你要是怕王照澜，我告诉你不用怕，老朱叫她去上海照顾女儿了。本来说是一个月，到我家哭了半天，我妈陪她去求情，才被准半个月后回来，昨天哭哭啼啼地上了飞机。那个小宋也被开了，就按照你说的，上了家政服务协会的黑名单，协会内的企业几乎不可能再雇用她。这名单是对外公开的，她就算自己出去揽活，雇主查到协会，也调得出她的黑历史。”

刘畅说完等不到预料之内的表扬，趁堵车仔细打量了凤玉，见她愕然地看着自己，也有点意外。

凤玉轻声问：“什么黑历史？”

“这次遭到解雇的原因啊，”见凤玉面色越发不安，刘畅解释，“她不是没脑子不知道其中利害，她答应王照澜干这件事，是权衡了自己的利弊得失后才做的决定。这虽然肯定不是她想要的结果，但是她估计到的结果之一。她不是走在路上被车撞了或者当个好太太老公出轨了，无端地遭了横祸，那种你可以可怜她，但小宋的事，完全是她自找的。你不能可怜她。怜悯心跟对不起一样，要节制着用，要不就成了祸患。”

“为什么会是祸患？”凤玉声音发紧。

刘畅连忙解释：“小宋只是个保姆，如果她都可以当着我全家的面侮辱我未来丈母娘，你我的面子，我父母的面子，怎么办？最要紧的是，你妈以后如何立足？这事如果没有个利落爽快的了结，你和你妈都会成为笑话！”

“可我已经教训过她了！”

“你那不是教训，”凤玉声音一高，刘畅的声音也高起来，“教训是杀鸡儆猴，不见血就没人知道有些事不能做。一个保姆都敢这么猖狂，不杀一个立威，你以后的日子没法过了！”

“小宋是个保姆，她进城了以后就一直只是个保姆，她如果不当保姆了，还能干什么？！”

“那就是她的事了，”刘畅冷静地回应，“这个处理已经传开，所有人都知道是你把小宋踢进黑名单的。从此之后，张阿姨以前的同事们没人敢在你们跟前嚼舌头，我只要求达到这一点。小宋我不在乎，你也不该在乎，她为她老板做事，成败是她们的事。所以我告诉你，老板要你做事还给了许诺，那就立刻让他兑现，否则把你当炮灰用了一分钱不给，你也没地方说理去。”

凤玉还是维持着之前的姿势，刘畅见状试图转移话题：“于大年既然说要给你付钱让你去读CPA，你就让他赶紧给你把单子开出来。你是不是不好意思，那我去？”

凤玉并不回答这个问题，她缓缓地坐回包裹舒适的椅子里，片刻才问：“那么王照澜呢？”

刘畅斟酌一下，改了语气和切入角度：“王照澜本来就那么个人，一直不知收敛。她倒不会有事，老朱那人念旧，毕竟几十年夫妻了还有个女儿，他就是给她个教训，估计不到半个月她就会撺掇着女儿去给她求情让她回来的。治理她只能这么治标不治本，不过寻常你也看不见她。我跟家里说过了，下次我带你回去，刘云蔼、刘云芳和那个王照澜哪一个都不会出现，你放心。”

“我听说，王照澜是朱董事长老上级的女儿？”凤玉的语气也缓下来。

见凤玉有心思八卦，刘畅立刻回应：“是啊，这个你也知道吗？都是老皇历了。老朱当年是个人物，文采斐然，玉树临风，还写得一笔好字，刚分配到单位就有一堆人给他介绍对象。老朱为人傲气，等闲的女孩子看不上……王照澜那种货色更别提了。但王照澜精明啊，看准了老朱以后是个人物，死皮赖脸地贴上去，终于把生米煮成熟的了，老朱也只能认了……有机会我带你见见他，是个有趣的人。”

凤玉视线微垂，片刻才道：“可我听到的跟这个版本不同。我听说，朱董事长追王照澜追了很久，那时候他体贴温柔，每天写情书，送惊喜。王照澜在外地出差，他搭夜班火车过去只为给她送一根糖葫芦。王照澜的

父亲并不同意，可王照澜一心要嫁给朱董事长，后来王照澜怀了孕，她父亲气得住了院，到底是让他们仓促结了婚。朱董事长后来对她并不好，在外面也不干不净的，但王照澜的父亲已经去世，她每到父亲的忌日都很伤心，可伤心也没办法，老一代已经零落，朱董事长如今成了一家之主，连娘家也没有人给她帮衬，她过得很不快乐。”

刘畅扬眉问：“你还为她不值？”

凤玉摇头：“我没资格为她不值，我只是想，一段关系不可能从一开始就是坏的，可如果变坏了，就好像，从一开始就是坏的一样。可如果一开始就是坏的，那为什么还会开始呢……”

刘畅叹口气，拉过她的手握住，才道：“凤玉啊，你不能这么好心，也不可以委曲求全了。你得有爪子得有牙齿，有人扑上来时要跟他们厮打，输了的人都会喊疼，但怕疼的人就不要惹事。又怕疼又不肯撤退的人不值得同情，比如王照澜。对待这种人最好的办法是，让她看到你就怕，怕到不敢和你对垒，这对她对你，都是好事一桩。”

绿灯亮起来，也不知道亮了多久，后面有人轻轻摁了一下喇叭。刘畅松了凤玉的手，握住了方向盘，发动机低低地咆哮了一声，车子往前冲去。

你怕疼吗，李凤玉？

凤玉摇下车窗，猎猎寒风吹进来，她微微眯上眼，没有回答自己的问题。

于大年之前想问齐方找他的关系做调研，但想起那间咨询公司休息室里的外国苏打水，自己心里先发虚，还是找了李凤玉。其实找李凤玉也就是找了刘畅，叫刘畅出面让齐方帮忙找人做个小小的市场调研，那肯定要比他叫齐方容易得多，却没想刘畅还真的叫凤玉接了这个事，跑到下面县城去做调研了，也就是给她添了一男一女俩搭档而已。这俩人于大年见过，大约是刚刚从学校出来，满脸写着天真幼稚。于大年有点担心，凤玉一个会计，虽然是个能吃苦耐劳的，但也只是个在会计室吃苦耐劳的，一个细皮嫩肉的姑娘，这数九寒天往鸡不拉屎鸟不生蛋的乡下地方跑，刘畅也真的是狠得下心；他更担心的是，这俩所谓从专业部门调出来帮忙的人，到底堪不堪用？农村市场是个新兴市场，那些在城市里形成的价值逻辑、调查办法，在农村恐怕都用不上，这些连是麦子还是韭菜都分不清的城里长大的孩子，用调查城市人口的办法去问庄户人，会不会就是一场劳神费力的鸡同鸭讲？

于大年的担忧没留存多久就消散了，因为没几天曲玲玲就要他陪她去参加一个饭局。饭局定在城商行总行的食堂，董事长本人亲自接待。中午一行三人连同那日接电话被曲玲玲一顿训斥的副总一起，在食堂小包厢吃饭。

董事长进门先赔不是，说："下午有上级检查的确出不去，隔两天的话一定得单独宴请两位。"

曲玲玲不置可否。

副总又说："我们农商行虽然事业部、授信部做事不讲究，但食堂这边做得还算讲究，而且专门做了曲总老家的特色菜，请曲总尝尝看地不地道。"

曲玲玲听到这里乐了一乐，紧接着事业部和授信部的两位负责人恭敬地道了歉，跟曲玲玲和于大年交流了几句，话题围绕华恩，一餐饭的时间，就把所有的事办完了。

这餐饭叫于大年慨叹不已。董事长和这位副总不认得于大年也就罢了，怎么连授信部和事业部那两位也不认得他？他跟城商行这两个部门打交道快二十年，他看着这俩人从科员到股长到部长，一路名片更迭。他给他们送礼不少，但这俩人并不认得他，真心不认得。他心里有点遗憾，但也有点爽快，毕竟这么多年来往银行，他还从没有被这样热情洋溢地接待过。一餐午饭后，他与这些人交换了微信，还互相称兄道弟。这些年一直想要打通而不得的这一层关系，就这么被曲玲玲随手捏合然后弃若敝屣，她甚至不觉得这是件事，连提都不提。

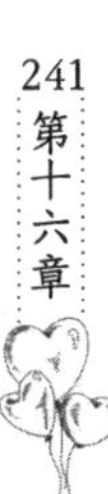

她一心想要华恩做大做强，她对华恩像是对待一个被寄予厚望的孩子，而她自己，则像个好胜的母亲，揠苗助长还怒其不争，叫于大年战战兢兢。

回程时她给于大年发了个新闻看，是某某企业IPO成功，然后她说：这就是华恩的榜样。

片刻后她又发一份刘云山的媒体访谈，再告诉于大年：这就是你的榜样。

于大年心惊肉跳。他当然是想飞黄腾达的，但一步登天不是他的梦想。曲玲玲无端的豪迈总让他生出如临悬崖的忐忑。最开始他想的不过是保住这块地，等时机成熟了借着渝州高新区的光搞搞开发，像于浩水那样当个具有区域影响力的地产商，当个地方富绅——当然他现在有了更高的目标，但成为刘云山那样的业界领袖……就好像，他非常倾慕京剧名伶张火丁女士，可要是有人让他去追求张女士，他第一个反应肯定是骂，你是不是有病？

可惜现在他只敢骂自己有病。

曲玲玲问："你那份调研怎么样了？"

于大年立刻回答："正在做。李凤玉负责，又带了俩咨询公司专门做这方面工作的人，我相信不会耽误很久。"

这句话他说得非常胆怯，但曲玲玲没发现，她满意地点头说："李凤玉是个有闯劲的姑娘，心肠好，做事也谨慎，以后如果能留用，对华恩、对你都是好事。"

于大年赔着笑脸："我哪敢开这个口，都快嫁到刘家去的人了。刘家家大业大，能让她出来工作？就算要工作，刘家家大业大，随便放在哪里，不都比在华恩更好？"

曲玲玲道："刘家就算想让她不工作，刘畅也未必肯。妈妈的形象对男孩子的择偶观会产生很大影响，杜蘅雪是个女强人，刘畅小时候那是杜蘅雪带着南征北战长大的，上过各大局讲台，也住过雪山厂房车间。那时候雪山可是杜蘅雪的,要不是关键时刻杜蘅雪遭了一场飞来横祸,雪山还指不定姓啥呢……”

话说到一半曲玲玲仿佛知道说漏了嘴,斜瞄一眼于大年又开口:“这些坊间八卦你也就一听吧,要是说出去被人找上门来我可救不了你!”

于大年忙摆手表忠心:“您放心曲总,我绝不往外说,我都不记得您刚刚说了什么了!”

曲玲玲先跟于大年去华恩看了生产线,又见了见老车间主任,三人谈了一会儿曲玲玲远大恢宏的世纪建材企业集团梦想,她才带着于大年回市区。曲玲玲开着那辆从于大年手里买到的劳伦士,耀武扬威地停在于大年家楼下,又耀武扬威地开走。于大年目送她消失在红绿灯苍茫处才精疲力尽地上了楼,回了家,一头倒在床上,看到手机屏幕上王海的消息进来:大哥,事情办完了早点休息!你醒了给我打电话我去接你!

是,晚上还有饭局,曲玲玲要带他去见另外的人。于大年有些头大,在他变大的头里浮现出这样一个问题:他和曲玲玲相比,到底谁更像个交际花?带着这个疑问,于大年皱着眉头睡了过去。

第十七章

如何打击一个女人

王海并不知于大年在这浮华暗处所生的星星点点却又无法掩盖的恐惧和悔意，他只为今天大哥能上了城商行董事长的饭桌而高兴。他仔细想想，近些时日于大年应酬不多，但规格很高，去的地方清静雅致，喝酒也不是划拳掷骰子不醉不归，偶尔还有些文人雅士穿梭其中，堪称谈笑有鸿儒，往来无白丁，连带坐司机席的自己也跩了起来。

于大年没回复对他的心情影响不大，王海优哉游哉地回到自己办公室。没坐定，门被人救火一样冲开，王海以为是谁，一回身看到方红敏，又笑起来："怎么了方主任，想见我也不用这么狂奔而来啊，你这是追星呢？"

方红敏无心跟他打嘴皮子官司，举着手机，低声促道："你看这个！"

王海扫一眼手机屏幕，大致是一段视频，定格画面黑黢黢的，也不知道是什么东西，他顺手点了播放键。黑乎乎的一团开始动，镜头晃动，灯光晦暗，分辨率低，王海不自觉地凑近。这时，手机中忽然传来一阵令人尴尬的女性的咿呀声，王海一愣，立即明白过来怎么回事，赶紧伸手去拿电话想要关停。谁知方红敏的电话王海玩不转，方红敏一急自己也玩不转，屏幕被摁熄了声音还没停。手机如一只会说话的火炭在两人手里颠来颠去，伴着或长或短或轻或重的娇俏呻吟，不看也知道这视频里到底是什么东西。

视频放完了，两人还没找到音量键。王海一把把电话拍到方红敏面前的桌上，羞愤地说："方主任，你这是什么意思！你这是性骚扰懂吗！"

方红敏脸红得快冒烟，闻言立即争辩："谁让你手那么快的？谁准你动我电话的！"

"你不准我动你电话，你送我眼前晃做什么？真是有毛病！"

方红敏还想发作，但忍了下来。理智回归的方红敏找到了音量键，放到了完全静音，才又重新点开了视频，又送到了王海面前。

王海吓得差点飞出窗户去，他蹦开老远才大喝："光天化日的，你要干什么！"

说罢双手下意识护胸，紧紧地贴着窗边，声音太大，楼下吸烟区有人看上来。

方红敏只好往前一步小声说："这视频今天上午发到了雪山和富德不少人邮箱里，说是富德即将到岗的一位女员工，雪山即将上位的太子妃……"

"李凤玉？"王海讶然地叫出来，"你说是李凤玉？！"

那个咿咿呀呀的女人，是李凤玉？王海脑补一阵旖旎景色，又一阵耳热，护胸的双手倒是放下来，方红敏见他警备姿态解除，赶紧把电话又给了他："我放静音了，没太多限制级的画面，对着脸拍的，看样子是有点像，但镜头一直晃，也看不清。"

方红敏并不知道，女人对色情的感受点和男人不同，对方红敏来说没有限制级的画面给成年男人王海十足的冲击力，他顿时觉得裤子有点紧。看完一遍后王海把手机还给方红敏，平静地说："是有点像。"

方红敏补充："声音也像，刚一放我就觉得熟，你说……"

王海这才反应过来，眼睛张大了，又嚷："不会吧，你以为这是李凤玉？……除非这是刘畅拍的，否则绝不可能。天底下长得类似的人太多了，何况你跟凤玉头对头办公这么多年，你都不敢确定是她，我看十成是有人找了个长得像的人的视频故意放出来给凤玉找不痛快的！"

方红敏摆手："我是问你，你说这会不会是李凤玉的姐姐啊？"

王海连嘴也张大了，这他还真没想到。

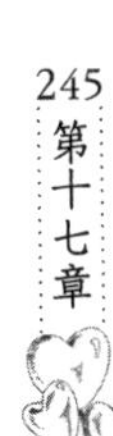

李凤玉收到邮件比方红敏要早，其实这邮件不是她收到的，她和俩从富德下来帮她一起做尽调的人住在县委旁的招待所，同屋住的姑娘早起查邮件，一看题目是致所有富德员工的一封信。这姑娘入职不久，还没有学会看邮件先看发件人地址大致判断邮件类型的工作技能。晨曦之中，微薄的阳光透过窗帘罩在被子上，她捧着电脑喃喃自语说："哎呀，居然有视频？"

凤玉也好奇地探过头，那姑娘点开画面。过了一会儿，气氛就尴尬起来了。李凤玉把邮件往下拉，只有一句话：富德即将聘用的一位女员工，雪山集团即将上位的太子妃，究竟是什么样的人呢？？？猩红色的字，打了三个问号。但只有问号，没有回答。接下来依次是引产住院记录，转账记录，头像打着薄码的内容不堪的聊天记录截图，以及一张照片。画面里的女人略侧脸，双唇微张，眉头微蹙，双眼迷离地盯着镜头，上半身全裸，那张脸是她的脸。这下同屋的富德姑娘也看出来了。她啪地合上电脑，说："不好意思不好意思，我不知道这是，这是……"

凤玉有点蒙，替她补足了全句："这是我？"

那姑娘也愣了，她看着凤玉，脸上写着：这不是你？

凤玉只是笑了笑，离开了房间。

她从来起得早，只是乡村的早上，比城里起码早了两个钟头，凤玉在小旅店门前的早餐排档坐定，拖拉机已经上了远处的半山腰，山下果园里摘果的大娘牵着的大黄狗绕着果园的篱笆墙一圈一圈地跑，卖豆腐的大叔推着自行车，筐里的豆腐去了大半，豆腐梆子声音清亮迤逦，弯弯绕绕地惊起了树杈上的鸟儿，扑棱一下蹿到半空，打着旋儿飞走了。人群有人群的热闹，而凤玉的脑袋里只有那三个血红的问号，夺命弯刀一样，嗖嗖地绕着。她知道她在被栽赃。这对她来说不新鲜，侮辱讥嘲从小到大她经历过许多，只要对方不是大开杀戒，不管他们说什么，都尚可忍受。但与这封信相比，曾经发生的一切都不值一提。她有点担心刘畅会怎么想，只是现在时候尚早，刘畅怕是还没起床，她也不好绕过刘畅联络刘畅的父母，叫她怎么说呢？叔叔阿姨，那视频上的人不是我，万一他们问是什么视频，要怎么办？她不知道要怎么解释，她的人生经历里，需要解释和辩解的机会并不多，每个人都只看自己想看的部分，说自己以为的真实。

凤玉看过开胸验肺的新闻，如果必要的话，是不是她也要走到众人面前，拿着医院的检验报告单，证明自己的清白？但是，是否做过引产，这样的检验医院给做吗？还有她的母亲张明春如果知道了……想到这个，凤玉彻底失去了食欲，手里的勺子在香浓的小米粥中一圈一圈地绕着。

她正在出神，桌对面忽然坐下一个人，早餐高峰期已过，六张八仙桌疏疏落落地摆着，只有她一个食客，这人径直坐到她对面，应当不是为了吃早餐。

来者是个男人，看着比刘畅年长，眼袋低垂，嘴唇青紫，肥头大耳，衣着倒是整洁，裤子鞋子都是浅色，弄脏了也藏不住，这不是村民上工时乐意穿的，戴一副金丝边眼镜，那眼镜大约是没发福时配的，此刻修长的镜脚夹在脸上野蛮生长的横肉里，隐隐约约地，像个价格不菲的秘密。

于大年和富德都没说要派人来，凤玉愣了愣，难道是雪山的人？

她放下手里的勺子，问："你找我？"

那人一笑，露出一口参差的姜黄色牙齿："是的，我来找你，我是经纬财经的记者。"说罢他用目光横扫了凤玉一圈，那目光带着刀锋，像是要把她的衣服皮囊都剥掉，揪出她的魂魄。

不是雪山的人，怎么就找到了这里？凤玉心里有点毛，那人又开口："我叫王力，是'经纬'的首席记者，经纬财经是很知名的财经自媒体，你该知道吧？"

凤玉不知道，而且有点怕，但看他自信昂扬的样子，只是避重就轻地答："你好王记者。"

随即预备离席。

王力却以为凤玉被他的来路震慑，半边腰靠着排档的单薄塑料椅背，也不顾椅子被他的重量压得扭曲时发出的哀吟，得意地说："李小姐，你的

性爱视频已经在网上疯传，逃避解决不了问题，只会让传言越演越烈。”

王力声音不大，但档口老板娘显然听到了，她立刻转过头打量凤玉。凤玉的脸涨红又转青灰，转身对王力低声解释：“那不是我。”

王力闻言起身，往凤玉走近一步，才说：“你说不是就不是？有见过你的人说，那人十分像你，我如今看到了你，也知道那不是胡扯。两个人长得如此之像，为什么？难道你有个双胞胎姐妹在外面做见不得人的生意？这世上不会有这么巧的事吧？”

凤玉不答，双拳紧握于身侧。

见凤玉沉默，王力以为自己摸到了门路，带着得意的笑，侧首打量着凤玉，说：“所以，你需要我，把你要说的话告诉我，你的证据也告诉我，借助媒体抵抗流言，利用魔法打败魔法。而且以你的姿色，发几张穿衣服的照片出去搞不好还能红起来。地产、金融已经是老皇历了。这是流量造富的时代，美女要财富名利，未必要嫁给富二代，你说呢？”

凤玉脑袋只回荡着一句话，你在胡扯！

但她知道这句话说出来，这个叫作王力的记者，一定会往狗血阴暗处牵扯。他知道雪山，认识刘畅，而且每一个问号都埋着陷阱，群发邮件不足一小时，他就能找到这里，他显然是有备而来，甚至，他和发信的人可能压根就是一伙的。

她想起玲玲姐说，过日子不是童话书偶像剧，她说，就算不能帮到刘畅，也不该给他添乱，她说，要把刘畅的后院招呼好了，不能够起火。

那时凤玉以为，只要更加忍耐，更加沉默，只要她自己不往刘畅那里诉苦，她就不会成为刘畅在前方拼杀时的后顾之忧。因为在她的世界里，人们只想赢了比赛，只要她愿意输，大家就会相安无事，可她没想到，在刘畅的世界里，人们对比赛结果不感兴趣，他们想要的是，在比赛开始之前，直接摧毁竞争对手。连餍足的动物都不乐意再做杀戮，人为什么在拥有一切的时候会这么凶残，又或者，只有凶残的人才会拥有一切？

凤玉定了定神，开口道：“那邮件发出来不足一小时，你怎么这么短时间就能找到我?”

王力没想到凤玉会问这个问题，一呆，随后笑了，那笑里甚至带着怜悯，他道:“李小姐你说的是什么邮件?雪山、富德的那些邮件吗?你以为那是开始吗?”

王力掏出手机，戳了几下推到凤玉面前，凤玉下意识地顺着他的动作看过去，那屏幕中间的小圈转了几下，一个女人的呻吟先于画面砸进了李凤玉的耳朵里。

王力将页面往下拉，又补充道:“一万三千七百个赞，李小姐，你在这个网站首页上飘了三两天了，下头问番号的人，比好多专业AV女星的关注者都多。我呢，也是因为有人跟我说，这视频女主演是刘畅那个低调的未婚妻才找到这里来的，你问我怎么这么短时间就找到你，我倒是有点放心，因为我们做媒体的要的就是速度，其实找你的人还不少，你这么说，证明我是第一个见到你真人的咯?”

王力说话声音不大，但手机音量不小，在这样信息化的时代，哪怕是小孩子，也该知道这是什么声音，为什么发出。凤玉呆了片刻才想要伸手抢过王力的手机，但她刚一动，王力立刻将那手机攥回手里。

那声音没停下，那呻吟，那特殊部位的碰撞才能发出的声音，她早上看过的视频，不是这样的，那视频的声音没有这样大。这人说，这视频在网站首页飘了三两天了，这是新视频。外面还有多少视频?到底有多少人看过这视频?沉默没有用，可反抗也没有用。凤玉不知该怎么办，她的心跳逐渐压过耳鸣，轰轰轰地炸在她的脑袋里，像是炮弹一样，要把她的头炸没了才肯罢休。

王力又往前进，凤玉躲闪不及，踉跄倒退几步，撞进一个人怀里。她惊得回头一看，是档口的老板娘。

那老板娘没有看凤玉，手里拎着小儿手臂长的汤勺，重重地在凤玉身前的桌面上敲击几下后，指向王力，中气十足地对王力道:“你干什么?”

“我是记者，我在采访。”

“我呸！哪个记者采访的时候手机里播黄片的？流氓还不敢光天化日这么搞呢！来！你说你是记者？记者证在哪里？”

王力愣住了。

老板娘啪地把勺子卡在王力身边的伞撑上，王力以为这大勺子要招呼在自己脑门上，惊得尖叫一声，斜着蹿出去老远。老板娘见状冷笑，道：“我儿子也是记者，我告诉你，正路的记者没有你这样不要脸的。人家姑娘说这视频里的人不是自己，不是自己，你还把那玩意往人家脸上送。你刚刚说你是什么媒体？金石财经是吗？你叫王力？你连记者证都没有，就在街上猥亵妇女！我马上就报警！”

王力还不死心地抻长脖子看向被老板娘挡在身后的凤玉，嚷道：“李小姐，我没有恶意，但这件事你总要面对，我和你说过，沉默解决不了问题！沉默就是原罪！”

王力走后，老板娘又给凤玉盛了一碗热粥，才在她身边坐定。

凤玉对她道谢，她有点不好意思，摆摆手，片刻才道：“你这小姑娘太老实了，人家跟我说，你是给我们盖房子那间公司的副总经理，你们什么公司啊？你这样的副总经理？”

凤玉心一虚，头又低了低，老板娘立刻补救：“我不是说你不好，我是说，你这姑娘，老老实实的，不像是个能跟人干架的，也不像是个能跟人结仇结到人家使出那样的办法坑你的人，为啥啊这是？”

“因为我不配我得到的一切，”凤玉看着眼前热气腾腾的小米粥，轻轻道，“我的未婚夫是一个大企业家的独子，因为他，我的老板把我放在副总经理的位置上，因为他，我的母亲，能够从棚户区搬到豪华的大房子里，因为他，我可以去找我失散多年的姐姐，这一切，都是不劳而获，我像个寄生虫，被人厌恶。而我也厌恶自己，他对我的好每一分都堂皇地摆在那里，而我对他最大的助益，就是不要给他惹麻烦，今天我才发现，我才是他最大的麻烦。我甚至不确定自己到底配不配说爱他，寄生虫有资格说离开宿主吗？狗，有资格说离开主人吗？我有资格，对他说爱吗？我的爱，对他来说，有任何价值吗？老人家都说德不配位必有灾殃，大概这一切都是我贪心应该付出的代价。”

这是头一次，凤玉完整地说出了自己的想法，说完凤玉长舒一口气，竟觉得有些轻松，她转头看着老板娘。那老板娘蹙眉沉思片刻说：“你说自己是一人得道鸡犬升天？”

这解读怕是要比其他人的解读温和许多，凤玉笑了笑，点点头。

老板娘再一摆手，摇头道：“别的我不知道，姑娘，我一看就知道你也是个苦出身的孩子，一个这么漂亮的女孩子，要不是因为从小受了太多委屈，不会觉得被人好好珍爱是德不配位的。要说你是寄生虫，我也不同意，你们住那旅馆，暖气是烘不热的，外墙薄如纸风一刮都跟着外头的树杈子一起颤动，你要真的是寄生虫，何必到这里来遭罪？……你是要结婚的人了，将来是要有孩子的吧？”

“会吧，”凤玉答，“如果我未婚夫愿意的话。”

老板娘“哎”了一声说：“这孩子在你肚子里先装十个月才能跟爹见面，这就注定了，孩子天生是依赖母亲的，而男人，再怎么好的男人，也不及妈妈对孩子的心疼，你有没有想过，你要是这样下去，你的孩子要怎么办？”

凤玉看向老板娘，坚定地说：“我当然会保护好他。”

“可你自己呢？”老板娘问，“当别人欺负你的孩子的时候你会保护好他，可若他们再来欺负你呢？你的孩子看着你一直在被欺负却不反抗他会怎么想？他会觉得，他的妈妈就是应该被人这样对待，还是，人生在世，就应该被人这样对待？”

凤玉心中一动，正要出声，只见富德的女孩也往这边靠过来，那老板娘起身，临走前道：“那流氓说的多是屁话，倒是有一条是对的，沉默解决不了问题。你越是沉默，像他那样的人就会越多。”

不到十点富德HR和合规部同时发禁言令，禁止富德员工对外讨论这封邮件，不过已经晚了。闻风而动的自媒体找上门来，带着从微博上搜刮

来的捕风捉影的证据和不知道从哪里得来的李凤玉的照片，问所有能联系到的人：性爱电影里的人是不是她？她是刘云山的准儿媳？

刘畅晚上应诏回家，远远看到傅晓在院门前迎他。刘畅打量傅晓一番，问："怎么回事？你特地跑到这里来等我，前面是龙潭虎穴？"

傅晓摇头："前面是董事长、姨妈、两位姑姑、两位律师。"

刘畅嗤笑："就这种事需要找律师？大哥，我找老婆我爸难道能不查？他手里李凤玉的资料估计比李凤玉她妈的都全吧？"

傅晓不回答这个问题，只强调自己的立场："姨妈和我都相信凤玉的人品，今天知道这件事后，她没有立刻联系你们，主要是照顾凤玉的心情。出了这种事，凤玉应该需要空间独处，你让凤玉不要太往心里去，而且雪山、富德联合压制，这件事风浪不会太大，很快就会过去。"

刘畅撇撇嘴："风浪大不大都没关系，脏水已经泼到了，造谣动动嘴，辟谣跑断腿。不过，视频里的女人，我怀疑是凤玉的姐姐。"

"你是说她姐姐在搞事情？"

"不会，她姐姐的手没那么长。群发俩集团邮件，从上到下这么多人的邮件地址能找出来并不是件容易的事。里头没有评价，只贴图发文，把不知道从哪里搞来的一个引产住院病历，以及我让你交给富德的凤玉的简历贴出来了。把凤玉塞进富德的想法我跟你说过，然后就是跟老朱说过。你肯定不会做这种事，老朱也不会，那还能是谁，你想想，我得罪的人，既能穿透富德还能穿透雪山的能有谁？真是反了她们，手段这么下流，尤其是那个王照澜，记吃不记打，我饶不了她们！"

傅晓扫一眼刘畅，脚步不停，轻声道："董事长今天是想宣布一下家族办公室的事，那两位律师是过渡期的家族办公室的法务代表。"

刘畅脚下一顿，抬头看远处的大屋。

前几年翻修时大屋特地做过灯光设计，夜里看过去，尤其温馨典雅，符合刘云山所谓的大家族贵而不矜的气质，可惜他的希望与实际情况差别太大。

刘畅再也无话，随着傅晓进了大门，穿过精致而空洞的玄关客厅，再经过一段静谧幽暗的走廊，才到了刘云山的会议室。杜蘅雪好静，自从她退出雪山后，刘云山已经很久不在家里处理公司事务，这会议室久置不用，有点尘土气。刘畅进门微微皱眉，见长型会议桌主位上坐着刘云山，左右两侧分别是一张生面孔，一胖，一黑，西装革履，约莫就是两位律师了。胖的那位右手边是刘云芳和刘云蔼，黑的那位身边则是杜蘅雪。刘畅扫视一圈，远远地坐到与刘云山正对的位置上。

父子对望，都不出声。

刘云蔼笑道："这是要跟你爸唱对台戏的意思吗?"

刘畅扫一眼刘云蔼："你觉得我爸叫我们来是要唱戏吗?"

两位律师对刘畅的脾气已有耳闻，眼神一换，黑律师先站起来说："小刘董，我是德通所的合伙人律师马在原，这位是我们的分所主任吴长治。"

刘畅扬扬下巴表示收到，又说："大晚上开家长会，又叫律师出来，有什么事?"

杜蘅雪道："你爸爸认为，现在是将家族资产规范化管理的时候了。眼见着你要结婚，你姑姑家的妹妹和弟弟都相继要生二胎三胎了，人丁越来越多，牵扯面也越来越广，所以要趁现在设立一个家族办公室，防患于未然。"

"防什么患未什么然?"刘畅扫一圈众人，"咱家还有谁需要被防了?"

"防外患。"刘云山终于发言，众人沉默片刻，傅晓悄悄离开了会议室。

刘云蔼道："你知道李凤玉的那段视频让我们多尴尬吗？我和你小姑姑电话都被打爆了，连带你妹妹弟弟都受殃及。因为你，傅晓和富德的公关总监要亲自到北京去做舆论控制。这还不说，人家富德行业研究所刚刚拿下两个大奖，新闻却连篇累牍地在报道你未婚妻的色情新闻，小道消息满天飞！全临山谁不在笑话我们？都说你是个接盘侠，那个小视频……那都成什么样子……畅畅啊，你都这么大了，不替父母分忧也不能总给父母添堵吧？出了事找家里人兜底，让我们整个雪山都围着你转，什么时候

算完？”

刘云蔼说完，但见刘畅置若罔闻地直视刘云山：“今天到底是来开你的家族办公室会议还是开我的批斗大会的？凤玉在下面县里出差，过会儿我得去看看她，因为你叫我我才回来的，好吃懒做的货色发癫我没工夫理会。”

刘云芳见大姐被骂好吃懒做，十分生气，还没张口，却被杜蘅雪抢了先：“凤玉上班去了？”

这也是所有人都关心的问题之一。

刘畅在所有人的注视中款款而答：“当然了，李凤玉有工作，靠自己养活自己。于大年虽然是个小商人，但也知道任人唯贤，哪里像雪山，都养了些什么东西！”

说罢送了一记白眼给云芳云蔼分享。姊妹花自然不会相让。

“出了这种事是不是应该调查清楚了再上班？就算你觉得李凤玉清白，但现在她不单单是她自己，也不单单是你老婆，她是雪山集团的准儿媳。大家都在为她奔波，替她澄清，她倒好，风口浪尖上满街跑，这不是煽动舆论吗？她还觉得自己光荣了？”

这是刘云芳。

“她如果肯在家待着老老实实的，别人想造谣也摸不到她头上。那里头的人和李凤玉一模一样，不是她还能有谁？难道是人家专程找她麻烦？她做了什么事能让人家这样找她麻烦？”

这是刘云蔼。

“你这是典型的受害者有罪。李凤玉是我的女人，她在床上什么样我不比你们都清楚？怎么还得说出来给你听让你信？你是不是常年没性生活被刺激得变态了啊？”

刘云蔼如同被点燃的二踢脚轰然炸了，捡着身边的水杯就往刘畅身上招呼。隔在她和刘畅之间的刘云芳躲得迟，替刘畅挡了大部分火药，那杯子里放着浓稠的大麦青汁，挂在刘云芳桃红色的毛衣上像写意画，倒是好看。

刘云蔼立刻骂起来，刘云芳抹干净脸孔，紧接其后。

杜蘅雪劝不住，只好重新坐下，单手捧住头，哀哀地看着刘云山。

刘畅还是坐着，看着姑姑们骂得唱双簧一样，倒是眉毛一扬，笑道："人家遭遇互联网暴力你觉得是活该，我不过是说了句众所周知的实话，你就发疯？你是不是脑子真有毛病？"随即他看向刘云山，道，"就这俩屁股底下架不住三把火的货色，董事长还真得有个家族办公室，否则一转眼，您这一生心血，就变成爱马仕、香奈儿……各国鸭子飞走啦。"

刘云蔼一听又要往前冲，刘云山喝止了她，他声音威严，语气冷清，只有三个字：你够了。

云芳云蔼一愣，虽然及时闭了嘴，但面有悲色满目泪光地看着刘云山，见大哥没有任何让步的意思，才讪讪地坐回椅子。

杜蘅雪这段时间睡眠质量极差，被这局面一激，有点上不来气，勉强对刘畅道："今天叫你来，是有正事。你和姑姑们，都少说几句，听完了你就可以走，别在外人面前打起来。"

马律师年轻，主要从事证券业务，多在各类昂贵地段的办公室里活动，但在他的从业经验里，大家裹着昂贵外衣时骂起人来总要克制一些，今天的冲突有点超过他的预计。他刚才的确是有点过于专注骂战，失去了专业水准，此刻听到女主人这样说，脸上有点挂不住，只好低下头佯装看工作笔记。吴长治则是老江湖，压根对此置若罔闻，从开始就是老僧入定，任你剑拔弩张，我自岿然不动。

刘畅又坐下，跷起二郎腿，一只手放在桌面上有一搭没一搭地敲着桌面，与刘云山遥遥对视。

刘云山与儿子对望片刻，道："李凤玉的底细我都查过，那些信件里提到的事的确是栽赃，而且栽赃栽得还挺扎实，面面俱到。李凤玉一个本分老实的女孩儿，从哪里惹来这么大张旗鼓对付她的人？很可能是因为要嫁进我们家被人泼了这样的脏水，就算不是因为我们，这事情被我们碰到

了，也要帮上一帮。我们刘家依托于临山，我们对临山是有责任的。这点你们都要记住，为富不可以不仁！”

马在原闻言不住点头，心里对刘云山的敬意又加了三分。倒是刘畅龇龇牙，笑得敷衍。

刘云山又道：“凤玉去上班也是好事，这事情一出她就藏起来那就更说不清了。因为这些下三烂的招数就吓得不敢出头，这也不是我们刘家的作风。这姑娘能有这个胆魄，不错！不过，这件事我不想再听到有人提起，傅晓，傅晓哪去了？让他去办，尽快压下去，雪山和富德，都全力支持。”

“压下去是治标不治本，这封信是早上六点五十八分发的，七点微博上就有人传了凤玉的简历扫描件。这简历我给了傅晓给了老朱。但网上曝凤玉的简历时间凑这么近，配合这么好，还都是没上班的时候，富德里面绝对有人帮着架秧子。你们想要大事化了，还觉得是给我面子给凤玉面子，凤玉一个平头老百姓家里的姑娘需要什么面子？凤玉是要给我当老婆的女人，被人这么羞辱，还要躲起来藏起来，我们全家还得息事宁人？那我们刘家才真的是没面子，才真的是窝囊，才真的是谁都可以骑到刘家头上来！这个口子一开，谁都知道我们刘家好欺负，那还得了！”

刘云山点点头，才道：“有道理，虽然要压下去，但也不能不查清楚。不过不要过火，你跟傅晓说一声，他有分寸。好了，这事就不要再提了。老吴，你说说吧。”

不像马在原的茫然，双目微垂似已入定的吴长治立刻响应刘云山近乎莫名其妙的指令：“董事长决定，重新梳理雪山集团的供应链和家族内部的持股关系，力求使家族问题、突发变故不会影响到刘氏家族对雪山名下企业的控制权。董事长认为，雪山是刘家祖业，也是刘家兴衰的风向标，雪山发展的好坏对刘氏家族的兴衰有重要意义，也关系到成千上万雪山职工的家庭安危。世上的家族企业因为突发变故而造成的兄弟离心，导致败家毁业的不胜枚举，董事长对此深有感触，因此设立家族办公室对雪山集团和刘氏家族内部的稳定团结兴旺发展都是有好处的。我们德通以公司和金融类业务见长，我本人曾经参与过多起大宗海内外并购的合同构建和一线谈判，马律师同时具有国内和纽约州的执业资格，是我所的后起之秀，在国际资产结构优化上很有建树。刘氏家族办公室基本的规则框架搭建和国际资产配置规划将由我和马律师主导。雪山集团和刘董事长是我们极为重视尊敬的客户，我个人也非常佩服刘董事长，我所将全力以赴达成董事长的目标。与此同时，我们需要各位的授权，对各位的财务状况进行摸底调查，这只是常规摸底。我们要明确家族办公室的资产清单，为进行下一步行动做准备。”

说完吴长治又回到老僧入定的状态，刘云蔼和刘云芳的针对对象瞬间从刘畅转移到了吴长治身上，刘云蔼嚷：“什么意思？要建家族办公室就得抄我们的家，我们是犯罪了还是作孽了？哥，你这是要做什么啊？你不相信我们？你不相信你的亲妹妹，我们一母同胞，我和小妹什么时候害过你？什么时候不站在你这边？你这样做，不是只叫外人痛快了？”

说罢就要哭。

刘云山眉头皱起来，冷声道：“你大嫂刚刚说什么你没听到吗？外人在眼前，你哭什么？成立家族办公室不是你们俩当初一直鼓动赞成的事？家族办公室就是处理家族事务家族财产，你们两家名下的公司七成营收来自雪山，其余三成也都因为雪山，你们的资产划归进家族办公室打理理所应当，更何况你们俩那点管钱的水平，成事不足败事有余。前面背着我投资渝州那个破建材厂我放你们一马，家族办公室成立后，你们俩对资产的配置办法没有权利过问，只在投资团队更替上各有投票权。再有一次打着我的名号拉着曲玲玲干这种推波助澜浑水摸鱼的事，我就把你们全家都赶出去，一分钱都别想留下。贪小便宜吃大亏，说的就是你们这些头发长见识短的婆娘！”

老虎龇牙，连吴长治也有点不自在。

刘畅反而笑起来：“既然是这么回事，你们自己玩吧，我不参与了。”

说罢起身要走。

刘云山和杜蘅雪都站起来,几乎异口同声:“你站住!”

刘畅脚步不停,杜蘅雪又喊了一声:“畅畅!”

声音苦涩,哽咽。刘畅脚步一涩,停了下来。

杜蘅雪问:“难道我们一家人就不能好好谈谈了?这到底是怎么了,畅畅?”

刘畅转头看了两人一眼,视线锁定在刘云山脸上:“谈什么?董事长要处理他家的钱,要稳定他们刘家的家族兴旺,有半分的时间是关于我,关于我的未婚妻,关于我的母亲的吗?我没时间看这些有的没的。”

刘云山冷声道:“如果你离开这间屋子,就会失去对雪山、对我和你母亲名下一切财产的继承权。”

话音既毕,四下无声。

大家看着刘畅,只见他嘴角一扬,说:“我要是真稀罕雪山,当年也不会走。这话我一早就说过,没人相信,看到我要结婚生子巴不得把李凤玉一家都灭门了才痛快。我忍你们,因为我做事再不痛快也不会牵扯家人,但有人越了线,就不要怪我不客气,我爸不能护你们一辈子,你们也不能护你们的儿孙一辈子,人在路上走,摔一跟头就死了那是常有的事,要是不想遗祸子孙,就离李凤玉还有她家里人远一点!德通的两位,今天我的话放在这里,你们可都听明白了:如果我发现你们还有跟你们相关的人骚扰到我未婚妻还有她家里人的生活,我有的是办法让你们比我不开心一万倍!”

吴长治当即表示,德通是知名律所,所有成员都具有良好的职业道德,绝不会使用非法手段来进行调查。

马在原也点头。

刘畅扯扯嘴角,表示满意,然后他又扫视一番被温馨宁静的灯光笼罩着的自己的血亲们。他们养尊处优的身体包裹在各色价格不菲的衣衫之下,表情各异,却都一动不动,配合这办公室精致的核桃木雕饰,像是模型店展示的人偶之家，又像部恐怖片的开头。

他还是小孩子的时候，雪山还只有六间瓦房和一辆货车，看厂门的大叔是家里的远亲，他养了一条胆子很小的大黄狗，家还是他温柔的庇护港。

刘畅毫不犹豫地转身离去。

凤玉所在的县城距离临山两小时车程。等刘畅到了县城，已经是夜里十点多，县里的娱乐生活没有市里花哨，尤其是冬天，大多数人家早灭了灯。城里罕见的夜雾笼着平坦紧凑的街道，车轮驶过，被惊醒的犬只争相叫起来，接着是鸡，然后是沿着街道堆积的草垛里躲藏的鸟雀。刘畅一路缓缓驶过，车轮轧过新上的减震带，车灯在前方无尽的夜色里打着晃，每一处都似曾相识，像是一场噩梦。他始终提着一口气，直到几个转弯后忽然露出一个红色的LED牌子，上面画了一个箭头，写着：住宿福裕酒店。

这就是凤玉告诉他自己今晚过夜的地方。到了以后他才发现所谓酒店，不过是高一点的农房，盖了三层，外头点着红灯笼。夜色伴着雾，灯笼红得那么诡异，凤玉等在门口，裹着一件长款羽绒服，戴着他送的围巾，只露出一双眼睛，最初就是那双眼睛打动了他。

刘畅连忙叫她上车。

两人在车里坐了一会儿，还是凤玉先开口："我看到了那份邮件。"

刘畅原本带着侥幸，但这话由凤玉先说出来，他还是有些难过，借着调大暖气的动作调整了一下表情，才说："我也看到了，我妈年轻时也遇到过类似的事，女人上进，会让很多人都看不顺眼。"

凤玉笑了笑，说："今天有人告诉我，这些东西，国外的网站还有好多。邮件里的不是独一份。"

刘畅一怔，脑海里翻出几个疑问，但只说："不过是几份律师函的事，没有关系。是富德那个女同事告诉你的？"

凤玉摇头。

刘畅打量她片刻又问："我姑姑？"

"一个记者。"

刘畅心里咯噔一下，转过身认认真真地看着凤玉，问："什么记者？都问你什么了？你没事吧？"

凤玉摇头："我没事，不是个好记者，但我身边有好人，把他吓跑了。"

刘畅松口气："下次遇到这样的人，把我的工作电话给他们，我去会会他们。"

凤玉道："我还以为你会安慰我清者自清。"

刘畅笑着摇头："这世上没有清者自清这一回事，世人不会忘记任何事，沉默只有懒得说和不敢说这两个原因，更何况这类绯闻配上你的脸，的确是让人难忘。"

凤玉扯扯嘴角："不好笑……你希望我辞职吗？"

刘畅扬眉："本来我是希望的，但出了这种事你的想法比我的想法更重要。你想做什么我都支持你，如果你想辞职，我们就辞职。如果你想休息几天，这些事我会另找人接手，也耽误不了于大年发财。如果你想继续做，傅晓明天启程去北京，临山这边我也有人在查富德和雪山内部到底是谁在捣鬼。你不用怕，世上新闻这么多，我们这点事根本不算什么。"

凤玉将脖子上的围巾拿下来，轻轻地在手里握着，片刻才说："我不想辞职，我也不需要休息，我喜欢做这样的事。"

"这样的事？"

凤玉指了指前面的黑暗说："再往前走一点有个养老院，用建设三线时的粮食库做的。村里要改，也有拨款，但是项目小，要求高，想做的公司不达标，达标的公司不想做。村支书是大学生村官一直留任干到现在的，听说我们是为什么来的，一开始还不信，打电话给他在富德的同学验证了跟我一起来的女孩子的身份后，一双眼都放光，陪着我们走了附近几个村镇。我这一辈子好像从没有这么重要过，我一直以为工作就是为了吃饭、养家。刘畅，我好像找到了工作的乐趣。就是那种，被人期待的意义。我长这么大,第一次觉得自己真的是个有用的人。”

就凭一个市场调研?刘畅心中诧异。在他的眼中,市场调研是为投资服务,投资的目的是赚钱,赚钱这种事,很难让人感到自己有用,因为大部分时间,这个过程都在验证三个字,钱有用。好像宗教都认为,信众的至高境界,就是化为至神通往人间的工具,而在城市信仰体系里,这个至神的名字叫作货币。

但他不想与她争论这些,刘畅笑着握住她的手贴在脸边,并不说话。

凤玉喃喃道:“我出了这样的事,你也很为难吧?”

刘畅摇头:“情色脏弹在男人身上的效果很弱,更何况你出这样的事,也是因为我。”

“你的父母呢?”

刘畅想到晚上在大宅的争吵,只说:“我的父母支持你。他们都是见过风浪的人,尤其是我母亲,曾经也经历过你这样的事,她很佩服你能做出这样的选择……我没法体会你心里的感受,不过我永远都会站在你这边。”

李凤玉说:“可是大家总要有个交代吧?”

刘畅以为凤玉说的是张明春,扬眉道:“事情压得快,你妈未必能知道。就算知道了,你是受害者,交代也不该由你交代。这都什么时代了,受害者还得出来道歉?道什么歉?对谁道歉?为什么道歉?扯淡吗?”

“不是我妈,也不是道歉,”凤玉看着刘畅,认真地回答,“如果解决这件事需要我站出来,亲自否定,我也愿意,我知道我没错,我也能告诉全世界,我没有错,但我不会再沉默,沉默才是错。”

刘畅一愣,随即扬了扬眉,拍着手笑起来:“好一个沉默才是错,你怎么搞的,今天是吃了大力丸?我简直想把你放回我家去跟我那两个姑姑正面对决一下了。”

凤玉信以为真,慌忙解释自己并没有要去干架的意思,刘畅笑得更大声,笑完了叹口气,靠在椅背上,敢跟他家那两股恶势力正面刚,凤玉能蓄

出这样的勇气，算是他今天听到的唯一的好消息了吧？

不过刘畅不知道，在他被父母拉回家里谈话之前，张明春就先一个电话找到了李凤玉。

她问李凤玉在哪里，要李凤玉立刻回家去。语气激动，带着哽咽，听到凤玉的拒绝卡了片刻，又嚷："你现在不回来，在外头丢人现眼，刘家知道了你就完了啊！"

凤玉正在跟镇上财务科的人谈话，张明春声音太大，她只能走到门外去接。这是个典型的人口流出型小镇，剩下的除了老人大多就是孩子，镇政府大院被两横两纵四排瓦房包围——说是镇政府大院，人口流出后人员缩编，镇长索性把幼儿园和敬老院都归拢在一处，集体供暖，真用来办公的，只有西厢的几间。凤玉站在院中木头搭建的凉棚和儿童设施之间，清风拂过，农村特有的秸秆味送入鼻际，一边耳朵是孩子们娇憨的歌声，一边耳朵是母亲的哭嚷，这让她有一瞬间失神。

张明春等不到李凤玉的回答，又问："你还不回来，难道要刘畅亲自打电话去叫你回来？他家里人已经不喜欢咱们了，遇到这样的事，你再不通情理，你以后怎么办？！"

"妈妈，那不是我。"

"什么？！"张明春嚷，"什么不是你？"

"那视频里的人不是我。"

"现在说是不是你有用吗？谁管是不是你，看着像你就是你！没人管到底是谁，人家只想看你的笑话！"

"可我管，如果不是我，跟我那么像的女人，她会不会是我姐姐？"

张明春愣住了，母女俩相依为命多年，这应该是李凤玉头一次主动与张明春提及自己的姐姐。

凤玉不爱讲话。往常张明春心情不快，喜欢跟她抱怨，每每说起她的身世，凤玉的反应也没有太多不同。张明春不知道她把找姐姐这件事看得那么重，以至于攀了高枝后第一件事不是给晓东找门路，而是四通八达地去找姐姐。她一直想找个机会跟凤玉谈谈她姐姐的事，可这个机会到了眼前，她却失了语。

凤玉又说："如果真是她，我想知道她在哪里，过得怎么样。"

这话像是一把利刃贴着张明春的心口划过，她突然暴起一般嚷："你疯了啊，能拍出这样下流玩意儿的货色过得好不好关你什么事？"

"这视频不是她拍的。如果这里面的人真是她，她也是受害者，最应该被声讨的应该是传播这些的人，而不是我姐姐。"

张明春嚷："她不同意拍，谁能给她传播出去？苍蝇不叮无缝蛋，遭遇这种事情的女人都是自作孽不可活！你妈妈我一辈子虽然过的是穷日子，但你爹死了以后，再苦再难，也没想过要发男人的财，因为我知道有些事不能做！"

"万一她是被胁迫的呢？万一她是未成年时被人蛊惑了呢？那视频里头的人明显很年轻。现在的社会和以前不同，想要摧毁一个女人又不让她反抗的办法太多了。就算她是自愿的，我也必须听她亲口告诉我她是自愿的，而且就算她是自愿的，我也得知道她过得好不好。如果那真是我姐姐，也是因为我要嫁进刘家，她才被人拿出来当刀枪使了，该说对不起的人是我！就算以前我们姐妹俩两不相欠，但从现在开始也是我欠她，我一定要找到她！"

凤玉言辞坚决叫张明春意外，她停了停，声量也有些回落，问："你怎么找？"

"刘畅愿意帮我，还有其他的人。"

张明春冷笑："其他人？其他人也是看着刘畅面子的人。刘家人看了那些下流东西以后，还会帮你找她？找到了以后干什么？让你们姐妹相认？就算刘畅心里头有你心疼你，刘家其他人呢？刘家就同意你跟这么个女人认作姐妹？凤玉，刘家人都什么样你都看到了，刘云山是个好面子的人，把一个下流录像的女主角扒拉出来给自己儿媳妇当姐姐，你觉得他

会同意吗?”

冬日里，夕阳半落，炊烟伴着寒气散布在凤玉周围，她坐在被孩子们丢下的秋千上，无意识地晃着脚，秋千吱吱呀呀地响着。李凤玉何尝不明白这些，但姐姐和刘畅之间如果一定要做取舍，她有一种感觉，不管选择哪个，到最后她都会失去刘畅。像太阳升起终究会落下，像电影开场就必然会落幕，毕竟一切失去于她而言，都是顺理成章。

张明春以为凤玉的沉默是认可，抓紧机会又道:“人人都有自己的运气，运道在的时候就一定得抓住才能踏上一个台阶。你的运气就是刘畅，你得抓住他，你得顺着他。你要是为这样的事为难他，他会觉得你不尊重他，咱们的运气就没了。人这辈子要走许多路，但关键的也就这么几步，有人来得早有人来得晚，不管早晚，能抓住了就是成功，你得抓住了刘畅。”

“靠什么呢? 靠低下头随着他家里人说吗?”

张明春苦口婆心:“你不用跟他全家人低头，你就跟刘畅低头。男人最怕女人哭，刘畅那样的人更怕。你就跟他哭，哭得越伤心越好，让他知道不管那视频里头的女人是不是你姐姐，你跟那里头的人品德上是完全不一样的。让他知道你受了委屈，让他心疼你，这样他就站到前面去跟他家里人反抗了。刘家那些人都不是什么好人，但刘畅如果肯护着你，你又跟那下流视频里的女人划清界限，那他们也不敢说什么了。等过了这一道坎儿，你嫁到刘家去了，还不是想要什么就有什么，就算再去找你姐姐，到时候你的地位也稳固了，你怕什么!”

凤玉却问:“你觉得他们会因为我服了软低下头就放过我吗?”

“他们还有什么办法?”张明春反问得理直气壮，“你是个听话的姑娘，咱们家哪一个人拿出来还有什么见不得人的事? 虽然妈妈现在是个保姆，但也是个高薪保姆，当年也是机件厂的车间主任。晓东更不用说了，谁家有晓东这样的孩子也是光荣，连刘云山也喜欢他。只要你发誓不招惹你那个姐姐，只要你证明自己跟那里头的女人不一样，他们就再也找不到任何事为难你!”

凤玉闻言笑起来:“妈,这世上只有嫌疑人才有必要证明自己的清白无辜。否认我有个姐姐或者有个做保姆的母亲都没有用,在他们眼中,我们这样的家里出来的女儿想跟刘畅在一起,本身就是罪过。我低下头是我卑微,我抬起头是我耀武扬威,我认了姐姐是我给家门蒙羞,我不认,那是我见利忘义不可托付。从小到大我都以为,不管什么事,只要我忍着都会过去,一切都会好起来,我以为,忍耐才是生存的秘诀,到现在我才发现,一个人能安稳、开心地活着,不是因为忍耐,逆来顺受,而是因为他被证明有用,被人需要,只有被人需要,才能被人尊重。明明没犯错却还要低着头求一条生路,这不是生而为人应该过的日子,这样的日子,我不想再过下去了。将来我也会有孩子,我不能让我的孩子从我身上只学会低头求饶,这世上有太多的美好,是低着头看不到的。”

第十八章

变数

然而刘畅并不知道这天早些时候发生的这一切，见凤玉对复仇毫无兴趣，话题一转：“我从小就明白一个道理，名声这种东西，也就俩效果，锦上添花和落井下石，是不能雪中送炭的。所以呢，适当关注一下就行了，别总想着别人怎么看你。他们只要不来打你杀你，脑子里的东西和你都没关系。你呢，顶着一张美丽的脸本来就是原罪了，更别说身后有我这么个高富帅未婚夫，还想着自食其力出人头地，人设太好了，路自然要比别人更难走点儿。”

李凤玉见他这样浑不在意，也笑了笑，终于问出自己想问的话：“这里面的人跟我这么像，会不会是我的姐姐？”

刘畅斟酌片刻才答：“我之前也有这个怀疑，但你们两人分别这么多年彼此毫无联络，发型、发色、肤色、体重都有可能大相径庭，怎么会和你有这么高的相似度呢？天底下没有这么巧的事，我倒是觉得更像是后期做的。敲诈勒索这个行当科技含量也是不低。”

见李凤玉有点失望，刘畅又说：“这也是好事，如果这不是你的姐姐，我们就只是还没找到她。”

李凤玉一愣，问：“如果就是她呢？”

刘畅脸上的笑容一涩，却也没落，说：“如果就是她，那我们就一定得找到是谁发了这些东西。”

杜蘅雪这几个白天大部分时间都坐在玻璃花房里。几个寒流轮番过境，高价做的温湿调节系统见了真功，这玻璃房恒温恒湿，始终像是初夏。

傅晓自北京回来，那边比临山更冷，飞机落地后他直接就到了大宅，一身冬季便装外是件御寒的薄羽绒，进了玻璃屋，没多久就出了一层汗，水汽挂在贴身的衬衫上，动一下有丝丝缕缕的凉意直冲脑神经。原本他就烦躁，索性悄悄脱了外套，手里的信封又掂量了一下，才交给杜蘅雪。

杜蘅雪往窗外隔着不远的大屋看了一眼，问："怎么这时候过来了，董事长也回来了？"

傅晓摇头："渝州高新区的招商引资酒会请他过去发言，董事长今晚应该在渝州过夜。"

杜蘅雪这才把信封接过来，拆开信封拿出照片来依次看过，又装回信封里，才又对傅晓说："坐。"

傅晓坐下，试探地问："怎么办？"

杜蘅雪问："谁给你的？"

傅晓说："咱们的人……我安排了人手盯着他们。"

杜蘅雪深呼吸一次，却问："李凤玉的事处理得怎么样了？"

傅晓立刻答道："赶上体育明星给爆出来在老婆孕期出轨，一下子流量全吸过去了。舆情公司说危险期已经过去，剩下的事就是删帖，低技术含量的活，他们有专门的外包，做好了会给我们递报告。"

杜蘅雪沉默片刻才说："董事长让我把SK的资产清单拟出来，交给吴长治。"

傅晓霍地站起来，又慢慢坐下，喃喃道："SK都是海外资产，他怎么会先瞄准海外？我还以为他想要拿走您那部分股权。"

杜蘅雪笑笑："有余枫和朱振远在，雪山永远是他的。他不是想要海外资产，他是想要刘畅回家。董事长不允许有人不听话，这孩子太招摇了。"

"可刘畅他从没进入过实业，他一直在文娱快消，在他们的圈子里，董

事长、您还有雪山都没面子可卖,刘畅是靠自己走到现在的。他拿走SK对刘畅根本没有威慑力,他以为拿走SK会发生什么事?刘畅会回家?"

"不,SK里是我的钱,他赌的是刘畅忍不下刘云芳和刘云蔼彻底骑到我头上来。看着吧,到时候他会跟刘畅谈判,刘畅回雪山,家族办公室交给他;刘畅不回,SK就是共有财产。"

傅晓受到极大震荡,脸色也有点变化。

杜蘅雪将他的脸上不断交迭出现的恐惧和愤怒看在眼里,安慰道:"那个吴长治专攻离岸资产,在欧美地面关系都不少,既然董事长请了他,那就是已经对SK动了心思。有些太显眼的东西我们藏不住,不过还有一些我没直接用SK来打理。那是我留给你们兄弟俩的,将来哪怕出了什么问题,你们也能好好生活,你们的孩子们也能受到足够良好的教育。寒门难出贵子了,成就董事长的时代已经过去了。"

傅晓不语,低头盯着桌上的茶炉,这次里面不是乌龙,那奇特的味道里有隐约的苦和泥土气,好久没闻到了。这是小时候常常能在姥爷书房闻到的味道,他偷偷尝过,那滋味像是烧煳了锅,稚嫩的喉咙咽不下这苦涩的茶汤,他一口全吐出来,于是姥爷在一边仰头大笑,母亲则塞给他一颗不老林。

大概人小时候都吃不了苦,苦中寻乐是成年人才有的避世法。

杜蘅雪道:"我答应过你妈妈要好好照顾你,要是当年你不回雪山……"

"我必须回雪山,"傅晓从无边际的回忆之中挣扎出来,即刻冷静地回答,"姨母视我为己出,刘畅当我是亲哥哥,这是我应该做的。"

杜蘅雪摇头,喃喃道:"大人的事原本就不该把孩子搅和进来。如果我真视你为己出,就该让你像刘畅一样出国去,远离这些。"

傅晓语气更为坚定:"姨母庇护我、栽培我这么多年,比起其他人我已经足够幸运。我是兄长,我应该保护姨母,保护弟弟,而且我本来也不喜欢国外,就算我出去了,事情发展到这一步,我也会回来。如果那样的话,我们就会很被动，起码现在我们在内在外都占着先机……这事情既然做了，现在也没法停下来，您说怎么办，我就去办，不会有二话。”

杜蘅雪点头，片刻说：“你把手上那份邮件的所有资料都给我，订张机票，我要去趟上海见见李晓东。”

傅晓略感意外，但他顺从地点了头说：“我立刻就办。”

性丑闻在任何行业每年都会爆上几起，有时候是性骚扰，有时候是婚外情，还有时候就是钱色交易。除了性骚扰容易引起众怒，需要严肃处理给大众交代之外，婚外情和钱色交易就类似于校园鬼故事，每个地方都有那么几个传说，基本大同小异，大家都那么忙，有闲下来的时间睡觉都不够，谁关心别人的八卦，新版本出来，多半谈几天也就散了。

李凤玉这个事件也不例外，她没有进富德，行外人并不关心，又是发生在监管活跃的冬半年，行内的几个大流量号已经被压制，富德又一贯做事霸道，一直到搜李凤玉显示全无结果才肯罢休。所以，李晓东看到这封信和视频的时候很吃了一惊，他的四肢仿佛忽然浸入冰水，从末梢神经开始逐渐冰冻至心脏，有点喘不过气来。杜蘅雪将天窗开了一道缝，有风进到车厢之中。

李晓东被冷风一激，脑袋里的惊涛骇浪缓了缓，说：“你把这个给我看是什么意思？我姐姐不会做这种事，如果她肯做老早就不需要活那么难。”

杜蘅雪有点为难，斟酌片刻才道：“阿姨其实不该来找你，你还在读书，不该搅和进大人的事情里，但是……”

“我是个在读书的成年人，不是小孩儿，”李晓东有点不耐，打断了杜蘅雪的话，又问，“到底要做什么，你直说好了。”

“我很明白这里的女人不是你姐姐，但这东西你都看到了，和你姐姐这样像，我怀疑寄这些东西的人找到了你姐姐的孪生姐姐，”杜蘅雪说完顿了顿，又问，“你明白我的意思吗？如果这里面的人真的是你姐姐的姐姐，这意味着什么？”

李晓东低头看着手里的平板电脑,屏幕已经变暗,那张截图隐约可见。看着那女人略侧的眉目,痛苦而销魂的表情,凌乱的发丝,修长的紧紧地攥住枕头的手指,他当然明白!李晓东的拳头握紧,好久才松开,道:“你想让我干什么?”

杜蘅雪松一口气,道:“我想让你找找看,能不能知道这信到底是谁发出来的,如果可以跳过这一步,直接找到这个女人是谁就更好了。”

李晓东不解:“雪山财大气粗,花钱找谁发的信有这么难?”

杜蘅雪斟酌一会儿,才答:“这是家事,花钱雇外人风险大,而且之前我们的确是通过公司途经找人来追这条线,现在事情已经压了下去,各方面都不想要深究,希望尽早过去。如果不是这人太像你姐姐,如果不是我知道你姐姐还有个双胞胎姐姐,恐怕我也会同意这么做。可如果真的是我们想的那样,这是你姐姐的另外一个双胞胎,我们找到她总比她一直被握在敌人手里强。这样的谣言,最怕三人成虎,发生一次很快能压下去,再来几次……凤玉是个好姑娘,她很爱惜自己的名誉,但皎皎者易污,这样的人其实最怕受到伤害。”

李晓东不语,轻轻点一下平板的屏幕,屏幕应击而亮。正在运行的屏保是那封信的截图,信上写,他的姐姐李凤玉,是个为了上位不择手段任何床都爬得上去的、贪慕虚荣不顾廉耻的女人。屏保再一换,是一张引产住院记录的首页,李凤玉的名字打了勉强可以分辨的薄码,时间是前年,那时候姐姐和刘畅还没相遇。画面再放,又是那张仰卧的女人的侧脸,表情销魂又茫然,的确是像他的姐姐。他从来没敢期望会有任何幸运发生在自己身上的姐姐,唯一的愿望就是找到双胞胎的另一半。她从没明白地说过,但他知道。

不过,不能是以这样的方式。

李晓东关掉屏幕:“你为什么要帮我姐?你们全家人都不喜欢我姐,包括你在内。不过是因为刘畅冥顽不灵,你怕他跟家里对抗搞得鸡飞狗跳不得安宁才勉强顺了他的意思。你们家哪一个不是巴不得我姐赶紧消失的？现在你又出来当好人，是为了什么，就为了我姐？我可不信！”

杜蘅雪看着李晓东的眉眼好久，忽然笑了：“你很敞亮，我也和你说敞亮话。他们的感情的确不被别人看好，但别人怎么想又有什么关系呢？我当年和刘畅的父亲在一起时也是经历了重重磨难。既然你是成年人，阿姨就可以告诉你，对我来说，你姐姐没有什么不好。我不在乎儿媳是不是门当户对，我是刘畅的母亲，我只要求你姐姐真心对刘畅。但对于别人来说，感觉就复杂了许多，有人嫉妒她，有人讨厌她，也有人巴不得除掉她，她既然选择了和刘畅在一起，这些就是她必得经历的。我和刘畅的父亲也是这样一路过来的。自以为真心相爱的人不在少数，但只有在逆境之中还不放手的感情，才有资格被称为爱，其余的那些，不过是命运的随机安排。”

李晓东心里一动，转脸看向杜蘅雪，她嘴角有温暖和煦的笑意，目光澄澈而慈爱地注视着自己。

李晓东问：“你和刘董事长之间也经历过这些，你们也不被允许，为什么？”

杜蘅雪笑道：“阿姨那时候不讲门第只讲阶级，我和你刘伯伯的确是经历了很多事最后才能在一起，我们牺牲了很多改变了很多，但也打败了更多敌人顶住了更多非议……两个人真选择了要在一起，就得扛过这一些，当然，如果身边能有个人帮帮自己，就更好了……”

“值得吗？”李晓东轻轻问。

“值得。”杜蘅雪答得干脆，“人这一生，很多事都是身不由己的，这是生而为人的必得的无奈。可如果相爱的人不能在一起，那就太惨了。你还年轻，等你遇到决心想要与之共度一生的人，你会明白阿姨的话。”

李晓东转脸看向街道，叹息几乎轻不可闻，半晌才道：“我可能需要邮件系统后台的权限，如果你能替我拿到，我就不需要花时间黑进去了。”

杜蘅雪温柔地答：“这个没问题，平板里有他们查到的所有消息。他们找到了做假住院记录的人，那人收钱办事，只有转账记录和通话记录。

我对到底是谁做的这件事并不感兴趣，我只想确定视频中的那个人是不是另一个双胞胎。凤玉对双胞胎的另一半很执着，要是这个人想要伤害她，比其他人想要伤害她更让她受打击。”

李晓东点点头。

杜蘅雪拿出一个电话，说：“我们用这个电话联络。”

“要这么隐蔽？”

杜蘅雪笑得苦涩，道：“难为你了。”

李晓东接过电话，揣进包里。

王海坐在于大年办公室里半晌才等到醉醺醺的于大年回来。

于大年这几天跟曲玲玲去了不少地方，一颗提着的心也逐渐放下了。虽然曲玲玲跟他要市场调研时很强硬地说没有调研没有承诺，但她心里其实已经偏向了自己。这几天走的是远郊近县，见的都是关节上的人，这样的市场调查远比李凤玉拖着富德的两个人风尘仆仆蹲田头更权威，而且更影响未来的市场拓展。曲玲玲开着那辆于大年送的劳伦士大G，虎虎生风地驶过坑洼不平的县道。平时那些绫罗绸缎她也不穿了，一双运动鞋一条牛仔裤一件羊毛衫，罩着一件说蓝不蓝说灰不灰的大衣，下车后领子一立，拢着一张不施粉黛的脸，马尾在脑后随意地甩着，像是个刚刚毕业的学生似的，竟然那么好看。当然，不管是那双运动鞋还是那条束起马尾的头绳，都在暗示她的朴实无华和不施粉黛也是昂贵而高不可攀的，但于大年此时的不肯对视，出于性别的羞涩甚于出于对权力的敬畏。

不过这股子心猿意马也被他迅速摁下了，于大年有种直觉，曲玲玲和余枫的关系可能有点紧张。曲玲玲电话里余枫的号码标记还是心形，但接电话的曲玲玲并不开心，态度也有点冷冰冰，他不打来她不打过去，说几句也就扣下了。于大年是个有老婆也有过情人的男人，这种态度是种什么暗示他非常明白。

可他却不敢信。

凤玉给他讲的故事他还记得，曲玲玲，一个出身苦寒的女孩子，被余枫出手相救，从此以身相许，纠缠一生。这种英雄救美的段子要说悲剧，就是阴阳两隔，要说喜剧，就是白头偕老，难道还有美女踹了英雄的可能？别说这美女就算不俗也是半老，而那英雄，却是真的威风八面的英雄。真英雄和美女相比，要更加稀缺一些，曲玲玲这样的表现，叫于大年有点不安。不过他再一想，他跟他亲老婆一个月都还得拌几次嘴摔几次枕头，何况是他们这样不清不楚不明不白的关系。曲玲玲一个女人的大好青春耗在无名无分的等待上，自然有怨气，可余枫被人捧惯了，还有架子，哪个都不是会让步的人。

今天这饭局也是一样，曲玲玲老相识做东，两人多年未见，喝了几杯。回程的时候于大年把曲玲玲安置在后座，自己坐在前面，走了半程，听到电话响起来。于大年认得那铃声，余枫的铃声跟别人的不同，但响了没几秒就被曲玲玲摁灭了。电话再响，她继续摁。于大年听得心惊肉跳，问："要不曲总，咱们找个地方停停，您缓缓酒劲儿？这车开得太快了，我也有点晕。"

曲玲玲张开迷茫的眼看了看前座的于大年，片刻，才点了点头。

于大年办公室是套间，里面就是卧室，王海赶紧扶住摇摇欲坠的于大年往卧室里走。人喝高了就死沉，加上于大年喝的是得意酒，此刻有点手舞足蹈，十几步路扭秧歌似的走了几个来回。好容易把于大年抡到床上去，王海掇着肩喘了一会儿气，才给于大年递了杯水。

于大年就着王海的手喝干净了水，"咣啷"一声就仰面躺在床上，不动了。他此刻满面红光嘴角带着笑，眯着眼，呼吸沉重且缓慢，周身散发着烟酒臭气，旁观者看去，是个十足的醉汉相。王海迟疑地轻声唤："大哥？"

于大年不动。

王海眉头皱起来，又唤了一声："大哥，你醒醒。"

于大年还是不动。

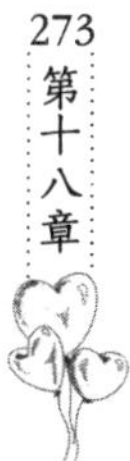

王海自顾自道:“大哥,我和你说个事儿,就是李会计那个小电影的事儿。”

话音刚落,于大年忽地睁开眼看着王海,眼光澄明得叫王海吓一跳。

两人大眼瞪小眼了一会儿,于大年才开口:“不是告诉过你不准再提了吗?”

口齿清晰,浑身酒气却不带醉意,王海有点意外:“你没喝醉啊?”

于大年眼睛闭上,缓缓道:“没醉,有点累,但是凤玉那件事以后不准再提。”

王海这才有点委屈地答:“我是没提啊,她拿着那玩意儿来找我了。”

于大年这才又重新睁开不沾酒气的眼睛盯着王海,这双眼睛把王海盯得有点毛,他赶紧撇清关系:“我哪敢再提啊。我上午去给张阿姨家里送点水果,赶巧碰上了李会计在那边。原本我们好好的,大家凑一起聊聊天啊,做做饭啊,还去买了个菜,因为李会计说刘畅要过去吃饭的。结果中午刘畅临时有急事没去成,那我们就想,把这些不能用的菜肉什么的收拾好了呗,反正天气冷,三五天也坏不了,不会浪费。结果,李会计也得走,我一看那我也就走吧,我就说我来送你吧,李会计就……”

王海讲话从来都声情并茂,寻常时候说些段子他这样的习惯能给原文添不少笑点,但是现在可不是讲笑话的时候。于大年心想,跟你说别叫李会计别叫李会计了,你就是记不住,但又的确不想再跟他说些无关紧要的,只能叹口气,谆谆道:“你说点关键的。”

王海“哦”一声表示自己听到了,又继续比着之前的节奏接上回:“李会计就说要跟我一起走,让我送她回去。那我就说好啊,没问题啊,我送你啊。我们在路上原本好好地聊天,结果走到一半,李会计忽然叫我找个地方停一下,她说得跟我说件事,我就赶紧停了,然后她就给我发了个这个视频。她问我看过这个视频没有,虽然你说过咱们要当不知道这事儿,可当时我也不能跟她撒谎吧,我要撒谎那我不是还得再看一回?还得当着李会计的面儿?我就说看过了,我还说大哥都不信那封匿名邮件里说的是真的,但凡认识李会计的人都知道那是栽赃陷害,李会计人品摆在那儿根本抹黑不了。我让她不要多想,我们谁也不会出去说这件事,现在这个冷处理的方案虽然看上去是被人打了一耳光却不还手,但的确是最好的回应办法……”说到这里王海一顿,邀功道,“我这样说对吧,大哥?”

于大年扶额:“对对对,你继续说。”

王海又得意地道:“那李会计就跟我说,她觉得这上面的人和她这么像,搞不好是她姐,让我问问你有没有办法从这个地方突破,看着找找她姐姐。她知道你这段时间在跑公司的事,也不方便找你,就让我看着等你有时间的时候和你说。……大哥,其实这事儿老早我就怀疑了,哪有那么像的人啊?”

于大年又躺了一会儿后勉强支起上半身,靠在床上片刻才道:“我觉得曲玲玲跟余枫,得黄。”

他喝了酒,声音里的嘶哑和疲惫遮不住,这次轮到王海瞪大了眼睛。原因有二,首先是,他明明说的是李凤玉,跟曲玲玲有什么关系?其次是,我的天,曲玲玲要是跟余枫完蛋了,华恩的千秋大计怎么办!

可从来讲八卦消息的都是王海,这次角色颠倒,王海都有点不适应,好久才问:“为什么,得黄?”

于大年一手横在胸前,另外一手托起下巴,神色有点凄婉,像是青春期的少年看了一部结局不完满的爱情电影,不够心酸,但足够遗憾。

早先停了车,他先去超市买了一包止吐药一盒醒酒丸,再给代驾司机送了一包烟和一瓶红牛,又留了人家的微信。

司机对座上宾的示好受宠若惊,两人就称兄道弟起来。于大年给人家送东西,一半是因为人家的确辛苦,另一半也是想曲线救国。司机的位置堪称是各个部门的八卦集散地,有什么消息他们知道的未见得比要害机关慢,但好收买,怪癖又不多,剩下的事就是怎么加深感情。

这样的示好是第一步,接下来还有微信联络第二步,于大年白手起家,最懂得放长线钓大鱼。成功不急于一时,懂得等才是王道。

倒是司机自己抽了两口烟说:“刚刚曲总接了电话反应挺大的,吵起来,好像还哭了。”

于大年立刻抻着腰四处打量着寻曲玲玲,司机指了指超市和山墙形成的犄角处,说:“往那边走了。”

于大年奔过去,还没来得及开口,只听那边曲玲玲声音哽咽地问:“你心里有过我吗?”

于大年脚步定了。他该走的,他知道,但他不想,他拿起手机佯装看屏幕,竖着耳朵,听到曲玲玲又问:“别跟我说这个,这些年我有的是机会可以光明正大地跟别人结婚生子,过贤妻良母的日子。我为什么不去,难道你不知道? 我只问你一句话,你的丧期过了,我们能不能结婚?”

于大年心怦怦跳,脚下无意识地又往那边靠了靠。

曲玲玲又说:“你到底有没有打算真的跟我结婚? 我一直想问你,当年你说你回去离婚她告诉你她病了是真的还是假的,到底是她不想离婚还是你不想离婚? 为什么有人告诉我,一直不肯离婚的是你不是她! 一直不肯放手的是你不是她! 余枫,你到底是不是骗了我这些年! 我对你那么好,你心里到底把我当什么!! 我恨你! 你这骗子!! 我恨你!!”

曲玲玲的哭声逐渐靠近,伴着她的脚步声,于大年惊得没地方躲,一头扎进洗手间,又抽了一根烟才把心跳平下来。曲玲玲已经坐回车子,不像哭过,甚至不像醉了。司机端坐在前面,看到于大年过来,替他打开车门说:“于总,你干吗去了? 曲总去超市找你来着。”

于大年说:“闹肚子。不好意思哈曲总,让您久等了。”

在后排阖目的曲玲玲闻言睁开眼,只看了一看于大年,微微扬扬下巴。

不像是哭过了。

这些话他都不敢跟王海说,于大年只道:“感情的事,分分合合这么久,也没个交代,曲玲玲是个女人,肯定不高兴。我看那样子,这次闹得不能小了。她也是个可怜的。”

"跟余枫那样的男人,她还要闹?"王海难以置信地看着于大年,"凭她一个女人,再有能耐能在临山有这样只手遮天的本事?上次去银行,连人家董事长都亲自出来接待了。如果不是余枫,谁知道她是谁?她曲玲玲吃香喝辣耀武扬威,凭啥,不就是凭着余枫吗?还不好好伺候着余枫,还敢不高兴?可真是太贪心了吧?就她还可怜,那天底下真没有不可怜的人了!"

可能是因为喝了酒,或者是因为这些日子以来一连串的应酬搞得他身心俱疲,于大年的至理名言"沉默是金"已经蜷缩至角落,他缓缓道:"曲玲玲这人,其实和李凤玉一样,看起来披金挂银威风八面,其实所有的都不是她自己的。因为遇见了一个男人,所以她有了让别人羡慕的一切,这样的生活并不一定会让人高兴,她们过得也不一定开心。真开心的人,能去找自己想要的东西,你看曲玲玲敢吗?李凤玉敢吗?她们自己心里想要什么,我们谁也没听说过。"

王海嗤之以鼻:"大哥,你是说她们视金钱……如粪土啊?"

于大年笑笑:"哪有人视金钱如粪土?但是有些缺憾是金钱无法弥补的,比如时间流逝、生死相隔、骨肉分离,还有像凤玉这样的,明知道自己有个姐姐,曾经不知道她身在何方,现在好像知道了点什么,却还是不能相认。唉,可怜人啊。"

王海有点蒙,没接上话。

于大年又道:"且不说曲玲玲了,你想,刘畅的资源手段难道不比咱们多?李凤玉为什么不去找刘畅,反而来找你?难道我们比刘畅跟她关系更好吗?不过是因为两点,要不然刘畅已经表现出他不想帮凤玉找姐姐,要不然李凤玉根本不放心刘畅帮她找她姐姐。李凤玉这姑娘老实,但她是聪明的老实。她是个身在暴风骤雨冰雹寒霜里头的小鸡蛋,刘畅这个石头房子愿意罩在她头上的时候,她不会想去试探自己这个蛋壳硬不硬的。"

王海又蒙了一会儿才又试探地说:"你是说,李凤玉看上了刘畅的家

底?”

于大年失笑:“李凤玉有资格看不上刘畅的家底吗?”

见王海还想发问,于大年摆手示意他闭嘴:“我于大年能有今天,要说凤玉没有功劳,那是我忘恩负义。咱们华恩千钧一发的时候凤玉帮了我,这个恩情我得记着。”

王海瘪嘴:“李凤玉那是收了钱办事,要是人收钱办事咱也得记着恩情,那出门遇到水房大嫂大哥还不得毕恭毕敬三鞠躬啊?”

于大年眼一瞪:“水房大嫂靠我发的工资活,李凤玉帮咱们的时候难道是为了活命吗?”

王海一缩脖子。

于大年道:“求人帮忙有三重境界,第一重是不收钱不办事,那是你不够格。送礼收礼也是讲究门当户对的事,不是你想给钱人家就乐意收的,有资格收钱的人都不缺钱,你记着点!第二重是收了钱不办事,那是你太蠢,算盘打错了。他能力不行,或者干脆就是个骗子,再或者,就是你这事本身就难办,你还是得检讨自己做事没有算好,扔出去的钱打了水漂,心疼的还是自己。第三,收了钱就办事,只要收了钱肯办事,咱们就该烧高香了。王海,咱们当年从深圳搞气门芯的时候,受过多少骗还记得吗?常忆旧时苦,须记眼前恩。凤玉跟了刘畅还没抖起来,咱们兄弟俩,这时候更得战战兢兢地做人!”

王海从来都听于大年的,见他睡意全无,起身给他倒了一杯枸杞虫草水喝了,又在于大年身边坐定。

于大年喝了水,解了渴,又道:“没有凤玉,刘畅会搭理我们?他稀罕一辆车还是稀罕二百万?不过是他找了个穷人家的孩子,往家里带以前得给她装饰门面,不至于被他的朋友们笑话,所以从我这里入手,才显得有说服力。归根到底,也是刘畅自己的心魔过不去,要叫我说,就算娶了穷姑娘又怎么样?养得起,愿意养,关别人什么事!”

王海连连点头。

于大年又唉声叹气："凤玉让我替她找她姐，倒不算事，但要是那小电影里的人真是她姐，才叫麻烦。刘畅这样的人，忍得了穷，可未必忍得下丢人，未婚妻的双胞胎姐姐要是……凤玉能不能嫁进刘家去，就是个未知数了。"

王海心里对凤玉有点怜悯，这跟于大年相同，但于大年心里还有的，是对未来的担忧。顺水顺风的日子过惯了，遇到点风波不平都觉得心惊肉跳，那边曲玲玲跟余枫撕了起来，这边凤玉和刘畅的关系也在紧要微妙处。依傍的两个女人都在失势的边缘徘徊，于大年觉得自己脚底有丝丝缕缕的凉意通过涌泉沿着经脉蔓延到四肢。

王海见他失神，小心翼翼地试探："那咱们不帮她找？"

不找得罪李凤玉，找就很可能要得罪刘畅。于大年也不知道该说什么才好，只好站起来往更内间的浴室走。

王海跟着后面嚷道："大哥，喝醉了不能洗澡！"

于大年往后挥挥手，懒洋洋地说："我跟你说了，我是喝多了，但是没醉。人不想醉，根本喝不醉。"

于大年进了浴室，刚刚脱了上衣，裤子褪了一半，忽然间想到电话还放在外头床上，撩着腰带没上拉链就开门出去，哪知道一抬头就对上站在办公室里正好能跟自己四目相对的一个人，再定睛一看，怎么是方红敏！

于大年原本就有点昏沉，还带着酒气，这下被突如其来的方红敏惊了，像是被人非礼的姑娘，惊惶地朝后踉跄两步，一屁股蹲在洗手间地面上，一双手也不知道往哪里抓才好，把台子上放着的零碎东西稀里哗啦都抹到了地上。玻璃的塑料的棉的纸的碎成一团，跟他的脑子一样：王海哪去了？方红敏来干什么？为什么我的卧室没关门？我的天我还摔了一跤！她可千万别看到我啊！

方红敏闻声往卧室一看，只见平时衣冠楚楚的于大年这样四仰八叉地倒在地上，以为他是喝高了晕了过去，立刻一个箭步冲了进来，边冲边嚷："于总你怎么啦！"

王海一听也紧随其后,顾不得阻拦方红敏,但他立刻听到于大年绝望地喊:“你们别进来!快出去!我没事!快出去呀!”

一番手忙脚乱后,闹了大红脸的方红敏急匆匆又尴尬地走了,剩下王海把摔得胳膊肿起来的于大年又重新扶到床上坐定。于大年气得胃疼,抬腿踢了王海一脚骂:“你怎么办事的!出去不给我关门!”

王海知道自己理亏,但他真不是故意的!方红敏说是有急事,一会儿就好,王海就叫她到了于大年办公室,可方红敏还没开口说话呢,他就听到里屋忽然稀里哗啦一阵响。于大年是喝了酒进浴室的,按照电视里的说法,这种时候最容易得脑溢血,再加上方红敏一叫唤,他吓得魂都掉了,哪有精神去想不应该让方红敏冲到前面去?

这一脚踹得应当,王海也没躲。于大年力道也不大,王海挨了踹,就往浴室去想把那一地垃圾收拾干净了,但没走几步就被于大年叫住。王海拎着扫把往回看,只见于大年没受伤的那只手扬着电话,声音里有诧异和惊喜之色,他说:“你知道吗?刘畅开始筹备婚礼了!!出了这种事居然不等风声过去立刻就准备婚礼!脾气不小,胆子也不小啊!他老子我看是要被气死了!李凤玉这丫头命还真是好得很!”

于大年长舒一口气,舒泰地躺在他的大床上。

王海“啊”一声说:“谁告诉你的啊?”

于大年摆摆手:“老方发微信说的,她说过来就是想跟你说这个事!”

王海“哦”一声,拎着扫把进了浴室,一边扫地一边在心里骂,方红敏这个一惊一乍的老更年期,既然能发微信,为什么非得跑来祸害我!

第十九章

败象

刘畅这场婚礼筹备比人家结婚声势都大，先在临山声势浩大地做婚庆策划招标，又去临山最有名的两座禅院上了灯，还择了日子做了一场声势浩大的法会，从商业到信仰，全面轰炸临山商圈。刘家都被道喜的电话和祝贺的红包淹了，却还没有想出一套合理的说辞解释为什么刘云山对他独生子的婚礼庆典安排无法染指。刘云山生平最恨失去控制权，为此在家里摔了好几次电话。杜蘅雪哮喘的毛病又犯了，成日在她自己的卧室里也不出来。刘家两位姑姑失去了重要观众，也没了上蹿下跳的心气，盘点完了别人送来的贺礼，时不时地挑几份自己满意的带走，也算是安静。

这段时间大盘表现低迷，雪山算得上其中表现较好的，几个机构投资方正在讨论增持，唯一要求就是听说刘董家的公子要订婚，请务必保持低调不要惹得媒体关注。这其实也不算是过分要求，但刘畅看样子是绝对不肯配合的。非但如此，他辗转听说了家里对他有低调行事的要求，索性叫郑东良到时封一半扶风球会给他做婚前酒的场地。郑东良是个人来疯，自然是颠颠儿地应承了。那扶风的球场是个亚洲排名靠前的球场，要封一半那就得挨着个地给会员提前发消息写邮件。要说以前刘畅要结婚的事还只是在私下流传，这邮件发出去，全临山有头面的人全知道刘云山家族要办一场举世罕见的巨大婚礼了。

刘畅的故意顶风而上叫刘云山十分不高兴，但他找不见刘畅。不单他找不见，杜蘅雪也找不见。上次夜会刘畅拂袖而去后，连傅晓也找不见刘畅了。刘云山面上没有表示，但谁都知道他心里不舒服，杜蘅雪身体也不好，厨房里中药味儿一天比一天浓。刘氏姊妹花吃了前一次搬起家族办公室的大棒自毁长城的亏，遇到这样的大事也不再敢贸然对着刘云山敲边鼓，只每日跟王照澜们混作一堆打麻将，偶尔回大宅里坐坐，借着探望嫂嫂的机会看看有没有自己的边鼓敲，刘畅会不会时运不济自作孽一下。

自然是没有的。

刘畅说得没错，他能走到今天与雪山无关，与刘云山也无关，所以经济封锁对刘畅是一点震慑力量都没有。他还是我行我素，叫两位姑姑极为不舒服。不过这一天，姊妹花心情不错地回了大宅。天气预报说明后两天或许有暴雪和急降温，杜蘅雪正在院子里指挥着园林公司的人给露天的几棵树做遮挡和加固。

云蔼过去一把拉住杜蘅雪急急忙忙就往屋里拽，杜蘅雪这是好不容易从床上挣扎起来，被这样拽着踉跄了好几步，差点摔到地上，才挣脱了刘云蔼，惊魂甫定道：“大妹你这是要做什么？”

云蔼冷不防被挣脱了手，还没来得及出口，刘云芳上前又拉住杜蘅雪，充满喜悦的声音被艰难地压低，她紧紧贴着杜蘅雪的耳边道：“大嫂，喜事，喜事！进屋说！”

说罢姊妹花左右夹击不容分说地一人一边，像两根筷子似的把杜蘅雪挟到了大厅。关了门，落了锁，刘云蔼才神秘而喜悦地说：“嫂子，曲玲玲跟余枫，完啦！”

说罢刘云蔼两手一拍发出响亮的啪声，姊妹花一起笑起来，粉色的牙花子和雪白的牙齿尽数露在外面。两人四眼笑成月牙，也顾不得防皱纹了，杜蘅雪看得一愣。

姊妹花看着杜蘅雪的一愣也愣了，小妹刘云芳知道大嫂有点迂，又耐心地解释：“大嫂啊，余长安他妈和你不是最好的朋友？气死余长安他妈的那个女人，被扫地出门啦！”

杜蘅雪隔了片刻才问：“你们怎么知道的？”

刘云蔼见大嫂上路，得意扬扬地说：“上午和照澜姐打麻将，照澜姐说的。朱振远那天正好去找余枫，曲玲玲和余枫吵起来了，被余枫扇了两耳光，叫她滚。那两耳光要多结实有多结实，把曲玲玲打得满嘴冒血地在地上打了俩滚儿，一头撞到了门柱上，头昏了好一阵儿。”

杜蘅雪“哦”一声说：“这两人吵起来的确是蛮厉害的，不算稀奇事。”

“怎么不稀奇，曲玲玲从余枫家搬出来了，当天余枫就换了门锁。朱振远在一边亲眼看着余枫打电话给助手办的这事，叫甩下所有其他事，立刻去他家换锁！还把曲玲玲没带走的东西全扔汀兰会去了。我和云芳托人去问了，汀兰会那天的确大包小包送来十好几个箱子，现在还堆在汀兰会仓库里呢。不信你去看！”

杜蘅雪不语，但她素来不太讲话，姊妹花并不往心里去，又道：“听说是余长安跟余枫谈了条件，想让他回家曲玲玲必须滚蛋。那余枫老了想儿子了呗，曲玲玲也人老珠黄了，男人都这样……”

刘云芳戳了戳杜蘅雪说：“大嫂，你知道这事儿吗？曲玲玲能从余枫手里拿多少钱走？汀兰会那栋房子你不是一直喜欢，你问问大哥……”

杜蘅雪看一眼刘云芳道：“董事长的意思，现在家里的钱都归吴律师管，我说不上话。”

刘云芳一听到吴律师就瘪了嘴，怏怏道：“我们刘家的钱，给个外人管，大哥也放心？”

杜蘅雪笑笑：“董事长要做的事总有董事长的道理。”

刘云蔼闻言道：“大嫂，你这性子也就是碰上我哥这样的人，要是碰到余枫那样朱振远那样的，哎哟，不可设想你的下场。王照澜又把那个小宋开了，这回找了个五十几岁的来，朱振远横挑鼻子竖挑眼天天在家指桑骂槐的，真是够惨的了。再看我哥，天底下什么女人是他想要而得不着的？可我哥呢，就是这么洁身自好，从一而终，外面多少狂蜂浪蝶扑面而来他

都不在乎,太感人了……”

话题被岔开就越说越远,杜蘅雪陪着两位八卦火力全开的小姑子说了好一会儿话,才送走她们,随即给傅晓打了电话说了这则消息。

傅晓道:“我正想中午回去一趟,跟您说这件事。不像他们传的那样,是曲玲玲要求跟余枫结婚,余枫没答应,所以她跟余枫提了分手。昨天晚上我和余枫的助手聊了几句,虽然不能结婚,余枫恐怕是对曲玲玲动了真感情的,余枫受到的创伤极大……动手倒是没动手,据说是曲玲玲要走余枫不肯,两人拉扯了几下,曲玲玲摔倒了,余枫颜面上也受了点伤,所以这两天告了病假。董事长和朱振远今天上午都在扶风山那边,因为曲玲玲把自己的东西都拿走了,余枫不愿回家去,住到出云墅了。约莫下午公司那边有消息来,叫家里不用准备晚饭了。”

杜蘅雪沉默,唇边的笑容极冷,片刻才语气略有嘲讽地道:“他们那群人的真感情跟天上云彩一样,看着那么大那么厚,遮天蔽日,气势恢宏,其实风一吹就没了。曲玲玲心灰意冷想走就罢了,要是为了跟别人逍遥快活才想走,余枫的真感情可一点也救不了她。”

傅晓闻言胸中有念头一闪而过,他沉默片刻后开口,声音越发轻了:“姨母想怎么办呢?”

杜蘅雪嫣然一笑,并不回答,只道:“马在原现在在美国跟SK做交接,等他回来后恐怕董事长要见刘畅,他们父子这一仗避无可避了。”

听到刘畅的名字,傅晓冒出点孩子气,语气也有点不忿:“当年放他出去,为的就是万一出现今天的局面他有足够的砝码。刘畅从来没有辜负您的期望,以后也不会,他不会害怕和董事长对垒的。”

杜蘅雪笑容不去,声音却有叹息之意:“可是我怕,我们都该怕。他能做出什么事刘畅不知道,我们却是知道的。你看紧了吴长治,SK那边不能让他深挖。”

“马在原这人想法很多,”傅晓忽然说,“他是空降部队,因为雪山的事老吴跟上面要人,但听说老吴原先想调来的不是他。德通有人觉得吴长治一方称霸太久，有点不服管教，才派来这个马在原，他其实还蛮想接触一下刘畅的。”

杜蘅雪叹口气：“你看着办，切忌让刘畅掺和进我们的事。”

傅晓挂了电话一时出神，忽闻办公室外有人低声惊呼：“下雪了！”

下雪了吗？傅晓看向窗外，却只有自己的身形投射在无边黑暗之中。

相较于临山急霍霍的大雪茫茫，上海的冬天要婉约含蓄得多。

姑娘们纤润的腿、皓白的腕、妖娆的唇和走过后才能闻到的精致而甜美的香气，如莹莹星光点缀这土石与琉璃铸成的浮华之城。

上一次张明春来到上海还是度新婚蜜月，快三十年过去了，黄浦江水东流如故，她的人生却已是面目全非。

飞机落地时赶上高峰期，车子堵在桥上，缓慢地一格一格地移动。张明春看着那江水滚滚一时走了神。

杜蘅雪又说了一次：“今天晚上我们吃淮扬菜？好吗？”

声音提高了，张明春本能地点头：“什么都行，我都可以，就是让亲家母破费了。”

杜蘅雪这才笑道：“咱们之间不说这个。”

张明春斟酌片刻又道：“我这儿子你也是明白的，主意大，又不听管……”

杜蘅雪听到这里就明白她想说什么，颔首笑道：“现在也不是旧时代了，孩子们要看对了眼，能和和美美地过日子，我们当爹妈的怎么样都愿意的。易欣这姑娘人品相貌家境也都配得上晓东。我们是自家人，我也不怕跟你说实话，对照澜这人我也是头疼，但女人婚姻不幸到底是可怜的。照澜年轻时不这样，她话不多，人也好，要说缺点，那就是没主心骨。她是独生女，自小靠着长辈维护，易欣从出生后都是她爹妈和公婆在养。照澜自己就是温室里面的花，后来爹妈都不在了，孩子和她也不亲，她就慌了，又摊上了老朱这么个不省心的男人，倒给谁也得给气出神经病来。易欣并不像她妈，像她姥姥，那可是个是非分明善良聪明的老人家，只可

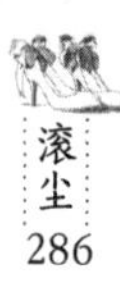

惜走得早了……”

一说起王照澜，张明春就胃疼。那次在刘家大屋见面后好久她才确信，王照澜不是碰巧遇到他们，小宋也不是真的不知道凤玉要嫁给刘畅，她们全是故意的。她们那天过去，就是卡着时间要让自己难堪，给刘畅难堪。至于为什么，恐怕就是刘家自己家里的事了。张明春就算没有杜蘅雪有钱，她待过的豪宅恐怕也比杜蘅雪要多得多，她知道那寸土寸金的瓦片底下发生的事，要比电视剧狗血太多。

在张明春的世界，努力赚钱让家人过上好日子就是幸福，而在王照澜的世界，幸福来自目睹他人的不幸，不需要努力，不需要奋斗，只需要看。目睹别人的苦难，像是观摩一场艺术表演，能让她获得心灵的抚慰。

张明春并不想让晓东娶这样的人家里的女儿，这世道，不论对男人还是女人，嫁娶都是再投胎，可这朱振远家世背景也实在是好，叫人不忍割舍。如果那叫作朱易欣的女孩儿真的像杜蘅雪说的那样好，未见得对晓东来说不是好事。

张明春犹豫片刻：“你为晓东也费心了。”

杜蘅雪一笑，拍了拍她的手。

张明春忽然问：“不如今天晚上咱们先去见见晓东跟他说一声？正好周五，他晚上没课，跟他说说，我们想带他明天一起去见那姑娘。”

“不行！”杜蘅雪声线陡然一高，又立刻温柔地解释，“老姐姐呀，你太直性子了，咱们现在跟晓东说了，万一他有抵触情绪呢？或者，万一他看上了那姑娘，你却看不上呢？那不又是添了一桩心事？易欣虽然我喜欢，但到底咱们才是亲的，我这是给晓东介绍家底相貌好的姑娘，可不是给易欣介绍男朋友呢……”

张明春赔着笑脸道谢。

车前道路已经开始通畅，城市灯火绵延到远处，但她心里还有一丝忐忑，如鬼魅一样纠缠不休。

转眼第二天，张明春就知道了自己那一丝忐忑来自何方。早上吃过饭，她正和杜蘅雪在酒店边的精品街闲逛，杜蘅雪就接到了朱易欣的电话，说是知道杜蘅雪到了上海，她的母亲王照澜执意要跟杜蘅雪见一面。杜蘅雪很意外，问："怎么你妈妈也在上海，不是去国外旅游了吗？"

朱易欣笑："杜阿姨你又不是不知道我妈，她哪有心思玩，去国外十成十是要去整容。上次去日本折腾换头觉得不够，这次连一身皮肉也得换了去，抽脂紧肤想变回魔鬼身材。她这辈子身材啥时候魔鬼过？从来不运动，脂肪粒都贴着肠子，还想魔鬼身材，真是疯了。昨天半夜的飞机刚刚到，我把她安置在酒店，跟她说我今天要和你见面，让她自己找乐子去，她拉着我非得跟我一起来……"

杜蘅雪开着免提，张明春一听，倒真是有点喜欢起这个朱易欣，但是晓东肯听话吗？

她心里还是喜忧参半。

杜蘅雪没来得及说话，只听朱易欣那边王照澜声音含混地嚷："嫂子你一定得见我，你必须得想见我！"

杜蘅雪和张明春对望一眼，又说："我是来看医生的，凤玉妈妈陪我一起，原本想看看易欣就回去了。"

叫张明春意外的是，虽然上次见面非常不愉快，但此刻王照澜听到自己的名字没有一丝反感，她的声音听着更加愉悦了："那更好了，你们酒店旁边那间怀石料理，老朱说来过一次很不错，今天晚上我请客，咱们过去吃。"

杜蘅雪以眼神询问张明春，见她犹豫，推辞道："还是算了吧，那店得预约，临时过去东西不好。"

"我早就订好啦！嫂子，老朱和余枫也在上海！一起聚聚嘛。"

杜蘅雪有些意外："他们怎么也在上海？他们男人谈正经事，我们过去不好。"

王照澜的声音陡然清晰，张明春都能想象到她怎么一把从女儿手里夺过了电话，一肚子气不忿地说："这有什么不像样子的，曲玲玲那个姘头

货都陪着余枫迎来送往，不知廉耻，你一个跟刘大哥一起打江山的正印夫人怕他们说什么。大嫂跟我可是不同，当年我妈就说，我……”

杜蘅雪没有想听下去的意思，只重复一次：“男人谈要紧事，我们过去不像话。”

王照澜在另一边不服气地“哼”一声又道：“那就不叫他们了，咱们自己去。你那边不是带着凤玉她妈吗，我带着易欣，正好四个人也是一桌！嫂子，你一定得看看我，我这次变化挺大的，你给我看看，老朱他看到了以后要是闹起来，你还得帮我说话……”

杜蘅雪挂了电话十分过意不去，又看到张明春一脸临刑一般的焦虑，对她说：“我知道你怵她，要是不想去也就不去了，照澜这性子也是……”话不说完，杜蘅雪叹口气。

张明春倒是脸一扬答应：“没事，就是我没怎么见过世面，怕不要给你丢脸才好。”

杜蘅雪这才笑起来。

张明春也是有过一番计较的，一来，朱易欣一把声音脆甜，她很喜欢；二来，她听得出，朱易欣和王照澜的关系的确是疏远；三来，有了前一次刘畅和凤玉的联手弹压，事后朱振远又把王照澜发配到上海，也算是教训了她。难道刘家所有刺头朋友她都能避而不见吗？那她可真得找个石缝钻进去了。

还有就是，她真想看看那大阿福一样身材的王照澜到底是怎么变化挺大的。

次日下午张明春见了王照澜，身材的确是比之前瘦了一圈，但毕竟岁数一大，肥肉都贴着五脏，去掉皮下脂肪也是治标不治本，人虽然是瘦了，曲线却没有太大变化，像是衣服缩了水，只能算是小一码的大阿福，张明春估计她走到地铁站里依旧会有人让老弱病残专座。收腰身的薄荷绿连衣裙带着两片荷叶袖，在她身上像是铠甲上的护肩，两条腿是那种上了年纪才有的细，再加上富有青春的栗色波浪长发和正红色的唇膏，是说不上来的诡异。张明春不敢多看，匆匆扫了一眼便垂下眼神，倒是王照澜热情洋溢地拉过她说：“张大姐，我上次带去的那个保姆给开了，真是不好意思，你别往心上去。”

她为什么要开除年轻的小宋，杜蘅雪含蓄地说过了原因，此时听到这样的解释，张明春不免与杜蘅雪稍稍对视，心中感触复杂。痛快、无奈、怜悯，翻覆沉浮，一时不知如何言语，她只朝王照澜一张飞扬的笑脸飞快地扫过一眼，才轻声道：“都过去了。”

王照澜只当张明春这种底层劳动者在她重返青春的面容面前自惭形秽，笑得更加得意。

日料店在酒店隔街的老楼的楼顶，原本是英国的商行，近些年才改作了高档购物商场。刚刚重现青春的王照澜，一进门看到琳琅满目的大牌就忘记了此行的目的是吃饭，恨不能把所有艳丽娇俏的衣服都挂到自己身上来。服务生也是十分会看山水的，一行四人进去，着重伺候的是杜蘅雪与王照澜，接下来是朱易欣。接待张明春的人神色狐疑，原本以为她是随侍，但又见三人都对她客客气气，十分摸不清她们的关系。张明春这些日子看这样的眼色太多了，索性就随她去，随便捞起一件衣服看了看，顿时惊呼：“一条裙子，个十百千万，三万八千多？”

导购笑了笑。

四个人这样且战且停地一层层走着，哪怕是固执的张明春，也被杜蘅雪胁迫着收了两件毛衣、一条裤子和一双鞋。张明春的衣服是立刻换上的，服务生替她整理了裤脚衣领，再让她看过镜子。杜蘅雪透过镜子向她微笑：“你看，是不是人靠衣装？”

接话的是王照澜，捣蒜一样点头：“可不是可不是，这样子才像是刘畅的丈母娘啊！”

听着别扭，但让人别扭是王照澜的特点之一。张明春没见过杜蘅雪所谓的那个讨人喜欢的王照澜，在她的印象里，王照澜这人天生就是讨人厌的。那么杜蘅雪呢？杜蘅雪是什么特点？王照澜如果曾经那么可爱

过，一直和气的杜蘅雪当年又是什么样子的呢？张明春看一眼杜蘅雪，她还是笑着。张明春也笑起来，忘了自己的疑问。

杜蘅雪刚刚买了单，王照澜就一把挽着张明春的手往店门外拖，边走边说："你说张大姐，缘分这事多奇妙，这商场顶层原本是一间画廊，画廊主人是一位抱定单身主义的女画家，哪想到往日本旅游，落地不到五天就嫁给了一位米其林两星大厨，又过了半年回了上海，把画廊一改，成了一间艺术餐厅，沪上很有名的啦。大嫂以前来过，她脾胃弱，不喜欢日料，你快跟我去看看吧。"

王照澜力气极大，拖着张明春像头奋进的牛拖犁，一步一步往前走着，张明春挣脱不开，又觉得王照澜这人有些可怜。她是仓皇无助的，又不敢露出脆弱，像是烧到只剩下壳子的巨厦，狰狞、庞大、摇摇欲坠。她的敌意和示好都浅薄随意，因为往前看尽是黑暗，索性闭着眼四处乱撞。这样的富家太太张明春见过太多，除了有钱，她们并不比自己过得好。张明春起先这么想，但又觉得，心里不论多不自在，有钱都好过没钱。路上走着，杜蘅雪匆匆跟上来，小声抱怨着叫王照澜慢点走，又问张明春晓东到底什么时候到。

王照澜这次抽了一肚子脂肪后挣扎着爬出来，有一大部分是因为上次在刘家搞了那么一出戏以后朱振远明令她立刻马上修复与杜蘅雪的关系，还有那么一点私心，是为了见见李晓东。她只见过李晓东一次，对李晓东的印象要比对李凤玉和张明春以及张明志那一家子都好。

王照澜并不觉得自己家境、样貌、气质、见识比杜蘅雪差，为什么刘云山功成名就却毫无绯闻，而朱振远却变了心？叫她说最大的因素不是刘云山洁身自好——男人有钱就变坏，自古真理，而是杜蘅雪有个在雪山举足轻重的外甥。刘家那对姐妹的孩子，眼见着成年那几个都不堪大用，嫁娶姻亲也都是上不得台面的啃老蛀虫。可傅晓，有能力，有魄力，与他老婆两个走到哪里都是明晃晃的一对璧人，再加上又算得上是刘云山的自己人，刘云山不看僧面看佛面，当然得给杜蘅雪留几分面子，但她王照澜在朱振远面前却没有这样一个人能镇住场面。

所以,她把主意打到了李晓东身上。李晓东并不是她的第一选择,第一选择是刘畅,但刘畅那小子是个混不吝,也就只能想想而已,剩下那些适龄的,她看得上的,都有了主,剩下的,都各有各的毛病。这李晓东是圈子里的新鲜货,聪明、上进、长得帅,像是一枚设计精良的火箭,就差一股火就能冲上天去威震八方。如果易欣看得上他,如果他识抬举,如果他爱护易欣,她王照澜也愿意英雄不问出处,给他一番前途。而且,她相信朱振远也会看紧了李晓东,不会让自己的女儿成为下一个王照澜。当然这只是理想状态,首先要看看易欣到底能不能看上他。

可朱易欣最先失去耐性,几步跑到前面扯住王照澜奋力划动的手:"妈妈!你这样拖着张阿姨走,是去吃饭吗?像是搞传销送人头的!"

说得张明春笑起来,相比王照澜,她的确是喜欢这个姑娘。

王照澜也不怒,脚步慢下来,对着女儿笑嘻嘻地揶揄:"我这还穿着高跟鞋呢,你这个穿平底鞋的都跟不上了?你看街上那些女孩子,比我的鞋跟都高,赶公交车跑得比车都快,你以后可怎么和人家争!"

朱易欣眉毛一扬:"我干吗要跟她们争?"

这话听得张明春心里一刺,还没等她深想,李晓东的电话就来了,问她们在哪里。

张明春仔仔细细地跟儿子说了这个日本料理店到底在什么位置。

说到一半就被李晓东打断,他说他到了,就在料理店里。"你们迟到了十五分钟,"李晓东有些不耐烦,"我晚上还有事。"

四人匆匆上了顶楼,朱易欣临半路接了个电话,三个长辈就先进去了。

进门张明春就看到了站在迎门一派枯山水景致旁颀长身材的李晓东。多日不见,儿子越发出众,一身穿戴虽然没有点缀或者商标,但温文尔雅,气质不凡,大老远就能一眼看到他,跟以前那个不修边幅的晓东不一样了。

晓东这孩子，和凤玉不同，凤玉知道自己的美，也知道精致的皮相于她是风险，所以尽力低着头缩着肩活；但晓东毫不察觉他的皮相跟他的智商一样被人注意，他埋头读书，勤奋上进，潦潦草草地过着他的日子，这份潦草更让他显得不可多得。

张明春有点飘飘然，先一步过去拉住了晓东的手。李晓东转过身来，看了一眼母亲，又往她身后看过去，朝杜蘅雪点了点头，完全忽视了王照澜的存在。

王照澜毫不介意，笑道："晓东这孩子，聪明，人又帅，张大姐这个当妈的教得好。"

李晓东不领情，拉过母亲的手让她站到自己侧后方，一双眼冷冷地盯着王照澜，说："今天如果知道你要来，我就不来了。"

气氛陡然变得尴尬沉闷。

此刻朱易欣才匆匆地走进来，眼睛在母亲、杜蘅雪和张明春身上打了个来回，不明白为什么三个满足了购物欲的女人神色居然还是如此萧索，她顺着母亲的眼神看过去，只见一个高而清瘦的男生与自己隔着假山枯枝相望。

那么英俊又似曾相识，朱易欣愣了几秒，忽然笑起来，朝李晓东打招呼："哎！真巧呀，在这里遇到你啦！"

这一句出来大家都愣了，杜蘅雪最先问："你认得他？"

"是呀，我们是邻居。"

"你认错了！"李晓东立刻出声否认。

"不可能！"朱易欣立刻反驳，"你这件大衣，这羊绒衫，这裤子，昨天也是这么穿的，颜色配得好看，我绝不会认错的！"

"见过就是邻居吗？我不过是去你们小区给我同学送东西而已，"李晓东肤色本就白皙，五官分明，此时面无血色，更显得眉眼如画，带了几分女孩子的秀气，片刻他道，"我学校还有事，我先走了。"

杜蘅雪替他打了圆场："上海地面上好看的男孩子那么多，易欣估计是看错了。晓东有什么同学住在紫御公馆吗，还是住在附近的学府小区？学府小区是高校教师的住宅区吧？也有很多硕博生留校后租住在那边，因为有班车，是不是？”

李晓东一愣，不情愿地点了点头：“是，跟我一起做课题的同学住那边，偶尔从紫御公馆那边抄近路去地铁站。”

杜蘅雪笑笑：“易欣住那边，有机会你们多接触接触。”

朱易欣歪头想想，这解释也算合理，又打量了一遍他身上的衣服，才道：“你这衣服穿着还真是好看。”

李晓东往外迈一步，试图站得离她更远一些。

这餐饭吃得一般。日料口感对于深居内陆的张明春来说有点过于奇怪，盘子大，菜色少，服务员背着电影里才能看到的大包袱迈着小碎步走来走去，远处的艺术品收藏区里有三三两两精致优雅的男女低低絮语。这仿佛裹着金边的世界，张明春从没有想过自己的孩子能走进去当主角的世界，如今却如此顺从地把她包裹在其中。她有种飘飘然的幸福，还有种飘飘然的恐慌。晓东倒是不怯场，他与王照澜和杜蘅雪对答有度，相比起来，富贵娇养的朱易欣一餐饭眼睛都黏在手机上，时不时地对着手机傻乐，像个没长大的孩子。张明春本来对这姑娘是有好感的，但凤玉已经嫁得风光煊赫，要是朱易欣贤惠得体就罢了，如果不，晓东其实不需要再找一个富家小姐去伺候着换得名利未来。有刘畅那样的姐夫，晓东有这样的本事，够了。

吃了饭，五人分作两队兵马分散，张明春与杜蘅雪和晓东上了一辆车，眼睛没从电话上下来的朱易欣带着母亲往朱振远和余枫住的酒店去了。商务车隔音好，外头的喧嚣华丽只剩下灯影一样的流光，顺着车窗一闪而过。张明春和杜蘅雪坐在一排，李晓东独自坐在副驾。沉默是密闭的，像把整个车厢密封了起来。

是杜蘅雪先开了口：“王医生明天晚上才有时间，不知道晓东是不是有课，要是没有，车明天白天跟着你，你和妈妈去逛逛。”

张明春心里一喜,正欲假意推辞几句,晓东闷声道:“不用车,妈在酒店等我,明早我就来。”

张明春不敢逆着儿子的意思,但杜蘅雪却是帮着她的:“还是叫车跟你们一起吧,你妈妈对上海不熟,你来回地走也耽误时间。我记得你给我看的那张照片,是在南京路那边照的,那是你的结婚照吧?”

想起蜜月,张明春心里百般滋味,笑着叹息:“是啊,那时候我和他爸都年轻,一转眼,一转眼晓东都这么大了。”

“那影楼没了,但那栋楼还在,现在是个饭店。”

张明春一双眼像开了灯似的亮起来:“还在?上海跟那时候可完全是两个样子了,那栋楼居然还在吗?!”

李晓东听到母亲欣喜雀跃的声音也忍不住把手里的电话屏幕灭了,扭头朝后看,片刻问:“是拍咱家那张你和爸爸照片的地方?”

张明春一个劲儿地点头:“没想到还在,没想到,那地方还在啊……”

“要不明天过去看看吧,带着晓东?”杜蘅雪试探性地看着李晓东,见他没有反对,又说,“从你们学校往南京路走,倒地铁人还多,我和你妈妈年纪都大了,还是饶了我们吧。好不好啊,晓东?”

杜蘅雪的声音一贯温柔和煦,像她的笑容。

李晓东没说话,转过头去。

张明春拉着杜蘅雪的手,不住用眼神道谢。

送李晓东回了学校,又定了明天出发的时间,然后两人回到酒店各自的房间。关上门那一刻,杜蘅雪脸上的笑容才垮了下来。

她掏出外套里早已被静音的电话瞅了一眼,十几个未接来电和几条消息。最重要的来自傅晓,最多的,来自王照澜。

傅晓得到的消息,吴长治果然和马在原闹掰了,两人在内部会议上隔着太平洋问候彼此的亲戚和父母。但吴长治还是吴长治,事情办得利索,SK的确保不住。不单SK保不住,吴长治在东海岸根基深厚,连杜蘅雪藏在傅晓老婆名下的匿名投资都差点被揭出来,得亏马在原帮忙,这场抄家才只限于SK。

当初杜蘅雪得知刘云山请来的律师是吴长治时，差点被激得犯了病。吴长治是处理大型家族资产纠纷的高手，他本身无妻无子又不近女色，或者男色，最大乐趣大概就是挖掘别人不愿与人共享的东西或者秘密——而且他总是办得到，像一头训练有素的猎狗，靠主人的奖赏而非自己搜寻到的猎物过活。但吴长治确实是老了，马在原一个执业只有五年的后起之秀，居然能摆他这样一道，也不知道是不是这次老天站到了她这边。杜蘅雪都不知自己的唇边沾了浅而戏谑的笑容，她回复傅晓：跟马在原接触了？

傅晓答：是，正在接触，感觉不错。

杜蘅雪还想敲几个字时，王照澜的电话又闯了进来。她从来都沉不住气，从小就这样，但她有运气，坏脾气能带一辈子的人都有运气。如果运气不好，命运会派各种各样的人来替你修剪不服管教的枝杈，让你变得挺拔光滑，顺从和善。

她杜蘅雪的枝杈，是被这场婚姻修理好的。她的梦想，她的信念，她对爱的期待和信任，都被这场盛名在外的婚姻消磨成呛人的尘土，四散在她的周围，叫她逐渐窒息。

人们说人的一生，要走许多步，但关键几步能走对，路就不会太错。可谁能告诉她什么是对的？

雪山第一次股改时，刘畅学习成绩太差，为了孩子她离开一线销售岗位，算不算对？

雪山销售业绩直线下滑，濒危时刻引入富德，但富德要求再一次规范股东关系让她将表决权渡让给刘云山，她拒绝了，并且坚持要回到销售，算不算对？

富德以此拒绝投资，关联公司相继做出合同终止预警，再来一次亏损，雪山就要退市，她告诉刘云山退市没那么容易，何况就算退市，雪山走错的不是技术而是销售，他们完全可以从头再来，算不算对？

然而命运，并不告诉她什么是对的，它只负责斩断她的进路，让她睡觉时忘记了煤气灶上还煮着的面，让她煤气中毒在医院抢救了半个月。她和刘云山是夫妻，紧要关头刘云山代理表决权，同意引入富德，而她九死一生醒过来后，就有了哮喘的毛病。销售是需要去现场的，需要下一线，需要各地奔走，她的身体已经承受不了这样的劳动强度了。

当然，如果她硬撑着去拼，或者还能撑几年，可几年后呢？谁替刘畅和傅晓遮风避雨？她答应过父亲要照顾姐姐，答应过姐姐要照顾傅晓，答应过自己，绝不会让刘畅独自面对刘云山。

命运就这么一步步教会了她顺从谦和与低头认输。

王照澜的电话停了，又响起来，杜蘅雪这次接听了，但她还没出声，王照澜的声音就嚷了起来，开篇第一句是："嫂子，你是不是跟张明春在一起？"

"没有，我在自己房间，怎么了？"

"你家那个小舅子，跟曲玲玲好上啦！！"

上海的晚上十点半跟临山不同，尤其是在外滩。

这几乎是夜里最美的时候，酒至半酣时，曲到缠绵处，华厦灯火未灭，岸边游人如织，一切的璀璨浮华都映在沉默奔流的黄浦江面上，从高处看去，像一块展开的长锦，横在纸醉金迷之中。

杜蘅雪的脸映照在洁净的钢化玻璃上，冷得如同高处的风。她许久不语，王照澜以为电话断了："喂？嫂子？你在不在听？你听得到吗？"

杜蘅雪认真地吐出一口气，才说："你讲吧。"

王照澜立刻就说："我是谁，我抓朱振远的时候一抓一个准，男人屁股往哪儿撅，要放什么屁，他们自己还不知道我就知道了，就凭李晓东那么个小王八犊……"

"你自己也知道他马上就是刘畅的小舅子了，说话注意一点，照澜。"

王照澜的嘴立刻刹了车："我在商场的时候就觉得不对了，你看他那一脸做贼心虚的样。我那时候就想，不就是在小区撞见他？说大了也不过是有缘分，说小了，撞见就撞见呗，打个招呼，说说话，也就过去了，有什么好紧张的！要不是你替他打圆场，他早就落荒而逃了，跟被抓奸了似的。”

“我那不是给他打圆场，这孩子本身就是个老实孩子，易欣莽撞了。”

“嫂子，他那件羊绒衫，标在下摆锁边的地方。这种羊绒的手感可不是随便哪个牌子都有的，走的时候我摸了一把他的袖子，是真货。我给我家老朱买过，然后被他训了一顿，因为太贵了穿出去不像样子。但是！但是我又想，刘畅对李家一贯花钱大方，万一是刘畅买的呢？然后我就问易欣，到底什么时候看到的李晓东，易欣就给了我一个大致的时间，我就去保卫室调监控了。他去的是曲玲玲那栋楼，进的是曲玲玲家的门！！”

杜蘅雪还是不说话。

王照澜以为她不信，又补充：“你可能不信，我也知道你会不信，所以我连那段监控都保存了，但其他时候的保卫室说他们没有调取权利，得上报总公司。我是谁！我直接打了个电话让人给我开了权限。我一边往物业公司走一边想，楼内监控三个月，四边六个门的监控保存半年，从紫御公馆往地铁走就一个东侧门，来来回回的人就算不多，找一个李晓东我一个人也是麻烦，所以我就让他们给查门禁卡，只要查出来那个贱货的门禁卡号，再看她什么时候用过，配合门禁录像，就知道怎么回事了！！”

杜蘅雪伸手将窗帘大力拉合，“唰”的一声，隔着电话传到王照澜的耳朵里，她昂扬的、充满斗志的情绪被打断，迟疑了一会儿，端正了自己的仪态，才又说：“嫂子，这种事纸里包不住火，只能我们自己先处理。你没对付过这些事你不懂，我和老朱，我……你一定得尽早处理，及时处理才行啊。要说，张明春这人运气也是够背的，女儿飞上枝头还没站稳呢，儿子就出来做了这等腌臜事……”

杜蘅雪忽然开口：“你去了保卫室？”

“是啊，我不得去看看那李晓东为什么会到紫御这样的地方来吗？

还抄近路坐地铁，紫御这门禁那是专门的保安公司做的，能把他一个穷学生放进去？自己的住户不带门禁卡都进不去呢！撒谎！骗我他可太嫩了……”

“你觉得这件事要怎么办？”

“还能怎么办！”王照澜“哼”一声，“让他俩看证据，让他们认罪！让他们赶紧收手，别等到被外人知道了，谁也没有面子！”

“现在就有面子了？”杜蘅雪冷冷地问，她从来都是温暖和煦的人，声音冷下去，倒教王照澜心里一惊，“这件事你还跟谁说过？”

王照澜求生欲望很强地解释：“天哪大嫂，我可不是为了自己的面子。这事要是被别人爆出去，没面子的是你和刘董事长，我怎么敢跟别人说啊！李凤玉可是刘畅的未婚妻，眼见着要结婚了！我胆子再大也不敢惹到你和刘董事长头上去，我就算敢，老朱他也不肯啊。你我认识这么多年，我王照澜什么时候做过对不起你的事？大嫂，你想想当年……”

话没说完，杜蘅雪问：“门禁卡资料你拿到了？”

“拿到了，”见杜蘅雪问到了她的得意处，王照澜心里畅快，答得也快，“一会儿就比对一下，看看什么时候刷过卡，再比照录像，一定人赃并获！这样才能让他们认罪！这小门小户出来的孩子，就是没见过钱，看见点儿鸡毛蒜皮的玩意儿就收不住了。叫我说，趁机让刘畅跟李凤玉断了也不算是坏事……”

杜蘅雪不置可否，只问：“拿证据的速度这么快，你找了谁？”

王照澜得意：“还能有谁，他们负责拿地的那个副总呗，正赖在临山投标，接我电话亲得跟亲妈似的，办这点事还不是小意思？”

屋里沉默，杜蘅雪的手有一搭无一搭地敲打着沙发，好久忽然开口：“晓东做得不对，至于抓奸……怎么就说到抓奸上了？男未婚女未嫁的。”

王照澜正沉浸在情绪中，听此掩口大呼：“嫂子你可别糊涂！曲玲玲这女人，全临山谁不知道她的靠山是谁？就说今天李晓东那身衣服，全套加起来少说四万块，多少人一年都攒不下这么多钱呢。要是曲玲玲真是女未嫁，她买得起吗？那李晓东就是曲玲玲养的小白脸！两个忘恩负义不知廉耻的货色，一个勾搭长辈的女人，一个勾搭有老婆的男人，全是不得好死的混蛋！他们全家一个个都不是省心的，闺女勾搭了刘畅，儿子也不甘落后！”

杜蘅雪轻描淡写地打断了王照澜的诅咒：“今天晓东那身衣服，是我让曲玲玲去买的。”

王照澜差点咬了自己的舌头：“什么？！”

杜蘅雪冷静地重复：“今天晓东那身衣服是我让曲玲玲去买的。我喜欢晓东那孩子，我想把易欣介绍给她，你如果不是对他也有一样的想法，今天也不会拼着刚刚抽完了脂的疼出来，我喜欢易欣，也得护着我儿子的小舅子，所以让曲玲玲带他去买几件衣服。至于为什么他会出现在紫御，房子是我给的，紫御本身就是雪山的投资，刘畅的小舅子住在那里也不算过分。那个负责拿地的副总，知道你为什么大晚上要调住户资料吗？”

后面一句话问得咬牙切齿。

王照澜不服气。

杜蘅雪的声音高起来：“曲玲玲和余枫闹掰不是第一次了。他们俩闹掰的过程中，发生点小插曲，以前不是没有过，但余枫不追究，余枫耳目不比你广？他不比你聪明！你知道的事难道他不知道？！他肯睁一只眼闭一只眼，可见对曲玲玲是什么感情。是，这事如果翻出来摆到台面上，曲玲玲会丢人，会被人骂，畅畅和李凤玉也完了，难道老余不丢人？而且老余不是因为曲玲玲丢人，是因为你！”

王照澜愣了：“可是……”

“没有可是！这事没人知道，余枫就没有绿帽子，这事被你查出来，绿帽子就是你给余枫戴上的！你要有胆子就去告诉老朱，告诉他你今天晚上干了什么，你看他怎么对付你。这事闹大，余枫和曲玲玲一定会闹起来，我也得逼着刘畅跟李凤玉分手，所以我先跟你说好。照澜，如果两家人因为你的多管闲事鸡飞狗跳，如果老朱因为这件事跟你离婚，我帮不了

你,我没工夫去替你劝老朱!”

“可我是为了你们好……”

“谁信你是为了我们好?你和曲玲玲本来就不和,你看李凤玉、李晓东从来都不顺眼,我们两家见亲的时候你大老远带着张明春的老同事去羞辱她。如今这事被你爆出来,如果余枫真跟曲玲玲分手还好说,老朱也不过是跟你冷战个一年半载,但余枫如果还舍不得曲玲玲,他完全可以说是你栽赃污蔑,到时候你觉得老朱会怎么对你?”

杜蘅雪隔着电话,看不到王照澜此刻的面容,王照澜的嘴张大,僵持在一个表情丰富的姿势,仿佛你往她嘴里投一枚硬币,下一秒她就会唱起歌来。隔了好久她闭上嘴,声音恢复到常态:“我明白了大嫂,我多做了事,我绝对不会借这个由头去闹曲玲玲的。她和余枫的事我不管了。今晚的事也当没发生过。”

杜蘅雪给自己倒了一杯酒,缓缓地坐在沙发上,点头道:“很好,既然你这么说我就信了你。凤玉和刘畅快要结婚了,畅畅是真心喜欢凤玉的,这事情如果爆出来,他和他爸的矛盾就解不了了。前面的事风波刚刚平下来,这节骨眼要是再有风声,我可就唯你是问了!”

王照澜一听又急了,从椅子上蹿起来了嚷:“我不说不代表别人不知道啊!曲玲玲外头有野男人的事我在临山就听人家说了,都说得有鼻子有眼的,说她是在余枫手下憋屈够了,去找个小白脸散散心。”说到小白脸她又忍不住委委屈屈地低声嘟囔,“再者说,就算我不说,这种男女偷情的事从来都是纸里包不住火的。老朱藏得难道不好,还不是次次都被我知道?我当然晓得这里面的利害,但曲玲玲和李晓东的事要是真走了风声,那也真的是不关我的事呀!嫂子,我瞧不起曲玲玲那种勾搭别人家男人靠人家老婆血泪滋养自己的小三、吸血鬼,但我绝对不会害到刘畅,对不起你!我是傻,但我还能分得清里外知道厉害,我发誓,这件事要是从我嘴里透出去一个字,叫我天打雷劈不得好死,叫我家道中落,朝不保夕!”

杜蘅雪给傅晓发消息,傅晓没多久就打来电话,问:“姨母这么晚还不休息?”

杜蘅雪并不回答,只说:“王照澜已经发现了李晓东和曲玲玲的事。”

傅晓停了停:“王照澜发现的?朱易欣告诉她的?”

“她抓奸朱振远这么多年,在这方面嗅觉比易欣灵敏得多。李晓东被朱易欣当面拆穿也不会掩饰,王照澜自己找出来了。”

傅晓就算意外,闻言也忍不住笑了笑:“王照澜喜欢干这种事。她知道了也好,省得我们要通过朱易欣告诉朱振远。”

杜蘅雪没有回应。

傅晓于是问:“姨母有其他打算?”

杜蘅雪片刻才道:“王照澜不会出去说的,我已经封住了她的嘴。紫御的副总在临山拿地,你认得他,让他说出去。”

傅晓迟疑片刻说:“我们过去盯梢的人说,李晓东和曲玲玲一直没有实质性证据,顶多是拿出那几张照片,曲玲玲喝得醉沉沉,李晓东亲了她的额头。如果余枫有意往下压,这根本就不算什么,顶多是,顶多是难过美人关……”

“所以这件事不能让王照澜告诉朱振远,得从外面开始。流言蜚语永远是越说越脏的,余枫那种人经不起流言蜚语的折腾。”

“可这流言蜚语要是传出去,就不受我们控制,总得连带到刘畅和凤玉……”

“我走过的路,不会让刘畅再走一次,除非我死,否则李凤玉不可以进门。”杜蘅雪平静地打断了傅晓的提问。

他常伴杜蘅雪左右,早有察觉她对李凤玉态度反常,只是没想到,竟是这样极致严厉的拒绝,他连一句游说也无法出口,只等着杜蘅雪的指令。

杜蘅雪看着她的儿子,像看到当年的自己,那个被爱情冲昏了头的自己。她从什么时候开始盘算要拆散刘畅和李凤玉的?大概从听到刘

畅形容她开始，善良、坚强、温柔、肯吃苦、对待事业认真、爱护家人……

这活脱脱是一个女版的刘云山！

她想告诉刘畅，坚强可以变成狠辣，温柔可以变成风流，肯吃苦可以变成无底线，爱护家人可以变成封建专制，他嘴里的这些优点，在金钱的催化下都可能变成恶魔的手，拖着他进入万劫不复之地，让他像她一样，再也不能翻身。

但她不能，晚上她把消息告诉了刘云山，刘云山雷霆大怒："贫民窟翻出来一个没爹妈的货，他要敢娶回来，我打断他的腿！"

"你要打断他的腿，他更得娶了。"杜蘅雪等刘云山心情平复了才说，"畅畅说喜欢，又说这姑娘人品好，不如我们先观察一下……"

刘云山眼睛一瞪："有什么好观察的！那种鬼地方出来的人为了往上爬什么招数使不出来？等到真进了门，有的是办法搅得我们一家不宁！"

杜蘅雪听了心里冷笑，他明白李凤玉，因为他看到李凤玉也像看到当年的自己吧？

她说："我没办法了，儿子正在兴头上……"

刘云山挥挥手："我会叫傅晓去查她，我就不信这种女人以前没有烂历史！"

可李凤玉真的没有烂历史，她像是不存在于这个世界，虽然漂亮，但毫无情趣。读书时的老师记得她，永远低着头，写完作业就去打工，穿得十分朴素，从不与同学交往。有男同学追求吗？有的。年轻的男孩子，有十足的好奇心却没有耐心，约一次不出去约两次还不，很少人会约到第三次。工作后的男人更理智，漂亮又如何？皮囊总会老去，他们需要的是比美更持久可靠的东西，彼此心照不宣，说出来就没意思了。

没找出黑历史是好事。

当年她的父亲找到了刘云山始乱终弃的黑历史又怎么样呢？刘云山哭着告诉她当年他被迫与大队书记的女儿恋爱时的惨痛回忆，她的心都为他疼碎了，哪管什么真假！

“你如果跟他结婚，就永远别回来！”父亲朝她吼，她以捍卫爱情的姿态挡在刘云山和自己的父亲之间，然后得到了一场差点要了自己的命的婚姻。

父亲犯过的错，她不会再犯。她不会以过来人的身份压迫刘畅听从自己的教训，她会把一切揭露给他看，让他自己选择。如果看到这一切他还选择跟李凤玉在一起，那没有关系，她已经给了他足够的能力。他会提防她，怀疑的种子一旦种下，一定会生根发芽。

她要做的就是让这怀疑看起来令人信服，而且完全跟自己毫无关系。只要他还信任他的母亲，他受了伤还肯回家找妈妈，一切都还有希望。

她对傅晓说：“这件事要谨慎小心地办好，让他说出来，只要他肯开第一个口，你我就能置身事外，一切就顺理成章。”

傅晓领了命，挂了电话。

杜蘅雪将窗帘拉开，又打开窗户。冰冷和尘土喧嚣的空气涌进来，她狠狠地咳嗽两声。空气冷，让她的呼吸道紧张，她下意识地伸手进衣兜摸着万托林。病越来越重，药量越来越大，以前没感受到的副作用也慢慢起来了。

“哮喘本来就是这样，这不是个可以根治的病，如果你好好保养，就能活很久。”刘云山拉着她的手，温柔地告诉她，“雪山可以没有你，但我和孩子不能，蘅雪，你一定要珍重自己。”

说得那样含情脉脉，像是真的。

杜蘅雪忽然把手里紧紧握住的万托林喷剂狠狠砸向地面，那小小的瓶子只在厚重的地毯上弹了几下，就停下来，安静地躺在灯光照射处，没有发出任何声音。

第二十章
急转直下的命运

偷情这个词，说的其实是两件事。

情字当然要有，但首要的还是偷。不能见天光的关系，要在日光月光灯光和其他随便什么光都照不到的地方暗自生长，要无声无息，哪怕是长到一半折进泥土里，也不能像那些长在太阳底下的树木那样“啪”的一声，然后“哗啦啦”落一地叶子或者果子。如果在半路死了，那就是死了，如同沙上之堡，一阵潮水打过去，就消失在茫茫砂砾之中。偷情，远比正常恋爱更磨人心性，像是从一开始就走了一条艰难险阻的路，如果不想着修成正果也就罢了……

但晓东这个性格，并不像个能游戏人间的人。看到当初傅晓拿来的照片上，他印在曲玲玲额头上那迟疑的一吻，杜蘅雪立刻就知道他是真的动了心。

这是老天在帮她，人一旦动了心，就有了欲望、软肋和害怕，他会是个好棋子。

接下来呢？

杜蘅雪想了想，拿出另外一只手机联络李晓东。电话是立刻接通的，那边很吵，她毫不介意，温柔地问：“晓东你睡了吗？我得和你谈谈。”

李晓东说：“我在学校旁边的二十四小时网吧。”

“你把地址给我。你晚上没怎么吃东西，饿不饿？我知道有家夜宵店不错，我们去那边？”

李晓东“嗯”了一声，又说：“谢谢您。”

杜蘅雪笑着挂了电话。她埋了那么久的网，应该收了。

李晓东比之前热情得多，提早等在路边，上了车，朝杜蘅雪打招呼，问杜阿姨晚上好。

杜蘅雪笑着打量他片刻。等到了吃夜宵的地方，两人下了车，夜宵店老板看到杜蘅雪带着李晓东进门一愣，迎上去笑道：“这就是您家那位一表人才的小舅子吧？”

“怎么就不是我儿子呢？”杜蘅雪温柔地搔了搔李晓东的头发问道，“我如果有这么听话懂事的儿子，能多活好久！”

李晓东不善于应对这样的场面，他低头，露出羞赧的笑，夜宵店老板却本能一样地答复：“您为人善良，乐善好施，一定长命百岁啦。”

杜蘅雪笑笑，带着李晓东进了内间的散座厅。

因为是夜宵，杜蘅雪叫了一份粥拼一份面，然后上了一碟子小凉菜，又亲自端来一份梅子水。李晓东的确是饿了，而且也渴。网吧里尽是老烟枪，云遮雾罩像去了仙境一般，他咳嗽得肺泡都要炸了。喝了两杯梅子水，才意识到一直替他取水的人是杜蘅雪，有点过意不去，第三杯水上来，他站起身，对杜蘅雪道谢，又道：“我自己来就可以。”

杜蘅雪笑笑：“没事，你吃你的，我很久没有体验过带着孩子吃夜宵的感觉了。”说罢她叹口气。

李晓东稍稍缓了缓问：“刘畅小时候您不带他出来？”

“他小时候雪山也小，俩儿子我只能周全照顾一个。刘畅算是一个人长大的。”

所以才那么无法无天？李晓东心里有这样的疑问，却不知道这样的话应该怎么回答，只能闷头吃饭。

杜蘅雪又说：“我希望他和凤玉的孩子，也就是你的外甥外甥女，能够像你和凤玉那样，永远是彼此的依靠。刘畅是独生子女，太孤单了。”

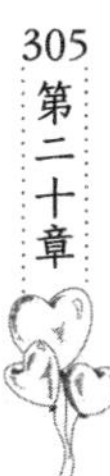

想到姐姐李晓东心里一暖，他本来并不喜欢杜蘅雪，但接触下来发现，她只是太软弱不是坏。在那样一对小姑子面前，她的日子也不好过，但就算是不好过，她也是护着姐姐的，为这，李晓东感激她。他道："您也别难过，刘畅以前读书的时候朋友不少，一打架拉一帮人上，谁要动了他，也有一堆人替他出气。刘畅是个……是个很会交朋友的人。"

杜蘅雪问："你和他差那么多岁，怎么知道他读书时什么样呢？"

李晓东坦然而答："知道他要跟我姐结婚，我不放心，我查了他。"

杜蘅雪一愣，笑起来："还查到什么？"

Facebook里那些照片在李晓东脑海一晃而过，但他说，"没什么，刘畅虽然脾气不大好，但人好。我希望我姐姐可以跟一个好人在一起，我姐姐脾气软弱，容易吃亏。杜阿姨，您有两个好儿子，雪山和刘畅，都是您的好儿子。"

杜蘅雪一愣，猛地咳嗽起来。李晓东给她倒水被她推开，好一会儿杜蘅雪才抬起头来，把眼泪擦掉说："阿姨身体不太好，不好意思。"

李晓东摇摇头，给她面前的碗里盛了一点粥。他的母亲受苦但并不受气，父亲在的时候据说两人从不红脸，父亲一直爱护她。父亲去世后，母亲因为不服新上任的领导揩油，一掌把他打到耳穿孔才首当其冲下了岗。倒是杜蘅雪这样养尊处优的人物，雍容华贵地活着，看样子却是没有一日是顺气而活的。人郁闷是容易生病的，所以他的母亲张明春女士虽然穷，但底气洪亮，不管是骂还是笑，都震得楼板一起晃荡。

李晓东对杜蘅雪生了些同情和亲切，故此语气也温和很多："没事的阿姨，您这次来上海，也是为了看这个病？"

"不是，"杜蘅雪摇头，"我这病好不了，药就那些，看不看也就那样子。"

片刻，隔壁桌的食客走了，杜蘅雪才问："之前我们说的那些事情，查得怎么样了？"

此时李晓东已经八成饱，闻言就将筷子放下，从自己的背包里掏出一叠打印文件给杜蘅雪："富德跟雪山来往最密切的几个部门都在里面，没人有群发全体员工的记录，我查了人事也没有，接我姐资料的人没有通过公司邮箱把资料转发。然后我切入了富德和雪山的OA，"说到这里李晓东脸上挂起了冷笑，"朱振远这人也是有意思的。他和几个富德女员工也经常同时在一个酒店wifi登录OA，我看了一下朱振远在酒店登录时的工作安排好像都是巡查下级单位。还有，是朱振远本人的ID通过不同的手机把我姐姐的资料下载了，查不出手机号码，但知道型号。今晚我发现，是王照澜的那款。王照澜瞧不起我家里人，尤其一直不肯放过我姐姐。上次她羞辱我妈妈被我姐姐教训，心里有恨，就搞出这么多事情来继续针对我姐姐。资料是她拿的，那小视频也肯定是她放的。她老公风流无耻，她不去追杀她老公，盯着我姐姐不放，简直是神经病。她今天晚上对我妈对我那么殷勤，到底想干什么？"

杜蘅雪潦草翻看了一下李晓东递过来的资料，道："她本来想把她的女儿朱易欣介绍给你。"

李晓东嗤笑："我不需要女朋友，尤其不需要这种妈教出来的女朋友。"

"你是不需要女朋友，还是，你心里有了你不该喜欢的人？"

李晓东笑容一僵，抬眼看着杜蘅雪，杜蘅雪也看着他，眉头蹙起。这脸上的担忧不像是假装的，李晓东心中有愧，视线垂下才说："就算心中有，也并不犯法。"

"王照澜不是这么想的，你晚上的表现太突兀，我也没能帮你圆过去。晚上她就跟紫御的人要来了监控权限，你往曲玲玲家里去的视频她全掌握了，你来往多少次紫御公馆她也都记下了。她恨你和你的姐姐，但与曲玲玲积怨更深，如今你们俩搅和在一起，我也劝不住她。她说手里还有一套照片，你和曲玲玲，接吻。"

"我和玲玲姐？接吻？！"李晓东先是茫然，然后眼睛猛地瞪大，"那不是！她没有和我接吻，是我！那天晚上她喝醉了酒，代驾司机不知道怎么

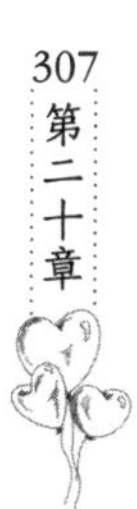

办，就拿她手机给人打电话。那司机先打了余枫的，余枫没有接，又打了好几个上海本地的，都没接，最后打了我的，我接了。那个司机可以为她作证，实在不行，余枫也能调自己的未接来电记录。玲玲姐情绪不好，当时已经烂醉，是我送她上楼前叫司机去买点解酒药，我俩在楼下等着的时候……是我乘人之危，她根本不知道发生了什么，她到现在，也不知道发生过什么，而且我也不预备让她知道。她不能知道这件事！"

李晓东声音又急又高，震得杜蘅雪头疼，但她只问："就算这一条能解释得通，剩下的呢？你频繁来往紫御公馆怎么解释？你有紫御的门禁卡是不是？曲玲玲给你的？"

"我没有频繁来往！她弟弟有病来上海治疗，我们差不多大容易交流，我就是去陪他的。我和玲玲姐之间什么都没有，她待我像弟弟一样！我们之间唯一过分的事就是那一个吻，那还是我乘人之危做的事，玲玲姐是无辜的，我发誓！"

夜宵店老板悄悄拉严了内间的门。

杜蘅雪叹口气："我认得你，也相信你，可别人未必信。你也看到了你姐姐那件事，王照澜善于做这样的文章，而且玲玲和她本来就关系很差，而且玲玲又是个……太漂亮的女人。女人太出眼，非议就会缠身，王照澜一旦把这件事传出去，没人会关注真相是什么，大家都只相信自己想要信的。"

李晓东却问："一旦？就是说还没有？她没有立刻就在她的八婆圈子里四处说？为什么？"

"这件事非同小可，而且你是刘畅未来的小舅子，她先告诉我，算是念着我和她的交情，如果这点也做不到她也说不过去。但王照澜是个报复心很强的人，我没能劝住她收手，听她的意思是想等回了临山就告诉余枫和朱振远。余枫和朱振远要在上海待两三天的样子，一旦余枫开始清理门户，王照澜一定会四处去说。以王照澜的为人，你放心好了，她不可能会放过这个机会。"

李晓东心里发乱，喃喃低语："可我和玲玲姐，根本什么都没有啊。我每次去都是白天，她弟弟都在，家里还有别人，玲玲姐从没跟我单独接触啊！"

杜蘅雪叹息道："孩子，阿姨是过来人，我都能看出来你喜欢曲玲玲，玲玲那样聪明的一个人，难道自己看不出？如果不是对你也有心，她难道不知道避嫌？再者说，你一个年轻小伙子，频繁往来一个单身女人的家里，你说你去的时候她家里有人，外面的人会问你，腌臜事难道非得晚上没人的时候做吗？最要命的是，她前段时间跟余枫谈了分手，你知道吗？"

杜蘅雪看李晓东的神色变幻不断，唯有听到曲玲玲跟余枫提了分手时眼睛一闪，又说："我跟玲玲也认识多年了，如果不是因为余枫和你刘叔叔的交情，我也会劝她长痛不如短痛。余枫不是个可托付终身的人，他并不爱玲玲，她想分手我心里也为她高兴。但如果是因为你分手，性质就不一样了，在外人看来，就是你插足了余枫和玲玲的感情。而你的姐姐就要跟余枫最疼爱的后辈结婚，这两下一掺和，我们两家都要乱套，你刘叔叔本来对他们的感情就不看好，要是这件事爆出来……"杜蘅雪叹口气无奈地说，"你不是想出国吗？你如果想出去读书，带着凤玉一起走，让刘畅和我在国内调停。到时如果不行，索性让他们在国外结婚吧！"

李晓东早些时候就发现王照澜打量自己的眼神有些异样，但还是没有往最坏的方面去想，如今骤然听了这样的话，念及姐姐和曲玲玲都要为自己的错误付出代价，心里头发慌。杜蘅雪是他唯一可以依靠的人，她慈爱、温柔，她替自己的姐姐考虑，在她面前他不由自主地露出了脆弱之态，皱着眉问："那，那玲玲姐呢？她没有刘畅，也没有一个像您这样心疼她的母亲，她独自一人在临山，你能帮她吗？"

"只要她求饶，余枫应该不会为难她，"杜蘅雪叹口气说，"我帮不了她。阿姨这身体支撑不了，而且，家里的事都是你刘叔叔说了算，在这件事上，你刘叔叔不会站在我们这边。而且，我担心的是就算余枫肯饶了玲玲，你刘叔叔为了他和余枫以后的关系，都未必能让你姐姐进门。孩子

啊，阿姨心里也着急，但玲玲只能求饶，她不能解释，越解释越说不清。你跟她本来不该有交集，为什么会替她照顾弟弟？这一解释，更坐实了你们俩之间关系不一般，也让余枫更相信，曲玲玲不是因为等他等得心灰意冷才要分手，而是为了你。你是有真心的，阿姨知道，但对他们那样的男人来说，女人被他伤透了心而离开是他的面子，女人被他伤透了心然后给他戴了绿帽子则是耻辱。错都是他们的，责任却是女人的。”

李晓东茫然地坐着，不回应也不动，过了一会儿才低声问：“就没有别的办法了？说真话反而没人信？只有承认自己没犯过的错才能活？他和玲玲姐在一起这么久，就没有一点信任？”

“余枫并不爱玲玲，谈不上信任，”杜蘅雪无奈地看着李晓东，“只要他在一天，这就是曲玲玲唯一的路。和平分手她还能在临山过下去，如果为这样的事分开，所有跟余枫、刘云山、朱振远三个人有瓜葛的人都要站队避嫌，等于绝了她的路。玲玲家境并不好，还有个弟弟要养，这些你都知道。就算不管他们，她如果跟余枫死磕，我还怕有人会对她不利。”

李晓东倒吸一口冷气：“什么叫对她不利？这个社会我不信有人杀了人还能全身而退。”

“并不需要真的杀人，如果两人为这件事分开，余枫不表态，也有人会借着这个机会邀功，会孤立她羞辱她逼她去走绝路。玲玲那人心高气傲的，未必受得了这样的事。总而言之，这事情若爆出来，玲玲是一定会受苦的。”

杜蘅雪说完看着李晓东，等着他的回应，她赌他年轻气盛，以让步为耻辱，更赌他跟别人一样，只相信自己想相信的事。曲玲玲真的是为他而与余枫提分手的吗？未必。一个女人等了一个男人十几二十年，没有孩子，没有婚约，没有未来，难道提分手不应该？

但男人不这么想，尤其是余枫、刘云山、朱振远这样的男人不这么想，他们被人奉承惯了，他们将他人的牺牲视为理所当然。虽然她要诱骗李晓东走她定下的路，但她并没有撒谎。曲玲玲和余枫之间，根本就不是爱情，爱情需要平等和尊重，在他们这段感情里，这两样从最开始就是缺失的。

曲玲玲的错，在于她把余枫当爱人而不是自己的恩公，她的痛也来自渴望不该渴望的东西。不过人都类似，现在的李晓东也一样。她也非常希望李晓东这样。

李晓东沉默片刻，抬起头来，唇边带着一点豁出去一样的笑意："说来说去，这事情只要传开了，我们怎么办都不行，玲玲姐一定会受伤。不单是她，我的姐姐，刘畅，哪怕是您，也一样，唯一开心的就是王照澜了吧？"

杜蘅雪看着李晓东，审慎地点了头。

"那如今首要的事是让王照澜闭嘴。"

杜蘅雪心中绷紧的弦一松，身上有种说不出的畅快，但还是神色紧张地问："你这是什么意思？"

"她有我不能见光的秘密，我也有她不能见光的秘密。我们互相挟制，不单为我和玲玲姐，还的我的姐姐和刘畅。"

"王照澜能有什么秘密？"杜蘅雪疑惑地看着李晓东。

"她没有，她的秘密也不值得，但朱振远有。我听玲玲姐说过，我找得到，而且会很快。"李晓东的惶恐和茫然一扫而光，他平静地注视着杜蘅雪，"我需要您替我稳住王照澜，给我两天时间，我可以让她闭嘴，我可以让她从此断掉折磨我姐姐和玲玲姐的念头。"

事情比杜蘅雪预料的更好，她看着李晓东，像艺术家看着自己几经艰难终于快要完成的伟大作品，带着欣赏和喜悦，带着期待。

李晓东肃然地对杜蘅雪道："阿姨，谢谢您信任我，这件事，请您一定帮我。"

杜蘅雪点点头，叹口气，又点点头。

同一时间的临山，于大年却是每天都幸福而充满干劲的。

上次他这么满怀希望，还是被人骗着投资了一个谣传即将在美国上

市的公司的时候。他卖了两年气门芯和二手轮胎，攒了八万块，三万块存着当救命金，五万块拿来给了那个公司的“总经理”。那人拍胸脯保证这五万块能以一赚百，然后那人跑了，卷走了于大年的五万块，也卷走了他的半条命。从此之后于大年的钱只在银行和土地上，股票、企业债、预上市融资，他一点也不沾染。

现在的于大年被胁迫着去做一个上市企业梦，他有一种被逼良为娼的感觉。当然，企业上市是对一个创业者的终极褒奖，不过他一点也不觉得自己的华恩有什么了不起——他现在的首要问题不是华恩能不能上市，而是保住自己在华恩的话语权。

曲玲玲跟余枫电话里哭过一回以后就不出现了。于大年却依然得按照她的既定方针去跑临山周遭的县域市场，没带王海，也没开奔驰，开一辆旧款国产丰田霸道。主要是因为见的都是下面县城的父母官，他一个小商人，带着司机开着奔驰实在惹眼，不过现在他有点后悔了。临山这些年发展的确是快，原本一下雨就没法上学去的几个源河边上的村子修了桥和堤坝，搞生态农业，富了；原本全村都得出外乞讨的村子干上了农家乐，居然也富了；还有不通路的通了路，不通车的通了车，连公交站都有了，接待的人看他开了一辆尾灯灭了一个的老越野，都赞他低调朴实有内涵，于大年忽然有点衣锦夜行的遗憾。不过遗憾并没有大于他的感叹，他年轻时的记忆里那些提不上裤子穿不上鞋的穷山娃现在都变得让他认不出了，他有点佩服自己选择的这条农村包围城市的朴素战斗路线。这一路走下来，临近其中几个不在名单的县，正在愁合规的企业没人肯接活，立刻就跟于大年要了几份资料，约定了时间好好谈谈。于大年心里一喜，就给曲玲玲打了电话。

曲玲玲的助理接了电话，说曲总要他晚上过来一趟，来了几个朋友在家吃饭。

“家里？”于大年重复。

“家里，”助理答，“你知道地址吗？”

知道是知道，他也送她过去过几次。曲玲玲一般不回家，多数是在酒店住着，他跟曲玲玲来往这段时间虽然密，却有个底线不碰：他不进去曲玲玲的家。

男女大防，尤其是他们这样的关系，外头早就流传曲玲玲有了个小白脸，于大年相貌不算英俊，倒也是堂堂伟岸，再加上他们老于家都是白净脸盘气死太阳，他怕这个帽子扣到自己身上，一直谨小慎微，哪怕是两人出门，他一定会喝酒，到时候叫代驾，先送曲玲玲，再送自己，绝对不准花好月圆酒足饭饱后孤男寡女的现象发生。

他问："什么客人啊？"

助理答："七八号人，具体曲总没说，好像是公司的事。她正在洗澡呢，你要她听电话吗？"

于大年到底是个男人，闻言立刻脑补出一部小电影，只觉得脑门儿发热耳垂发烫，立刻摆手说不用不用，过了一会儿才意识到，就算摆手，电话那一端的小助理也看不到，那只手骤然垂下，干巴巴解释："我空手过去不大好，不知道带什么好呢？"

助理也想了想才说："带酒吧。曲总喜欢的酒里，蓝仙姑比较好买，你可以带一支来，正好家里喝没了，她看到了高兴。"

于大年忙道了谢，定了时间，就驱车往回赶，路上就给王海打了电话，要他去准备蓝仙姑，然后道："我总觉得我一个人去不好，不如你跟我一起去吧。到时候你在外头等着我，要是晚上我喝多了，你就送我回来。"

王海忙不迭应了，收了线，他下意识地看了一眼表，下午四点十二分。天已经暗了，夕阳如火被黢黑的山峦遮住，只剩下一线金光，刀锋一般锐利地刻画了天地之间的那条线。王海忽然想到曾经他偶然见到的一句诗：明日隔山岳，世事两茫茫。

他不知道是谁写的，只觉得十分衬现在的景色，胸中升起一点萧瑟之意，倒教他自己有些意外。

不过王海没能想到的是，这句诗在往后好长一段时间，都不断地在他

脑中缠绕不去，而他自己也深深地领会了其中的意思。

那天于大年开车到他家接上他，两人换了手，就往曲玲玲家里开。叫王海说，那天下午于大年就有点面色发灰，他给于大年递了一枚虫草含片，于大年随便吃了，就在后头睡觉。王海后悔，送于大年到地方时，于大年问过他要不要一起上去，可王海觉得自己是粗人，也不懂场面上的话，他的大哥是要做大事的，他跟着一起上去怕帮不上忙还要坏事，就果断回绝了。

王海在马路对面的商场停车场等到晚上九点，于大年发了个消息过来叫他先回去，把车留下，恐怕晚上要走得晚。

王海回消息给他：晚我也能等你，没事。

于大年还是坚持叫他先走，让他把钥匙给曲玲玲的助理，一会儿她去取。那小姑娘一看就贼眉鼠眼，王海事后想，一看她就不是个好人。这是王海后悔的事情之二，他不该把钥匙给助理。他该说：大哥，我把钥匙给你送上去。

如果那样，这件事依然不会发生。

可他没有，他也有点困了。儿子这几天发烧，老婆一人带着，如果今天早点回去，他就能给老婆替个手。王海自问对于大年的事他从不躲懒，就这一次，就躲了这一次，于大年就被推向了万劫不复的境地。

次日上午十点钟，王海接了于大年的电话，说自己在他家楼下。王海一听于大年声音不对，就问怎么了。

于大年叹口气说："电话里说不明白，你家里车在不在？在的话你带着车钥匙下来，我在你家楼下肯德基。"

于大年血脂高，从不吃肯德基这类东西，王海越听心越慌，匆匆把儿子交给丈母娘，飞奔下楼。在肯德基二楼的角落里，他发现了于大年。

于大年明显挨了打，嘴角破了，领子撕了，银灰色的衬衣口袋也豁了口，旁边有人侧目看他，他也不动，只盯着面前那杯豆浆。豆浆还在冒热气，看来没坐多久，王海立刻坐到于大年对面，细声问了句："大哥，你怎么了?”

于大年并不说话,他还是盯着面前的杯子,然后缓慢地双手捧起了它。那杯子在抖,于大年又把它放下。

王海心一紧,又问:“大哥,你怎么了? 被抢劫了? 怎么这样? 受伤了吗? 去不去医院?”

于大年抬起头,困惑地说:“我和曲总,被余枫抓到了。”

王海茫然:“你和曲总? 被余枫抓到了? 抓到了什么?”

于大年没有回答这个问题,他只是与王海对视,表情茫然,姿态困顿。

王海猛地倒吸一口冷气,低声嚷:“大哥,你和曲总?! 你怎么能和曲总? 你们……我怎么不知道?”

于大年沮丧地抓了抓头发,困惑地答:“我也不知道。我昨天去她家,曲玲玲在楼上,助理让我等,然后我就不记得了。刚刚,余枫把我从曲玲玲床上抡到地上,好一顿打。”

“怎么能打成这样? 你没还手吗? 就让他打你?”

“我敢还手吗?”于大年喃喃道,“我自己也不知道发生了什么事,曲玲玲也去拉架,被余枫一掌扇到门上,眉骨撞了个洞,满脸是血,去医院了。”

王海愣了片刻,轰然地瘫坐在椅子上,张了张嘴,却一个字也说不出来。

豆浆还冒着热气,叫人看着不耐烦。王海又要了两杯冰可乐,推给于大年一杯,自己闷头喝了一半抹了抹嘴才说:“大哥,我们兄弟这么多年,我对你就有话直说了。昨天你带了两支酒过去,你不是酒后乱性记不清了吧? 曲总在医院到底是因为拉架被打,还是因为别的呀……”

于大年摇头,看样子他对这个判断非常生气,但又没力气发火,只粗粗地喘了口气说:“我是疯了还是傻了,曲玲玲这个身份,她勾引我我都不会从,你以为我能去怎么样她? 我敢吗? 我不想活了啊! 到时候不用说她和余枫了,你嫂子也弄死我!!”

想到自己的老婆于大年心里一紧,这件事要是传到老婆耳朵里,他要

怎么解释？是他拎着酒，去临山第一交际花的闺房里，第二天早上人家正牌男人回家撞见他跟那交际花赤身裸体睡在同一张床上，直接被人打了个半死。他如果这时候说他俩之间是清白的，别说他老婆不信，倒换角色，他自己也不信。这事单靠他一张嘴是解释不清的。

于大年说："我觉得这里头有事，我想去做一个血检，顺便去见见曲玲玲。"

王海立刻反对。一个挂彩一个缝针，都闹成这样了还去见面？不信的人也该觉得这里头肯定有什么了。叫王海说，就算去做血检也得找个离曲玲玲缝针的医院十万八千里的地方，别再碰上余枫又被一顿打。

于大年却是不肯的，他不是不怕的，但他能活到现在站在这里，不是因为他怕。他不服输，命运要强摁头，他偏偏不喝水，更何况，要是怕挨揍就躲老远，那才更坐实了莫须有的罪名。这事越想越像个仙人跳，平常的跳他也就跳了，但连曲玲玲也被拉在里面，那可是万万不行。他于大年大半辈子的身家性命后半辈子的生计着落，全都在曲玲玲手里，如果曲玲玲折了，他也得跟着陪葬。不单是他，他的老婆孩子也得跟他一起遭殃。有妻儿的男人，不能光想着自己脱身，他有家，他得考虑自己的家。

两人到了医院，于大年验了血，先返回车里等消息，王海先打听到了曲玲玲的病房，悄悄摸过去打探情况：是单间病房，身边只跟了一个生面孔的年轻姑娘，不是原本那个尖嘴猴腮的，一看那架势就知道不是专业的助理或者保姆，在病房找不着北，跟护士说话颠三倒四。再往病房里看，王海吓了一跳。曲玲玲面无表情地靠躺在病床上看平板电脑，整个左眼连同眉骨颧骨都被包起来，像是给半张脸盖了个被子。怕是肿得厉害，虽然盖住那么多，也能看出两边脸腮都明显不对称了，嘴唇上的伤口涂了药水，远远看去是深茶褐色，头发胡乱地梳起来，病号服宽大，越发显得她瘦弱。跟平常那个跋扈而美丽的女人不同，这样的她看着狰狞而狼狈。王海兀自叹息，如果她是余枫的正牌老婆，就算是坐实了通奸，恐怕余枫也不敢下这么狠的手。那一纸婚书看似可有可无，但在法理上在人情上，在许多可说不可说的地方，它的效力远甚于山盟海誓或者侠骨柔肠。

婚姻对爱情本身来说可能不算什么，可它是个锁链，把无根而发的华丽情感跟扎实无趣的人生绑在一起，从此两者调和共存，一损俱损，一荣共荣。有人说，男人对女人最大的尊重是向她求婚，王海觉得，女人对男人最大的信任是愿意嫁给他。很显然，余枫不尊重曲玲玲，而曲玲玲却是被自己信任的男人弄成了这样子。王海可怜她，虽然她貌美而富贵，但如果他有女儿，他不会舍得自己的女儿走这条路，不管家里多穷都不行。这样的苦远比穷苦，因为这样的苦，最折磨人心。

于大年得了王海的消息悄悄溜进了病房。曲玲玲此刻已经转了身，背对着门，听到有人进门头也不回地说："出去，我没叫你进来别进来烦我。"声音嘶哑，大约是用力哭过了。于大年到现在精神还是有点恍惚，他不记得早上具体发生了什么，只记得余枫杀红了眼一双手卡在他脖子上。他跑，余枫在追，追到了就撕扯，然后他回头看，就看到余枫一回掌，把拉住他的曲玲玲打到了角落，她像是一个断了电的玩具，躺在那里一动不动。

于大年有点难过，他进了门，说："曲总，我是于大年。"

曲玲玲没有回应。

于大年想往病床前凑，刚刚一动，曲玲玲道："你就站在那里，别动了。"

于大年听话地收住了脚。

屋里无声，王海说那小女孩去买午餐了，正在排队，大约一刻钟内回不来。

他们之间的谈话应该持续不了一刻钟，可曲玲玲一直沉默着，于大年觉得气氛不对。他是被冤枉的，他很明确地知道，他本来以为曲玲玲也是，可如果曲玲玲也是，那不应该是这个态度。女人被人诬陷通奸，不应该是这样的反应……她难道是疯了？想跟余枫分手也不用搞自杀式袭击吧？再怎么说，她跟余枫好聚好散还有的面子可以卖，以后也能过得不错，像这样被抓了奸，就算余枫能放了她，临山城里头也没人再敢跟她往

来了。

有个词儿叫什么,社会性死亡,就是这个意思。不用杀了你,只需要让你失去了存在的价值,生不如死,比死恐怖。

曲玲玲终于开口:“你怎么还敢来这里,不怕遇见余枫?”

“如果遇到了我可以跟他解释,我已经做了血检,报告过会儿就能拿到。我建议你也去做一份。我脑子有点蒙,就记得昨天下午进了你家门,坐下喝了杯可乐,然后什么都不知道了。昨天王海一直等在楼下,他说你助理去找他拿的钥匙,我还给他发了短信让他走,到现在我脑子里也是零零碎碎的,你的那个助理在哪里?我觉得她有问题。”

曲玲玲艰难地转过身,支撑着自己的身体坐起来,她蜷着腿,双臂叠放在膝盖上,歪头看着于大年。饶是被王海提点过她的惨状,这样近距离地观察她的伤势,于大年的视线还是先于他的理智垂下去。

曲玲玲勉强笑笑:“你做了血检也没用,我说那药是用来助兴的,你的血检结果就是废纸一张。你太太是事业单位在编,这件事低调处理,对我们都好。”

于大年瞠目结舌,这什么意思?曲玲玲知道这事不对,但她认了?

“这是你,你干的?你为了气余枫,就骗他戴一顶绿帽子?曲总,你这么做也太过分了。就算你要骗,我们俩这关系……我们是生意伙伴啊。还有华恩,华恩你不也投了钱?你这么做绝了华恩的路,对你有什么好处?你这赌气成本也太大了吧!你怎么能把无辜的人搭进去,这种事闹出去,我老婆怎么办?我孩子怎么办?”

曲玲玲原本神色淡淡,只听到最后才稍有动容,她似有斟酌,片刻才说:“所以,就不要让他们知道。你放心,这件事没人敢往外说……只要你不说。”

“可这账我怎么认?”于大年愤然道,“我和你什么都没有,我是无辜的。你想跟余枫分手有的是办法,我和你无冤无仇,你干什么要这么害我?你害了我还想让我不声张,我怎么能不声张!我得证明我自己的清白!”

“有冤屈才要证明清白。你想怎么证明,你想跟谁证明?拿着血检报告去找余枫?我都认了你不认,余枫更恨你。还是去告?你想怎么告?我强奸你?我迷奸你?我给你下药?那你得先报案,警察会留你的身份证,还会找你老婆,到时候闹得满城皆知,你老婆也会连带成为新闻人物。你说余枫的姘头迷奸了你,别人会说,我们两个之中起码有一个疯子。我是不怕,我本来就名声在外,但你是个好男人,还年轻,还有机会,我记得你老婆是专门跑政法口新闻的是不是?我劝你,多想想老婆孩子,忍了吧。”

曲玲玲把这无耻的理由说得如此苦口婆心,于大年更是愤恨交加,要是她是个男人,他得跟曲玲玲打一架才解恨。他想骂人,可他骂不出口。一方面他头昏脑涨,另一方面,曲玲玲说得对,被人抓奸在床后,只有女人能当受害者,女人可以受骗,被下药,男人不是奸夫就是施暴人。他艰难咽下自己的愤怒和屈辱,片刻才问:“那华恩呢?”

“其他的我帮不到你,”曲玲玲的声音恢复到之前的四平八稳,“于大年,从你要求李凤玉帮你忙开始,就该有面对竹篮打水一场空的心理准备。人生在世就是赌,赌输了,也怪不了谁,且看能挽回一个就是一个。我要是你,有在这里跟我争论自己清白的时间,不如回去做点不清白的事,把那单生产线改造的款给付了。目前这事刘家还什么都不晓得,刘家那两位是蠢货,画个套就往里跳的贪心鬼,中小市场这个风口吴宝恩也是支持的,我一会儿给她们打个电话,骗她们下面县里已经拿到了几个重要的改造单,她们一定会同意。但你的时间不多,余枫和刘云山关系最好,他不会瞒刘云山很久,刘云山如果知道这件事,会立刻逼着她们终止投资,全面封杀你在富德和九恒的合作关系,到时华恩才真的是死定了。留给你的时间不多了。”

于大年只想到曲玲玲肯定会撤资,但刘家两位,投了这么多钱进来,难道就为这件事会打了水漂?曲玲玲说:“我知道你在想什么,你可以不

信我，你可以继续在我这里跟我说你有多清白，可你也知道，人在江湖，不交出清白不能成事。”

于大年盯着曲玲玲，问：“这么做，到底对你有什么好处？你不记得你说过什么了？你说，华恩要上市，你要把华恩做大，你要证明你的实力，这就是你证明自己实力的办法？”

王海的消息进来：买完东西，往回走了！

曲玲玲叹口气说：“其实我这辈子做所有重要决定时都没有考虑过自己，这是我的错误，但我好像也不太后悔……人嘛，想出人头地就得担风险。你到今天，风风雨雨也都见过了，应该知道求名求利有可能一本万利，更有可能血本无归。你选择不当平凡人，就得担这份平凡人不用担的心，你怪不得我，这是你为自己的选择付出的代价。药物如果代谢得慢，多喝水，多尿几次，听我的话，不管靠什么办法，趁刘云山什么都不知道的时候，拿下改造合同，华恩就还有希望。”

自见了杜蘅雪，李晓东就开始心慌，他给曲玲玲打电话她不接，发微信她不回，也不方便问别人出了什么事，就只能打给李凤玉。

凤玉正跟刘畅试菜——其实是陪刘畅试菜。这场婚礼她是新娘，小公主却是刘畅，他要求细节精确，小到每一盒多少颗糖果都算得分明，随机抽查要是不合格就打回去重做，还会骂人。凤玉没怎么见过刘畅发火，但这几天刘畅火气格外大。见是晓东的电话，凤玉悄悄溜到餐厅外，才问晓东怎么回事。

晓东和她闲聊几句后，就问：“你这几天见过玲玲姐吗？”

凤玉没料到会从弟弟嘴里听到曲玲玲的名字，愣了一下才说：“没有，你怎么问起玲玲姐了？”

“哦，她弟弟，她弟弟不是眼睛有问题吗？我们学校有个实验室做这方面的，据说不错，想问她有没有兴趣。”

“你还知道她弟弟？”凤玉更加意外了，“我都不知道她弟弟是什么问题呢，只听说身体不太好。”

晓东“嗯”了一声：“她弟弟和我差不多大，人挺好的。他视力越来越差，之前还能勉强看路，现在都不行了。”

凤玉本能地觉得晓东有事，却又不知道是什么事，正有些出神，后面刘畅从她手里夺了电话到自己手里说：“李晓东吗？”

李晓东一愣，抱怨：“我和我姐说话呢！”

刘畅“哈哈”笑两声：“你是跟我老婆说话呢，你找曲玲玲干什么？”

李晓东对刘畅本能地有畏惧感，刘畅像个X光扫描仪一眼看到李晓东的内脏里去，尤其是他现在心怀鬼胎，更是心虚。李晓东硬着头皮说：“就是她弟弟的事。”

刘畅的问题和凤玉一样：“她弟弟你也认识？你姐要是有你这么长袖善舞就好了。哎，曲玲玲早上住院了，好像是晚上走路没当心，从楼梯滚了下去摔了头。”

两人又说了几句刘畅才挂了电话，一转眼看到凤玉盯着他，笑着问：“怎么啦？我就这么帅，天天看还看不够啊？”

凤玉问：“早上你急匆匆出去，是因为玲玲姐摔伤了？”

刘畅视线一挪：“余叔叔一个人在家招呼不过来，我妈又在上海，就给我打了电话。”

“那我们去看看？”

“不去了吧，曲玲玲是个爱美的人，摔在脸上肿老高，跟挨揍了似的。她现在连余枫都不肯见，肯定不想见其他人。”

这么重？

凤玉看一眼刘畅，他一脸云淡风轻地拉起她的手往餐厅走。大厨和经理等在门口，带着笑，恭敬地注视着他们两人。

凤玉到现在也不习惯这样的注视。刘畅说她的不习惯来源于先天的羞涩和后天的胆小，最开始她是信的。她是养女，自小要委曲求全才能过点勉强安稳的日子，她害怕被人瞩目。因为从她的人生经历来看，被人瞩

目十之八九等于要被欺负，在她前面二十几年人生里，她是个小小的寄居蟹，缩在壳子里小心翼翼地走，努力地想要避免和这个世界做过多的交流和牵扯。

如果不是下到农村县城的那些日子，如果不是孩子和老人们脸上的期待，她都不知道，被人注意到自己的存在，被人听到自己的声音，去做些事，去改变点什么，竟然是这么幸福的事。刘畅见她还在看着自己，笑了笑问："怎么？有话对我说？"

凤玉摇摇头："没有，我就是觉得你真帅。"

刘畅一愣，大声笑起来。

李晓东当天能订到的只有最晚的航班，头等舱。

年末，头等舱都是往来临山做商务拜访的精致男女，飞行时间三小时，每个人的电脑都开着，只有他在看手机。乘务长说飞机立刻就要降落了，没几个人听得到，得空姐一个一个来叫，乘客们才茫然地抬起头，恋恋不舍地关掉了电脑。

而李晓东，正在犹豫要不要给姐姐打电话。

这次回临山他谁也没告诉，不过他一直在想要不要告诉姐姐，如果不告诉她，像是背叛，可如果说了，反而显得心虚。他和曲玲玲之间其实什么都没有，起码曲玲玲什么都没有。

他心里有又如何？

喜欢一个人并不犯法，他喜欢曲玲玲，原本只是他一个人的事，只恨那王照澜，一而再再而三地逼迫，从他的姐姐到他的母亲，再到曲玲玲。他不理解王照澜那样的人，他一直认为人生应该追求实现自己的价值，让自己幸福？可王照澜以目睹别人的苦难为乐？她见不得他人幸福，若是弱者的幸福，她必得践踏；若是强者的幸福，她一定诅咒。这样的人放在姐姐的身边，不管他在哪里都不得安眠。如此一想，他如今的举措也不全然是为了胁迫王照澜放弃对外公布他吻曲玲玲的那张照片。李晓东的心里乱得如同不断颠簸的飞机，等终于落了地，他还是决定先不要说了，看看曲玲玲再说。像杜阿姨说的那样，姐姐有刘畅和她护着，可曲玲玲谁都没有，如果真出了事，如果真因为他那无知的一吻，殃及到了无辜的她，他不能放过自己，他的余生大概都无法放过自己。他明白他的姐姐，如果姐姐知道了真相，也不会责怪曲玲玲，姐姐会站到自己的这一边，像他们从小到大那样，姐姐永远护着他，他永远护着姐姐。

晓东拎着电脑包被人流裹挟着往外走，包里是他的武器。他需要和曲玲玲见面，他需要让她知道到底发生了什么事，他知道这件事后他们就再也无法像以前那样见面了，这将是他们最后的见面吧？李晓东心中有一丝痛。如果这最后一面，能够确定她安好，能够帮她把那个人铲除掉，那自己也不算是白来了。他又给曲玲玲发了消息：我的航班已经落地，你到底在哪里，我去找你？

没有回音。

李晓东垂着头路过喧嚣的行李转盘，又路过出口的安检，面对着他的是零落的接机人。他们神色各异，李晓东裹紧了身上的外套，这是曲玲玲为了感谢他照顾她弟弟买的。那织物绵软温柔，她叫他换，可他害臊，好不容易换上，她笑起来："这么帅的小伙子，叫人眼前一亮哪！"

他希望她能记住他，像他记住她那样，还希望她永远不知道那一吻。那是他的秘密，是他做错的事，但也是他虽然做错却没有后悔的事。

李晓东低着头走到大门，忽然一个人影挡住了他的去路，他抬头一看，刘畅冷着一张脸正盯着他。李晓东到底没止住自己的心虚，他往后退了一步，用局促的笑容遮盖自己的惶恐："你怎么在这里？"

刘畅也笑着，他盯着李晓东好久才说："我等你。"

往市区走的路漫长寂静，两人一直没说话，但李晓东有预感刘畅知道了什么。这晚行路运不大好，除了机场高速，一路都是红灯。十字路口没有人，猩红色的倒计时慢慢地走着，李晓东有种跳车的冲动，他应该给姐姐打电话的。要是姐姐在，他还有点帮衬。

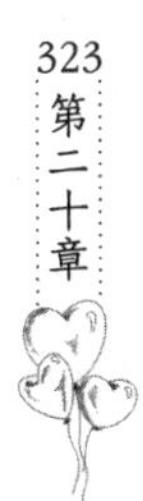

越是无人的地方，红灯越是让人焦躁，刘畅摁下车窗，点了根烟，狠狠地吸了一口。李晓东蹙眉躲了一下，刘畅果然问："你回来，你姐姐知道吗？"

"不知道，我回家拿点东西。我姐说她刚刚从下面县城回来，又要筹备婚礼，我不想打扰你们。"

"这么贴心？"刘畅叼着烟，仰着头，却眯着眼睨着他，似笑非笑，唇边橙色的烟火昏黄地笼着半边脸，让藏在黑暗里的另一边更无法辨清。

晓东不语片刻，才开口："你把我放到前面北河街的十字路口，我和朋友约好了今晚住他家。"

"是吗？"刘畅的车子发动起来，丝毫没有减速的意思，他快速越过了北河街十字路口，才问："你哪个朋友在北河街？曲玲玲吗？"

晓东身体一僵，刘畅一个急甩让车落入路边的泊车岗。刹车下得狠，轮胎与地面摩擦发出尖锐而绝望的声音，惊得路边几辆电动车也跟着千奇百怪地叫了起来，远处的声控灯亮了，一盏一盏地点开去，片刻又灭过去，像是黑暗对光明的无尽追杀。一条狗瑟瑟缩缩地从暗处又走向暗处，路面静下来。刘畅手里的烟抽完了，他把烟蒂狠狠地摁熄在烟灰盒里，粗重地喘了口气说："李晓东，你是不是疯了？"

话虽然是问句，但这并不是问题。李晓东被刚才刘畅的急刹车甩得头晕目眩、汗毛耸立，右手还紧紧支着前台，刘畅接着说："曲玲玲你也敢惹？曲玲玲你也去惹？你他妈这辈子没见过女人是吗？遇到个冒臊气的就扛不住了！"

李晓东被这话刺激到，转脸对刘畅吼："你讲话放尊重点，曲玲玲又没惹你又没害你！你为什么侮辱跟你无冤无仇的人！"

"行，她为了钱卖身，也不是卖给我爹，她当小三气死人家原配，也不是气死我妈，她害得余长安小小年纪没了妈，也不是害的我。我不侮辱她，侮辱她的事儿等她的冤亲债主去干，我今天就专心侮辱你。你李晓东今天能穿着万把块的衣服，能坐着头等舱回来找别人的姘头诉衷肠，你妈能住到几万块一平方米的房子里去，你们全家鸡犬升天，哪一件不是拜李凤玉所赐拜我所赐?！你们一个个的非但不感激她，还变本加厉地给她出难题，给我添麻烦！你妈也就算了，你念了这么多年的书，你脑子里都是些什么玩意儿？你搞那个贱人的时候，想过你姐姐以后怎么办吗？你想过你姐姐以后怎么在圈子里抬头吗？你想过她那种性格，被人拉去为你办的这些烂事连坐要怎么活吗？李凤玉是你的恩人，是你全家的恩人，你忘恩负义，还跟我说尊重，你还要不要脸?！"

句句都刺在李晓东的要害上，刘畅说完猛地靠在椅背上，又给自己点了根烟，说："我今天实话告诉你，曲玲玲是被余枫打了。你要是还算是个人，还有良心，就老老实实给我在这儿待着，明天一早有人把你送回上海去，往后不准再联络曲玲玲！"

李晓东一股血涌上头顶，扯住刘畅的衣服就问："她为什么会被打？因为我？因为那些照片？我和她之间根本什么都没有，玲玲她根本不知道我亲了她……"

李晓东坐不住，拉开车门往外跳："我不能在这里跟你说，我得跟余枫说，事情不是王照澜说的那样，我可以解释！"

那边刘畅也开了门，快走几步一把扯回李晓东摔到车门上，照肚子就是一拳，只见李晓东闷哼一声，像是忽然断电的机器，不动了。刘畅是从小打群架打出来的好手，出国后又热衷格斗柔术，最知道往哪里下手最有制动力又伤不着人，可看李晓东这架势，刘畅头皮一紧，不会这点力也吃不了，真打废了吧？

李晓东其实不疼，只是被打蒙了，他自小到大没挨过揍，更没想过第一拳居然是被刘畅揍的，不单蒙了，还满心愤怒，但愤怒归愤怒，还击是不可能的，但这一拳也不知道是有什么加成，疼倒不怎么疼，只是，他抬不起头来，耻辱，伴着惊恐，五脏六腑像是没了，伴着头昏目眩，李晓东慢慢跪坐在车旁，要靠宽大的轮胎支撑才不至于完全趴在地面上。

刘畅在一边俯视着他，说："事情不是王照澜说的那样，那是什么样？

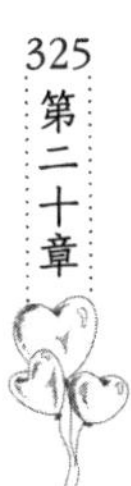

你跟你妈为什么就不能让凤玉安心地活着？好不容易拾掇完了你妈，这回你又蹿出来给我添堵！我和凤玉想过个安稳日子怎么就这么难！？我告诉你李晓东，曲玲玲挨揍是因为被余枫抓了奸。抓奸可不是你和曲玲玲大半夜在马路牙子上坐着你亲我我亲你，曲玲玲和奸夫是光着屁股被余枫从床上拎起来的，曲玲玲是因为护着那奸夫被余枫一耳光扇进医院去的。余枫是什么人？你以为王照澜拿着那张照片去嘚瑟嘚瑟他就会发怒？他看了那照片，什么也不会说，什么也不会问，他只会把照片发给我爸。那我和凤玉就两条路走，第一，凤玉和你还有你妈从此划清界限，不相往来，可你妈能肯吗？你妈肯放弃这个让你飞黄腾达的机会吗？她那套贫民窟的撒泼上吊手段到时候肯定要尽数使出来，你想过凤玉怎么办吗?！第二，我和我家划清界限。我妈在家本来就势单力薄，如果这样，我两个姑姑一定会变本加厉地欺负她。我妈身体不好，我妈没做错事，那是我亲妈，我为什么要为了你们这一对狗男女放弃我亲妈！你和你妈因为凤玉因为我，过上了现在的日子，你们不知道感激，反而变本加厉，上蹿下跳，还自以为理所当然，凭什么？凭什么我和凤玉要为了你们这种货色遭殃！！”

刘畅怒极，可也知道不能再动手，只一脚重重地踹在李晓东扶着的轮胎上，车身跟着摇晃，李晓东瑟缩一下。刘畅见状冷笑:“你也知道怕？如果由着你去找曲玲玲诉衷情，找余枫证清白，你倒霉的日子长着呢！曲玲玲十几岁就在社会上混，运道好，遇到了余枫。余枫宠着她让着她，由着她打着自己的名义在外面折腾，但戴绿帽子不行。只这一件事，是个男人都不行，这事她敢做，她就没回头路走。你要再过去插一脚，让余枫发现她一个老姘头不够，又加一个小姘头，她下场更惨！曲玲玲有个瞎弟要治，有个瘫爹要养，你那点感情要是真的，就算不为你姐姐，为了曲玲玲，你也给我闭上嘴，明早滚回上海，这件事就当都没发生！”

“否则你要怎么样?”李晓东终于从那一拳的强大的制动力中挣脱出来，他勉强站起身来，与刘畅对视。

这是刘畅没料到的问题，他被李晓东气笑了："话说到这份儿上你还有'否则'等着我？曲玲玲到底给你灌了什么迷魂汤啊！你不听我的，我当然不能把你怎么样，但曲玲玲呢？曲玲玲除了余枫，可就只剩下我家可以依仗。你一出头，我家就给牵扯进去，曲玲玲和余枫的事我家也管不了了。你很讨厌王照澜是不是？没有了我家帮衬，外面还有一堆王照澜想要撕了曲玲玲生吞呢，到时候孤立无援的曲玲玲一定会恨你，恨你不知分寸，不懂道理，自私自利，还打着为她好的名义！你和你妈真是亲生母子来着，一样自私自利又冠冕堂皇！"

李晓东盯着刘畅的眼睛，片刻才说："如果她真的有别的男人，我立刻走，但玲玲不是那种人。她对余枫什么感情你们不知道，难道余枫也不知道？她是被冤枉的，你说她被余枫抓奸了，她和谁？"

"干什么？你也得去打一顿那个奸夫？你也配？就你这小身板，也就是个沙袋的命。"

"你骗我！"

"于大年，"刘畅转身背风又给自己点了一根烟又抽了几口才冷静下来，说，"是于大年，你姐姐公司那个老板，你见过几次，还记得吗？这么大的事我怎么敢随便说。你总不在临山，不知道这边的事，她和于大年的风言风语已经传很久了，余枫要不是临时有事要提早回来，也撞不上他们。"

"不可能，"李晓东拒绝相信，"她怎么可能和于大年在一起？她看不上于大年！她还不接我电话！她为什么不接我电话！"

刘畅笑笑："你既然知道她看不上于大年，为什么会一直追问这种傻问题？她看不上于大年，难道会看得上你？你到底是为什么回来？是为了证明她清白，还是为了验证她心里是不是有你？"

李晓东与刘畅对视，还是刘畅先别开视线道："如果你一意孤行，我也拦不住，但你给她发那么多消息，她都不回复你，她的意思已经表达得很清楚了。而且你要是去了，你的姐姐、妈妈，包括曲玲玲，都要为你的一时之勇付出代价，你想清楚了再做决定。但有一点，如果你不替你姐姐着

想,我也不会管曲玲玲的死活,今天你想当好汉,后面就等着看曲玲玲的惨状吧!"

李晓东紧紧握住自己的背包,咬着牙根,看了刘畅,片刻低声问:"如果我不去,你会帮她?"

刘畅使劲弹弹烟灰,说:"当然。这件事只有跟你没关系,我才有资格出面。于大年虽然也是通过我才认识曲玲玲的,但到底跟凤玉不沾亲带故,处理起来也容易。"

"如果王照澜说出去怎么办,王照澜如果还想落井下石怎么办?"

刘畅笑笑:"王照澜不敢,她虽然恨曲玲玲,但她不敢得罪我家。只要你不出头,她绝不敢开口。"

刘畅将李晓东安置在市中心相熟的酒店里,给他定了次日最早的机票回上海,又跟当值的经理打好招呼叫他们夜班的兄弟盯紧了李晓东的房间,才失魂落魄地回到了车里。

很久没有打过架,忽然出手,又怕控制不住轻重,这一拳出去,刘畅的肩膀连着胳膊都在抖,不过终于连吓带劝,拦住了李晓东具有破坏性的坦白,他也算是松了口气。

烟抽完了,时过午夜,中心区在凌晨时分如空城,无人的街如此寂静,甚至可以听到交通灯颜色变换时发出的咔嗒声。刘畅瘫靠在椅背上,两侧窗户打开,寒风偶尔穿过,让他狂跳的心静下来。

再坐了一会儿,他拨出一通电话,那边的人大概也是没睡,立刻就接听了。

"我劝住他了。"刘畅沉沉叹气。

"正抽烟?"是个男人。

"没,抽完了,没地方买。"刘畅惨笑,片刻道,"谢谢你告诉我,否则这事情闹大了不知道怎么收场。"

"姨母觉得自己可以处理好,但我觉得未必,王照澜那张嘴藏不住多久的秘密,你这招李代桃僵,也是不得已而为之。"

“我妈是不是不知道你告诉了我这个？大哥，难为你了。”

“咱们兄弟间不讲这个，”傅晓声音很轻，“李晓东还年轻，容易变卦，你要当心。”

“我知道，酒店有人盯着他，医院过了十一点只开东西两侧电梯，每个电梯间放了一个人，他敢去就能拦下来。”刘畅犹豫片刻又说，“就算他去，曲玲玲也不会见他。”

“你确定？”傅晓有忧虑，“我倒是觉得她对李晓东不是没意思的。曲玲玲在上海的房子除了余枫谁去过？咱们可都没进过门，她弟弟连姨母都没见过。她肯把自己脆弱的一面给李晓东看，起码她是信他的，如果李晓东真要去见她……”

“她不会见的，”刘畅似笑非笑，“曲玲玲最会算账，既然已经到了这一步，不管怎么到的这里，她都得往前看。她弟弟病情恶化，她父亲在ICU，她不敢失去余枫。要是李晓东再找上门去跟她说两句情话，那就真的洗不清了，到时候连我们刘家也不替她说话，她就真的完了。什么信任，什么脆弱，对曲玲玲来说，那都是衣食无忧时的精神消遣，她要真是脆弱，怎么会害得长安家破人亡？她身上的罪孽倒给真脆弱的人，恐怕早就以死谢罪了，还能活到现在吗？”

刘畅说的不是没有道理，傅晓感叹：“你说这么多年，她爱过他没有？”

“一个女人跟一个有妇之夫纠缠这么久，不是为了他的钱就是为了他的肉，爱这两样哪一样都算是爱他。”

傅晓笑笑。

“我妈怎么样？”

“姨母很焦虑，两位姑姑已经很棘手了，如果董事长反对你和凤玉的婚事，局面会更乱。董事长正在做家族信托，这么敏感的时候，姨母怕你吃亏。王照澜虽然被姨母劝住，但也不是长久之计，姨母担心，你和董事长以后怎么办。”

刘畅自然知道“以后”是什么以后，他立刻说：“我妈长命百岁，不会有

事。王照澜就算不管不顾，也不是个蠢货，她会算计好。她如果脑子瘫了，我替她算算。”

傅晓不纠缠这个话题，只问：“你这样栽赃曲玲玲和于大年，有没有想过万一凤玉知道了……”

“她怎么会知道？曲玲玲已经认栽，单靠于大年毫无说服力，只有李晓东，但李晓东根本不知道怎么回事。”

“可曲玲玲的助理知道，还有于大年，他立刻就想起来去做血检，是个很聪明的人。他只是被曲玲玲给唬住了，要是他一定要求个是非分明，也是不好办的。”

“他求什么是非分明？这件事余枫根本不会闹大，最多也就朱振远跟我爸知道。顶多绝了华恩以后的路，于大年有什么好计较的，他最开始就是想卖地，也没把华恩当回事。没有我，他早完了。养兵千日用兵一时，难道不该是他报答我的时候？曲玲玲叫我对于大年网开一面，放他做完设备更新再冻刘云芳和刘云蔼的账户，我也答应了。我这么仁至义尽，曲玲玲都低了头，于大年如果脑子没病也会这么做。”

“万一他真想明白了呢？于大年现在是不明就里，他如果知道不单自己，连曲玲玲也是被做局陷害的……曲玲玲的助理你安排好了？这个人一定不能再出现！”

“安排好了，风头过去再让她回来拿尾款。这女孩子恨曲玲玲恨得要死，没钱都会帮忙，何况拿到了钱。以后就算凤玉知道了，她也能想清楚，曲玲玲和于大年有一腿对她的伤害，比曲玲玲和李晓东有一腿要少得多。我这么做是为她好，也是为李晓东好。”

“接下来呢？”

“接下来就是你们董事长的事了。他说过，如果刘云芳和刘云蔼有重大投资失误，就会收回她们两个人手中雪山的股份，现在我就给他一个重大的投资失误。”

“什么样的重大投资失误？”傅晓问，“对董事长来说，纸面上的规则是一回事，他心里另外有一套法则，你不要跟他硬刚。”

“富德不会与华恩续签合同，这样一来城商行会再次发尽调函，这次可是实打实的断贷催收。城商行如果开始催收，郑东良也会开始催收，刘云芳和刘云霭以她们名下对雪山上游的应收账款抵押拿到的郑东良的借款。”

“应收账款抵押怎么能算作重大投资失误？这是合理合法的。就算是投资失败，也是因为曲玲玲跟于大年的事实在太让人意外。”

“郑东良的借款条件有一条章证共管，”刘畅一笑，“我既然敢这么做，就一定有这么做的原因。当然郑东良是不会去查她们公司流水的，不过，她们把这个权力给了他，这才是关键。”

傅晓闻言一愣，继而低声骂道：“真是疯了！她俩那公司的账目怎么能被别人知道！董事长如果知道这件事能生吞了她们！”

刘畅痛快地笑了两声：“你们董事长马上就会知道了。如果这还不算重大投资失误，那就不是我爹和你们董事长了。”

傅晓没有如刘畅所预料的及时给他祝贺和表扬。从小，他的父母忙于工作，都是傅晓在照顾他，不管什么时候，刘畅遭遇到开心和不开心的事都第一时间想要找他分享。可今天，他做了这样一件能让他的母亲扬眉吐气的事情，傅晓却是沉默的。

刘畅不理解这沉默。母亲离开雪山，表决权由刘云山代理，与此同时，雪山向刘云蔼刘云芳定向增发。刘云芳刘云蔼的资本来自变卖名下资产，这部分资产则是在雪山上市之前，为防止关联交易问询，他的母亲寄在刘氏姐妹名下的。杜蘅雪父母早亡，姐姐又有个好吃懒做的丈夫，她是真的以为，这对姐妹花要比傅晓的父亲更为牢靠。实在没想到，这对憨吃憨喝的姐妹花能将自己当成一道菜，还做成两吃，然后摇身一变成了雪山的董事之二。

刘畅怎么会不恨？他不信，傅晓怎么会不恨?!

“你难道不想表扬我?”刘畅笑着问。

傅晓勉强笑了笑:“的确应该表扬你。你这盘棋下得也太大了,从什么时候开始想要这么做的?”

“从我母亲离开雪山那一天开始,”刘畅轻轻地回答,“大哥,我相信你跟我有一样的想法。”

傅晓笑了笑:“畅畅真的是长大了。”

刘畅扑哧笑出来:“我都快结婚了啊大哥!”

第二十一章

促膝之谈

往常于大年最不喜欢老婆出差，因为老婆出差他就要一个人带孩子。孩子上小学后问题太多了，叫人害怕。可这次出了事老婆忽然出长差，他简直要跪谢天地神明给了自己一点转圜求生的机会。孩子被他送到了丈母娘家，王海被他招进了家门，兄弟二人面面相觑，相顾无言。终于王海坐不住了，对于大年说："大哥你一天没吃饭了，我给你做点东西吃吧？"

于大年摇摇头："我没有心情。"

王海却不认同："人是铁饭是钢，尤其是遇到了这样的事情。哥咱俩是在打一场仗，还没有上阵，你可不能先把自己给搞垮了呀。"

王海爱吃酱油炒饭，但考虑到于大年心情十分不好，给他换了一个青菜小炒，外带一份滚虾粥，又拍了一盘黄瓜。于大年原本没胃口，但看到饭食摆在面前也饿得慌，胡乱吃了几口，忽然抬起头来对王海道："你说为什么出了事之后再没有看到曲玲玲的助理？"

王海想了想："大概是因为余枫觉得她在这件事情上没起什么好作用吧。你想电视上演的那些帮着妃子偷情的宫女不都被拖出去打死了吗？我看那个助理也没有什么好下场。"

说完又觉得自己说得不太好听，刚想补救，但看于大年似乎并没有听到心里去，他只是若有所思地又扒了一口菜，道："她那个助理我见过几次，曲玲玲对她很不满意，十次有七八次不是冷嘲热讽，就是直接骂她蠢，骂哭了好几次，我都看不下去了。如果想偷情，肯定得选个贴心的人帮着掩盖吧？现在也不是古时候，卖身为奴终身为奴，好端端的小姑娘给人骂到哭，人家凭啥跟她贴心？电视上演的那些靠宫女偷情的妃子选的宫女，可都是从小陪着自己一起长大的，能为主子去死的那类。我俩要真想偷情，也不至于让这种不得曲玲玲心的小助理通风报信啊！”

王海一想还真是这么回事儿，一时也不知怎么解释，只问：“那大哥觉得是为了什么呢？”

“我也不知道是为了什么，但是这个人就这么不见了，肯定是有问题。”说罢于大年又扒了几口饭，叹了口气说，“但不管有没有问题，现在她在哪里不是紧要问题。曲玲玲虽然看上去像疯了，但有几句话说得对，这件事情如果压不住，对华恩的冲击会很大，一定要赶在事情爆发之前把生产线改造合同的钱付了。李凤玉说账面上还有一笔钱，如果刘家那两个不肯开口，我要想办法让凤玉松口。”

王海一听来了精神：“凤玉那样钉是钉铆是铆的个性，她怎么可能松口呢？”

于大年终于喝完了一碗粥，把碗往桌上一顿：“事到如今也没有什么办法了。你还记得凤玉让我帮她找姐姐吗？我想我大概知道她姐姐在什么地方了。我要去跟她谈。实在不行我就跟她谈条件，如果她帮我这一次，我一定替她找到姐姐，不管她姐姐在做什么，不管她姐姐得不得刘家人的心。”

“这么做的话风险也太大了吧，怎么说李凤玉都是要嫁给刘畅的人，你要从刘家盗出钱来，还让李凤玉帮你，那不就是让她开门揖盗了吗？就为了找个姐姐，人家刘畅不能找啊？”

于大年摇摇头：“刘畅心里是有算盘的，你看看那小电影，再看看张明春那一家，他再往凤玉身上加亲戚，也得掂量自己忍不忍得下去啊。我看凤玉自己也是知道几分的，而且，我也不用她开门揖盗，我只希望她当作没看见。……我们先去一趟厂里，然后你跟我去趟家具城，那边有个看停车场的老家伙以前做萝卜章的，做得像，我让他帮我做个章。曲玲玲说得对，这事已经到这一步，我得往前看，先保命，再要脸！没了命，谁看你的脸！”

王海听着头大，但怎么说也要跟着自己的大哥，所以跟着点了头，又点了头。

李凤玉自昨天接了晓东的电话心里就发慌，在办公室坐了一会儿，正在出神，忽然门一响，吓了她一跳，再一看却是于大年。

凤玉连忙站了起来，于大年快步走进来带着笑说：“怎么看见我还站起来了，又不是接见领导，赶紧坐下。”

于大年这段时间忙得很，等闲不在公司或者工厂出现，今天这么早过来，李凤玉本能地认为他有事要说，便听命坐回原位。

于大年接手华恩之前，这间办公室是原老板用的。当年就在这间办公室里，就在李凤玉现在坐的这个位子上，华恩原来的老板，把它卖给了于大年。交接时于大年并不觉得喜悦，原来那位老板也并不觉得哀伤。不过就是一项资产从一个人手里到另外一个人手里，像流水线出来的一样货品，每个人在它身上都倾注了时间、汗水和精力，可这并没有什么好纪念的，这是商业。

于大年这次回到华恩，心里却有了不一样的感触。以前的华恩对他来说，是个壳子，罩着脚底下这片升值空间巨大的地皮，可做实业好像是谈恋爱，投入的越多就会发现自己越爱对方，最开始他为了钱，后来为了名，可如今，他为华恩奔波、忙碌，流汗、流血，还差点被余枫要了命。华恩不再是冷冰冰的一个名字，它系在于大年心上，这里的一草一木一砖一瓦，这里的机器发出的每一阵声响，这里的工人，哪怕是这里的看门狗他都觉得亲切。

他不能想象如果他失去华恩，如果华恩真的变成不良资产被城商行收回会怎样。大概近似于被老婆赶出家门吧。可想到被老婆赶出家门，于大年头又大了，要是解释不清他和曲玲玲的事，他就算不被赶出家门，

也不敢进家门了。

李凤玉并不知道这些,她看出来于大年在出神,便问于大年:“是不是晚上没有睡好?怎么感觉你精神不太好?”

于大年被凤玉的疑问拉回了现实,有点尴尬,不知道该怎么跟凤玉说,想了想才开口:“之前你跟我说让我帮你找姐姐的事情,上海那边给了我消息,想尽快跟你把这件事情说一下。”

凤玉听到姐姐的消息心跳骤然加快,坐到了于大年对面的沙发上,急切地问:“是什么样的消息?你知道我姐姐是谁了?那个小电影上的人到底是不是我姐姐?”

于大年摇摇头说:“这个我不知道,我没有从这个方向找。我找的人根据你提供的电话号码和之前那个人留在医院护士长那里的酒店号码出发去找的。说起来也是你幸运,之前按照他的电话号码去查,已经是个空号了,虽找到开户人,但那人也不知道用这号码的人是谁,所以这条线索已经断了。所幸他来临山的时候在酒店开房使用的卡是公司的卡,虽然说找到他酒店开房的底单非常难,终于还是被我给找到了。这个替你姐姐来找你的人,虽然长着一张中国人的脸,但他并不是中国籍,他是新加坡国籍。他那个公司想到国内来拓展业务,就派了他来,但是没有拓展成功,他就回了新加坡。不过外籍人员入境记录,我们国家还是保存得很完善的,他是外企的外籍员工,我正在通过这个方面,从上海那边找他的资料。我找到了他之前在新加坡的公司,但那个公司也倒闭了,不过我拿到了他留的工作邮箱。我跟他们说过,如果找不到就按照所有可能的邮箱发邮件,做成程序,排着队发,要是他本人能收到肯定能有回复……”

李凤玉听得直点头,一边点头一边眼眶发红,不住道谢。

“我记得之前跟你说过,你姐姐是被人带去了福建,而这个来找你的人又是从新加坡来的。这是一件好事。当年从福建出发的蛇头,便宜的路,是三条水路,美国一条,南美一条,东南亚一条。如果有新加坡的人替你的姐姐来找你,证明她应该是在新加坡,而且这个人能被外派到中国来开拓市场,也不应该是个闲杂人物。你姐姐圈子里有这样的人,这人还尽心帮她做事,这是个好事,这证明你们姐妹俩虽然到现在还没有见上面,但她属于偷渡客里面混得比较好的,日子应该过得并不艰难。”

李凤玉一边听着一边不住地点头,听到最后眼眶都禁不住红起来,她问:“这么说,她是在新加坡?”

于大年点点头:“很有可能。你放心吧凤玉,只要你大哥我在一日,就不会放弃这件事。”

凤玉心中有无限感激,不知该如何启口。她并不是个善于表达自己心情的人,只道:“谢谢你于大哥,以后如果有什么事情我能够帮到你,我一定会竭尽全力。”

于大年心下一松,这就是他想要听到的一句话。虽说做好事不能只为了好报,可是如果做好事的人都要遭殃,那这世界上还有谁愿意去做好事呢?他心中有惭愧,但也有不得不说的理由,于是他对凤玉说:“那么凤玉,你就不要怪大哥,今天要对你开口求一件事了。”

于大年把他跟曲玲玲之间发生的事情对凤玉简要说明了一下,并在过程中附上了自己手机上的证据、聊天记录,甚至对凤玉出示了自己的血检记录。他指着血检报告上的参考指标说:“就我这个剂量,替我做检查的大夫说肯定是被下药了,还说得亏我被下药以前没吃饭,要不然呛死都有可能。”

见李凤玉表情复杂,他立刻自证清白:“你在万通干了这么久,应该知道我是什么样的人。你想想我为华恩付出了多少?我会在这么关键的时刻搞这样的事情吗?你再想一想曲总在华恩是个什么样的角色,我怎么会跟她纠缠不清?那余枫我是不认识的,但是曲玲玲我是明白的,她这样的女人哪是我能驾驭得了的呀!余枫不了解我,咱们万通的其他人不知道,可是凤玉你是万通的会计,我的大小账目你全知道,人家不都说跟着钱就能找到事实真相吗?你跟我干了这么久,你应该是了解我的。”

于大年说的话在凤玉看来都是成立的。这些年于大年从没从公司给

自己走过不能被老婆发现的账，说出去吃饭就是十几个大老爷们出去胡吃海喝一顿，说出去旅游必然会带着自己的老婆孩子，那个曾经在高球俱乐部看到的蔻丹美女，也就出现了那么一两次就再也没有看见了，他不是个色令智昏的人。

凤玉点头："我知道，我信任你。"

于大年松了口气："现在这件事情说出去也只有王海和你还信任我了。你嫂子这几天出差不在家，我真怕这件事情如果传出去，外面风言风语越传越没边儿，到她耳朵里会是什么样，我还怎么跟她解释。"

凤玉温言道："这件事情不会传出去。余枫是要脸的人，就算别人说，他都不会认。"

于大年叹了口气："我也知道余枫嫌丢人，但世上哪有不透风的墙，总会有人知道到底出了什么事情。刘家那两个姑姑的威风你我都见过。余枫就算不认，难道刘家会由着我和他家再有经济瓜葛？如果因为这冤枉案她们撤了资，说我也就算了，这一厂子老小怎么办？"

这倒是有可能，可这件事情凤玉帮不上忙，她看着沮丧的于大年，片刻后问："有没有什么事我可以做的？"

于大年立刻坐直了身板说："有一件事我想跟你商量，这件事情如果被刘云山知道，刘畅那两个姑姑的投资肯定是会暂停的，而且我怀疑临山区域的大订单也会被取消。在这之前咱们已经做了中小市场的市场调研，这件事情是你全程跟进的，你也明白下面的市场是多么的广阔，就算没有大订单，我们华恩也能支撑着活下去，但问题是现在设备改造没有完成。如果这件事情传到刘云山的耳朵里，你说他会怎么对付我？刘畅那两个姑姑会怎么对付我？"

凤玉讶然道："这件事情如果查下去，应该也会弄明白是非黑白的。她们也是投了真金白银到华恩的，难道会为了这么一件说不清道不明的事情，就想要置你和华恩于死地吗？"

于大年答："你可能刚刚没有听清楚，曲玲玲把这件事情给认了。"

“可是余枫那么聪明的人，他应该也会明白这件事情其中是有蹊跷的。玲玲姐好端端的怎么会忽然做这样的事情?”

于大年叹口气说:“你有所不知，已经有那么一段时间了，曲总在跟余枫谈分手。前段时间我有一次无意间听到他们的对话，余枫不愿意跟曲总结婚，曲总已经明确告诉他，如果不结婚就要跟他分手。凤玉你还年轻，在这社会上行走的时间还是少。我是个男人，如果是我站在余枫的角度，前脚自己的女人才跟自己提分手，后脚就发现她跟另外一个男人在床上，那么我也会认为这个女人是为了后面这个男人才要跟我提分手的。再怎么聪明的男人也过不去绿帽子这一关。这件事情如果坐实了，余枫肯定不会让我好好活着，刘家那两个姑姑一定会站在刘云山那边，刘云山是余枫的好朋友，难道他能放任自己的钱投在我的公司?不管是从情理还是从收益看，他都不会这么做的。我于大年恐怕要栽在这里了。只是可惜了华恩还真的是个好公司，本来是可以做大的。”

于大年叹口气，又嘟囔:“你说曲玲玲这人，说她蠢，她能让余枫为她着迷这么多年;说她精明，她分个手，干啥要把我这样的无辜人士给搭上啊?我要没事，她不是还有钱赚?这女人真是，太想不通了……”

随即于大年瘫坐在沙发上，仰面看着洁净的天花板。屋里静下来能听见不远处的厂房里发出的机器轰鸣声，片刻他坐起来，道:“所以凤玉，我告诉你我要怎么做，我待会儿会跟王海去家具城找一个专门做萝卜章的人刻一套刘畅两个姑姑的章，然后伪造一套董事会会议的文件。曲玲玲答应我，她会先替我向刘家两个姐妹吹风，如果她们还是不听，那我就只能铤而走险，用假章假会议纪要伪造一份文件从你这里换取支付改造合同的钱了。曲玲玲答应我，只要我把功夫做全了，她愿意替我分担一部分风险。”

李凤玉一听倒吸一口凉气，张大嘴看着于大年:“于总，这件事情如果被刘畅两个姑姑曝光出去，你是要坐牢的。”

于大年笑笑:“要坐牢也是我跟曲玲玲一起去。我相信余枫是不会让

她去坐牢的,就算没感情,她也是他的女人,她知道的事情太多了。我只能让曲玲玲跟我坐到一条船上,我实在是没有其他办法了。”

凤玉过了片刻才开口:“你其实可以不把这件事告诉我。”

于大年叹了口气:“你迟早都会知道,刘畅的两个姑姑如果知道我把钱从银行这样拿出来了肯定不会消停的,炮火也会轰到你身上。我只是想让你首先从我嘴里听说这件事情,让你知道你大哥走到这一步不是贪财不是贪名,是真的被他们逼到绝路了。他们这些人,为所欲为惯了。凤玉,你跟刘畅在一起,一定要在外面过自己的日子。你要让他远离那些人,只有远离那些人,他才是你的刘畅。跟那些人太近,你也会变成其中一员的,叫什么来着,有个外国典故,那个看守金币的龙都是去屠龙的勇士变的,金钱可以改变人性,你要当心。”

于大年说完这些话,就站起身来向凤玉告别,然后他又道:“我找的刻章的那一位老先生技艺非常了得。我想如果我不告诉你的话,应该也能骗过你,但是凤玉我不想骗你。人生在世总得有那么一两个人,是你可以对他说实话的,不然活着太没意思了。如果大哥拿回来的章你实在看不下去太假了,你也要告诉大哥!”

李凤玉看着正欲离开的于大年开口:“于大哥你不能去。”

于大年脚步一顿,回身打量凤玉,笑问:“怎么,你要去检举我呀?”

凤玉摇头说:“我不会去检举你的,如果我们实在只剩下这条路,我愿意配合你,但是这并不是华恩唯一的路。我们华恩是个小公司,如果在这个时候你都可以做假章骗股东,以后怎么还会有人跟我们签合同?在大公司大企业大单面前,看的是公司实力,但是在中小市场,大部分我们所面对的人看的是你的道德诚信。他们没有能力对失信的人进行追讨,他们只能前期预防,如果他们知道了你做了假章拿到了设备更新合同,那恐怕这个设备更新就没用了。”

“那凤玉你告诉我,我应该怎么办?他们神仙打架,遭殃的却是我们。你以为我不知道这个风险吗?可除了这条路,我还有什么路可以走?”

“我可以去拜托刘畅。”

“你要怎么跟他说？难道把我跟你说的事情都告诉他，那刘畅更加不能帮我了。”

“刘畅还有一个朋友叫郑东良，我们可以把万通的资产抵押给他，从他那里换一笔钱来。”

“万通有什么资产可以抵押给他？咱们的地距离市中心远。虽然是自有土地，但那块地不能盖房子，不能盖商场，连盖个写字楼都不行，除了当4s店也没有什么别的用处。现在汽车行业进入寒冬，也没有人愿意扩张，最值钱的这块地就在我们脚底下踩着，但用它做抵押，还需要惊动四个股东，怎么样我都是个绝路。”

“郑东良不一样。东良的父亲是九恒的董事长，九恒是我们的下游企业，咱们跟他签合同的时候就已经进入他们的供应链系统，借钱给我们，对郑东良来说风险更小，这是一个准供应链融资，这事如果没有闹大，从这里走，比找刘家两个姑姑更好。”

“这样可以?”于大年讶然。

“总比伪造签章好。但是抵押出去的是万通的资产，一旦最后没有了这一部分资产，失去了我们的门店，万通就完了，你敢不敢?”

于大年想了一会儿，哈哈大笑说：“怎么不敢！我于大年，小学三年级毕业，如果做事只想不敢，不可能从挖泥巴烧砖的小童工走到如今。凤玉！大哥没信错你！等这事过了，大哥一定送你去学个CPA！你是华恩的功臣，你是我于大年的恩人!”

第二十二章

你敢不敢?

送走了李晓东,刘畅就有点心神不宁。

他心神不宁的时候就想下厨,今天要做的,叫作岘海小面。汤头用岘海特产的小胶鱼,去了头尾和骨头,用跑山鸡汤慢慢熬。这种小鱼跟其他的鱼不同,它的汤头熬出来,微白鲜美,还带了一些胶冻状,而后将这汤头加到面上,再点缀青菜肉糜,功成。

他专门去岘海跟那边的老师傅学过。那位老厨师跟他讲,这个小面看起来容易但做起来复杂。小胶鱼不能太小,太小去头去尾去骨后就没了肉,也不能太大,太大的成了形,胶体不多,熬出来制成的鱼汤汤头浑浊,色不美,而且熬汤时火候不能太盛,否则容易糊底。这个汤头的关键就在于鲜这个味道最难琢磨,一轻一重都会失了鲜气。他原本是去讨个方子,要是再有些计量单位就更美妙了,结果老师傅告诉他全凭手感。

全凭手感。世上很多事都是这样的,别人说过很多次,指点再细致,也要自己上手去试试,才知道是怎么回事。熟能生巧也不过是全凭手感。

已经是中午十二点半,凤玉说她不回来吃饭,要出去办点事,等下他们在婚庆公司集合。

刘畅好奇她能有什么事,但又不想问太多,八成是跟于大年有关。如果他问太多又不告诉她实情,以后就会变得尴尬,但哪怕他不问太多,现在瞒住她,将来也会尴尬。可刘畅不知道这件事情怎么解决才好,他内心并不如与傅晓对话时那样地坚定,他怕凤玉不理解他。傅晓告诉他王照澜手里掌握着什么证据时，他耳鸣不止，他知道这婚事不会平顺，但完全没想到李晓东居然也能成为不平顺的元凶之一。

李晓东？

他根本不像是个能做出这种事的人，但能做这种事的人看起来都像是好人，那些看起来像奸夫的奸夫反而根本没有市场。刘畅恨自己识人不善，更恨李晓东不知分寸，这恨蔓延开去，他觉得凤玉所有的亲戚都面目可憎，恨不能一把火烧了他们所有人才好，但现下的局面，烧他们哪一个都没有用处，只能拿于大年去祭旗。

他把刘云芳和刘云霭骗进华恩并不是为了今天。他并不想祸害到无辜的人，他本来打的算盘是让傅晓放出富德和雪山对那块地感兴趣的消息，等刘云山看不下去她们俩又蠢又贪的样子，告诉她们那块地根本就不可能做商业开发时，再让郑东良去搅和一杠，让郑东良说出来她们为了赚快钱，能把公司的财章拿出去共管。

郑红旗不是余枫圈子里的人。刘云芳和刘云蔼的公司里有许多刘云山不欲与外人共享的秘密，现在这两个贪财娘们给刘云山的小金库开了一道后门，还准备瞒着他，这件事情如果爆出来，他这两个姑姑一定不会有好日子过。

可李晓东办出这样的事，让他不得不换了一种办法实现自己的计划，还得栽进去一个于大年。于大年是个有意思的人，精明却懂分寸，爱财还知道感恩，把凤玉放在这样的人身边，他放心。但他的确是没有办法了，如今只能先把于大年搭进去，换一个李晓东出来，然后再慢慢清理门户，看看能不能把于大年救回来。

他跟两个姑姑算得上积怨已久，但是他从来没有害过人。他是那么讨厌和瞧不起曲玲玲，也从来没有想过要用这样的办法对付她。

刘畅从来不觉得自己是个坏人，实际上他对曲玲玲的鄙视也就基于此，他是个好人，而她不是。

现如今，他为自己可以走到这一步感到惊讶。他见过尸体，目睹过枪

击，却没有一次像他把那叠现金推到曲玲玲助理面前时那么恐慌。他与那小姑娘之间唯一的差别就是，那姑娘把恐慌写在脸上，而他的恐慌都藏在血液中。

当年的射击教练说，打靶和实战是两回事，把一颗子弹射到人体模型的心脏位置跟把这颗子弹射进一个人心脏的位置，是全然不同的两回事。

他的教练，是个从伊拉克回来的紫心勋章荣耀退伍军人。刘畅以为这是在虚张声势，直到自己也终于体会到双手沾满同类的鲜血是什么样的感觉，哪怕这鲜血来自敌人。

恐惧，全是恐惧。

刘畅给自己开了一瓶桃红香槟，那酒倒入杯中，像是被稀释的血。他顿时失了兴趣，潦草地把密封盖塞回酒瓶，又将杯子里的酒倒掉，站在料理台旁发呆。做一切事都是熟能生巧，那么下一次他要再陷害别人，是不是不会再像这次这么狼狈？

就在此时，他的手机进来一条消息，上海接机的人说李晓东没有登机。

刘畅的心陡然沉下去。他先打给曲玲玲，曲玲玲对天发誓，说李晓东没有出现过，而且自昨晚开始，李晓东再也没有跟她联系。刘畅这才放松了一些，又对曲玲玲说："只要你答应我的事情能办到，我答应你的事情就一定会办到。"

曲玲玲冷笑："以前你说这句话可能我还不信，现在我是信了的。你是你爸爸的儿子，你跟你爸爸一样。"

电话挂断，凤玉的电话就进来了，她笑着对刘畅说："告诉你个好消息，晓东回来了，他在机场正坐大巴往市里走。"

刘畅闻言耳膜被血管扯着怦怦跳，他笑着说："那还真是个好消息呢，他为什么回来之前也不说一声？"

"我也不知道，他下飞机才告诉我的，说要给我们一个惊喜。现在晓东在家呢，我妈还跟他抱怨，说既然要回临山，为什么不跟她一起回来？她跟杜阿姨刚刚下飞机就接到了晓东的电话，说已经到了临山……今天晚上我们一起吃饭吧?”

“好,”刘畅痛快地应着,“我知道有个馆子不错,阿姨一定喜欢。”

“晓东已经定下地方了,他说自己拿了奖学金,这次回来要请客。”凤玉笑嘻嘻道。

刘畅勉强笑:“让他请客,那我岂不是很没有面子?”

“晓东说了,特别要请你。”

凤玉带着笑,可她看不到在电话那一端,刘畅脸上的笑容已经全然没有了,他面无表情地盯着前方好久才说:“那好吧,那我就吃定这一顿席了。”

李晓东订的餐厅在面市街里,名叫大隐。

这餐厅李凤玉从没有去过,地址发给刘畅时,刘畅只是扬了扬眉,说:“的确是个好地方。”

他们两人先到,随后是李晓东。凤玉看到弟弟先迎过去拉着手摸了摸头:“怎么看你瘦了,眼白上全是红血丝,这几天又熬夜了吧?”

李晓东越过凤玉,与刘畅对视:“也没有熬很多夜。只是事情比较多,压力有点儿大。今天终于解决完了,感觉有些轻松,想回家看看。”

李凤玉摸了摸他的脸,李晓东轻轻躲开,对刘畅说:“刘畅肯定知道这个馆子一般人订不下来,我也是拜托了别人才订到的。临山城这些吃喝玩乐地道的地方,都只有刘畅这样的人才去得了呀。”

刘畅只是笑笑。

凤玉问:“怎么妈妈没和你一起来?”

“妈妈从上海回来有点累,今天就不和我们一起吃饭了。”

“只有我们三个人也挺好。”凤玉笑着对晓东和刘畅说,“以后他毕业了,恐怕就没有那么多时间陪我们一起吃饭了。”

刘畅笑着点头。

李晓东说:“并不只有我们三个人,过一会儿杜阿姨也会到,杜阿姨说会带着王照澜,”见到姐姐笑容一僵,李晓东又说,“不用怕她,她应该怕你

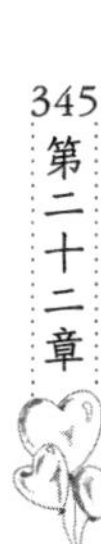

才对。是不是,刘畅?”

凤玉笑了笑:“讲什么怕不怕的,都过去了。”

刘畅问:“我妈也要来?”

李晓东点头:“多亏阿姨照顾我姐姐,我想亲自感谢她。”

“我和凤玉都要结婚了,她以后也会是凤玉的妈妈,都是自己家的人,彼此照顾是应该的。”

“你和我姐姐要结婚的事,你的父亲同意吗?”

凤玉抬起头来看着弟弟,然后把视线投向刘畅。

“就算不同意,我总是要结婚的吧。我都是三十岁的人了,不靠家里吃不靠家里穿不用家里替我娶媳妇,家里也管不到我娶什么媳妇吧?何况我的爸爸妈妈还是蛮喜欢凤玉的。”

李晓东笑一笑:“我就喜欢刘畅哥这份霸气,我没有,我要向你学。”

“以后我们都是一家人,这些客套话不需要说。”

“说是一家人,也就是外面的客套话,”李晓东笑笑,“我姐姓李,你妈姓杜,我和我姐是在棚户区长大的。你的妈妈从小在省委大院里长大,你小时候几乎就没有走路上过学吧,而我和我姐因为家里穷,每天都要比别人早起半小时,手拉手走路上学去。我们这样的人家本来根本就无法有交集,我姐和你妈是因为你才走到了一起。如果没有你,恐怕杜阿姨根本就不会看我姐姐这样的女孩子吧,如果不是因为你,杜阿姨也不会那么辛苦地……照顾我的母亲,是不是?”

凤玉听出来话里不一样的意思。她抬起头来看着晓东,李晓东也看着姐姐,说:“我姐姐是个非常好的人,如果穷不算是个缺点,那她就是个完美的人,善良、聪明、忍耐、懂得感恩。她太懂得感恩了,所以一直委曲求全,不管是对我的妈妈,对我的舅舅,对我的舅妈,还是对你们。希望以后姐姐不会再这样了。”

刘畅不出声。

李晓东又感叹:“只是可惜今天玲玲姐来不了,她这个人最会打圆场,接下来要是有她在可能场面会好看一点。”

李凤玉终于确定晓东今天有古怪，她拉了一把晓东问：“你是怎么回事？说话阴阳怪气的。”

李晓东笑了笑：“在你眼里我一直是个小孩子，你也一直把我当成个小孩子。我现在不是小孩子了，你就觉得我阴阳怪气的。我总是要长大的，要走自己的路做自己的事，做错了事也要自己担。”

李凤玉正要问他做错了什么事时，房间门被推开，杜蘅雪先进来，然后是王照澜。

刘畅和李凤玉都站了起来，只有李晓东还是坐着，杜蘅雪不以为意，进来看到三人笑了笑说：“来得有点晚，因为去接了个人。”

然后两人让开了路，露出了茫然的张明春。

李晓东霍地站起来，他脸上有意外，但迅速褪去了。他朝杜蘅雪笑：“杜阿姨就是杜阿姨，当年可以一个人撑起雪山，现在也总是能给所有人惊喜。”

李晓东想拉过自己的母亲，但是张明春走在杜蘅雪前面略有些不自在，一直与她相互推让，是凤玉上前一步扶住自己的母亲，把她安置到了自己和晓东之间。

六人落座距离相当，服务员安置好餐具和酒水后退了出去，刘畅问：“没有其他人了吧？”

李晓东看向杜蘅雪：“还有吗？”

杜蘅雪道：“没有了，今天只有我们六个，人太多了，说话也不方便。”

王照澜自始至终一言不发，眼神在李晓东与杜蘅雪之间来回穿梭。这不是李凤玉平常认识的王照澜。王照澜永远想当全场最瞩目的焦点，她想把在家中所经受的忽视像灰尘一样全部洗净。今天的王照澜却是沉默的。

凤玉问：“王阿姨想不想喝点什么？”

王照澜像是被吓了一跳，赶忙摆手：“不想，不想。”

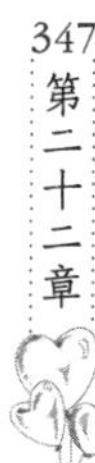

李晓东给自己和王照澜都添了一杯起泡酒后说:“这个饭店我订不到,还是王阿姨订的,这一杯,我敬王阿姨。”

王照澜瑟瑟地站起来,端着酒杯的手有点抖。

李晓东回到自己的位子才说:“其实叫王阿姨订也有点为难,是王阿姨拜托朱振远订的。这家饭店只做熟客生意,因为朱振远明确说了,不喜欢在这里看到自己的老婆,所以王阿姨在这里订餐总是困难,王阿姨以前没有想过这个问题吗?为什么曲玲玲订桌没有问题,只有你,十次打电话九次订不上?”

王照澜垂目不语。

李晓东接着说:“朱振远经常带着他的情人过来,饭店老板也怕你们撞上。他这饭店可都是老宅子改的,一草一木都有典故,要是被你这样的泼妇毁掉了,可惜。”

李凤玉立刻拉了一把李晓东,低声斥责:“你说什么呢!都是长辈。”

张明春也想开口,却被李晓东打断了,他高声说:“你想把她当长辈,她未必把你当晚辈。我到今天才明白一个道理,对你好的人未必真的喜欢你。口口声声说尊重你爱你的人,也未必真的尊重你爱你,他可能有许许多多的秘密瞒着你。我先来说一个吧,我的妈妈账户上有四十五万块钱。”

张明春想要说话而微张的嘴忽然张大,她愕然地仰视着自己的儿子,这笔钱她对谁都没说过,他是怎么知道的?

她想到自己与儿子在金钱问题上爆发的争吵,立刻想要对他解释这笔钱她存起来的用处——这是他们母子三人的紧急救命钱。她看过新闻,好多人出了事丧了命不是因为救不了,而是因为救不起。这笔钱如果不用,将来也是给他们姐弟两人分的,但李晓东阻止了她的发言。

他说:“你的小金库资料不是我从家里翻出来的,是我从杜阿姨那儿发现的。她手里有一整套对你对我对姐姐的调查资料,她甚至有你去银行把其他几个账户的资金归拢到一起时的照片。”

李凤玉和张明春都看着杜蘅雪。

杜蘅雪的面容依旧平静："每个母亲都会这么做，自己儿子要娶什么样的女人，难道妈妈不会好奇？"

李晓东笑了笑。

刘畅却没有，他问李晓东："你说你从我妈那里看到了张阿姨去银行的照片？"

李晓东点头说："是的。你派人去盯我妈时拍的照片，你的妈妈那里都有。你叫人去找我姐失散的姐姐，你的妈妈也知道。你一直以为自己是在外面独立闯荡，白手起家，你一直觉得自己可以独立在雪山之外，其实你的一举一动，你的妈妈都知道。你雇的那些人都替你妈妈服务，准确地说，他们是以服务你的方式为你妈服务。你通过他们找到的一切，他们都会一五一十地汇报给你妈。比如你为了做局引曲玲玲和于大年上钩买的禁售药，你的妈妈也知道。他们请示过她才把药给你的，以防剂量过大出了人命。你安置那个帮你栽赃曲玲玲的小助理，她也知道，也幸好她知道，地址电话都存在她邮箱里，省了我不少力气。那小姑娘虽然恨曲玲玲，但到底还是个有良心的，咱们说话的工夫她正在往临山走，大概明天就会到。她愿意作证，她还留着你给她的那摞现金没用，恰好是个物证。她录了口供视频，现在在我手里，晚上我会发给于大年，至于于大年要怎么用你这段视频，我就做不了主了。我不像杜阿姨，喜欢用小视频做文章。哦，接下来，朱振远会带曲玲玲的助理去见余枫，以求我不把他的脏料放出去。"

刘畅立刻凶狠地盯着王照澜。

凤玉呆呆地坐着，她想到于大年上午的懊恼和困惑，想到于大年的绝望。他说，如果你想和刘畅好好过，你们一定不能和他的家人住在一起，屠龙的勇士都会变成恶龙，金钱对人性的改造是可怕的。原来是真的。下药？做局？他用这种可以摧毁一个人一个家的办法，想要得到什么？李凤玉想不出有什么事需要刘畅用这样的手段，在这世界上，他几乎拥有一切。

王照澜见刘畅的表情快要吃人，立刻嚷："你不要这样看着我，如果不到万不得已我会做这样的事吗？李晓东他手里……"

"我手里有朱振远不想让外人知道的东西，如果没有这些东西，王阿姨怎么会帮我做事？是不是，王阿姨？"

王照澜不情愿地闭上嘴，看了一眼刘畅，不再说话。

凤玉拉住刘畅，问："你陷害于总和玲玲姐？为什么？"

"为了救你，为了救李晓东。你这个好弟弟，爱上了曲玲玲，他俩苟且的照片被王照澜握在手里。王照澜那张嘴，不可能永远守住秘密，一旦那照片那证据传出去，遭殃的就是你我！"

王照澜头一次直接面对别人对自己的背后评价，蒙了一会儿才说："什么，什么照片？我不过是搞了些李晓东来往曲玲玲上海的家的记录和视频，我没有抓奸在床啊！"

李晓东说："你看，你们这些人还真是有意思，每个人心中都有自己的小算盘，一个打得比一个响，还都觉得别人不知道。所以我索性把这锅粥的盖子揭开，让你们看个明白，也让你们都彼此认识一下你们所谓的亲朋至交的真面目，看一下你们跟从贫民区里出来的我们，到底有什么不同？"

"妈妈，那个跟着王照澜的小宋，不是刘畅的两个姑姑介绍给她的，是杜阿姨介绍给她的，杜阿姨特地去调查了你在哪个家政公司工作，然后不知道用了什么法子，让刘家那两个蠢货告诉了王照澜。从见到那两个蠢货时我就在想，她们这样沉不住气的人怎么会想出那么多婉转害人的办法？现在我明白了，刘云山靠两个妹妹制衡杜阿姨，杜阿姨也没闲着，隔三差五就拿她们当枪使。"

刘畅茫然地看着杜蘅雪。

李晓东对刘畅的表情很满意，又说道："你爸和你妈从来都不和睦。你不知道吧，你小时候你妈妈送过一次急诊，因为一氧化碳中毒。你妈妈一直以为那是你爸干的，她研究了很长时间当时的现场，那些资料她送给很多相关方面的专家看过，你的哥哥傅晓也跟出现场的人、把她送到医院去的证人交流过许多次。说实话，换作我我也会怀疑，毕竟你母亲昏迷的时候，你的父亲以一致行动人的身份代行了她的表决权引入了富德。接下来的事情，你都知道了。”

据说当时杜蘅雪住院时就拒绝刘云山的探望，而且她找来了律师要起诉离婚，后来为什么没有离成外面众说纷纭，又因为这些年杜蘅雪与刘云山恩爱和睦，这些外面捕风捉影的事大家都没有当真。这些大家不当真的话，就在这样的夜晚忽然被证实了。王照澜一时反应不过来，嘴巴先于脑子说出了大家都存着的疑问：“你真的觉得是刘董事长干的？你当年叫我替你藏一笔钱，是不是真的想跟他离婚？”

杜蘅雪冷冷地看了一眼王照澜，没有回答。

李晓东笑了笑，对刘畅说：“是不是很意外？”

张明春见过东家闹内讧，那些与她无关的八卦，会引得她躲在一边偷听。只是没想到今天自己的儿子竟然会成为其中的一员，还是其中的主角，她不知道应该怎么办，想要去劝阻儿子，却不敢。但如果不劝他，又不知道接下来他还会说出什么样的话。这场面上坐着风玉未来的婆婆，她婆婆的好朋友，这两个不可一世的女人如今都那样端正地坐着，而她平时小孩子气的儿子，像是杀神附身。张明春胆战心惊。

风玉却不是这样想的，晓东虽然是笑着的，双手却紧紧握拳，他在发抖。她非常想伸手过去握住弟弟的手，轻轻地把他的拳头掰开。但她知道不行，她只是这样仰头看着晓东不紧不慢地说出让大家惊慌的话，像是看着一辆刹车失灵的车子，不紧不慢地，滑向悬崖。

刘畅没有回答李晓东的问题，李晓东看样子也并不希望刘畅回答，他说：“那个你以为是外人放出去的我姐姐的小视频，是你妈放出去的。如果你不相信，可以去问傅晓，他全程督办的这件事。他是你妈妈的走狗，你妈妈做的所有伤害你的事他都有份。只可惜那个小视频里的女人不是我姐，能找到那么像的人也真是难为你们了。”

刘畅终于开了口，只有三个字：“你胡说。”

李晓东笑了笑:“你妈有两个号码。一个号码是平常跟你联系的号码,另外一个号码和邮箱是用来跟帮她办事的人联系的。她可以算得上是滴水不漏,如果她没有想把坏事做尽,也到不了今天这一步,反对儿子结婚,完全可以直说,像我妈妈想跟刘畅要钱,因为她不相信你们这一家人能有什么良心善意,我妈说得没错,你们这一家,从上到下,全是魔鬼。只可惜,你妈妈这个鬼王,想利用我找到朱振远的把柄,从这一步开始,她的如意算盘算打错了。”

杜蘅雪想要说话,却猛地咳嗽起来,她掏出自己随身带的喷剂喷了几口,才说道:“你把我们都叫到这个地方来,不会是就为了揭我的老底吧?你不如告诉我,到底想从我这得到什么,我看看能不能满足你。”

李晓东道:“那我就只能快速推进了,本来玲玲在这其中并没有什么作用,我想不通为什么你要栽赃她。她唯一的问题是,跟我的姐姐还有我走得太近了,你看得出来她并不讨厌我姐姐,你怕她会帮我姐姐说话,你想让我的姐姐,从你儿子的生活里消失。不但如此,你还希望你儿子的生活里连一个替我姐姐说话的声音都没有。所以你让傅晓告诉刘畅,那些照片是王照澜拍的,你诱导刘畅栽赃曲玲玲和于大年。这样等到这件事情曝光到外面去,你会再把那些王照澜去紫御拿到的门禁记录和视频搭配你们拍的照片交出来。你知道就算这一次余枫原谅了曲玲玲,他们之间怀疑的种子也种下了,感情最禁不住怀疑。怀疑的种子一旦种下就会发芽,它会是一段感情的癌症,它会让这段感情最终死亡,或快或慢,没有例外。

“这些年你没有办法在雪山建功立业,一个人坐在温室里看花的日子,都是在演算着人心吧。你算计着自己的得失,如何才能得到更多,才能让快死了的自己获得最大的利益。你打着为儿子好的名义,但你到底是不是为了你的儿子好?我看也未必。……我和曲玲玲的事情是一定会爆出来的,索性今天我就自己说了。有一天玲玲为了余枫喝醉,酒吧的服务员打了一圈电话没人接,打到我这里才有人接了。我和代驾一起送她回家，趁代驾买醒酒药的时候，我悄悄亲了一下她的额头。这张照片被杜阿姨派去盯余枫和朱振远的人无意间拍到了，有些照片取景的确暧昧，但我跟曲玲玲之间什么都没有。这些话我说给我的姐姐听，说给我的妈妈听，他们都会信，但说给你们听，你们不会信。你们的生活充满了怀疑和不信任，你们根本就不懂什么叫相信。”

李晓东把随身的背包打开，抽出一沓照片往桌上一扔。那照片四散滑动，明显可以看出整件事的过程，曲玲玲喝醉了，她的头不断地往下滑，晓东扶着她，然后脸越靠越近，他亲了她的额头。

就这照片？王照澜还以为是什么大新闻，她第一个开口："你刚刚说的话，你说，她派人去盯余枫和老朱？"

李晓东笑嘻嘻："你出国整容的时候，你的老公做了什么杜阿姨比你知道得多。你的老公有多少个小情人杜阿姨也比你知道得多，他的小情人收拾不住了，都是求助于刘云山，刘云山就交给了杜阿姨。杜阿姨一边帮忙处理小情人，一边从小情人那里探得一点情报，所以她从来不抱怨，也从来不会告诉你。"

王照澜转头就朝杜蘅雪吼，可一个"你"字刚刚出声，杜蘅雪就冷冷地恐吓她："你是疯了吧王照澜？我们是一边的，你现在吼什么吼，有那个力气留着帮老朱！"

王照澜立刻收了声。

李晓东道："剩下的事情我也不想再说了，我整理了一份资料，会定时发送到在座所有人的账号。很多你们想知道却不知道的事都在里面，我觉得有意思，你们也读读看，对你们彼此也能有个深刻了解。接下来，我要提出我的要求。"

王照澜来了精神，挺直了腰板，看着李晓东。

李晓东道："第一我要两千万，汇到这个账户，四十八小时内。"

刘畅先出声："这么大规模的资金流动是要被查的！"

"那是在国内。你们刘家的资产有多少，在哪里，我都知道。话说，研

究你们家的藏富路线图学来的知识可比修个金融双学位靠谱多了。哦，我会给你两个离岸账户，一个是汇出账户，一个是汇入，钱必须严格按照我设计的路线到我指定的账户里。两千万人民币等值的美元或者欧元随便你，四十八小时，没得商量。至于朱振远，我要他在加拿大的那套观海豪宅。”

王照澜一愣：“什么观海豪宅？”

李晓东说：“松溪巷115号。告诉他，四十八小时内，我要这套房子的代理律师拿着全过户文件在指定位置等我的律师，完成过户。”

凤玉愕然地看着弟弟：“你在加拿大还有律师？”

李晓东笑笑，并不回答。

刘畅冷笑：“这套房子你要过户给谁？你知道房产税是多少吗？你付得起吗？”

李晓东摆手：“这你就不用管了。”

屋里静下来，张明春开了口：“你今天不叫妈妈过来，单独见他们几个，就是为了勒索他们的？”

李晓东不语。

王照澜并不想节外生枝，一套屋子能救回自己的男人，管他什么时候和谁去买的，只要能救回人来，她都乐意。她道：“张大姐，我不在乎这个，我只在乎我男人。只要晓东同意放过老朱，这套房子我给他，要我的命我也给他！晓东，你答应我，你放过我男人行不行？你要钱，阿姨给你钱，阿姨不够，还有刘家，刘家有的是钱，好不好？”

李晓东冷笑，说：“杜阿姨答应吗？”

王照澜转向杜蘅雪以求救的眼神看她：“嫂子，我们三家从来都亲近，男人们都是一起的，一个出事了，其余的也保不住，你答应他！”

杜蘅雪不语。

刘畅站起来：“妈妈你疯了，要钱给钱，那是我爸！”

李晓东对刘畅笑笑说：“你妈妈忍辱负重这么多年，就是希望把你爸爸从董事长的位子上踢下来。你以为只有这两三天时间，我是怎么把你们三家所有的资产路线图都摸清的？你的妈妈已经给我做好了优良的基础，我所做的，不过是按照她给的地图按图索骥罢了。看来今天你们三个人，不能全都满意而归了，你们不如先商量商量……”

李晓东话没说完就被扇了一耳光，打他的是张明春。她养大两个孩子，生过气发过怒，也拿扫帚追着他们满楼跑过，但她从没有真的打过他们。张明春没有想到第一个挨她打的居然是李晓东，这一掌下去她的眼泪就出来了。她哽咽地说：“晓东，你什么时候变成这样了？怎么能做这样的事情，这是犯法的你知道吗？妈妈和姐姐含辛茹苦把你养这么大，把你送到上海去读书，不是为了让你毕业以后进班房的。你明明是个好孩子，你为什么会变成这样？”

凤玉见状立刻隔在李晓东和母亲之间，一边给母亲擦眼泪，一边回首看着晓东的脸。李晓东朝姐姐笑笑说：“我没事，我做的事和他们那群人做的事相比，根本不算什么。你觉得我是在犯法，可王照澜觉得我是在网开一面救她男人一命。”

王照澜立刻点头：“晓东，我发誓，只要你放过老朱，我绝不追究！”

晓东转向母亲，道：“你看，这就是现实，你打我有什么用？”

然后他对还坐在席上的各位说：“有个哲学家说当你凝视深渊时，深渊也在凝视你。你们各位就是出现在我们生活里的深渊，拜你们所赐，我现在也要当一回你们人生路上的深渊。我的妈妈遇到这样的事情就吓成这样，可你们的秘密比我做的事情恶劣得多。属于朱振远的那一部分，我已经发给王阿姨了，妈妈你可以问问她，她觉得我要的多吗？”

王照澜立刻摇头：“不多，不多，一点儿都不多。只要你答应阿姨，放过你朱叔叔。”

李晓东笑了笑，对杜蘅雪说：“杜阿姨觉得我要的多吗？杜阿姨在上海的时候，在我面前诉说你们夫妻情深的时候，是不是没有料到会有这一天？没料到我能从你们母子两人口供不对上翻出这么多的秘密？我现在

仔细回想起来,你在上海跟我说的话,都是在鼓励我追求曲玲玲吧?你真的是个非常会揣测人心的人,刘云山有你这样的老婆是幸运也是不幸。那么我给杜阿姨开个价,刘云山所有的犯罪证据到你手里,值不值两千万?”

刘畅猛地站起来。

李晓东立刻往后退一步:“昨天你已经给了我一拳,我知道你的拳头厉害,但我的脑子比你的拳头更厉害。如果事情闹得不愉快,那只能我们一起不愉快。”

凤玉听到晓东说昨天已经挨了刘畅一拳,想到刘畅昨晚半夜才回家,面色不善,也有一些恍然。每个人都有秘密。当这些秘密是秘密的时候,它们是无害的,现在它们见光了。

刘畅没有注意到凤玉的表情。他听到李晓东说出这样的话,便收住了向前的脚步,一双眼狠狠地盯着李晓东。李晓东反倒是笑了:“从小到大你从来没有体会过这样的手足无措吧?怎么,你真以为我会蠢到把你们当人看,一点都不给自己留后手?你们自己也不把自己当人看吧?你们觉得自己是神,钱财就是你们的魔法,平时仗势欺人惯了,忽然发现这世界的天道循环自己也不能免俗,不适应了吧?我今天并没有点菜,要说的话也只有这么多。话说完了我也要走了。我给你们四十八个小时。我还住在昨天刘畅安排我住的酒店。四十八小时内我要的东西不到,你们的秘密就会见光。穷对于我们这样的家庭来说是非常正常的事情,我们可以在贫穷的时候找到快乐,但这个本事,你们未必学得会。要怎么做,你们自己想吧。”

鸿门宴散了之后,张明春不愿意与李晓东一起走,刘畅显然也不能与李凤玉一起走。三家人分了四路,走向不同的方向。

刘畅和杜蘅雪回了家,傅晓正在等。他看到刘畅,先问了一句,可刘畅绕过他走了进去,傅晓一愣,看向杜蘅雪。杜摆摆手,傅晓退了出去。

屋里静悄悄的。杜蘅雪跟在刘畅身后说:“你爸爸去了余枫家,余枫知道曲玲玲的事之后一直不太好。”

“栽赃曲玲玲的事,是你让大哥来骗我的?你让他骗了我多少,你骗了我多少?”

杜蘅雪坐下才说:“我是你的妈妈,就算我骗你也不会伤害你。”

刘畅怒极反笑:“你怎么知道你没有伤害我?没有伤害我,就是骗我的理由吗?”

“是我怂恿李晓东挖朱振远的秘密来要挟王照澜,是我告诉他我控制不了王照澜,今天他告诉我,你跟他说王照澜不敢轻举妄动,这是令他警醒最关键的一个点。李晓东太聪明,是我大意了。不管怎么说,事情到了这一步我们都要想办法解决,这四十八小时内我们要做好万全的准备。”

“什么万全的准备?他要钱就给他钱,只要能救下爸爸!”

“我们必须应付一切可能会发生的状况,李晓东是个聪明角色,聪明人使起坏来叫人防不胜防。过会儿我会叫傅晓进来,你一定要克制。你的哥哥一直在帮你,如果没有他这些年为公司操劳,你不可能过得这么逍遥。”

刘畅的太阳穴突突跳,但他也知道母亲说的是正确的,他们一定要做万全的准备。傅晓在雪山威望颇高,一旦出问题,他压得住场面,之后母亲才能接盘雪山,他深呼吸一次坐在母亲的对面。杜蘅雪这才向门扬声说:“傅晓,你进来吧。”

傅晓立刻就推门而入,刘畅就算是想明白了道理也忍不住冷嘲热讽:“在外面等了很久了吧?这么厚的门,你可真是狗一样的人,狗一样的耳朵。”

傅晓全当没听见,站到杜蘅雪身边把自己的手机摆到她面前,杜蘅雪看过几页聊天记录,不住点头。傅晓道:“我已经通知了几个董事,您和董事长是一致行动人,现在只差两个姑姑点头。”

“她们不敢不点头。”杜蘅雪冷静地说,“你一会儿带着文件和律师去

余枫家,让董事长签字拿回来,然后召开临时董事会,改选,明天一早发公告,不能等。”

刘畅嘲弄地笑:“你压着不给李晓东钱,就是为了这个吧?这就是你处心积虑想要得到的吧?雪山?董事长?我爸现在岌岌可危,你还在琢磨董事长的位子?”

“雪山本来就是我的,”杜蘅雪看一眼刘畅,冷静地说,“没有处心积虑想要得到这回事。如果不是你父亲引入一些无能之辈,雪山发展得会比现在更好。畅畅你不在公司,你不知道雪山现在面临什么样的局面。现在公司内部有很大问题,销售、回款,都有问题,一有风吹草动,雪山就会节节败退,我必须要保住雪山!”

“你难道不应该先保住我的爸爸,保住你的丈夫?”

“我和你爸爸相处的时间比你要久得多,我相信我做出的选择是你爸爸想让我做出的选择。而且李晓东手里的东西是什么我最知道,如果那些东西能用来要挟朱振远和你爸爸退位,我何必要做局让他去挖朱振远?从他发现事情不对,到今晚的鸿门宴,他的时间不够,他不可能有实料。他所谓的那些海外资产藏富路线图,既然我能把它藏到海外去,就不会轻易让他发现,就算余枫和朱振远倒了,你的父亲也不会倒!”

刘畅仿佛根本没有听见杜蘅雪的发言,说:“你不了解晓东,他是电脑高手,他有一群朋友。他只想要钱,那就给他钱。就算你想要改选董事长,那是不是要先把这些钱准备好再做打算?我根本不管你们谁当董事长,我只要你们俩都好好活着!可你现在,回家以后做的第一件事情是召开董事会改选董事长?”

“李晓东并不想要钱,两千万人民币等值的外币也不过是三百多万美元。他要我们汇到离岸账户,还指定了汇出和汇入账户。他并不是在勒索,他是在摸底。以李晓东的脾气,如果他把所有的拼图都拼到了一起,根本就不会有今天晚上这一场鸿门宴。他早就把所有的东西都发出去了,他想让我们把钱给他,这样他就有证据了。等到他有了证据,你的爸爸才真的完了！”

“你不能用你和我们的生活来衡量李晓东，他从小穷到大，两千万对他来说已经是天价。如果你不信，那就换一个账户给他汇钱，总要把钱给他才行。”

杜蘅雪手捧着头叹了口气说：“越穷的人越看重尊严，这是他仅有的东西。我骗了他，你也骗了他，你觉得对他来说两千万重要吗？他想要伤害我们才是真！我是你的妈妈，我不会想要伤害你，也不会去伤害你爸爸。我们自己家的事，关起门来解决，在这样的关头，我们三个是一体的，我做的每一件事情都是出于对我们三个人共同的考量！”

“既然如此，那就让爸爸自己做决定，看这两千万给还是不给！”刘畅说罢推门而去。

杜蘅雪独自坐在屋里，傅晓拿着外套和公文包走进来问：“我看刘畅气冲冲地走了，没什么事吧？”

杜蘅雪摇摇头说：“今天晚上李晓东说我们之间没有信任，他说得没错。我们这个家里，根本没有信任。李晓东说他的姐姐相信他是清白的，我看她的确信，可你看看，我的儿子不相信我想要救他的爹。”

傅晓片刻后答：“人和人之间的信任是要慢慢建立的，可以失去的东西越多，信任建立起来就越难，在姨母和董事长的位子上，想要相信一个人更是难上加难。李晓东是个聪明人。姨母预备怎么办？如果想让董事长下台，这两千万不能付。”

杜蘅雪愕然地抬头看着傅晓，问：“连你也认为我不付这两千万，是为了让董事长下台吗？”

傅晓也有些不明所以了：“那么姨母并不想让董事长下台吗？”

杜蘅雪想要叹息，而这声叹息又淹没在剧烈的咳嗽中。

刘云山在余枫家中彻夜未归，刘家大宅一夜灯火通明。

刘氏姐妹得了消息，天不亮就一路哭了过去，此时哭倦了在大厅坐

着，不出声也不动，只剩胸口微弱的呼吸浮动隐隐证明她们没有哭死，生魂尚在。

厨房提早知道要来人，备了六人份的碗筷，占了大半餐桌，却只坐了杜蘅雪一人，无声无息地在喝粥。刘畅这晚罕见地在大宅过夜，这会儿也趿着拖鞋晃悠到厨房里，杜蘅雪看得出来他没睡好，想叫他吃饭，话到嘴边，到底是没出口，刘畅自餐厅取了一杯凉水咕咚咕咚地灌进去，顺便在厨房龙头抹了一把脸，就往客厅去，权当母亲不存在。

云芳云蔼两姐妹看着刘畅，像是被惊醒的幼鸟，抻着脖子看着他，但见刘畅面孔转向自己，泪水变戏法一样掉下来，一边抽泣，一边问："畅畅，你，爸爸，怎么办啊！"

声线比表情还要惨痛，刘畅摆手，一脸不耐烦，道："我爸怎么样是我家里的事，你们只需要出钱。"

两姐妹的抽泣干脆利落地一收，换成一张呆滞脸，片刻互相对视几秒，大姐云蔼先说话："两千万，你们家拿不出来？"

"这不是拿不拿得出的问题，这钱我不能拿。"

"这是你爸，你为什么不拿钱？"云芳也按捺不住地高声嚷起来，"你爸养你这么大，你为了个女人和他闹翻不说，现在你爸被那女人算计了，你居然见死不救！"

声音越来越高，说到最后刘云芳站起来，指着刘畅问："刘畅啊刘畅，你的心肠是什么做的！你到底是被那小贱人灌了什么迷魂汤啊，你说，你是不是巴不得你爹这一把没了才好，你爹没了，你才能没了拘束，为所欲为！你这个白眼狼！你这个没了心肝的白眼狼啊！呜呜呜……"

刘畅仰靠在沙发上，两手展开，摊放在身侧，面孔朝上，也看不到表情。刘云芳有点急，换作平日，刘畅不管是冷箭热刀子，总要顶回去才肯罢休，他是混世魔王，讲话从来都没轻没重，她只需要寻个错处，不，哪怕是没有错处，刘畅只需要阴阳怪气，她就能哭着奔出这座大宅去，保下自己和胞姐的钱。这钱本来她出得起，就算是绝大部分身价都压进了于大年的皮包厂子里，箱子底总还有点剩余。

可她也得为自己的孩子们着想。李晓东那杀千刀的小变态已经把他手里有的证据都列出来，给他们全家都发了一份，前因后果也跟他们说了个七七八八，他是有备而来，举着复仇的火炬，持着锋利的屠刀，定然要收几条命。她们不敢把自己孩子的命，也拴在大哥这条船上。从哪里讲，她们也都是无辜者。

可刘畅这样，刘云芳也不知该怎么办，只能转头看大姐，姐妹俩心意相通，刘云蔼自然知道她的意思，她叹口气，开口道："畅啊，不是姑姑们不想帮，我们自己的哥哥，你自己的亲爸爸，我们血脉相通，再怎么样也不会见死不救，只是忽然要拿出两千万，你爸爸刚刚收走我们的财权，姑姑们是真的没多少钱了。但我们总还能凑凑，你放心，砸锅卖铁，也得救你爸爸，咱们刘家，不能毁在那些妖魔鬼怪手里。"

刘畅终于动了动，他扳回脑袋，看了一眼刘云蔼。刘云蔼知道走对了路，又说："如果还是不行，我外面总有些朋友，再跟朋友们借点，这钱也能凑出来的。姑姑就是怕，我们的动向，会被人解读成雪山的动向，这事要是传出去，对雪山的影响会控制不住。"

刘畅看了她片刻，扑哧笑了，朝刘云芳道："你看看，一母同胞的双生姐妹，大姑姑就会包着裹着拐弯抹角地占人家便宜，怎么你这人就只会撒泼耍横，鼠目寸光，无端惹祸呢？"

刘云芳正在一旁捣蒜一样跟着大姐的话点头，无端被提及，先是茫然，再是冤枉，又想到李晓东告诉她们自己被杜蘅雪当枪使唤时那个冷嘲热讽看傻子一样的语气，火气噌噌起来，嚷道："我无端惹祸？我要不是对某些人没提防，我要不是以为嫁到我们刘家就是我们刘家的人，我至于被人拿出去当枪使唤？我最大的鼠目寸光，就是相信了你妈，你这个恶毒的女人，这么多年，我哥对你哪一点不好？你这病秧子，我哥养着你，那些功成名就的男人，各个三妻四妾，我哥没有，我哥说他不能对不起你，可你呢？你变着法子想要害他！"

厨房那边筷子一摔,清脆一声响,接着就是椅子一拖,大厅这里的三双耳朵都竖起来,以为杜蘅雪也要加入战场,可接下来,就是一阵猛烈的咳嗽,咳嗽带着喘,然后就是机械喷雾瓶被按压的声音,刘畅数着,六喷,年初的时候,还只是两喷,怎么就变成六喷了?刘畅心里一紧,脸上却没有表现出来,只是看着刘云芳,冷笑道:“你这种傻子,不做这种用处还能干什么?要不是我妈你能有今天?我妈利用你,就像利用自己养的一条狗,养你,养你全家这么多年,别说是利用你,就是让你去给我爹顶罪,你胆敢说出一个‘不’字,我立刻叫你全家流落街头!”

这就是撕破脸了,刘云芳张着嘴,呆呆地看着刘畅,五脏六腑都挂不住似的往下掉,她有点发昏,是真的发昏,踉跄几步,身后的姐姐接住了她。

两姐妹俱是无言。刘畅道:“你们想过舒坦点,就老老实实听我的安排,如果不,我也有办法让你们听我的安排,我今天愿意坐在这里看你们俩唱双簧,也是给我爹,给这点血缘的面子,这也是仅存的面子,你嘴里再敢吐一个字对我妈不敬,我让你们哭都没地方哭!”

刘云芳这才真的意识到,自己如今是真的无所依傍,大哥再也不能给自己解围,在这座刘宅里,她和她的姐姐,一瞬间已经成为了外人。她呆了片刻,一边想着走投无路的大哥,一边想着即将走投无路的自己,眼泪就哗啦啦地涌出来,止都止不住,却不知是为谁而落。

刘云蔼见妹妹是真的吓哭了,自己也绷不住,红了眼眶,一边替胞妹抹泪,一边吸着鼻子,止住自己的泪。

这时杜蘅雪才从餐厅走到客厅,她站在刘畅座位的身后,扶住那沙发靠背,才道:“你们不要哭了。这钱付不付,要怎么付,我和刘畅说了都不算,要看老刘的意思。他还在和余枫、老朱他们商量。这是我们家的一场劫难。我们自己不要内讧,只有团结才能解决。”

刘云芳看到杜蘅雪还是有气,转过身继续哭,刘云蔼扭转过她的身体对着杜蘅雪道了谢。杜蘅雪像没看到刘云芳的不情愿,摆摆手,虚弱地笑笑，刘畅站起身来，扶着母亲坐下，再坐到一边，他听出母亲话里对自己让步的意思。再加上之前听到她那样艰难呼吸的声音，心中涌起不舍，低声道：“妈妈我能处理好，你不需要管。”

杜蘅雪对他笑笑：“妈妈知道你可以，但妈妈还在，不需要你为和你无关的烂摊子负责。这是上一辈人的事，你能择出来是最好的，畅畅，你做得对，这笔钱不管谁出，都要和你没关系，我和你爸爸在各种方面都有分歧，可你是我们的孩子，我们都想保护你。”

刘畅对母亲处心积虑算计凤玉虽然有气，但听到这样的话，鼻头一酸，低声嘟囔：“我都这么大了，妈妈，我懂得怎么过自己的人生，你为什么要做这样的事呢？你为什么就不能安生养着自己呢？妈妈，你身体都这样了，你答应过我，要看着我结婚生子，要做全临山城最时髦的奶奶，你都忘记了吗？你这是为什么呢，妈妈，你为什么就不能放下自己，放下过去？”

杜蘅雪看着儿子越来越红的眼眶，左手暗暗握紧，刚想说话，就有人道：“是啊，蘅雪，你到底想干什么？”

这是刘云山，他昨晚出门仓促，胡乱穿着一件运动外套，这样清晨时分站在门口，像任何一个普通家庭里出门买早餐的男人，只是脸上被胡楂点缀的疲惫出卖了他。刘云山走进客厅，孤立无援险些绝望的姐妹花看到哥哥像是看到救星，奔命一样奔过去，前前后后地抱着刘云山，哭嚷：“大哥，大哥，大哥你怎么就叫人给坑了啊。呜呜呜，大哥，老天不开眼，你这样好的男人，怎么会遭遇这样的事啊。”

哪知道刘云山一把推开两人，皱着眉，从牙缝里吼道：“你们俩给我滚到会议室待着去，我不让你们动弹，谁也不准动弹！！电话给我放这儿！你们当我不知道你们打什么算盘，过来探探风向，要是不对，先把钱款都过户给你们家那个专门做金融的女婿是吗？小芳你那个女婿，外头养着一个孩子都三岁了，你知道吗？这笔钱进了他的口袋，你才真的是跳楼都晚了！”

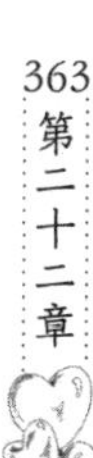

刘云芳眼泪直接给吓了回去，痴痴傻傻地问："什么养着一个，养着一个什么？"

刘畅见状冷笑一声："养着一个孩子，论排辈，那才是真的你家老二。"

刘云山瞪了刘畅一眼，又对两姐妹说："不要轻举妄动，你们两个废物，一转脑子就要闯祸。"

两姐妹领了命连滚带爬地消失在走廊深处。

客厅只剩下一家三口，刘云山这才叹口气，坐进沙发，双手耙了耙头发，对杜蘅雪说："小雪，我们几十年夫妻，到如今这一步，不得不坐在同一条船上，面对同一个敌人了，还希望你能对我诚实，回答我几个问题。这几个问题，很重要，决定我，以及老朱、余枫乃至刘畅的未来。"

杜蘅雪立刻道："刘畅不在其中。"

刘云山看了一眼在一边茫然的刘畅，苦笑一声："真的不在吗？小雪，畅畅是个好孩子，也是个努力的孩子，可若是没有这些社会上的朋友支持，他不会有今天的成就，他是我们的孩子，他是雪山未来的主人，所有人看到他的时候，第一眼看到的都不是他，而是这些。不管我们认不认，这件事对畅畅有很大影响。所以，我们两人的恩怨先摆在一边，为了孩子，我问你几个问题，你一定要诚实。"

杜蘅雪冷着脸点头："你说。"

"李晓东要过账那个账户，是你给他的吗？"

杜蘅雪摇头。

刘云山点头说："那好，那么李晓东和曲玲玲，到底有没有情爱瓜葛？"

杜蘅雪没料到是这个问题，先是一愣，继而笑了："这个问题？到今天这个样子，你居然只关心这个？"

刘云山叹口气，道："李晓东指名要过账的那个账户，是余枫的账户，不是我的。那是我借着旅游的名头，替余枫设的账户，管理人是余枫的化名，这个化名，是余枫的另外一个身份，这一个身份，我知道，余枫知道，曲玲玲知道，连老朱都不知道。你觉得除了曲玲玲，李晓东还有什么其他渠道就找到这个账户？”

刘畅立刻反应过来：“爸爸你是说，李晓东还是没交底，对不对，他说是针对我们刘家为他姐姐报仇，其实他想着的还是针对余枫，还是为了曲玲玲？”

刘云山摇头：“这小子让人难以琢磨。聪明人要作恶很难防备。现在是不是觉得，你两个姑姑还算不错了？”

刘云山说罢笑了笑。

刘畅笑不出，片刻恶狠狠地道：“我要废了那混蛋！”

刘云山又道：“这件事，你不要出面，老一辈的事老一辈解决，这一点，我相信我和你妈妈的看法是一致的。”

杜蘅雪点头，补充道：“而且你不出面，你在李凤玉面前就有余地，李晓东对这个姐姐感情不一般，必要时候，还得你出马去求她说情。”

刘云山也点头。

刘畅一愣，他没想到，居然有一天，他有可能去求凤玉为自己做什么。他没有求过人，尤其是不想求李晓东，他是自己因为爱屋不得不及的乌，他一直有盘算早晚将他和张明春逐出自己和李凤玉的生活。实际上，在李晓东露出凶相以前，他给这件事的时限是三年，第一个孩子出生以后，第二个孩子出生以前，张明春和李晓东，要像旧家具一样，彻底滚出他的世界。谁知道这旧家具成了精，将他的人生变成一部鬼片。

三人各有所思，沉默片刻，杜蘅雪道：“余枫想跑路？”

刘云山不置可否，只叹口气说：“老朱是跑不了了，不管李晓东要什么，老朱铁定被拴在上面，谁也救不了他。要是真有个闪失，刘畅，看在爸爸的分儿上，不要为难王照澜。”

刘畅听出话里不对，这是头一次，在面对父亲的时候，他慌了：“爸爸你什么意思。”

“这笔赎金不能付，”刘云山道，“保不住余枫，很多人都要遭殃。”

“如果不付，连你也未必能保住！李晓东不可能善罢甘休！他已经

疯了！”

“付了他也不会善罢甘休，我和老朱，这一劫都过去了，对余枫，也就只能尽力，”刘云山对刘畅道，“我已经签了辞职书，从今天开始，雪山重新交回你妈妈手里，你两个姑姑的表决权未来五年都会在你的手里，畅畅，这是个艰难的时刻，每个人都要为自己的所作所为付出代价，爸爸也不例外，只是我的代价太重，只能要你也替爸爸承担一部分，爸爸不在的时候，你能够替爸爸，帮助妈妈，管理好雪山吗？”

刘畅愣住了，他好像忽然回到小时候，雪山只是一间小厂，为了学到新的技术，刘云山要不断出差去上海，去广州，去深圳，去香港，每次都要十天半个月。每次临走前，他都会对刘畅说：“畅畅，爸爸不在家，你能替我，保护好妈妈吗？”

这么多年过去，刘云山和他自己的名头换了许多，但他唤自己的时候，永远都是“畅畅”，刘畅疲惫地点头，他仿佛看到小小的自己，举起自己瘦猴一样的臂膀展示着聊胜于无的肌肉，那个天真的孩子说：“爸爸你放心吧，我会照顾好妈妈的！”

那时的刘畅，世界只有那么一点点大，他也不过是个平凡的男孩子，但他相信自己会打败所有的鬼怪。现在的他，过了二十年花团锦簇、鲜衣怒马的快意人生，见过那么多人心险恶，却找不出当年的自信。他慌了。

“爸爸……”刘畅的声音哽咽。

刘云山对着杜蘅雪道：“我另外签了一份离婚协议，这是最稳妥的办法，我会完全退出雪山的运营，你赢了。”

杜蘅雪没有笑，刘云山彻底退出雪山，就是她多年来苦心布局的唯一目的，如今目的达到了，可为什么会没有喜悦？胜利的果实，不该是甜蜜芬芳的吗？可她只觉得累，一句话也说不出，三人分别坐在三个方向，形成一个沉默的三角。

片刻后刘畅先开口：“当年妈妈一氧化碳中毒，和你到底有没有关系？”

这是问刘云山。

刘云山看了一眼儿子，没有说话，起身往卧室去。

刘畅跟着站起来："爸爸！"

"刘畅！"这是杜蘅雪，"畅畅，那是过去的事了，老一辈的事，和你没有关系。"

"为什么？"刘畅反问杜蘅雪，"这不就是你一直以来，想要扳倒爸爸的原因？你觉得他背叛了你，你想要复仇。这个问题的答案，难道不就是你的心魔？"

杜蘅雪也站起来，离开以前她对刘畅道："心魔之所以能够成为心魔，不是因为没有得到答案，而是答案已经不能解决那个问题。"

第二十三章

滚滚红尘

实际上刘云山的判断正确也不正确，李晓东的确是需要拿到余枫账户变动时的签字与他假身份做对撞，但就算没有账户变更，他将证据往纪委一送，相关单位没多久就展开协作，迅速立案调查。仰仗于高科技断案技术和专业审计财务知识，他们也掌握了一系列犯罪证据。天网恢恢疏而不漏，作了恶或早或晚，就一定要付出代价。

但在华恩超级段子手、后勤部总监王海的故事里，事情发展脉络是这样的。

刘畅见母亲犹豫，就找了朱振远让他一定要付赎金。这话说到了王照澜心里，两人一番苦口婆心，朱振远终于打电话给他的律师，律师准备好了一应文件，去了和李晓东交易的地点。与此同时，朱振远也说服了刘云山付出了两千万，没有按照李晓东要求的汇出账户，但打入了汇入账户。李晓东拿了钱和母亲决裂，离开了临山。

而出了这样的事，刘畅和凤玉两人心照不宣地不再住在一起。刘畅的意思是凤玉和她母亲可以住在之前过户给她的房子里，但凤玉还是带着张明春离开了。

这娘俩在临山无依无靠。此时，华恩的董事长于大年横空而降，把自己家的一套房子借给她们住，租金从薪水里扣。于大年可是仗义人，也就是象征性地收了一点。

虽然不住在一起，但凤玉和刘畅偶尔见面也有交流。凤玉苦口婆心地劝弟弟回家，退回那些钱；刘畅则陷在雪山的事务之中。临时换董事长总要有个原因，之前杜退位说是身体原因，这次刘退位杜接棒依然说是身体原因，理由勉强，风言风语就多，就会引起媒体的好奇。铺天盖地的报道随之而来，所有人都忘了还有刘畅结婚这回事。

只是那曲玲玲出了这件事后就失踪了，任谁也找不到她。

听众甲问："是不是跟李晓东私奔了呀？"

王海认真地摇头说："肯定没有。"

听众乙问："那她去了哪儿？总不能消失了吧？"

王海让大家继续听他说下去。付了钱之后，刘朱两家胆战心惊地过了一段时间，可过了几个月都没有什么事。等过了个年，待到开春，王照澜的本性又升了起来，跑到刘云山家撺掇着刘畅赶紧跟李凤玉彻底分手，别在大伙身边绑这个不定时原子弹，结果被刘畅呲了一脸，垂头丧气地回家了。

刘畅心里还是想着凤玉的，凤玉的心里也想着刘畅，可又能怎么办呢？出了这样的事情，他们两个人再也回不到以前了。刘畅婉转跟凤玉提议，要不然过段时间等家里面的事情稳定了，他们还是出国去结婚生活，离开这些是是非非。凤玉也不说可与不可，就叫他好好照顾好家里。

但命运就是这么翻云覆雨，气数尽了，就是要尽。就在这之后没多久，朱振远就被带走了。

这条消息被摁下不发，只有办公室里几个切近的人知道。王照澜因为在国外做被朱振远三令五申不准再搞的医美，本身就心虚，不接朱振远的电话也不会主动找他，所以朱振远出事的消息很久才见天。

朱振远被带走没多久，刘云山也被带走协助调查，雪山第一时间发布了消息。刘云山年前已经卸任董事长，这件事不会给雪山的经营造成影响，可真不会造成影响吗？富德和雪山的关系一直紧密谁都知道，两个董事长先后被带走，雪山股价一下子就跌了两个停板，不得已停了牌。接下来你们就知道啦，余枫还没被带走呢，直接跳了楼，死啦！临山金三角，

没啦!

王海以手当醒木,一拍,算作评书完结。

“什么临山金三角,渣三角吧?三个渣男!真是活该。”听众甲忍不住插嘴。

“所以说,李晓东真的不是为了钱?”听众乙也紧跟着问。

王海刚想开口。

听众丙就开了口:“如果不是为了钱,还能为了什么?”

听众丁火急火燎地说:“你们能不能等王哥说完了再插嘴?我一会儿就得去下面乡里搞技术验收了,这段一直听不完急死了!曲玲玲到底去哪里了?”

王海哈哈笑着说:“你别急,你去工作,回来以后找我,我慢慢跟你说。”

后面怎么样,王海其实也是一知半解。凤玉不愿提,也没人敢问,虽然她是会计,财务总监另有其人,却也是公司的元老,连王海和方红敏都得敬她三分。毕竟华恩当时大厦将倾,是凤玉谈下了一笔紧急救援款。

王海更愿意说的,其实是这华恩如何从神仙打架的泥沼中爬出来,只可惜于大年严令禁止他说这一段。

王海十分遗憾,这一段大概只有等他退休之后才能讲给他的孙子听了。

他要对他的孙子说,做人一定要行好事,因为做好事的人一定会有好报。如果孩子相信有神论,那就是举头三尺有神明;如果相信无神论,那就是人的所做所为,都会有因果。

凤玉搬出刘畅家的消息,很快就传遍了临山城。加上曲玲玲失踪,于大年朋友圈中的点赞之交都像鸟雀一样散了。紧接着屋漏偏逢连夜雨,富德的合同注定要失去,而九恒也发来消息,预备压缩地产投资,这就意味着来年的订单要大幅缩水。没有曲玲玲的帮忙,就靠于大年一个县一个县地走,工作推进十分缓慢,尤其华恩是个小厂,越远品牌辐射越不行。

王海陪他跑了几天，赶上老家那边发生了地震，立刻被爹妈叫回去看看祖坟怎么样了。

王海火急火燎地回了老家，发现家里房子塌了不少，但只有四个受了轻伤。因为地震那天正好赶上赶大集，他们村两百来号人，在家里待着的也就十几个。王海听着没啥大事也就没往村里去，上山去看了看祖坟，就直接预备要回临山去了，却没想到在下山路上遇到了老校长，一把抓住他就要给他戴红花。王海胸口带着一朵大红花，就被老校长连推带扯地领到了新学校去。原来一场地震过去了，连村委的房子都成了危房，只有娃娃们的学校没事。

老校长使劲拍了拍王海，老眼中都是泪，要咳嗽一下遮盖住哽咽，才说："在集上发现地面一晃，我就想，坏了，娃娃们今天上课。等到眼前不昏了，我就赶紧往学校跑，这一路看着那些房子东倒西歪，我一路跑一路泪，结果跑过来发现，孩子们都被老师组织撤离到操场了，而且，教室还没事儿。你看见没，咱们这教室，没事儿！"

王海这才明白校长是啥意思，赶忙说："这东西跟施工水平等其他东西也有关系的，不一定是我们的料好。"

老校长摆摆手，指着侧边一堆断壁残垣说："看见那个地方没有？那本来是给孩子们修的茅房，一批人修的，一天建成的，只是没用华恩的料。我那时候想，本来钱也不充裕，一个茅房，就算了吧，现在想起来也是一头冷汗，幸亏没有娃娃在里头。"

王海虽然总是听于大年说华恩的材料不一样，但究竟怎么个不一样法，他还真不知道，这么一看他也有点愣。

老校长拍拍他的肩："从小我就知道你有出息。我就知道你哪怕去了大城市也不会变坏。老师没看错你，也没看错你那个老板！是好人！都是好人，这世道，好人会得好报的！"

从王海的老家到临山开车需要六个小时，村庄遭遇地震教学楼却没有坍塌的新闻，比他更快地到了临山，到了于大年的面前。

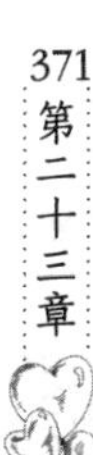

跟新闻一起送到于大年面前的是吴宝恩。

于大年接到他的电话很是意外。雪山更换董事长后，刘氏姐妹的投资追加就停止了。按照合同，他有权告她们违约，但他是个生意人，生意人最不喜欢打官司。他知道刘氏姐妹一直试图出售股权，奈何市面上愿意接盘的人很少。加瓷本来有意思，但曲玲玲消失以前已经将股权让渡给了于大年，作为小股东进入华恩，加瓷是绝对不肯的。等加瓷明确与刘氏姐妹谈崩，于大年才出面，与姐妹两人签了新的股东协议，以股加债的方式处理之前的投资，两人共同持有百分之五，剩下的部分则名股实债，分期偿还。于大年的开价其实算得上是趁火打劫，但刘氏姊妹也是走投无路，只能认栽。

鉴于往时他都是被打劫的那一个，做了这样的事后，还是有点忐忑。

吴宝恩以前又是刘氏姐妹的人，还款合同刚刚签订，他就打来电话，让于大年有些意外，更有些心虚，这吴宝恩在加瓷的时候就让他怕怕的，万一此次又来搅局，于大年还真不知道要怎么应付才好。

不过吴宝恩态度恳切，说明了他想跟于大年谈谈关于华恩的事。伸手不打笑脸人，更何况是个笑面虎，两人就约定了在华恩的办公室见面。吴宝恩是一个人来的，开篇明义：他想来华恩。

于大年一听就乐了："我又付不起加瓷的工资。"

吴宝恩也笑："你知道我的故事，现在我也知道了你的故事。我喜欢和你这样的人合作。我不是来给你打工的，我要跟你合作。"

于大年还以为吴宝恩知道了他跟曲玲玲那段屈辱的历史，正又急又愤又羞又愧。吴宝恩把手机点开，拉出一段视频推到他面前说："这个学校用的是不是之前你低价卖出去的，华恩的产品？"

村里的学校都长得类似，红顶白墙大瓦房，五六间教室，一人半高的墙围成的院子当作操场。镜头晃来晃去，他也不知道是不是，又看了一会儿，才在里面找到了王海老校长的脸。于大年点点头说："应该是吧，这老校长我认识。"

吴宝恩笑笑:“我跟你之前两个股东不同。我在业界有人脉,懂产品,懂销售,更懂华恩,当时如果不是力排众议想要收购华恩,我不至于被加瓷流放。你知道我,有我在,华恩会成为下一个加瓷。”

于大年只有一个问题:“你想怎么跟我合作?”

“第一年我的团队拿销售提成,按市价计,我们定一个销售目标,如果达到了这个销售目标,我要求拿公司股权。”

“如果达不到呢?”

吴宝恩嘴角一扬:“可能吗?”

这件事情王海是有点后悔的。如果他能早回去一些,或者他早给于大年打电话告诉于大年华恩已经成了当地的知名公司,雪片一样的订单正在朝它飞去,或许于大年与吴宝恩谈判时底气会更足一些,而不是吴宝恩开出一个数,于大年就立刻答应了。

于大年却不是这么想。

他相信吴宝恩愿意来毛遂自荐,不是因为这单买卖容易做。以吴宝恩的名声,做容易做的买卖是砸他的招牌,更何况区区一个小村庄的个案,怎么会让销售变得简单?

销售永远是事业上最重要也是最难的一环。华恩这匹好马,能遇到吴宝恩这样的伯乐,是幸运的事。他相信吴宝恩说的是实话,他吴宝恩喜欢跟于大年这样的人合作。因为他于大年不是人才天才,却是个踏踏实实做事的人,能吃苦,不喊累,吃了亏会长记性,不会给人穿小鞋,如果他是吴宝恩,也挺喜欢跟自己这样的人合作的。

当然这话王海不知道,王海正在乐呵呵地神游,凤玉打来了电话问他有没有时间去一趟银行办交接手续。

时间王海自然是有的,他接上了凤玉,就往市区走。

高新区一期规划的整体搬迁已经开始,道路上偶尔来往一些卡车货车,王海开了一会儿,问:“晓东还不肯回家?”

凤玉笑笑,摇摇头。

"那张阿姨可是遭罪了。"

"我妈也算是看开了,偶尔去上海看他。晓东在那边发展得不错,不回来也就不回来吧。"

隔了片刻,王海又问:"那你和刘畅……"见凤玉沉默他立刻解释,"大哥就多句嘴,刘畅到现在也没找,他这个意思很明显了。在国内你俩成不了,干脆就一起出国去,等到这阵风头过了,你们俩带着孩子回来,就什么事儿都散了。"

凤玉脸上是无奈的笑容。

王海一愣,也不知道从什么时候开始,凤玉不再低头了。这样的姑娘还是笑起来漂亮。王海也笑了:"自己的事还是自己看着办。但是人生的好姻缘,恐怕一辈子只有这一次,如果错过了,往后看谁也都是凑合着过。大哥是过来人,就想跟你说这么句实话。"

凤玉点了点头,其实她和刘畅不该见面,因为见面后也无法对视,但他们又不能彻底切断联络,因为会想念。这种关系十分古怪,却也让她感到安全,她相信刘畅的感觉跟她差不多。

凤玉不想再回忆过去的事,她得上班,有家要养,有房要供,她说:"王大哥,以后不要再说曲总的事了。"

王海一愣,脸上似火烧,凤玉见状道:"我没有别的意思,曲总去世了。"

王海倒吸一口气,道:"怎么,怎么去世了?这么年轻?"

凤玉不再出声。

王海道:"我知道了凤玉,我以后不说了。"但片刻又嘟囔道,"这么大的事儿,怎么没有人说呢?"

失去了余枫的曲玲玲,生或死已经不再是大事,世上新闻那么多,谁会关心一个无名女人死在何处,葬在哪里?她是在余枫自杀以后死了的。如今回想起来,曲玲玲一生中最辉煌和最惨烈的时刻都伴随着余枫来去。曲玲玲给弟弟和父亲留下一笔钱,剩下的钱捐给了失学女童救助基金,然后她了结了自己的生命。

他救了她，她陪伴他，他死了，她还是陪伴他。

按照余枫的遗嘱，他和他的太太葬在一起，曲玲玲的骨灰则被带回老家，葬在她奶奶的身边，下葬那日只有晓东去了。村里人都知道这个女人是一个大商人的情妇，如今死了也入不了男人家的祖坟。

晓东原本想跟他们争论一番，临山根本没有祖坟这一说，把骨灰带回老家安葬是因为曲玲玲自小没有母亲，跟着奶奶长大，她非常爱她的奶奶，她应该和自己的亲人在一起。可还是算了，他非常累，光捧着那小小的骨灰盒走上崎岖的山路就已经耗尽了他所有的力气。

他是她的遗嘱执行人，她给他留了信，先说对不起——却没有“我爱你”——她说，为难你做这样的事，可你是个好人，我这一生，遇到过的好人不多，在这样的时刻，能够托付的人只有你一个。

李晓东在返程的火车上给凤玉打了电话，隔着半个中国，在断断续续的信号里，晓东的哀号，让凤玉的心生疼。

“她知道我亲了她，那天晚上，她知道。可她不说，她怕伤了我的心，从那以后，她再也不愿单独和我出去了。姐姐，我是不是做错了？”

凤玉说：“这不是你的错。”

曲玲玲是爱余枫的，她说，从头到尾，就只有他一个人。可是余枫不信，别人不信，久而久之，连她自己也不信了。这就是见不得光的感情的悲哀，不被祝福，不被保护，时时怀疑，刻刻自危，久而久之，惊恐、慌乱、自卑和妒忌就成了主题。需要忍着痛的爱情，让人面目丑陋的爱情，还算是爱吗？她不知道。

但她还是带着这样的爱情死去了。

曲玲玲还说：“错的是我，不是你。你是那么好的一个孩子，能被你喜欢我很高兴，如果我能早向你说明就好了。晓东，如果我弟弟健康，我希望他能够像你，如果我有孩子，我也希望他能像你。你像一道光照亮我，而我没能保护好你，我用我知道的办法去保护你，没想到居然也是因为我

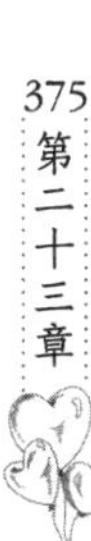

的保护，你被逼到角落，做了鱼死网破的选择。如果我像你一样有保护别人的能力就好了，可我没有。我的一生都是被动的，像我的名字一样。我的本名其实叫作铃铃，因为不喜欢铃铛这个寓意，才改了现在的名字。可其实并没有什么用，还是被固定在一处，被风吹过才发出声音，我这一生，发出的都不是自己的声音。我已经选择撤掉我爸在ICU的维生设备，家乡自有人会将他安葬。我的弟弟，医生说乐观些也不过是三个月左右的时间，如果到了那一步，请不要让他在ICU耽搁太久，他怕疼，胆子小，不要告诉他我已经不在了，告诉他我会去接他。这一生对他来说都是折磨，在最后的日子，希望他能自在快乐些。我这一生，所有的选择都是错的，希望这个选择没有错。至于你，我名下一栋小小的房子将赠予你，作为对你的谢意，请你收下。”

李晓东不肯再回临山，他怕看到临山的一切都会想到曲玲玲。他接收了曲玲玲的房子，把房子租出去，钱定期地捐给慈善机构。凤玉想告诉刘畅，晓东压根对那笔钱没有兴趣，就像他根本没有要那套在加拿大的房产一样，他只是需要证据。在这条证据链上，他需要的是账户和产权的真实所有人的电子签章授权，那样才能证明这两个以他人身份开具的账户的实际所有人是余枫。

可她不能说，她不能告诉刘畅，你妈妈对晓东的看法是对的，他当时根本没有证据，他的确根本不在乎钱，他就是想要报复你随意用别人来泄愤，就是想要报复你们随意捉弄别人的人生，可实际上，他们已经很久没有像伴侣一样聊天了，他们谈电影，谈工作趣事，谈猫和狗，却不谈自己。他们不能谈自己。

方红敏对这件事的看法和王海差不多，她也叫凤玉和刘畅出国去，过几年清净日子：“不然，我叫你大哥跟刘畅说说去？他们明天好像见面。”

朱振远下台后，富德人力大洗牌，青年才俊齐方登上了第一阶梯。这次富德和雪山出事，业务联系需要修复整改，都是由齐方出面一手督办。

儿子找到了好媳妇,工作又能平步青云,方红敏心一宽,体胖了不少,每日坐在于大年的新办公室里,喜气洋洋地给他看新厂房规划用地的办公室装修方案。华恩的名号越来越响,市场也越来越大,连带着新厂里于大年的新办公室也大了起来。她喜欢管这样琐碎的、精细的、需要一点一点跟人沟通的活。若是闲下来,她总想找凤玉聊天,见凤玉不置可否,就皱着眉头催促:“要不然我给你介绍对象。女人的大好青春就这几年,你可不能就这么不明不白地蹉跎过去。刘畅不给你个准话,你就这么一直等着,实在是吃大亏!”

第二十四章

故人来

王海的车开得飞快,转眼就来到万通开户的银行。

当年就是在这里凤玉和刘畅第一次遇到,她为了救猫,砸了他的车门,他一直没说那天他到这里来干什么。

这整栋楼都是他家的,刘畅当时这样说。

现在这栋楼已经卖给了别人,租客倒是没变,楼下的银行为华恩这样的优质客户专门预留了车位,王海再也不用把凤玉放到门前再绕路到隔壁停车场等她了。

王海跟凤玉一起下了车,凤玉的电话"嘟嘟"地震了两声,是刘畅。

他说:"凤玉,我和朋友投资了一家公司,很不错,在加拿大。他想让我过去管理,你愿意跟我一起去吗?或者要去三四年,然后我们再一起回来。"

凤玉一愣。

刘畅又接着发来:"如果你不放心张阿姨,可以带她一起去,还有船长。"

还有:"或者晓东。"

"这是我想和你一起生活的决心,如果我们要重新开始,就只能背井离乡的话,那我们就去。这世上处处是家乡,处处是异乡,不是说,此心安处是吾乡吗,你是我的故乡。"

凤玉对着屏幕愣了片刻,肩膀松了下来,她认真地输入了一个

"好"字。

可她的手指停在发送键上没有落下，到底好不好呢？背井离乡，说起来容易，做起来真的可以吗？

正在犹豫的时候，来电页面夺走了屏幕，是个陌生号码，凤玉接起来，问："你好？"

那边窸窣一阵，无人回答。

凤玉又问："你好？"

王海见状凑过头来："谁？骚扰电话啊？挂了挂了，当心被人盗去电话费。"

凤玉将信将疑地想要挂断电话，忽然一个女声传来："你好，请别挂电话。你是李凤玉小姐吗？"

"我是。你是哪一位？"

那女人很久没说话，凤玉的心从平静到好奇，然后忽然变成期待的激动。她该不该抱有期待？往办理大厅走的脚步停下了，凤玉慢慢地坐在大堂等候位的沙发上。

那个女声终于开口："你好李小姐，我接下来要说的话可能比较突兀，如果我说错了，请你多担待。"

凤玉深呼吸一次回复："我明白，你讲吧。"

"你是养女吗？"

凤玉的呼吸粗重起来，她拼命点着头说："我是我是，我是养女。"

"你是双胞胎的其中一个，是不是？"

"我是，"凤玉的声音哽咽，"我的另一半，是我的姐姐，刚刚出生就被抱走了。领养她的是一对福建夫妇，来临山打工，领养到姐姐就回去了。从此我们就没了她的消息，"片刻她又加了一句，"我找了她很久，我一直都在找她，我知道她也在找我，我们总能遇到……"

那女声道："我叫陈蕾拉，我的养父告诉我，他是我的第二任养父，我的第一对养父母在抱养我回福建的途中分手了，然后就把我扔给了他。

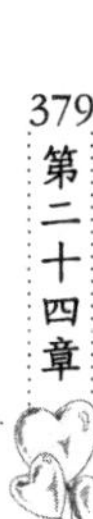

他们是从一个叫临山的地方领养的我，我有个妹妹，我们是双胞胎。之前我得到的消息不太准确，所以搜索方向不大对，但前段时间，替我去找我妹妹的朋友说他收到好几封来自大陆的邮件，都是咨询他是不是几年前前往临山找过一个双胞胎女婴，其中一个留下了你的电话，还有你的照片，"说到这里，这个一直平静的女声有点哽咽，她顿了顿，又道，"我们长得真像啊，凤玉。我的头发要比你短一些，你是我们之中长得漂亮的那一个。"

凤玉的眼泪一颗一颗地掉下来，她不想哭，她想笑，所以她一边笑一边哭着。王海手忙脚乱地从客户经理那里拿到纸巾塞进凤玉的手里，听着凤玉断断续续地说："我是，我是真的找了你很久啊，姐姐。"

王海愣了片刻，一双眼先是瞪大，然后倏地红了眼眶，他静静地坐在凤玉旁边，努力想听清楚电话那边的人说了什么。

陈蕾拉的声音还是平静："我知道，所以这次我来找你了。凤玉，我在华恩，你在哪里？"

凤玉猛地站起来奔向门外。那里是初春正好的时候，有燕子急速掠过绒绒绿色的枝条，有灿烂的日光和散淡的云彩，有樱花单薄的花瓣随着风打着旋四处乱逛。

一切都可以重新开始。

图书在版编目(CIP)数据

滚尘 / 亲爱的桂花树著 . —杭州 : 浙江文艺出版社,2022.3

ISBN 978-7-5339-6599-0

Ⅰ. ①滚… Ⅱ. ①亲… Ⅲ. ①长篇小说 - 中国 - 当代 Ⅳ. ①I247.5

中国版本图书馆CIP数据核字(2021)第153245号

图书策划 柙明晔
责任编辑 张 可
营销编辑 宋佳音
特约编辑 杨 帆 王雪婷
封面插画 肉橙橙 Vicky
装帧设计 仙境 WONDERLAND Book design
版式设计 吕翡翠
责任印制 张丽敏

滚尘

亲爱的桂花树 著

出版发行 浙江文艺出版社
地 址 杭州市体育场路347号
邮 编 310006
电 话 0571-85176953(总编办)
0571-85152727(市场部)
制 版 浙江新华图文制作有限公司
印 刷 杭州杭新印务有限公司
开 本 880毫米×1230毫米 1/32
字 数 333千字
印 张 12
插 页 1
版 次 2022年3月第1版
印 次 2022年3月第1次印刷
书 号 ISBN 978-7-5339-6599-0
定 价 56.00元